RINGWORLD 4
THE RINGWORLD'S
CHILDREN

링월드 4
링월드의 아이들

링월드의 아이들

ⓒ 래리 니븐 2017

초판 1쇄 인쇄   2017년 9월 14일
초판 1쇄 발행   2017년 9월 19일

지은이   래리 니븐
옮긴이   손수지

펴낸이   박대일
편집   이문영 · 임유리 · 신지연 · 박현주 · 전보라
마케팅   송재진 · 임유미
디자인   김은희
일러스트   Silvester Song

펴낸곳   새파란상상(파란미디어)
출판등록   2004년 9월 14일 제313-2004-00214호

주소   121-897 서울시 마포구 성지1길 32-36
전화   02-3141-5589(영업부) 070-4616-2011(편집부)
팩스   02-3141-5590
전자우편   paranbook@gmail.com
카페   http://cafe.naver.com/paranmedia
페이스북   http://www.facebook.com/paranmedia

ISBN   978-89-6371-443-1 (03840)

RINGWORLD 4
THE RINGWORLD'S
CHILDREN

링월드 4
링월드의 아이들

래리 니븐 지음
손수지 옮김

새파란상상

THE RINGWORLD'S CHILDREN

서문

　링월드는 질량이 목성과 거의 비슷하고 직경이 백육십만 킬로미터, 둘레가 지구궤도보다 조금 더 긴 구억 육천오백육십만 킬로미터에 달하는 두꺼운 띠 모양의 인공 구조물이다. 황색 주계열성을 공전하고 초당 천삼백 킬로미터의 속도로 자전하며 원심력으로 인해 지구 중력과 같은 힘의 작용을 받는다. 양쪽 가장자리에는 수백만 년 동안 유지될 수 있는 대기를 가두는 역할을 하는 수천 킬로미터의 벽이 세워져 있다.

　이러한 기본 가정으로부터 더 많은 사실들이 도출된다.

　링월드의 내부 표면은 지구의 삼백만 배나 되는 거주 가능 지역이다. 그 지정학은 문자 그대로 예술이라 할 만데, 이 구조물을 만든 것이 누구든 간에 마치 가면에 돋을새김을 하듯 링월드를 조성해 놓았다.

　링월드 안쪽으로는 항성을 가리는 차광판들이 또 하나의 링을 이루고 있으며, 그로 인해 링월드에 밤이 생겨난다. 만약 차광판이 없었다면 링월드는 영원한 낮의 세계였으리라.

링월드에 존재하는 두 개의 대양 아래에는 관들이 깔려 있다. 이 관들은 링월드 바닥을 지나 링 벽을 타고 오른 다음, 꼭대기를 넘어 흘러넘치는 산에 이르며 이를 통해 해저 찌꺼기, 즉 플럽이 재순환된다.

링 벽 위에는 버사드 램제트가 양성자의 태양풍을 이용해 원료를 공급하는 거대한 자세제어 엔진들이 자리 잡고 있어서 링월드의 내재적 안정성을 보장해 준다.

링 벽의 바깥쪽에는 우주항이 튀어나와 있다.

링월드의 대양들은 해양 생물의 보고를 이루는 것은 물론 일대일 축척의 지도로 옮겨진 몇 개의 세계를 포함한다.

링월드의 바닥은 스크리스라고 불리는 믿을 수 없을 강도의 특별한 속성을 지닌 인공 물질이다.

링월드의 항성은 그 자체로 운석 방어 시스템에 관여하는데, 링월드 바닥에 묻힌 초전도체망이 항성 플레어를 이용해서 초고온 레이저 효과를 발생시키는 식이다. 단, 여기에는 링월드 자체를 투과하지 못한다는 단점이 있다. 그로 인해 링월드에 충돌하는 운석은 보통, 신의 주먹 산이 그렇듯 바닥에서 위로 솟구치는 형태의 흔적을 남기게 된다.

링월드에 관한 몇 가지 세부적인 사항들은 링월드의 건설자들이 어떤 존재인지를 짐작하게 해 준다.

항구와 피오르가 많고 바다들이 대부분 얕다는 것은 그들이 대양의 표면만을 이용하는 자들임을 암시한다.

링월드에는 모기, 파리, 자칼, 상어, 흡혈박쥐 따위의 다소 고약한 생물들이 존재하지 않으며 인류형 종족들이 그러한 생태계의 빈틈을 파고들어 살아가고 있다. 링월드 건설자들은 생태학자라기보다는 정원사인 것이다.

링월드의 원주민은 놀랄 만큼 다양한 인류형 종족들로, 지적인 이들도 있고 그렇지 않은 이들도 있다. 그들은 자칼과 늑대, 흡혈박쥐 등 특히 고약한 생명체를 제외하고 지구에 존재하는 거의 모든 종류의 포유류가 점유한 생태적 지위[*]를 확보하고 있으며, 개체 수가 수조에 이를 때까지 보호받다가 인류의 조상인 호모하빌리스가 그랬듯이 끊임없는 돌연변이를 이루도록 내버려지게 된다.

링월드의 크기를 제대로 파악하기 전에는 링월드를 제대로 알 수 없을 것이다.

《링월드》가 처음 세상에 나왔을 때, 한 친구가 다가오는 컨벤션을 위해 링월드의 축척 모형을 만들어 보기로 했다. 그는 축척의 기준으로 삼기 위해 파란 구슬 하나를 지구로 가정했다. 그러자 폭이 대략 백오십 센티미터에 길이는 팔백 미터에 달하는 띠가 필요하게 됐다. 당시 우리가 머물고 있던 호텔 안에서는 구현

---

[*] ecological niche, 개개의 종이 생태계에서 차지하는 위치나 구실. 같은 지위를 가진 두 종은 공존할 수 없다고 한다.

할 수도 없는 규모였던 것이다.

누군가는 컴퓨터를 이용해 링월드의 지도를 그려 보려 했더니 순식간에 용량이 넘쳐 버렸다고 한다. 10의 제곱수가 너무나 많이 나온 탓이었다.

데이비드 제롤드[*]는 '어마어마하게 큰 것'을 다룬 소설들에 대해 얘기한 적이 있다. 지금의 독자들이라면 그런 소설들을 서점에서 적지 않게 찾아볼 수 있을 것이다. 아서 C. 클라크의 《라마와의 랑데부》라든가 밥 쇼의 《Orbitsville》, 내 작품인 《Rainbow Mars》 등이 그 범주에 들어간다.

하지만 1970년에 출판된 《링월드》가 최초였다.

어쩌면 웃음거리가 될 수도 있는 일이었다. 너무나 거대하고 아무래도 존재할 것 같지 않은 구조물에 대한 이야기가 아닌가. 보통 그런 구조물은 스스로 회전하는 것만으로 산산이 분해되어 버릴 테니 말이다. 나는 약간의 두려움도 느끼며 비평이 나오기를 기다렸다.

제임스 블리시[**]는 《링월드》가 휴고 상을 받을 것 같다고 평했지만, 그럴 만하지는 않았다.

어쨌거나 독자들은 《링월드》에 휴고 상을 주었다.

작가들 또한 《링월드》에 네뷸러 상을 주었다.

---

[*] David Gerrold, 휴고 상과 네뷸러 상을 수상한 바 있는 미국의 SF 작가. TV 시리즈 〈스타 트렉〉과 〈환상 특급〉의 작가로 유명하다.
[**] James Blish, 미국의 SF, 판타지 작가이자 평론가. 《양심의 문제》로 휴고 상을 수상했으며, 〈스타 트렉〉의 소설판도 10년 이상 집필했다.

나는 《링월드》의 후속편을 쓸 생각이 없었다. 링월드 재설계에 대한 아이디어가 홍수처럼 밀려들리라고는 더더욱 생각하지 못했다.

강연 여행을 다니던 어느 날, 청중 가운데 한 사람으로부터 링월드의 수학이 단순하다는 지적을 받은 적이 있다. 수학적으로 볼 때 링월드는 끝이 존재하지 않는 현수교와 같다는 얘기였다.

잉글랜드에서 만난 어떤 학자는 링월드의 틀이 되는 물질의 인장강도는 원자핵들이 서로를 당기는 힘에 맞먹을 정도가 돼야 한다고 지적한 바도 있다. 그리하여 스크리스라는 아이디어가 나왔다.

플로리다의 어느 학교에서는 링월드를 주제로 하는 강좌에 한 학기를 통째로 할애하기도 했다. 그리고 링월드 최악의 문제점은 지체의 구조운동이 없다면 수천 년 내에 표층토가 몽땅 대양으로 흘러 들어가 버린다는 점이라고 결론을 내렸다. 그리하여 플럽과 쇄관鎖管 설비가 생겨났다.

1970년 세계 SF 컨벤션에 참석했을 때는 호텔 복도에 모여 '링월드는 불안정하다! 링월드는 불안정하다!'라고 외치는 MIT 학생들과 만난 적도 있다. 이 점에 대해 내가 할 수 있었던 최선은 자세제어 엔진을 생각해 내는 것이었다.

차광판들이 너무나 많은 빛을 차단하게 된다고 얘기한 사람도 있었다. 그 대안으로 다섯 장쯤 되는 기다란 차광판을 링월드의 궤도와 역행하게 회전시키는 방식이 필요했다.

그런 독자들 모두가 꼭 짚고 넘어갈 가치가 있는 사항들을 찾아내 주었다.

《링월드》는 일종의 거대하고 요란스러운 지적 장난감이자 문이 활짝 열려 있는 놀이터와 같았다.

책을 다 읽으면 그걸로 끝인 독자들이 있다. 하지만 책을 읽고 나서 거기 등장한 인물들과 그 저변에 깔린 가정이나 배경을 가지고 노는 독자들도 있다. 마치 그 책을 과제물로 받은 것처럼 말이다. 나를 포함한 많은 독자들이 오랜 세월 동안 그런 식으로 저마다의 과제를 풀어 왔다.

플라톤의 책은 아틀란티스에 대한 탐구열을 불러일으켰고, 단테의 《신곡》은 천국과 지옥 사이에 존재하는 연옥이라는 개념을 만들어 냈으며, 《오디세이》는 새로운 형식으로 재창조되었다. 〈스타 트렉〉을 둘러싸고 놀랄 만큼 다양한 하위문화들이 튀어나오지 않았던가.

인터넷은 그런 이들에게 완전히 다른 차원에서 메타플레이의 장을 열어 놓았다. 내 소설들을 테마로 한 웹 사이트—적어도 두 개는 된다—도 생겨났다.

1999년 9월에 나의 친애하는 대리인 엘리노어 우드가 살짝 알려 줘서 그중 한 사이트에 접속해 보았다. 그곳에서는 수호자를 복제할 수 있을지, 틸라와 탐색자가 아이를 남겼을지에 대해 열띤 토론이 벌어지고 있었다. 그들이 낸 결론이 옳았다면 새로운 이야기는 나오지 않았을 것이다. 하지만 그들은 애초부터 잘못된 가정을 하고 있었고 그것을 내가 고쳐 줄 수는 없다. 몇 달

동안 가능한 한 끼어들지 않으면서 그런 토론들을 지켜보고 나자 다음 이야기가 나오기에 충분한 자료들이 모아졌다.

《링월드의 아이들》은 지적인 놀이터다. 또한 일종의 수수께끼이며 미로이기도 하다. 모퉁이를 만날 때마다 질문을 던져 보지 않으면 길을 잃고 말 것이다.

책을 다 읽거든 부디 문을 열어 두는 것을 잊지 말기를.

래리 니븐

차 례

AD 2893

| 루이스 우 |

루이스는 관 뚜껑 아래에서 새 생명의 불꽃에 휩싸여 깨어났다. 눈 위로 여러 가지 수치들을 보여주는 화면이 빛나고 있었다. 골조직 구성, 혈액 성분, 심부반사, 요소와 칼륨과 아연 수치 등 루이스는 그 대부분을 알아보았다.

손상된 부위의 목록은 대단치 않았다. 여기저기 구멍이 나고 찢어졌으며 피로가 쌓인 데다 인대 파열에 온몸이 멍들었고 갈비뼈 두 대가 부러졌다. 그 모두가 흡혈귀 수호자 브람과의 싸움으로 인한 것이었는데 지금은 완전히 치료된 상태였다. 오토닥이 세포 수준에서 하나하나 새로 만들어 놓았으리라.

집중 치료 모드의 오토닥으로 기어 올라가던 당시, 루이스는 몸이 차갑게 식어 가는 것과 함께 죽음을 느꼈다. 오토닥의 모니터에 기록된 바에 따르면, 팔십사 일 전의 일이었다. 링월드의 셈법으로는 육십칠 일 전이다. 거의 일 팔란—링월드가 열 번 회전하는 기간, 즉 칠십오 일—이 지난 셈이었다.

하지만 루이스가 입은 부상은 이십 일, 길어도 삼십 일이면 충분히 치료될 만한 것이었다. 그는 자신이 어떤 상처를 입었는지 기억하고 있었다. 물론 지금은 브람과의 싸움으로 온몸을 뒤덮다시피 했던 멍들까지 말끔하게 사라졌다. 등에 구멍이 뚫렸던 상처도 흔적조차 남아 있지 않았다. 그가 처음으로 오토닥에 들어가야 했던 때에 비하면 치료에 두 배의 시간이 필요했다는 얘기가 된다.

물론 생각해 보면 그럴 만하기는 했다. 두 번째로 오토닥에 들어가던 당시 그는 내부 장기들이 여기저기 새고 부스터스파이스라는 수명 연장 약물을 십일 년 동안이나 사용하지 않은 상태였다. 노화가 진행되면서 죽어 가고 있었던 것이다.

모니터에 표시된 테스토스테론 수치가 높았다. 아드레날린 수치는 높은 데다 계속해서 올라가고 있었다.

루이스는 오토닥의 뚜껑을 힘주어 밀어 올렸다. 그의 몸은 움직이고 싶어 안달이 나 있었지만 뚜껑이 생각만큼 빠르게 열려 주지 않았다. 그는 덮개가 완전히 열리기도 전에 그 틈으로 미끄러져 나와 바닥에 내려섰다. 차가운 돌바닥이 맨발에 느껴졌다.

돌바닥?

그는 알몸이었다. 그리고 거대한 동굴 안에 있었다.

'화침'호는 어디 있지?

성간 우주선 '탐구의 화침'호는 그가 마지막으로 보았을 때만 해도 차갑게 식은 마그마 속에 갇혀 있었고, 카를로스 우의 나노 기술이 집약된 실험적 의료 장비인 오토닥은 '화침'호의 선실에 있었다. 하지만 지금은 오토닥의 부속품들이 각종 도구들과 케이블에 둘러싸인 채 차갑게 식은 용암 위에 펼쳐져 있었다. 오토닥은 일부가 노출된 상태임에도 불구하고 여전히 작동 중이었다.

과도한 자신감으로 대대적인 작업을 벌여 이루어 낸 경탄할 만한 결과물. 수호자의 작품이 분명했다. 굴 수호자인 '음률가'는 루이스가 치료되고 있는 동안 오토닥을 연구했던 게 틀림없었다.

가까운 곳에 '화침'호가 지느러미가 제거되고 뼈가 발린 물고기처럼 누워 있었다. 선체의 한 부분이 거의 코끝부터 꼬리까지 길게 절개되어 덮개가 열리고 화물 적재부, 착륙선을 위한 도킹부, 추진기 설치부, 하이퍼드라이브 엔진 등을 드러낸 상태였다. 우주선 전체 용적의 절반 이상을 차지한 것은 연료 탱크들이었는데, 지금은 완전히 비어 있었다.

절개된 부분의 가장자리를 따라 구리와 동으로 된 금속 케이블들이 각종 도구들과 발전기로 이어졌다. 거대한 기계 덩어리가 절개된 부분을 통해 밖으로 꺼내져 있고, 그 부분의 표면 또한 동으로 된 케이블로 가장자리가 둘러져 있었다.

하이퍼드라이브 엔진은 원래 우주선의 전장과 맞먹는 길이였다. 지금은 그것도 밖으로 꺼내져 각종 도구들에 둘러싸인 채 용암 위에 누워 있었다.

이것도 음률가의 작품인가?

루이스는 이리저리 돌아다니며 살펴보았다.

하이퍼드라이브 엔진이 수리되어 있었다. 지금으로부터 십이

삼 년쯤 전에 그는 이 하이퍼드라이브 엔진을 반으로 쪼개 버렸고, 그로 인해 최후자를 링월드에 좌초되게 만들었다. 하지만 이제 '화침'호는 엔진이 밖으로 꺼내져 있다는 점을 차치하면 당장이라도 이륙해서 양자 I 엔진의 속도—일 광년을 이동하는 데 삼 일이 걸리는—로 성간을 여행할 수 있을 법했다.

집으로 돌아갈 수 있어.

루이스에게는 유혹적인 생각이었다.

다들 어디에 있는 거지?

그는 아드레날린이 솟구치는 것을 느끼며 주변을 둘러보았다. 한기로 몸이 떨리기 시작했다.

지금쯤 난 거의 이백마흔 살은 됐을 거야. ……아닌가?

링월드에서는 시간 감각을 잃기가 쉬웠다. 하지만 카를로스 우의 실험적인 오토닥 속에 든 나노 기계가 그의 DNA를 읽어 냈고, 세포핵 수준에서 모든 것을 철저하게 고쳐 놓았다. 루이스는 이미 이런 과정을 겪은 바 있었다. 지금 그의 몸은 갓 사춘기를 지난 상태였다.

진정해, 이 친구야. 아직 아무도 덤벼들지 않았다고.

우주선은 선체부와 오토닥, 그 육중한 질량체들을 운반하고 수리하기 위한 기계류, 그것들을 연구하는 데 쓰였을 조잡해 보이는 도구들과 함께 동굴의 한쪽에 무리를 이루듯 모여 있었다. 동굴은 엄청나게 거대한 공간이었지만 그래서 거의 비어 있는 거나 마찬가지였다.

루이스는 포커에서 판돈을 대신하는 칩처럼 쌓여 있는 부상식 받침대들과 그 뒤쪽으로, 바다의 벌어진 틈을 관통해 곧바로 꼭대기까지 기울어진 탑처럼 뻗어 있는 거대한 토로이드*를 보았다. 음륭가가 만들어 놓았을 게 분명한 더 많은 기계류에 둘러싸인 실린더들이 그 틈을 중심으로 해서 놓여 있었다. 그것들은 '화침'호보다 크고 각각의 모양이 조금씩 달랐다.

루이스는 전에도 이곳을 지나간 적이 있었다. 덕분에 무엇을 보게 될지 짐작하면서 고개를 들고 위를 올려다보았다.

팔구 킬로미터쯤 올라가야겠지.

화성의 지도는 육십 킬로미터에 달하는 높이로 솟아 있었다. 그가 지금 있는 곳은 거의 꼭대기 부분에 해당할 터였다. 루이스는 가면의 안쪽을 더듬듯이 그 윤곽을 대충 그려 볼 수 있었다.

……세레스** 크기의 순상화산을 가면으로 만든다면 말이야.

'화침'호는 올림푸스 몬스의 화구를 관통해서 화성의 지도를 일대일 축척으로 옮겨 놓은 곳 아래 위치한 수리 시설에 내리꽂혔다. 수호자로 변한 틸라 브라운이 그들을 거기에 가두어 놓았다. 그녀는 이 공동을 통해 '화침'호를 천이백 킬로미터가량 옮겨온 다음, 그 위로 녹아 있는 용암을 퍼부었다. 그들은 틸라 브라운과 대면하기 위해 도약 원반—퍼페티어의 순간 이동 장치—을 이용해야 했다. 그 후로 이렇게 시간이 흐르는 동안, '화침'호

---

* toroid, 전선에 전류를 흘리면 전선 주위로 자기장이 형성되는데 이때 자기장의 형성을 효과적으로 만들기 위해 전선을 원통형으로 감은 것을 말한다.
** Ceres, 소행성대에서 처음으로 발견된 왜행성으로 지름이 914킬로미터에 달한다.

는 거기 갇혀 있었다.

그런데 음률가가 그것을 끄집어내서 올림푸스 몬스 아래 자신의 작업대에 올려놓은 것이다.

루이스는 음률가를 알지만 잘 아는 것은 아니었다. 그는 야행인이자 양육자였던 음률가를 잡기 위해 덫을 놓았고, 음률가는 수호자가 되었다. 그는 음률가가 브람과 싸우는 것을 지켜보았고 수호자로서의 음률가에 대해 루이스가 아는 것은 그게 다였다.

하지만 지금은 음률가가 그의 명줄을 쥐고 있었다. 그것도 루이스 본인이 자초해서 벌어진 일이었다.

음률가는 나보다 영리할 거야. 수호자의 속내를 알아내려 하는 건…… 젠장, 어리석은 짓이지.

그러나 불가피한 일이기도 했다. 문명이 시작된 이래로 인류는 신의 뜻을 짐작하려는 시도를 멈춘 적이 없는 것이다.

그러니까 어디 보자. '화침'호는 하이퍼드라이브만 탑재한다면 지금이라도 성간 우주선 노릇을 할 수 있어. 저 엄청난 규모의 기울어진 탑—수리 시설 바닥으로부터 재면 천이백 킬로미터에 달하는 높이의—은 발사대 역할을 하는 선형가속기인 거지.

언젠가는 음률가에게 우주선이 필요해질 수 있었다. 그럼에도 불구하고 그가 '화침'호를 이처럼 해부하듯 펼쳐 놓은 것은, 그러지 않을 경우 루이스나 최후자가 그것을 사용하려 들 수도 있기 때문이었을 것이다. 수호자로서 그런 일이 일어나도록 내버려 둘 수는 없었으리라.

루이스는 바닥이 평평한 삼십 미터짜리 원통 모양을 한 '화침'

호가 어렴풋하게 보일 때까지 걸어갔다. 우주선에서 부족한 부분은 많지 않았다.

하이퍼드라이브와 오토닥…… 또 뭐가 있지?

선원 거주 공간은 횡단면이 보였는데, 그 바닥이 이십 미터쯤 위에 위치했다. 바닥 아래쪽으로 주방과 재활용 설비들이 노출되어 있었다. 거기까지 올라갈 수만 있다면 아침을 먹고 옷도 입을 수 있을 것이다. 하지만 그곳으로 이어지는 통로는 눈에 띄지 않았다.

도약 원반으로 연결돼 있나?

루이스는 음률가가 도약 원반을 어디에 설치해 뒀을지 짐작도 할 수 없었다. 설령 짐작할 수 있다 해도 그게 어디로 연결될지는 알 수 없었다.

최후자의 통제구역 역시 노출되어 있었다. 그곳은 삼 층으로 이루어졌는데, 크진인을 기준으로 하면 천장이 낮았다. 루이스는 크미가 그중 가장 낮은 층으로 기어 올라가는 것을 본 적이 있었다. 수호자에게도 그것은 쉬운 일이었으리라.

루이스는 고개를 내저었다. 최후자라면 그 정도는 생각해 봤을 것이다. 퍼페티어들은 두려움을 근본으로 한 철학을 백만 년이나 고수해 왔다. '화침'호를 만들 때 최후자는 자신의 통제구역에 그 어떤 침입자도 허용하지 않도록 설계했다. 심지어 자기 동족조차도 접근할 수 없도록. 애초에 출입문 자체가 없고 오직 도약 원반만으로, 그것도 오만 가지 부비 트랩을 숨겨 둔 상태로 사용하게 만들었던 것이다.

하지만 지금쯤…… 최후자는 틀림없이 나처럼 벌거벗은 기분일 거야.

루이스는 아마도 공기 흡입 장치인 듯한, 위쪽이 평평한 기계 덩어리 끝으로 바짝 다가갔다. 거기서 몸을 웅크렸다가 펄쩍 뛰어 위쪽으로 기어올랐다. 오토닥이 그를 마른 체구로, 거의 여위었다고 해도 좋을 정도로 만들어 놓은 덕분에 체중의 부담을 크게 느끼지 않아도 되었다. 그는 십이 미터쯤 기어오른 상태에서 잠시 손가락만으로 매달려 있었다.

그곳은 최후자의 선실, 그의 가장 사적인 영역의 최하층이었다. 뭔가 방어 장치가 돼 있을 것이다. 지금은 음률가가 꺼 놓았을 가능성이 크지만 그렇지 않을 수도 있었다.

루이스는 몸을 끌어 올려 금지된 공간으로 들어갔다.

제일 먼저 눈에 들어온 것은 최후자였다. 그다음으로 보인 것은 탁자 위에 놓인 드라우드였다. 그 드라우드는 루이스의 뇌를 벽에 있는 아무 소켓에나 연결시켜 줄 수 있었다. 하지만 루이스는 이미 그것을 부숴 버렸다. 정확히 말하자면 드라우드를 크미에게 주고, 크미가 그것을 내던져 깨부수는 것을 지켜보았다. 그러니까 지금 눈에 보이는 드라우드는 새로 만들어 낸 물건일 터였다.

전류 중독자, 전선대가리 루이스 우를 위해 준비한 미끼란 말이지.

루이스는 저도 모르게 뒤통수의 길게 땋아 내린 머리카락 속

24

을 손가락으로 더듬었다. 저 드라우드를 꽂기만 하면 쾌락 중추를 따라 근질근질한 전기 자극이…….

소켓이 어디 갔지?

루이스는 터져 나오는 웃음을 걷잡을 수 없었다. 소켓이 사라졌다! 오토닥의 나노 기계가 그의 몸을 재건하면서 두개골의 드라우드 소켓을 지워 버렸던 것이다!

그는 곰곰이 생각해 본 다음, 드라우드를 집어 들었다.

혼란스러울 땐, 혼란스러운 메시지를 돌려주면 돼.

최후자는 보석으로 장식된 발받침 같은 모양새로, 세 개의 다리와 두 개의 머리를 보호하듯 몸통 아래로 감춘 채 웅크리고 있었다. 루이스의 입술이 절로 말려 올라갔다. 그는 퍼페티어의 보석으로 장식된 갈기 속에 손을 집어넣고 최후자에게서 두려움이란 것을 탈탈 털어 내 버릴 작정으로 한 걸음 다가섰다.

— 건드리지 마십시오!

루이스는 깜짝 놀랐다. 최후자의 음성을 증폭해서 콘트랄토로 폭발시키듯 터져 나온 그 소리는 공용어로 말하고 있었다.

— 당신이 바라는 게 무엇이든 지시를 내려 주십시오. 아무것도 건드리지는 마십시오.

최후자의 보이스—'화침'호의 자동항법장치—는 루이스를, 적어도 그가 쓰는 언어를 알았고 그를 해치지 않았다.

"내가 올 줄 알고 있었나?"

루이스는 간신히 제 목소리를 낼 수 있었다.

— 그렇습니다. 그리고 제한적이나마 당신에게 이곳에서의 자유를

주겠습니다. 전원이 필요하다면 옆에 있는…….

"아니, 필요 없어."

루이스는 텅 빈 위장이 갑자기 죽을 듯이 비명을 지르는 걸 느끼며 말을 이었다.

"그보다 아침을 먹지. 먹을 게 있나?"

— 이곳에는 당신 종족이 이용할 수 있는 주방이 없습니다.

벽을 따라 각도가 좁은 경사로가 위층을 향해 곡선을 그리며 이어져 있었다.

"곧 돌아오지."

루이스는 그렇게 말하고 경사로로 다가가 그 위를 달리기 시작했다. 벽의 반대쪽은 이십 미터가량 되는 뚝 떨어지는 공간이었지만 간단히 위로 올라간 —조금 겁나는 높이이긴 해도 어려운 일은 아니었다— 그는 선원 거주 공간으로 들어섰다.

오토닥이 제거된 자리의 움푹 팬 흔적이 제일 먼저 눈에 들어왔다. 그 점을 제외하면 별로 변한 것은 없었다. 선내에서 키우던 식물들까지도 여전히 살아 있었다.

루이스는 주방으로 가서 음식 합성기의 다이얼을 맞춰 카푸치노와 과일 한 접시를 만들어 낸 다음, 먹기 시작했다. 옷도 입었다. 바지와 셔츠를 걸치고 주머니가 잔뜩 달린 조끼를 덧입은 차림으로, 주머니들 중 하나에는 드라우드를 쑤셔 넣었다.

과일 접시를 다 비운 그는 다시 음식 합성기를 조정해 오믈렛과 감자를 만들고 카푸치노를 한 잔 더, 거기에 와플 한 장을 더했다. 그리고 먹으면서 계속 생각했다.

내가 원하는 게 뭐지? 최후자를 깨우는 거?

루이스는 그동안 대체 무슨 일이 있었는지 최후자가 알려 주기를 바랐다. 하지만 퍼페티어는 남을 조종하기 좋아하고 비밀스러운 데다. 수리 시설의 힘의 균형은 끊임없이 변했다. 그러니까 일단은 많은 걸 알아내는 게 최선이었다. 진실에 도달하기 전에 유리한 거점을 조금이라도 확보해 둬야 했다.

루이스는 다 비운 접시들을 재생기에 던져 넣었다. 그리고 조심스럽게 벽을 따라 올라갔다.

"보이스."

그가 불렀다.

— 지시를 기다리고 있습니다. 그리고 당신은 추락할 위험을 무릅쓸 필요가 없습니다. 여기 도약 원반이 연결되어 있으니까요.

화살표 모양의 커서가 선원 거주 공간 바닥의 한 점을 보여 주었다.

"운석 방어 제어실을 보여 줘."

— 알 수 없는 용어입니다.

하지만 곧 좌현 쪽 벽에 홀로그램 창이 하나 떠올랐다.

— 당신이 찾는 장소가 이곳입니까?

화성의 지도 아래 위치한 운석 방어 제어실은 거대하고 어두운 공간이었다. 우주의 모든 별들이 십 미터 높이의 타원형 벽과 바닥과 천장을 따라 움직이고 있었다. 벽의 디스플레이장치 앞으로 검은색 위에 검은색으로 새긴 듯이 서 있는 세 개의 기다란 기둥이 보였다. 기둥들은 방향 전환이 자유롭고 각각 그 꼭대기에 키패드가 부착된 의자가 설치되어 있었다.

보이스가 띄워 놓은 창의 가장자리를 지나 반짝이는 빛 아래로 부검을 기다리는 시체처럼 누워 있는, 옹이 진 듯 마디가 굵은 뼈들이 보였다. 루이스가 아는 한 가장 오래된 수호자의 유골이었다. 루이스는 그 유골에 크로노스라는 이름을 붙여 주었다.

멀찍이 드리워진 그림자들 속으로 상부가 커다란 판들에 덮여 마치 기계로 만든 버섯처럼 보이는 기둥들이 서 있었다.

루이스는 창 속의 그 부분을 가리키며 보이스에게 물었다.

"저것들은 뭐지?"

— 정비 점검반입니다. 몇 개의 부상식 받침대을 쌓고 꼭대기에 도약 원반을 부착한 거지요.

보이스의 대답에 루이스는 고개를 끄덕였다. 링월드의 건설자들은 수리 시설 여기저기에 부상식 받침대들을 남겨 놓았다. 그것들을 여러 장 쌓으면 더 무거운 중량을 들어 올릴 수 있었다. 거기에 도약 원반을 더한 것은 확실히 개량이라고 할 만했다.

……하지만 여유분이 많을 때나 가능한 일일 텐데.

화면 속에 펼쳐진 별들을 가로지르듯 움직이는 기둥 하나가 보였다. 기둥 끝에는 울퉁불퉁하고 각진 그림자가 앉아 있었다.

수호자들은 모두 중세의 갑옷을 걸친 것처럼 보인다.

음률가는 운석 방어 제어실 가득 흩뿌려진 별들을 지켜보고 있었다. 카메라들을 링월드 자체에 부착해 놓은 모양이었다. 그 카메라들은 링 벽의 바깥쪽에 붙어 있는지 항성을 기준으로 먼

쪽을 보여 주었다. 그는 루이스가 자신을 지켜보고 있다는 사실을 모르는 것 같았다.

루이스는 소행성이나 행성을 보게 될 거라고 기대할 만큼 무지하지는 않았다. 누군지 알 수 없는 링월드의 건설자들이 링월드의 계에서 그 모두를 깨끗이 치워 버렸던 것이다. 지금 화면 속에서 움직이고 있는 빛들은 몇몇 종족의 우주선들일 터였다.

속이 비치고 섬세한 형태를 한 아웃사이더의 우주선이 화면 중심에 떠올랐다. 다음으로 화면에 잡힌 것은 유리 바늘처럼 보이는 GP 2번 선체로, 소속이 어디인지는 알 수 없었다. 그다음은 쇠지레 모양의 ARM 전함이었다.

음률가의 집중력은 전방위적으로 발휘되는 것 같았다. 그가 뿌연 덩어리처럼 보이는 원시 혜성에 가려진 별들의 전경을 확대했다. 조그맣고 각진 기계들이 주위를 떠다니고 있었다. 원형으로 깜빡거리는 커서가 그 기계들을 표시해 주었다.

빛의 창 하나가 훨씬 밝게 빛나며 폭발했다. 어떤 전함의 핵융합 엔진인 것 같았다. 화면을 가로질러 또 하나의 창이 폭발하며 지나갔다. 하지만 무기류가 발사된 것은 아니었다.

변방 전쟁은 여전히 소강상태인 모양이군.

루이스는 이런 상황이 얼마나 더 지속될 수 있을지 궁금했다. 저렇게나 많은 서로 다른 지적 존재들 사이에서는 공식적인 정전이 지속되기 어려운 법이었다.

수호자의 팔이 키패드 위에서 신경질적으로 움직였다.

루이스의 시야 한구석에서 태양 빛이 내리비쳤다. 루이스는 반사적으로 휙 몸을 돌렸다.

'화침'호 위쪽에서 올림푸스 몬스의 화구가 미끄러지듯 열리고, 여과되지 않은 빛이 동굴 안으로 쏟아져 내렸다.

선형가속기가 으르렁거리며 울부짖고 번개가 호선을 그리며 바닥에서 꼭대기를 향해 치솟았다.

이윽고 화구가 다시 닫히기 시작했다.

루이스도 다시 디스플레이장치 쪽으로 몸을 돌렸다. 음률가의 어깨 너머로, 화면의 바깥에서부터 핵융합 불꽃이 번쩍이며 나타나더니 차츰 하나의 밝은 점으로 줄어들었다. 음률가가 쏘아 올린 것이 무엇이든 간에 이미 시야에서 멀어진 후였다.

음률가가 변방 전쟁에 뛰어들었어!

수호자가 아무 일도 하지 않으리라고 기대할 수는 없었다. 심지어 그 자신의 행위로 인해 머리 위로 전쟁이 떨어져 내리는 결과가 온다고 할지라도.

루이스는 저도 모르게 인상을 찌푸렸다. 수호자 브람은 탁월하게 지적인 존재였지만 제정신이 아니었다. 결국에 가서 루이스는 음률가가 제정신인지 아닌지 역시 판단해야 할 것이다. 각각의 경우에 따른 대처 방법 또한 생각해 내야 하리라.

어쨌거나 방금의 행위로 인해 수호자는 계속해서 바쁘게 될 터였다.

이제 내게 주어진 자유가 어느 정도나 되는지 알아볼까?

루이스는 입을 열었다.

"보이스, 도약 원반 전체의 위치를 보여 줘."

보이스는 지도실의 삼백육십 도를 화면으로 이용해서 창을 띄웠다. 링월드가 루이스를 둘러쌌다. 폭이 백육십만 킬로미터, 둘레가 구억 킬로미터도 넘는 링이 낮 지역은 푸른색으로, 밤 지역은 검은색으로 표시되었다. 경계가 흐릿하게 물든 보다 넓은 부분은 여명과 석양에 해당할 터였다. 오렌지색 커서의 빛들이 그 전면을 가로질러 깜빡거리고 있었다. 그중 몇몇은 화살촉 모양이었다.

루이스가 마지막으로 보았던 때와는 전체적인 패턴이 굉장히 많이 달라졌다.

"몇 개나 되지?"

— 현재 아흔다섯 개의 도약 원반이 사용되고 있습니다. 두 개는 작동하지 않습니다. 세 개는 탐사기 발진을 위해 심우주로 보내졌는데, 모두 세계 선단에 의해 파괴되었습니다. 열 개가 비축분으로 남아 있습니다.

최후자는 '화침'호에 도약 원반을 상당량 싣고 있었다. 하지만 그 수가 백열 개씩이나 되지는 않았다!

"최후자가 도약 원반을 더 만들어 냈나?"

— 최후자의 도움을 받아 음률가가 도약 원반 공장을 세웠습니다. 작업 진척은 느린 상황입니다.

깜빡이며 도약 원반의 위치를 알려 주는 오렌지색 빛들은 링월드의 측면 가까운 곳과 호선을 그리는 대양을 따라 두껍게 분포해 있었다. 거리가 멀어질수록 도약 원반의 개수도 적어졌다. 두 개의 깜빡거리는 오렌지색 화살촉이 또 다른 대양의 끝에 거의 도달했고 나머지도 그 방향으로 움직이고 있었다.

링월드 폭의 대부분을 차지하며 다이아몬드 모양으로 펼쳐진 또 다른 대양은 이쪽 대양의 백팔십도 방향에 위치했다. 막대한 양의 두 물 저장고가 서로를 상쇄하며 링월드의 균형을 잡아 주고 있는 것이다. 최후자의 탐사대원 중 누구도 또 다른 대양에는 가 보지 못했다.

이제 탐사할 때도 됐지.

루이스는 잠시 생각에 잠겼다. 도약 원반의 대부분은 대양을 중심으로 군집을 이루었고, 그 군집의 대부분은 화성의 지도임이 분명한 위치에서 가장 밀집된 형태를 보였다.

그는 화성의 지도 바깥쪽에 위치한 해변의 한 지점을 가리키며 물었다.

"저건 뭐지?"

— '탐구의 화침'호의 착륙선입니다.

수호자였던 틸라는 루이스와의 마지막 결투 당시 그 착륙선을 격추시켜 버렸다.

"제대로 작동하나?"

— 도약 원반은 연결되어 있습니다.

"착륙선 자체는 어떤데?"

— 생명 유지 장치만 간신히 작동하는 정도입니다. 엔진부와 무기류는 작동하지 않습니다.

"정비 점검반이라고 했던 것들 말인데, 일부를 전체 시스템에서 따로 폐쇄할 수도 있나?"

— 이미 그렇게 돼 있습니다. 최후자가 설정을 변경해 놓았지요.

깜빡이는 빛들이 지도를 가로질러 사방으로 연결되며 선들을 그려 냈다. 그중 몇몇은 금지를 나타내는 표시인, 십자로 채워진 원이었다. 도약 원반이 폐쇄된 상태라는 의미인 듯했다. 전체적인 패턴은 복잡하게 얽힌 미로 같았다. 루이스는 굳이 그 세부를 파악하려 들지 않았다.

"내가 저것들을 써도 될까?"

— 안 됩니다.

"도약 원반들에 번호를 매겨서 지도를 출력해 줘."

링월드의 규모가 거대하기 때문에 지도의 축척 또한 극한에 이를 수밖에 없었다. 육안으로 세부를 일일이 확인하는 것은 절대로 불가능했다. 하지만 어쨌건 그는 출력된 지도를 접어 주머니에 쑤셔 넣었다.

루이스는 점심을 먹기 위해 잠깐 자리를 비웠다가 돌아왔다. 그리고 두 개의 정비 점검반을 움직여 상당수의 연결을 바꿔 놓았다. 보이스가 변경된 사항을 반영한 새로운 지도를 다시 출력해 주었다. 루이스는 그것도 주머니에 챙겨 넣었다.

둘 다 가지고 있는 게 낫겠지.

운이 따라준다면 이제 그는 음률가가 알지 못하는 통행로를 하나 확보한 셈이었다. 물론 괜한 수고를 한 것일 수도 있었다. 최후자가 깨어나면 그 모두를 순식간에 원래대로 돌려 버릴 수 있기 때문이다.

보이스는 무기류를 허용해 주지 않았다. 물론 '화침'호의 선원 거주 공간에서도 무기류는 만들 수 없었다.

음률가는 여전히 기둥 끝에 앉아, 자신이 쏘아 올린 것이 무엇이건 그것을 추적하고 있었다.

"우리 일행의 다른 이들은 어디 있지?"

루이스가 보이스에게 물었다.

— 누구를 찾습니까?

"종자."

— 알 수 없는 이름입니다…….

"'화침'호에서 함께했던 크진인 말이야, 크미의 아들."

— 말씀하신 대상은…….

소름 끼치는 울부짖음이 이어졌다. 루이스는 저도 모르게 부서져라 탁상 모서리를 움켜쥐었다가 손가락을 천천히 풀었다.

— ……로 등록되어 있습니다. 종자라는 이름으로 변경할까요?

"그래 줘."

지도가 다시 떠올랐다. 신의 주먹 바로 옆에 점 하나가 깜빡이고 있었다. 물론 실제로는 신의 주먹—지구 둘레의 네 배에 해당한다—에서 반회전 방향 좌현으로 십육만 킬로미터 떨어진 지점이었다. 화성의 지도를 기준으로 하면 회전 방향으로 그 두 배는 멀었다. 실질적인 수치를 접하게 될 때마다 루이스는 링월드의 엄청난 규모에 새삼 놀라곤 했다.

— 삼십일 일 전 정비 점검반과 함께 표시된 종자의 위치입니다. 그 후로 천칠백 킬로미터를 이동했습니다.

화면 속의 점이 미세하게 이동했다.

— 하지만 음률가가 도약 원반의 설정을 변경했지요. 지금은 화성의 지도에 있는 관측 지점으로 연결됩니다.

종자의 아버지가 있는 곳이로군.

"음률가가 그걸 사용하기도 했나?"

— 아닙니다.

"도시 건설자들은 어디 있지?"

— 사서들 말입니까? 카와레스크센자족과 하르카비파롤린과 세 아이들은 그들이 원래 살던 곳인 공중 도시의 도서관으로 돌아갔습니다.

"잘됐군!"

루이스는 스스로를 안심시키듯 진심을 담아 말했다.

— 당신이 그 점을 기쁘게 여긴다는 걸 알겠군요. 또 누구를 추적해 볼까요?

나와 함께했던 게 또 누가 있지? 두 명의 수호자. 흡혈귀 브람은 죽었고. 음률가는 여전히 바쁘고…… 적어도 그래 보여.

운석 방어 제어실의 디스플레이장치는 음률가가 설치해 둔 카메라가 잡은 광경을 보여 주고 있었다. 그가 앞서 쏘아 올린 비행체를 망원렌즈로 따라가는 듯한 광경이었다. 비행체는 점점 멀어져 가다가 갑자기 확 하고 화염을 내뿜더니 깜빡이며 사라졌다.

그것은 전함이었다. 반동추진기를 이용한 엔진이 전쟁에는 여전히 필요한 것이다. 현대적 무반동추진기는 점화와 정지가 빠르게 전환되지 않았다.

"발라버질린도 추적하고 있었나?"

지도가 다시 떠올랐다.

— 이곳에 있습니다. 공중 도시 근처의 기계인 지부입니다.

좋아. 흡혈귀들에게서 충분히 멀리 떨어져 있군.

루이스가 그녀와 만난 것은 십이 년쯤 전이었다.

"보이스, 왜 지금까지 그녀를 추적하고 있었지?"

— 명령을 받았습니다.

루이스는 조심스럽게 질문을 이었다.

"넌 누구에게 명령을 받나?"

— 당신과 음률가와…….

관현악의 복잡한 음률 속에 달콤한 음색이 관통하듯 끼어들어 터져 나왔다. 루이스는 그것이 최후자의 진짜 이름임을 알고 있었다.

— ……의 명령을 받습니다. 하지만 그런 명령 모두는…….

최후자의 이름이 다시 한 번 터져 나왔다.

— ……에 의해 취소될 수 있습니다.

"'화침'호에서 음률가에게 제한된 부분이 있나? 특별히 관심을 가질 만한 수준에서 말이야."

— 현재로써는 없습니다.

최후자는 여전히 공처럼 몸을 만 채 자기만의 긴장증 상태에 빠져 있었다.

"최후자가 마지막으로 식사를 한 지 얼마나 됐지?"

— 링월드 시간으로 이틀이 지났습니다. 식사 때는 깨어납니다.

"깨워 봐."

— 당신은 심각한 충격을 주지 않고 최후자를 깨우는 방법을 알고 있습니까?

"최후자가 춤추는 걸 한 번 본 적이 있는데, 그걸 틀어 줘. 그가 먹을 것도 준비해 주고."

| 최후자 |

　최후자는 완벽한 안전을 꿈꾸었다.

　일조에 달하는 자기 종족의 우두머리 지위를 회복하는 건 그
가 바라는 바가 아니었다. 그런 야망을 품을 만큼 제정신이 아니
었던 때도 있기는 했다. 하지만 그는 언제나 최후자의 지위가 불
안정하다는 것을, 자신이 소속된 실험당이 순식간에 권력을 잃을
수도 있다는 것을 잘 알고 있었다. 실제로 결국 그렇게 되었다.

　그는 다시금 어린 시절로 돌아가는 꿈을 꾸었다. 너무나 오래
전의 일이어서 세부적인 장면은 이미 머릿속에서 부드럽게 흐려
져 버린 시절이었다. 그는 오직 유전적인 감각, 작고 어리며 보호
받는 고유한 존재라는 감각만을 기억하고 있었다.

　그는 자신의 손이 그 어떤 도구에도 다치지 않게 되는 것을 꿈
꾸었다.

　다음 순간 춤이 시작되었다.

그것은 경이로운 환각이었다.

루이스는 거대한 홀에 서 있었다. 바닥 전체가 넓고 얕은 계단들로 이루어진 그곳에서 수천의 외계인들이 그를 둘러싼 채 움직였다. 이천 개의 목구멍이 대화이기도 한 관현악을 쏟아 냈다. 견디기 어려울 만큼 복잡한 음률이었다. 볼프강 아마데우스 모차르트라도 정신이 나가 버렸을 것이다. 비틀스라면…….

젠장, 모차르트와 다를 게 있나. 미쳐 버리겠지.

다리를 내뻗고 미끄러지듯 움직이며 양쪽 머리의 손가락 끝을 부드럽게 쓸어라. 뒷다리를 뻗으면 춤 상대가 물러날 것이다.

최후자가 다리를 내뻗었다. 위쪽이 판판하고 눈이 하나 달린 머리가 그의 몸 아래에서 빠져나왔다.

회전하며 다리를 내뻗어라.

최후자가 앞발을 휘청거리며 몸을 돌리려 애썼다. 루이스는 그게 춤인지 격투기인지 알 수 없었다.

최후자가 휘파람 같은 소리를 내자 춤이 사그라져 갔다.

"루이스……."

"얼마나 그러고 있었던 거야?"

"나는 잠을 많이 잡니다. 음률가는 어디 있지요?"

"전쟁 중이야. 내 생각이지만 그런 것 같아."

퍼페티어의 머리 하나가 방향을 바꿔 운석 방어 제어실의 디스플레이장치를 향했다.

"나는 음률가가 그 비행체를 만드는 걸 지켜봤습니다. 변방 전쟁이 더할 수 없이 치열해지고 있군요. 루이스, 저들이 링월드를 침공했습니까?"

"나도 몰라. 최후자, '화침'호가 어쩌다 이런 상태가 됐지?"

"당신이 음률가에게 날 스승으로 받아들이라고 충고했던 것, 기억합니까?"

굴 음악가였던 음률가는 수호자로 재탄생했고 배움을 갈망하고 있었다.

"음률가에게는 훈련이 필요했어. 그것도 빨리. 난 그가 우리한테 배운 게 많을수록 나중에 우리가 그의 행보를 예측하기 쉬울 거라고 생각했지. 그에게도 네 비밀을 지키려고 했나?"

"그랬지요."

"물론 네 통제구역에는 접근도 못 하게 했겠지."

"그랬습니다. 난 우선 선원 거주 공간에 있는, 당신이 사용하던 디스플레이장치를 사용하도록 가르쳤습니다. 내가 잘 가르치기도 했지만 그가 배우는 속도는 그보다 더 빨랐지요. 언제나 더 빨랐습니다. 그는 곧 내 장비들을 사용하게 해 달라고 요구했고, 난 거절했습니다. 하지만 당신이 오토닥에 들어가고 엿새가 지난 후 내가 잠에서 깼을 때, 그는 내가 절대로 들어오지 못하리라 생각했던 바로 이곳에서 날 내려다보며 서 있었지요."

"그가 '화침'호를 분해한 건 언제야?"

"그날 이후로 언제든 했겠지요. 난 그날의 공포로 열하루 동안 가사 상태에 빠져 있었습니다. 깨어나 보니 이렇게 돼 있었고요. 그 후로는 거의 변한 게 없습니다. 루이스, 그가 하이퍼드라이브를 고쳐 놨습니다!"

"빌어먹게도 잘⋯⋯."

"그는 '화침'호도 다시 조립하겠지요. 그가 조립을 끝내면 난 '화침'호를 타고 도망갈 겁니다."

"그게 언젠데?"

퍼페티어의 두 눈이 서로를 마주 보았다. 그것은 혼란스럽거나 놀랍거나, 어쨌건 내적인 갈등이 일어나고 있다는 의미였다.

루이스는 질문을 바꿨다.

"음률가가 지금까지 한 일이 뭐지? 전함을 만들고⋯⋯."

"맞습니다, 변방 전쟁의 추이를 지켜보며 전함을 만들었지요. 그리고 내 기계들에 담긴 비밀을 혼자서 연구했습니다. 내가 더 이상은 가르쳐 주지 않으리라고 생각한 것 같습니다. 내 동맹이자 당신의 동료들을 떠나보내기도 했지요. 기계인들은 고향으로 돌아갔습니다. 종자 역시 염탐할 것도 없는 곳으로 보내졌습니다. 당신의 경우는 집중 치료 모드로 안전하게 잠들어 있도록 두고, 오토닥을 가지고 광범위한 실험을 했습니다. 루이스, 난 당신을 가르쳐야 합니다. 당신은 우리에게 필요하게 될 수도 있는 모든 것을 알아 둬야 합니다."

"왜?"

"우리는 동맹이니까요!"

"우리가 왜 동맹인데?"

드라우드는 원래 자리에 없었다. 지금은 루이스의 주머니에 들어 있는 것이다.

최후자가 그 얘길 꺼낼까?

"음률가가 우릴 노예로 만들었으니까요! 그가 당신을 두고 무슨 계획을 꾸미고 있는지 모르겠습니까?"

"알 것 같아. 수호자로 만들 작정이겠지."

수호자는 인류형 종족의 성인 형태다. 어린이에서 양육자로, 양육자에서 수호자로 이어지는 과정의 최종 단계인 것이다.

양육자는 중년—종족에 따라 어린 나이일 수도 있고 늙은 나이일 수도 있는데, 인간을 기준으로 하면 마흔다섯 살쯤이다—에 이르면 수호자가 될 수 있다. 그/그녀의 피부는 두꺼워지고 갑옷 역할을 하는 주름이 생겨난다. 두개골이 확장되고, 대퇴동맥이 다리로 향하는 위치에 심실 두 개짜리 심장이 자라난다. 관절이 두툼해져 근육과 힘줄의 지지력과 탄력이 훨씬 커진다.

심리적인 변화도 일어난다. 수호자는 성별에 따른 특질을 잃게 되지만 자신의 후손을 냄새로 식별할 수 있으며 오직 그들을 보호하기 위해서만 살아간다. 돌연변이는 죽도록 내버려진다.

수호자는 지켜야 할 대상이 더 이상 남아 있지 않으면 음식을 끊고 죽음을 맞이한다. 다만, 그렇지 않은 경우도 있는 듯했다. 자신의 종족에 위협적인 상황이 닥치면 종족 전체를 보호하고 돌봐야 할 대상으로 선택하는 이들이 있었다.

하지만 그 모든 일은 변화의 방아쇠가 되는, 생명의 나무에 살고 있는 바이러스 없이는 일어나지 않는다.

생명의 나무는 지구에서 제대로 자라지 못했다. 링월드에서도 오직 화성의 지도 아래 위치한 방들에서만 발견되었다. 결과적으로 지구와 링월드의 인류형 종족들은 마치 아홀로틀[*]처럼 양육자, 즉 미완성 형태로 진화하게 되었다.

너무 어린 인류형 종족은 생명의 나무 뿌리가 내뿜는 냄새에 반응하지 않는다. 반대로 나이가 너무 많은 인류형 종족에게 생명의 나무 뿌리는 독이 된다. 루이스는 카를로스 우의 오토닥이 세포 수준에서부터 철저하게 변화시키기 전까지만 해도 나이가 너무 많은 쪽이었다. 하지만 이제는 너무 어린 쪽이 되었다.

"난 적어도 앞으로 이십오 년 정도는 안전할 거야."

루이스의 말에 최후자도 수긍했다.

"카를로스 우의 오토닥을 제때에 사용한다면 그보다 더 길어질 수도 있습니다. 오토닥이 당신을 회춘시켜 줄 테니까요. 물론 음률가가 당신이 오토닥을 쓰지 못하도록 막을 수도 있겠지요."

일리 있는 얘기군.

루이스는 잠시 생각한 다음 물었다.

"만약 음률가가 날 수호자로 바꿔 놓기 전에는 '화침'호를 다시 조립하지 않는다면 어쩔 거지?"

퍼페티어가 내는 구슬픈 음악 소리가 들려왔다.

"그럼 난 정신이 나가 버리겠지요. 내 가족, 내 고향과 단절되는 셈이니까요. 오직 자기 혈통을 지킨다는 것 말고는 아무 의미도 없는, 진화의 힘으로 주조된 생명체의 노예가 되어 살아가야 한다니! 루이스, 그건 당신이 직면하게 될 상황이기도 합니다. 당

_____

[*] axolotl, 도롱뇽과의 하나. 아가미가 머리 양쪽으로 튀어나왔고 꼬리는 지느러미 모양이며, 어린 모습 그대로 성장한다.

신도 음률가의 종족이 아니니까요."

"링월드에서 난 누구의 종족도 아니야."

"그렇습니다, 루이스. 맞는 말입니다."

최후자의 목소리가 높아졌다.

"그게 어떤 의미인지 모르겠습니까? 음률가는 당신에게 생명의 나무를 먹일 겁니다. 당신은 수호자가 되겠지요. 하지만 그는 당신에게 자기를 능가하는 힘은 주지 않을 겁니다. 당신은 그저 죄수이자 자문가, 조언만 할 수 있는 하수인, 지켜야 할 후손도 없는 수호자가 되고 말 겁니다. 링월드의 안전을 위해서만 의견을 낼 수 있는, 보이스나 다름없는 존재가 되는 거란 말입니다!"

"그렇겠지. 하지만 지금부터 이십오 년 동안은 아니야. 난 어린 몸으로 다시 태어났으니까. 내 몸은 생명의 나무 뿌리 냄새에 반응하지 않아. 변화가 일어날 만큼 나이를 먹지 않았다고."

루이스는 고집스럽게 말했다.

"변화를 원하기는 한다는 말입니까?"

"아니. 아니, 절대로 아니야. 넌 날 위해 뭘 해 줄 수 있지? 네가 배치해 놓은 도약 원반 연결망을 살펴봤어. 거기에 약간의 변화를 주기도 했는데."

최후자가 휘파람 같은 소리를 내서 지도실의 화면을 불러왔다. 링월드와 도약 원반을 비롯해 여러 가지 수치들이 표시된 화면이었다. 그는 몸을 완전히 돌리고 두 개의 머리 사이를 넓게 벌려 완벽한 양안시를 만들었다.

"그렇군요."

"최후자, 넌 연결망 전체를 다시 설정할 수도 있을 거야. 그건 이해하지만, 만약 내가 정비 점검반을 원하는 곳에서 찾지 못한다면 죽게 될 수도 있어. 넌 내게 설정 변경 권한을 줘야 해."

"알겠습니다."

"지금쯤이면 분명 음률가는 오토닥에 관한 모든 것을 알고 있겠지. 내가 모르는 건 뭘까?"

"지금 당신의 정신적 능력으로는 이해할 수 없을 겁니다."

루이스는 침묵했다.

"카를로스 우는 지금으로부터 이백 년도 더 전에 나노 기술을 기반으로 한 실험적인 의료 장비를 만들어 냈습니다. 당시 국제 연합은 카를로스 우를, 말하자면 자기네에게 독점적인 소유권이 있는 천재로 간주하고 있었지요. 당연히 그의 작업물에 대해서도 소유권을 주장했습니다. 하지만 카를로스 우는 오토닥과 함께 사라졌고 다시는 발견되지 않았습니다. 오토닥이 다시 나타난 건 그로부터 육 년 후 샤슈트−파프니르에서였지요."

최후자는 잠시 머뭇거리다가 말을 이었다.

"내 대리인이었던 네서스가 그걸 사들일 수 있었습니다. 그리고 내가 조직한 연구 팀이 그 오토닥을 가져다가 크진인과 내 종족의 생리학을 수용할 수 있고 더 많은 기능을 가진 데다 더 믿을 만한 물건으로 개량했지요. 음률가는 그 기계를 다시 뜯어고쳤습니다. 아마도 야행인까지 사용할 수 있게 만들었을 테지요. 그는 카를로스 우의 오토닥에 담긴 나노 기술을 완벽하게 터득했습니다. 실제로 나노 기계를 이용해서 도약 원반을 생산해 내고 있기도 합니다. 당신이 알아야 할 게 또 뭐가 있을까요? 아, 오토닥은 유전 정보만으로 어떤 종류의 생명체를 재건할 수 있습니다."

"'화침'호에 대해 얘기해 보지. 음률가가 거기에 무기류를 덧붙였나?"

"그렇습니다. 내 무기류를 완벽하게 터득했을 뿐 아니라 무반동추진기의 성능을 높여서 제정신이라면 지켜야 할 안전 한계를 훨씬 넘어서까지……."

"지금 그는 뭘 하고 있지?"

디스플레이장치에 새로운 창이 떠올랐다. 음률가의 검은 그림자는 얼어붙은 듯 꼼짝도 하지 않았다. 모든 움직임은 심우주에서 일어나고 있었다. 화면 속에서 하나의 점이 링월드로부터 빠른 속도로 멀어져 갔다. 변방 전쟁의 함선들은 아직 그 점을 따라잡지 못했다.

최후자가 설명했다.

"저건 선실이 아주 작고 움직임이 아주 기민한 우주선입니다. 체구가 작은 '매달린 사람' 수호자가 조종사로 탑승해 있지요. 연료는 적게 들고, 커다란 무반동추진기와 반동추진기에다 내가 갖고 있지 않았던 무기류까지 갖추었습니다. 당신도 봤다시피 선형가속기로 쏘아 올려졌고요. 연료는 회피 동작과 감속에만 사용됩니다. 음률가는 저 우주선에 '탐사선 1호'라는 이름을 붙였지요."

탐사선 1호가 엔진이 꺼진 상태일 때는 육안으로 식별하기 어려웠다. 하지만 지금은 플라스마 무기류와 미사일, 어떻게 된 것인지 레이저까지 포함한 공격을 피하느라 엔진의 불꽃을 뿜어 내고 있었다. 성간 우주를 향해 멀어져 가는 탐사선을 음률가의 장비들이 따라가며 보여 주었다.

링월드의 계 바깥쪽에는 혜성들이 존재했다. 근접해 있던 모든 질량체—행성, 위성, 소행성—들이 링월드의 계에서 제거된 것은 이미 오래전이지만, 혜성들은 링월드에 위협이 되지 않는다고 판별된 것이 틀림없었다. 어쨌든 링월드의 궤도를 변화시키거나 링월드를 끌어당길 만큼 큰 질량체는 존재하지 않았다.

거의 사십여 년 전 크미와 루이스가 링월드의 존재를 폭로한 이후로 여섯 개쯤 되는 종족의 우주선들이 그 혜성들 사이로 숨어들었다.

갑자기 화면 밖으로부터 나타난 ARM의 우주선들—인간이 만든 것으로, 국제연합의 군경 부서 소속인—이 긴 흔적을 남기며 지나갔다. 그것들은 우주선이라기보다 밧줄처럼 보였다. 그중 일부에는 더 작은 우주선들이 달려 있기도 했다.

탐사선 1호가 알전구처럼 확 밝아지더니 사라졌다.

레이저에 관해서는 확실히 잘못 생각했던 모양이군!

음률가의 화면이 넓게 회전했지만 분명한 무언가를 추적하는 것은 아니었다. 어떤 잔해나 파편도 잡히지 않았다.

'매달린 사람'이란 원숭이의 생활양식으로 살고 있는 인류형 종족들을 통칭하는 말이다. 그중에는 지적이지 않은 부류도 있었다. 하지만 매달린 사람 수호자는 인간의 지능, 혹은 그 이상을 갖추고 있을 터였다. 설사 급하게 우주 비행을 훈련받았다고 해도, 그렇기 때문에 ARM의 방어 체계를 능가할 수 있었을 것이다. 물론 음률가는 그보다 더 빨리, 더 깊이 생각할 수 있을 뿐 아니라 그에 대한 통제력을 확보하고 있으리라. 수호자에게 가장 중요한 것은 통제력인 것이다.

망원 화면이 하늘을 중심으로 반 바퀴, 거의 백팔십도 가까이 회전했다. 음률가의 시점은 흐릿한 어떤 물체에 집중되어 있었다. 일부가 부스러져 떨어져 나가고 있는 얼음으로 엉성하게 감싸인 혜성이었다.

다음 순간, 그 엉성한 얼음 구름 속에서 비행체가 하나 나타났다. 렌즈 모양의 우주선으로, 검은색 바탕에 선명한 오렌지색 선호船號가 새겨져 있었다. 점과 쉼표로 이루어진 크진의 문자였다.

최후자의 설명이 이어졌다.

"저 우주선의 이름은 '외교관'입니다. 우리는 저 우주선을 계속 관찰해 왔지요. '외교관'호는 무장이 잘되어 있는 것 같은데도 링월드의 계에 접근한 적은 한 번도 없습니다. 언제나 혜성들 사이에 숨어 있을 뿐입니다. 언제든 하이퍼드라이브로 도망칠 수 있는 상태를 유지했다는 말이지요."

"그건 크진인답지 않은데."

"저들도 배우고 있는 겁니다. 나는 '외교관'호를 크진 함대의 기함으로 생각하고 있습니다."

탐사선 1호가 돌아왔다. 삼십 분도 안 되는 시간 동안 하이퍼스페이스를 통해 링월드의 항성을 반 회전 한 것이다. 엄청난 자체 속도가 항성으로부터 멀어지는 것을 가능하게 한 듯했다. 이제 그 조그만 우주선은 방향을 바꿔 곧장 '외교관'호를 향하고 있었다.

링월드 쪽에서부터 온 전언은 '외교관'호에 아직 도달하지 않은 모양이었다. 몇 분이 지나고 나서야 크진 우주선들이 침입자에 반응했다. '외교관'호의 레이저포가 잠깐 빛나고 몇 줄기 성간 먼지가 시야에 잡혔다. 그리고 몇 대의 소형 우주선이 얼음 구름 밖으로 튀어나왔다.

탐사선 1호는 회피 기동을 시작했다. 크진 우주선의 레이저 공격으로 탐사선 1호가 눈부신 빛에 휩싸였다. 루이스는 갑작스러운 섬광에 눈살을 찌푸렸다. 음률가의 디스플레이장치는 보는 이의 시각을 보호하는 기능을 갖추고 있지 않은 모양이었다. 탐사선 1호가 레이저를 피하는가 싶더니 다시 충격파의 섬광에 휩싸였다. 그래도 여전히 잘 움직이기는 했다.

"GP 선체인가?"

루이스가 물었다.

"그렇습니다. 거기에 링월드 바닥의 구성 물질을 한 겹 더 씌웠지요."

또 다른 우주선이 가까운 곳에서 튀어나왔다. 잠깐이었지만 루이스는 그 우주선을 제대로 볼 수 있었다. '외교관'호보다 훨씬 크고 전제적으로 투명한 구형으로, 선체 내부가 복잡한 기계류로 꽉 차 있는 우주선이었다. 이미 시야에서 사라졌지만, 그 우주선은 꼭 비누 거품처럼 보였다.

"'롱샷'호야."

루이스는 분노가 솟구쳐 오르는 걸 느꼈다.

"나도 봤습니다."

최후자가 말했다.

"도망을 치다니, 역시 크진인답지 않군."

"'롱샷'호는 운송선으로 사용되고 있습니다. 위험한 곳에 투입하기에는 너무나 귀중한 자산이겠지요. 어쨌든 크진인들은 무장을 갖출 공간을 확보할 수 없을 겁니다."

"ARM과 크진이 '롱샷'호를 공동소유로 유지하게 돼 있었을 텐데. 크미와 내가 그런 전제하에 그들에게 넘겨줬다고."

탐사선 1호가 렌즈 모양 우주선에 지나치게 가까워지는 듯하더니, 쏟아지는 에너지 무기류와 더 작은 우주선들을 피해 가속했다. 갑자기 화학선의 섬광이 번쩍였다. 루이스는 눈을 질끈 감았다가 떴다. 다시 앞을 볼 수 있게 되었을 때, 탐사선 1호는 사라지고 없었다.

"방금 그게 대체 뭐였지?"

루이스가 물었다.

"반물질 탄환입니다. 신형 ARM 우주선들은 모두 반물질을 동력으로 사용하고 있습니다. 하지만 크진인이 반물질 탄환을 사용하는 건 지금껏 본 적이 없는데…… 그들도 나름대로 어딘가에서 입자가속기로 반물질 탄환을 제조한 게 분명합니다. ARM이 원료 공급처가 되는 반물질 항성계를 독점하고 있지요."

"반물질이라니! 최후자, 그건 변방 전쟁을 훨씬 더 위험하게 만드는 요소야. 링월드는 그런 종류의 위협에 너무 취약하다고."

"내 생각에도 그렇습니다."

"음률가는 지금 뭘 하고 있지?"

수호자의 그림자가 의자에서 솟구쳐 올랐다. 음률가는 어느 유명한 발레 무용수처럼 날렵한 동작으로 혜성들과 우주선들의 전경을 가로질러 타원형의 운석 방어 제어실 어딘가에 내려앉더니 그대로 사라졌다.

강철 구슬이 든 주머니처럼 생긴, 마디가 굵고 딱딱한 손 하나가 루이스의 팔을 슬쩍 건드렸다. 루이스는 감전된 듯 놀라 펄쩍 뛰었다.

"루이스, 깨어났군요!"

음률가가 활기찬 어조로 말했다.

"잘됐네요. 당신이 없다면 일이 훨씬 어려워졌을 거예요. 최후자, 거기서 나와요. 위험이란 당신에게 편한 때를 맞춰 찾아와 주는 게 아니랍니다. 루이스, 몸 상태는 괜찮은가요? 당신 심장 소리가 이상하군요."

| 소집 |

음률가는 수호자로서는 어린애나 마찬가지였다.

중년의 야행인 남성이었던 그는 생명의 나무가 자라는 동굴에 이끌릴 수밖에 없었다. 하지만 백열흘 전 고치 상태에서 빠져나왔을 때는 끊임없는 전쟁으로 단단해진 인류형 종족의 신체에 훈련을 필요로 하는 엄청난 정신력을 지니고 있었을 뿐이다.

처음에 음률가는 도시 건설자 사서들의 불완전한 지식과 종자의 지식 그리고 최후자가 인색하게 조금씩 나눠 주는 지식만으로도 만족할 수 있었으리라.

그가 슬금슬금 정보를 빼내는 식으로 최후자의 지식을 넘보기 시작했을 리는 없어. 최후자도 그 정도의 방비는 해 두었을 테니까. 일단은 그저 재미 삼아 이런저런 장비들을 만들어 보고 프로그래밍도 시험해 봤겠지. 그리고 최후자의 지식 창고를 열었을 때에야 비로소 그 모두를 한꺼번에 실행에 옮긴 거야.

그다음은 최후자가 말해 준 바 있는 사실이었다. 어느 날 갑자기 음률가가 퍼페티어만의 거주 공간에서 나타나 최후자를 내려다보고 있었던 것이다. 그때부터 그는 마치 어부가 물고기의 내장을 손질하듯 최후자의 우주선을 분해하고 부품들을 꺼내 자기만의 프로젝트를 진행했으리라.

어느 종족 출신이건 수호자는 상대를 조종하는 데 능하기 마련이었다. 지능이란 본래 그런 것이 아니던가? 스승보다 지능이 뛰어난 제자는 스승을 통제하고 싶어 한다. 수시로 스승의 균형을 흔들어 놓으려 든다. 하지만 차원이 다를 정도로 지능의 차이가 엄청나다면 상대가 동맹이건 하인이건 썰매 끄는 개건 별다를 바 없어지는 것이다.

조금 전까지만 해도 루이스는 수호자를 몰래 염탐하고 있었다. 그런데 갑자기 수호자가 바로 곁에 나타나 그의 손목을 잡고 있었다.

루이스는 겨우 입을 열었다.

"난 괜찮아. 심장에 이상이 생기기에는 지금 내 몸이 너무 어리지."

최후자의 머리와 다리가 몸 아래로 파묻히는 걸 보며 음률가가 말했다.

"그를 깨우세요. 난 바빠질 테니까요."

"물어볼 게 두 가지 있……."

루이스가 질문을 꺼냈지만 수호자는 어느새 사라지고 없었다.

최후자가 몸 아래에서 머리 하나를 꺼냈다. 목 아랫부분은 그대로 두고 눈과 입만 드러낸 채였다.

음률가가 '화침'호 바깥에서 빠른 속도로 뛰어다니며 조종 장치들을 조작하더니 어딘가를 향해 소리쳤다. 장비들이 움직이기 시작하고 재조립된 하이퍼드라이브 엔진이 가동되었다. 밖으로 노출된 부품을 남겨 둔 채 '화침'호 선체의 나머지 부분이 닫히기 시작했다. 그리고 선형가속기의 꼭대기 부분이 올림푸스 몬스의 아랫면을 가로질러 가며 방향을 바꾸었다.

최후자가 휘파람 같은 소리를 냈다.

"내가 옳았습니다! 음률가는……."

소리치다 말고 최후자의 머리가 다시 몸 아래로 사라졌다. 음률가가 돌아왔던 것이다. 음률가는 웅크리고 앉아 숨겨진 도약 원반의 조종 장치를 조작했다. 그리고 어느새 몸을 말고 있는 퍼페티어에게 다가가 용케도 뒷발질을 피해 내며 최후자를 들어 올렸다.

둘이 몸무게가 비슷할 텐데…….

루이스가 얼핏 생각하는 참에, 음률가가 소리쳤다.

"루이스, 따라오세요."

그러고는 앞으로 한 걸음 내딛더니 사라졌다.

짧은 순간, 루이스는 저항했다.

날 시험하는 거야. 물론 그렇겠지. 이대로 무작정 그를 따라가야 하나?

그것은 루이스에게 너무나 익숙한 상황이었다.

외계인 배후 주모자가 그의 삶에 불쑥 뛰어들고, 그를 일당으로 끌어들이고, 오직 저만 아는 임무를 맡기며 어디론가 내몬다. 맨 처음은 네서스였고, 다음은 최후자였으며, 그다음은 수호자가 된 틸라 브라운, 그다음은 브람이었다. 그리고 이제 음률가다. 그들은 저마다 지극히 자의적인 이유로 루이스를 선택해서, 루이스로서는 이해할 수 없는 상황 한가운데 던져 놓고, 마치 마리오네트를 조종하듯 부려 먹는다. 루이스가 돌아가는 상황을 완전히 파악할 즈음이면 뭔가 제정신하고는 거리가 먼 짓을 하게 되는 것이다.

퍼페티어라는 종족은 타고난 통제광이었다. 진짜배기 겁쟁이는 결코 위험을 등지지 않는 법이다.

수호자에게 가장 중요한 것 역시 통제력이었다.

이번에 내가 뭔가를 조금이라도 알아차릴 즈음에는 어디에 있게 될까? 무슨 짓을 하고 있을까?

짧은 순간은 지나갔다.

내가 지금 음률가를 따라가지 않는다면 결국 아무것도 하지 않는 셈이 될 거야.

루이스는 걸음을 떼었다. 그리고 바닥의 어느 곳과도 다를 바 없어 보이는 도약 원반 위로 올라서서 사라졌다.

홍수처럼 쏟아지는 태양광에 절로 눈살이 찌푸려졌다.

루이스는 높은 봉우리 위에 서 있었다. 발밑에는 도약 원반이 있고, 그 아래로 여섯 장의 부상식 받침대가 쌓여 있었다. 음률가와 최후자는 그의 아래쪽, 반투명한 잿빛 표면 위에 서 있었다.

　루이스는 일단 자신의 위치를 가늠하기 위해 링월드의 아치—링월드의 먼 쪽—를 바라보았다. 지평선 끝에서 끝까지 아치가 호선을 그리고 있었다. 회전 방향 지평선과 반회전 방향 지평선의 경계가 흐려지는 곳 위쪽으로는 넓고, 항성 뒤로 지나가는 낮 부분을 향해서는 좁아지는 형태였다. 그러고 보면 루이스가 아치를 육안으로 확인하는 것도 오랜만이었다.

　신의 주먹 산이 잃어버린 달처럼 좌현 쪽으로 흐릿하게 보였다. 링월드의 대기를 향해 불쑥 튀어나온 신의 주먹 산은 발치 근처에 이르면 사막이라기보다 달 표면의 경관 같았다. 생명체가 살지 못하는 수억 제곱킬로미터의 얽은 자국투성이가 바위처럼 보이는 것이다. 한마디로 신의 주먹 산은 거꾸로 뒤집힌 크레이터였다. 수백 년 전 외부에서 날아온 유성체 하나가 링월드의 바닥을 관통해 치솟아 올랐다. 그로 인해 고지의 토양은 껍질이 벗겨지듯 터져 나갔고 그 여파가 심지어 지금 루이스 일행이 서 있는 멀리까지 영향을 미쳤다. 그렇게 해서 노출된 스크리스는 인상적일 만큼 미끄러웠다.

　그보다 더 가까운 쪽에는 은빛 실 같은 강줄기와 은빛 조각 같은 바다 그리고 암녹색에서 점진적으로 농도가 짙어지는 생명의 색조가 보였다. 언덕 아래쪽의 땅은 널찍한 정글이었고, 그 정글을 칼로 자르듯 수 킬로미터의 강이 가로지르고 있었다.

　"발밑을 조심하세요."

　음률가의 말에 루이스는 노출된 스크리스 위로 조심스럽게 자세를 낮추었다.

그것은 기억해 둘 만한 광경이었다. 그들이 서 있는 조개껍데기 같은 경관 아래쪽은 별들이 점점이 박힌 우주의 빈 공간이었다. 이 근처에는 솟아오르는 샘도 없고 지하수도 없을 터였다. 생명을 유지하게 해 줄 것이 전혀 없으니, 괜히 쑤석거리며 일을 벌이고 다니거나 그대로 노출된 정비 점검반의 제어장치를 건드릴 존재도 없었다. 그 같은 하이테크 장비들을 숨겨 두기에 탁월한 장소인 것이다.

루이스는 음률가에게 물었다.

"지금 뭘 하고 있는 건지 설명해 주긴 할 건가?"

음률가가 대답했다.

"가능한 한 간단하게 해 보죠. 양육자로서 난 아는 게 별로 없었지만 기억하는 건 굉장히 많았어요. 양육자에서 수호자로 변이가 끝났을 때, 내가 가장 먼저 확실하게 알 수 있었던 건 링월드가 끔찍할 만큼 취약하다는 점이었죠. 그리고 난 링월드와 링월드에 사는 모든 종들을 보호하기 위해 다시 태어났다는 걸 알았어요. 그러기 위해서 해야 할 일들이 있다는 것도요. 나는 브람을 죽였어요. 내가 그를 죽여야만 한다는 걸 알았기 때문이죠. 다음으로는 최후자에게 그리고 그가 보유하고 있던 자료실에서 여러 가지를 배우면서 변방 전쟁이 어떻게 되어 가는지 지켜봤어요. 그렇게 시간이 흐르자 한동안은 혼자서 일하거나 매달린 사람 수호자들 몇과 함께하는 게 최선이라고 판단했죠. 하지만 이제 새로운 팀을 꾸려야 해요."

"뭣 때문에?"

루이스의 물음에 음률가는 대답 대신 조종 장치를 건드렸다. 정비 점검반이 위로 떠올랐다. 네 개의 부상식 받침대가 바닥에 서부터 분리되어 각각 따로 갈라졌다. 음률가는 그중 두 개 위에 올라섰다. 나머지 두 개는 퍼페티어와 인간 몫으로 넘겨주었다.

최후자가 주변을 둘러보며 말했다.

"아래로 내려가도 큰 위험은 없겠군요. 링월드 원주민은 대부분 낯선 이들에게 친절하니까요. 음률가, 당신은 내 말을 시험해 볼 수 있을 때조차 절대로 받아들이지 않습니다. 그런데 왜 나를 이 일에 포함시키려 하는 겁니까?"

"무슨 일을 시키려는 거야?"

루이스도 대답을 재촉했다.

음률가가 아래쪽으로 내려가기 시작했다. 루이스와 최후자는 부상식 받침대에 올라 그를 뒤따랐다.

수호자의 목소리는 쉽게 전달되었다. 그는 부드러운 어투로 억양의 흔적이 없는 공용어를 쓰고 있는데도, 마치 누군가 자신의 말에 끼어들리라고는 전혀 의심하지 않는 제왕이 속 깊은 곳에서부터 끌어낸 목소리로 말하는 듯이 울려 왔다.

"변방 전쟁이 점점 더 심화되고 있어요. ARM은 엔진과 무기류에 수소 융합 대신 반물질을 쓰고 있고요. 루이스, 링월드는 이런 상황에서 무사할 수 없어요. 뭔가 조치를 취해야 해요."

"그러니까 당신 계획을 설명해 보라고!"

"루이스, 구체적인 계획을 세우기 위해서는 내가 배워야 할 게 아직도 많아요. 최후자가 당신에게 그 수송선에 대해 말해 주던 가요? 퍼페티어가 만든 실험적인 엔진을 탑재한…….”

“롱샷'호 말이군. 나도 타 본 적 있어. 지금은 쥐고양이들이 갖고 있지.”

루이스가 크진인을 쥐고양이라고 부른 것은 정말이지 오랜만이었다.

“우린 그걸 되찾아올 거예요. 그 일을 위해 종자도 데려올 거고요.”

부상식 받침대가 정글의 가장자리에 까까워지고 있었다.

“종자가 뭣 때문에 당신 일에 가담하는데?”

“난 당신이 종자와 얘기해 줄 거라고 생각했어요. 종자의 아버지가 당신에게 지혜를 배우라고 그를 보냈잖아요.”

“당신의 해적질에 가담하는 걸 지혜라고 할 수 있나?”

루이스가 반문하자 최후자도 연달아 질문을 던졌다.

“당신에게 우리가 필요하다고요? 우릴 믿습니까? 당신 혼자서도 할 수 있는 일일 텐데요?”

“누군가 ‘화침'호를 조종해 줘야 하니까요. 그러지 않으면 ‘화침'호는 버려진 채로 혜성들 사이를 표류하게 될 거예요.”

수호자의 대답에, 최후자는 즉시 나섰다.

“내가 ‘화침'호를 조종할 수 있습니다.”

“최후자, 당신은 도망치고 말 거예요.”

“루이스가 기꺼이 나와 함께…….”

“루이스는 ‘롱샷'호를 조종해 본 적이 있어요. 그러니까 다시

할 수도 있겠죠. 당신은 종자와 함께 '화침'호에 남아 있게 될 거예요."

"당신이 바라는 게 그거라면……."

최후자가 대꾸했다.

음률가는 루이스를 똑바로 바라보았다.

"루이스, 당신은 맹세를 했어요. 당신은 링월드를 보호해야만 해요."

거의 제정신이 아닌 상황에 루이스는 링월드를 구하겠노라고 맹세했다. 십이 년 전, 중심이 흔들려 위기에 처한 링월드를 그가 구한 것도 바로 그 맹세 때문이었다.

루이스는 마지못해 대답했다.

"종자가 원하지 않는데도 억지로 끌어들이지는 않을 거야."

"일이 어떻게 되는지 기다려 보죠."

정글에는 꼬리가 긴 매달린 사람들이 있었다. 그들이 막대기와 배설물을 던져 대자 루이스와 최후자는 우듬지 위로 솟구쳐 올랐지만, 음률가는 부상식 받침대를 숲 가까이로 움직여 갔다. 곧 그가 우우 하고 내지르는 소리가 들려오고 뭔가를 집어 던지는 모습이 보였다. 음률가가 던지는 돌멩이와 막대기 등은 훨씬 더 빠르고 훨씬 더 정확해서 매달린 사람들로서는 감당할 수 없었다. 일 분도 되지 않아 그들 모두가 사라졌다.

음률가의 부상식 받침대가 다시 솟구쳐 올라왔다.

"링월드 원주민들이 친절하다는 소리를 다시 해 보시죠!"

루이스는 설명했다.

"음률가, 그들은 유인원이었어. 알고 있겠지만, 인류형 종족이 다 지적인 것은 아니라고. 당신이 탐사선의 조종사로 선택한 게 그들 중 하나였나?"

"그래요, 수호자로 만들어서 훈련시켰죠. 지혜란 상대적인 거니까요."

루이스는 실제로 수호자에게는 그 유인원들이나 인간인 자신이나 다를 바 없어 보이는 것은 아닐까 궁금해졌다. 수호자로 변하면 입술과 잇몸이 새의 부리 같은 형태로 딱딱하게 굳어져 찌푸릴 수도 없고 미소를 지을 수도 없게 된다. 그러니까 비웃음을 띠거나 히죽거린다 해도 루이스로서는 알아볼 수 없었다.

사방이 정글이었다. 이름을 알 수 없는 나무들이며 덩굴들이 세쿼이아에 맞먹을 정도로 거대한 일종의 팔꿈치 뿌리 나무와 삼백육십 도로 얽혀 자라고 있었다.

루이스는 안면 보호판을 적외선 모드로 바꾸었다. 지상의 빛들이 서로 얽히고, 숨어들고, 돌진하고, 스며드는 광경이 시야를 채웠다. 나무들 속의 더 큰 빛 덩어리는 나무늘보나 매달린 사람들일 터였다. 그는 머리가 온통 귀와 송곳니로만 덮인 듯 보이는 이십 킬로그램짜리 날다람쥐를 피해 급히 방향을 꺾었다. 놈이 그의 아래로 지나쳐 가면서 끔찍한 저주를 퍼부었다. 역시 인류형 종족인 모양이었다.

비행하기 좋은 날이군.

음률가가 나무들로 둘러싸인 공터에 내려앉았다. 지면은 고르지 않았다. 여기저기 불쑥 튀어나온 부분이 많고 풀들이 길게 자라 덩어리로 얽혀 있었다. 최후자도 지상으로 내려가자 루이스 또한 그들을 뒤따랐다. 여전히 별다른 것은 보이지 않았다. 하지만 잠시 후 버려진 듯한 부상식 받침대 하나가 눈에 띄었다.

대체 저게 어떻게 여기까지 온 거야?

루이스가 타고 있는 부상식 받침대가 바닥에 닿았다. 그는 원반에서 내려왔고 그제야 사방을 에워싸고 있는 이들을 보았다. 나무들 사이에서 걸어 나온 남자들과 땅속에서 튀어나온 여자들이었다. 몸집이 작고 기묘하게 생긴 그들은 저마다 조그만 날붙이로 무장하고 있었다. 똑바로 서 있는데도 그들의 키는 겨우 루이스의 가슴께에 이르는 정도였다. 장갑복을 갖춰 입은 루이스로서는 전혀 위협감을 느낄 수 없었다.

음률가가 그들에게 인사를 건네더니 빠른 속도로 말을 이었다. 루이스의 통역기는 그런 언어를 접해 본 적이 없는 모양이었다. 그래서 통역기도 루이스도 그저 듣고만 있어야 했다. 대신에 그는 풀들이 갈라진 틈으로 지하 깊숙이 이어지는 굴들을 바라보았다. 그렇게 풀들이 갈라진 곳이 쉰 군데쯤 되었다.

그들은 일종의 도시 한가운데 있었다.

오십만 년 전 이미 수조 명―짐작에 불과한 수치이긴 하지만―에 달했던 인류형 종족―링월드를 건설한 것이 분명한 팩의 후손―은 가능한 한 모든 생태적 지위를 점유한 채 살아왔다. 루이스가 지금 보고 있는 이들은 혈거인穴居人이었다. 그들은 갈색

직모로 덮인 맨몸에 동물 가죽으로 만든 주머니를 지니고 있었다. 전체적으로 유선형인 담비처럼 생긴 모습이었다.

이제 그들은 그다지 방어적으로 보이지 않았다. 몇몇은 웃고 있기도 했다. 음률가가 다시 뭔가를 얘기하자 더 많은 이들이 웃음을 터트렸다. 그들 중 하나가 땅에서 솟아오른 부분으로 올라서더니 어딘가를 가리켰다.

음률가는 답례하듯 고개를 숙여 보인 다음, 일행에게 말했다.

"종자는 회전 방향 좌현 쪽으로 하루에서 사흘쯤 걸리는 곳에서 사냥을 하고 있다는군요. 루이스, 저들이 리샤스라를 제안하네요. 뭐라고 대답할까요?"

루이스는 유혹을 느꼈지만, 금세 부끄러워졌다.

"루이스 우는 발정기가 아니라고 해."

음률가가 뭐라고 소리치자 혈거인들이 근시인 듯한 눈으로 루이스를 쳐다보며 신경질적인 웃음을 터트렸다.

루이스는 음률가에게 물었다.

"당신은 무슨 핑계를 댔지?"

"난 여기 온 지가 꽤 됐어요. 저들은 수호자에 대해 알고 있죠. 루이스, 원반에 오르세요."

| 종자 |

냄새가 아찔할 만큼 풍부했다. 수백 종의 다양한 식물들, 동물들의 냄새였다.

크진인이라면 개체 수가 지나치게 많아지기 전까지는 이곳에서 기분좋게 살아갈 수 있으리라. 다른 크진인과는 가장 가까운 곳이라고 해도 수백만 킬로미터나 떨어져 있음에도 불구하고 종자는 동족이 그립지 않았다. 다만 이곳에 대해 아버지에게 얘기해 줘야겠다는 생각이 들었을 뿐이다.

그는 포착하기 어려운 종류——몸집이 크고 치명적인 포식자——의 냄새를 확인하기 위해 코를 킁킁거렸다. 이곳에는 그런 냄새가 없었다. 오직 긴 팔로 나무 사이를 건너다니는 인류형 종족의 냄새뿐이었다.

아버지의 사냥터는 훨씬 위험했다. 그곳의 위험 수준은 하다못해 덤불의 배치까지도 주의 깊게 고려해서 조정되었다. 크진인에게는 삶에 활력을 주는 동시에 개체 수를 적절하게 낮춰 줄 만한 위협이 필요했기 때문이다.

하지만 팩 수호자들은 그런 식으로 생각하지 않았다.

루이스 우가 그에 대해 설명해 준 바 있었다. 수호자들은 '둥근 곳'들에서 진화된 생명체와 생활환경의 모방물이라 할 만한 것들을 이 세계 전역에 퍼트렸다. 다만 육식동물부터 기생충이나 박테리아에 이르기까지, 팩 양육자를 해치거나 불편하게 할 수도 있는 그 어떤 것도 남겨 두지 않았다. 현재의 놀랄 만큼 다양한 인류형 종족들을 공격하는 것은 무엇이건 링월드가 건설된 이래로 백만 년 혹은 사백만 팔란 이상에 걸친 새로운 진화의 산물이었다.

물론 그것은 루이스의 추측일 뿐이다. 루이스 자신이 그렇게 말하기도 했다.

어쨌거나 이곳은 종자에게 안전한 놀이터나 다름없었다. 언젠가는 음률가든 루이스든 그를 부를 것이고, 크진인에게 필요한 위험은 그때 가서 충분히 맛볼 수 있으리라. 지금 저 밤하늘에 빛나는 것들이 별들만은 아니라는 사실을 종자는 알고 있었다.

적외선 모드로 보이는 시야에 다른 반점들보다 큼직한 반점 하나가 잡혔다. 속도가 무색할 만큼 소리 없이 움직인 그것은 나무들 사이로 뛰어들어 좀 더 작은 빛의 무언가와 부딪치더니 그대로 멈추어……

그 순간, 음률가가 울부짖는 듯한 소리를 냈다.

비슷하게 울부짖는 소리가 억눌린 음색으로 응답해 왔다. 루이스의 느림뱅이 통역기가 뒤늦게 그 소리들을 해독해 냈다.

"종자!"

"여기 있다. 기다려라."

잠시 뒤, 루이스가 알아들을 수 있는 목소리가 들려왔다.

"루이스!"

"잘 있었나, 종자!"

루이스도 소리쳤다.

"루이스, 걱정하고 있었다! 당신 괜찮은가?"

"어려졌지. 지금은 배가 고픈 데다 안달이 나고 별로 맑은 정신도 아니지만."

"당신이 그 치료 상자에 영원히 갇혀 있을 것만 같았다!"

"종자는 당신의 상태에 대해 끊임없이 물어서 날 귀찮게 했어요. 결국 다른 곳에서 일할 거리를 찾아 줄 수밖에 없었죠."

음률가의 말에, 루이스는 감동 비슷한 것을 느꼈다.

종자가 걱정을 했다니⋯⋯.

자신이 오토닥에 생각보다 오래 머물러 있자 무언가 심각한 처치가 필요하기 때문이라고 생각한 것일 터였다. 실상은 루이스가 방해물이 될지도 모른다고 염려한 음률가가 그를 오토닥에 잡아 둔 것이었을 가능성이 높았다. 아니면 오토닥의 회춘 처치 과정을 좀 더 정교하게 만들거나 나노 기술을 연구하기 위한 시험체로 그를 이용한 것일 수도 있었다.

젠장맞을.

열두 살짜리가 그런 식의 냉소적인 생각을 품게 해서는 안 되는 거였다. 설사 열두 살짜리 크진인이라고 해도.

나무줄기를 절반쯤 올라간 육중한 고양이가 무언가를 먹고 있었다. 매달린 사람들이 멀찌감치 떨어진 채로 단단한 과일을 그에게 던져 댔다. 음률가는 타고 있던 부상식 받침대를 다시 두 개로 분리해서 그중 하나를 종자 곁으로 띄워 보냈다.

크미는 수십 년 전 퍼페티어 네서스가 자신의 탐사대에 합류시키기 위해 선발한 크진인이었다. 종자는 크미의 맏아들로, 크미가 루이스 우에게서 '지혜를 배워 오라'며 내친 상태였다. 똑바로 선 키가 아버지보다 작은 이백십 센티미터쯤 되고, 털빛은 오렌지색과 짙은 초콜릿색이 섞인 색이었다. 귀는 더 짙은 색이고, 등을 따라 마찬가지로 짙은 색 줄무늬가 있으며 초콜릿색 반점이 꼬리와 다리에 점점이 박혀 있었다. 복부에 세 줄로 뚜렷하게 새겨진 흉터는 아마도 제 아버지의 교훈일 터―물론 루이스는 절대로 물어보지 않았다―였다. 암녹색 이파리 아래로 크게 기울어진 나무줄기에 앉은 종자는 집에 있는 것처럼 아주 편안해 보였다.

"드디어 준비가 끝난 건가?"

그의 물음에, 음률가가 대답했다.

"그래요."

종자는 백오십 센티미터쯤 되는 낙하 거리를 가늠하듯 확인한 다음 몸을 비틀어 뛰어내렸고 네발로 원반에 착지했다. 원반이 그의 무게로 뚝 떨어져 내리는 바람에 미끄러지며 버둥거리던 그는 간신히 원반 가장자리를 붙들고 자리 잡았다.

크진인의 손은 뭔가를 붙잡기에 손색없지만, 손끝에서 발톱이 튀어나와 버리면 미끄러지는 수밖에 없었다. 여기서 성질을 부렸다가는 죽을 수도 있는 것이다.

그가 떨어지면 잡을 준비라도 하듯, 음률가가 타고 있는 부상식 받침대를 그의 아래쪽으로 몰아 지나쳐 갔다. 그것은 장난일 수도 있었지만 시험일 수도 있었다.

"내가 타고 온 걸 부를 걸 그랬군."

종자가 중얼거렸다. 그는 지면을 향해 떨어져 내리다가 경사진 나무줄기를 치고 올라, 루이스에게는 보이지 않는 길을 따라갔다.

잠시 후 종자의 모습이 거대하고 화려한 오렌지색 꽃들이 펼쳐진 곳에 나타났다. 종자가 타고 있던 부상식 받침대를 또 다른 부상식 받침대 위로 몰고 가더니, 찰칵하는 소리가 들리고 받침대들이 자성을 띠며 결합했다.

"땅속 사람들에게 맡겨 두었던 거다. 내게 필요할 때까지 맘대로 쓰라고 했지."

종자가 말했다.

"난 몸무게가 너무 많이 나가서 받침대가 하나뿐일 때는 아주 아주 조심해야 한다."

결합한 두 개의 부상식 받침대가 공중으로 떠올랐다. 음률가가 그 뒤를 따랐고, 둘은 경쟁하듯 날기 시작했다.

루이스도 따라잡으려 애썼지만, 경주는 아슬아슬했다. 그들은 최후자를 뒤에 남겨 둔 채 멀리까지 날아갔다.

음률가가 소리쳐 물었다.

"뭔가 알아낸 게 있나요?"

크진인도 소리쳐 대답했다.

"우리가 지난번에 이야기를 나눈 후로 더 알아낸 건 없다. 틸라가 거쳐 간 길은 기계인들의 여정과 함께 끝났다. 그녀가 루이스와 내 아버지를 두고 떠난 후 두 달이 지난 시점이었지. 난 다섯 개의 문명과 여섯 개의 종족을 만났다. 흥미롭게 공생하는 문화들과 기계인을 비롯한 다양한 부류의 매달린 사람들 속에서 지냈다. 하지만 틸라 브라운에 대한 이야기는 듣지 못했다. 탐색자나 빛을 발사하는 무기류, 진보된 기계, 플라이사이클…… 내가 생각해 낼 수 있는 건 다 물어봤지만 그들은 아무것도 몰랐다."

"그들이 당신에게 거짓말을 한 것일 수도 있나요?"

"감히 누가 그러겠나? 굳이 그럴 이유는 또 뭐고? 틸라 브라운의 길은 연속적으로 이어지는 게 아니다. 난 공중에서 그녀를 추적한 게 아니라 그녀와 탐색자가 착륙한 곳들을 찾아다녔지. 기계인들이 기억하는 건 백오십 팔란 전, 그러니까 공중 부양 건물들을 지나친 후 이삼 팔란 지난 시점의 그녀였을 뿐이고. 음률가, 날아다니는 기구들에 대한 소문을 추적해 봤나? 갈등 상황에 대한 정보들은 검토해 왔나?"

"그래요."

"루이스……."

종자가 뒤를 돌아보더니 속도를 늦추었다. 음률가도 그와 속도를 맞추었다. 그렇게 경주는 끝났다.

"루이스, 음률가가 나에게 탐색자와 틸라 브라운을 추적해 달라고 했다. 하지만 별로 찾아낸 게 없다. 그들은 칠팔십 팔란 전에 사라졌지. 그리고 흡혈귀 수호자 브람이 해 준 이야기에 따르면, 양육자로서 수리 시설에 들어섰다. 탐색자는 나이가 너무 많았던 탓인지 생명의 나무로 인해 죽었지만 틸라 브라운은 수호자가 되어 혼수상태에서 깨어났다."

종자의 말에, 음률가가 뒤를 이었다.

"난 양육자들이 어떻게 화성의 지도에 이르렀는지 알고 싶어요. 브람이 왜 틸라가 깨어나도록 내버려 두었는지도 알고 싶고요. 혼수상태인 그녀를 연구하는 게 훨씬 더 쉬웠을 텐데, 그러고 나서 죽여 버릴 수도 있었을 텐데 말이죠. 어쩌면 그런 건 사소한 문제일지도 몰라요. 하지만 난 알고 싶어요."

루이스는 어깨만 추썩였다. 사실 그 역시 궁금했다. 브람은 양육자건 수호자건 인간의 삶을 그다지 존중하지 않았기 때문이다.

"루이스, 그동안 무슨 일이 있었는지는 파악했나?"

종자가 물었다.

"젠장맞을! 아니, 못 했어. 음률가가 비밀스럽게 굴면서 날 미치게 하는 중이지."

루이스의 대답에, 음률가가 다시 나섰다.

"가면서 얘기하죠. 루이스, 당신이 날 만들었어요. 링월드의 운명을 결정짓기에 흡혈귀 수호자는 적합하지 않다고 본 거죠. 그저 브람이 적합하지 않다고 판단할 걸 수도 있겠네요. 어쨌든,

당신은 굴이라면 잘 해낼 수 있을 거라고 생각했어요. 그래서 날 수리 시설로 유혹했죠. 결국 생명의 나무 정원이 날 수호자로 만들었어요. 당신은 또 내가 브람을 죽일 거라고 예측했고, 실제로 난 브람을 죽였어요. 당신은 그 일이 초래할 결과, 영향을 고려해 봤겠죠."

분노한 기색도 없고 씁쓸함 비슷한 것도 느껴지지 않는 어조였다. 수호자의 얼굴은 딱딱하게 굳어진 가죽 같았다.

"이제 이 점을 생각해 보세요. 그 어떤 수호자도 자신의 후손들이 위험해 처했을 때 가만히 두고만 볼 수는 없다는 점을요. 당신은 분명 다른 인류형 종족들이 잘 살아가는 곳이라면 굴 아이들도 그 혜택을 볼 거라고 판단했겠지만 그 점도 생각해 봤나요? 우린 뭔가를 해야 해요. 합리적이든 아니든 행동에 옮겨야 할 때라고요. 루이스, 변방 전쟁은 당신이 오토닥에 들어가던 시점에도 충분히 상황이 나빴어요. 이제 ARM은 반물질을 동력으로 쓰는 우주선들을 보내고 있어요. 지금까지 본 것만으로도 스무 척남짓이나 되죠. 게다가 크진인은 퍼페티어의 양자 II 하이퍼드라이브 우주선을 훔쳐 냈어요. 그런 우주선을 고작 수송선으로 사용한다는 건 흥미로운 사실을 알려 주지 않나요?"

음률가의 말에 루이스도 동의했다.

"그들도 감히 그 우주선을 위험에 빠트리려 하지 않는다는 거지. 그들은 거기 탑재된 엔진을 복제하는 방법을 몰라. 그 우주선은 여전히 유일한 물건이야."

"최후자, 당신은 또 다른 '롱샷'호를 만들 수 있나요?"

음률가가 물었다.

"못합니다. 내가 조직한 연구 팀이라면 가능하겠지요. 하지만 '롱샷'호를 만든 과정에는 상당 부분 시행착오가 있었고 거기 소요된 비용은……. 나는 대가를 치러야 했습니다. 권력을 잃었을 뿐 아니라 추방당한 거나 마찬가지 처지가 되었지요. 물론 그 외에도 여러 가지 잘못을 하긴 했습니다만."

그들은 음률가의 정비 점검반을 중심으로 모여들어 함께 착륙했다.

음률가가 말했다.

"난 아무것도 하지 않고 가만있을 수 없어요. 내가 '롱샷'호에 대해 제대로 이해할 수만 있다면……. 자, 도약 원반에서 우리가 갈 곳을 다시 지정하죠. 종자, 이 연결을 통하면 당신 아버지에게 가게 될 거예요. 가 보고 싶나요?"

"난 아직 아버지에게 보여 줄 게 없다."

"따라오세요."

음률가는 그렇게만 말하고 부상식 받침대에서 도약 원반으로 걸음을 내디뎌 사라졌다.

그들은 부상식 받침대들이 누군가를 기다리듯 쌓여 있는 지하에 나타났다. 공기에서 화성의 지도 아래 위치한 동굴과 비슷한 냄새가 났다. 일행이 지하의 통로들과 동굴들을 지나는 동안, 음률가는 자랑하듯 자기 장난감들을 보여 주었다.

여남은 개의 부상식 받침대들이 거대한 레이저포를 걸음걸이의 속도로 나르고 있었다.

"최후자의 자료실에서 찾은 사양을 참고해서 만든 거예요. 몇 가지 개선점을 더하기도 했죠. 난 이걸 올림푸스 몬스에 올려놓고 링 벽을 따라 일광 신호로 이것의 설계도를 수호자들에게 보낼 생각이에요. 이제 곧 우린 의사소통을 태양 빛에 의존할 필요 없게 될 거예요. 아, 신의 주먹 위에도 하나 설치해야겠네요."

음률가가 손을 뻗어 둥지 모양으로 말려 있는 관을 잡아채더니 그 한쪽 끝에 입을 대고 불었다. 그러자 격정적인 음악 소리가 흘러나왔다.

"자, 어떻게 생각하세요?"

질문을 던진 그는 다시 관을 불었다.

이런 망할!

루이스는 마치 상상의 파트너와 춤을 추듯 허우적거렸다.

음률가는 대형 장비들을 점검하기 위해 잠시 멈추었고 분사 장치로 초전도 회로에 무언가 작업을 했다. 육칠십 개의 부상식 받침대들이 무게 때문에 기어가듯 느리게 움직이고 있었다.

"운석 방어 장치 수리기예요. 다 끝났네요. 이제 발사대로 옮겨야 해요."

도약 원반들이 통 속에서 양생되고 각종 장비들이 용액 속의 금속 내용물을 모니터링하는 중이었다. 음률가는 완성된 도약 원반을 이용해서 그것들을 운석 방어 제어실로 보냈다.

루이스는 자신이 어디를 지나왔는지 알 수 없었다.

지금 무엇을 하고 있는지도 알 수 없었다.

수호자의 머릿속은 거대한 미로 같았고, 루이스는 그 안에서 길을 잃은 기분이었다. 브람과 일할 때도 크게 다르지는 않았다. 그 흡혈귀 수호자는 용납할 수 없는 범죄를 저질렀다. 루이스는 그것을 밝혀냈고 결국 그를 야행인 가운데 하나인 굴로 대체하는 수순을 밟았다. 잘 해낸 일이기도 하고 좋은 일이기도 했다. 하지만 갑자기 자유를 얻게 되리란 것도 예측했어야 할까?

정작 수호자 스스로는 자유를 누리지 못했다. 음률가가 언제나 옳은 답을 알 수 있다면 그렇지 않은 길을 선택할 이유가 어디 있겠는가? 어리석고 가엾은 양육자가 할 수 있는 일이라고는 그를 따르는 것뿐일 터였다.

조만간 내가 조금이라도 답을 찾아내지 못한다면…….

운석 방어 제어실 내부를 바닥에서 천장까지 감싸듯 펼쳐진 화면이 변방 전쟁의 전제척인 전황을 보여 주었다. 우주선들과 거점들은 네온 색깔의 깜빡이는 커서로 표시되었다. 크진인과 인간의 우주선이 가장 많았다. 그 외에도 퍼페티어, 아웃사이더, 트리녹 등 음률가로서는 식별할 수 없는 종족들의 우주선과 탐사기가 보였다. 링월드는 그 존재를 알게 된 모든 이들에게 관심의 대상인 것이다.

크진의 우주선 한 척은 링월드의 계 내부까지 뚫고 들어와 아무런 저항도 받지 않은 채 항성 주위를 돌고 있었다.

"ARM이 나와 얘기하고 싶어 했지만 난 응답하지 않기로 했어요. 다른 세력은 아직 접촉해 오지 않았죠. 초기에는 링월드를 침공하려는 자들이 있었어요. 물론 운석 방어 장치가 다 막아 냈는데, 초소형 탐사기까지는 어쩌지 못해서 그것들이 사방에 퍼져 있게 됐어요. 나는 함선들 사이를 오가는 메시지를 가로챘지만 암호화가 너무 잘되어 있어서 해독하기 어려웠죠. 링월드의 계 내부의 혜성들 사이로 출몰한 함선과 종족 중에서 '화침'호의 데이터베이스를 통해 확인할 수 있었던 건 ARM, 크진, 트리녹, 아웃사이더 정도예요. 퍼페티어의 우주선 세 척은 계 바깥쪽에서만 버티고 있어요. 수천 대의 탐사기들은 일일이 소속을 확인할 수 없었고요. 결국 나로서는 모두가 서로 뭘 하는지 잘 알고 있다고 가정하는 게 최선이었죠. 이런 상황에서는 나 역시 비밀을 유지하기 어려울 거예요."

음률가가 화면 속의 어느 지점을 확대해 보였다.

"루이스, 이게 뭔지 아나요?"

광량을 증폭했는데도 흐릿하게만 보이는 하나의 점이었다. 전체적으로 실들을 복잡하게 짜서 검은색 레이스로 둥글게 테를 두른 듯한 모양으로, 그 한가운데 황백색 빛이 미세한 광원으로 자리하고 있었다. 우주선의 엔진으로 보이는 부분은 없었다.

"링월드 반경의 서른두 배가량 떨어진 거리에……."

"저것도 아웃사이더 우주선이야."

루이스가 말했다.

"아웃사이더가 언제나 광자 돛을 사용하는 건 아니거든. 우린 그들에게서 하이퍼드라이브 기술을 사들였지만, 그들은 하이퍼드라이브보다 성능이 더 좋은 뭔가를 가지고 있어. 다행이라면,

그들에게는 물과 중력이 전혀 쓸모없다는 거야. 그러니까 아웃사이더는 인간 세계에 아무 관심도 없다고."

"그럼 이건 뭔가요?"

음률가 화면의 초점을 옮기자 낡은 원통처럼 생긴 우주선이 보였다. 허리 어름에 창들이 반짝이고 꼬리 쪽에서 불꽃이 뿜어져 나오는 우주선이었다.

"음? 생긴 건 오래전 국제연합에서 만든 우주선처럼 보이는데. 아마도 구형 우주선에 하이퍼드라이브로 엔진을 바꿔 넣었을 거야. '발톱 싸개' 행성 소속이겠군. 그들도 자체적으로 함선을 보낸 걸까? 그 행성은 크진인 텔레파시 능력자들과 인간들이 정착한 곳이야."

"'발톱 싸개' 행성이라고요? 위협이 되는 부류인가요?"

"아니. 그들은 치명적인 무기를 갖출 능력이 없어."

"잘됐네요. 최후자, 루이스에게 '외교관'호를 보여 줬나요?"

"예, 우리는 당신의 탐사선 1호가 '외교관'호와 '롱샷'호의 랑데부를 저지하는 걸 지켜봤습니다. '롱샷'호는 하이퍼스페이스로 퇴각했지요."

"루이스, 종자, 최후자, 내 판단이 이치에 맞는지 점검할 필요가 있어요. 이게 설득력 있는 이야기인지 들어 보세요. 내가 띄운 탐사선 1호는 '롱샷'호를 겁줘서 계획된 랑데부를 못 하도록 쫓아 버렸어요. '롱샷'호는 하이퍼드라이브로 도망쳤지만 멀리 가지는 않았을 거예요. 몇 광분쯤 떨어진 곳에서 안전한 거리를 두고 더이상 위험이 없다는 걸 확인할 때까지 관찰하고 있겠죠. '롱샷'호는 그동안 수집한 정보와 자료를 '외교관'호와 교환하기 위해 돌아와야 해요. 하지만 이미 계획된 시간에는 늦어 버렸고 크진으로 복귀해야 할 텐데 일정이 뒤처져 있기 때문에 그 시간을 만회하려 애쓸 거예요. '롱샷'호는 직접 보고를 해야 해요. 그 우주선을 대신할 만한 게 대체 어디 있겠어요? 다른 모든 우주선들은 너무 느리죠. 크진인들의 고향 행성은 여기서 이백삼십 광년 떨어진 곳에 있어요. 왕복으로 치면 육백 분이 걸리는 거리예요. 그러니까 우리가 지금 당장 움직이기 시작하면 '롱샷'호가 링월드의 계로 돌아올 때까지 열 시간쯤 여유가 있는 셈이죠. 루이스, '롱샷'호는 다음번 랑데부에 맞추기 위해 서두를 거예요. 그렇지 않나요?"

"크진인이라면 어떻게든 해내겠지. 곧장 돌진하는 거야."

루이스의 대답에 종자가 발끈하며 나섰다.

"우리는 시계와 일정표에 목매지 않는다. 음률가, '외교관'호란 우주선은 공격을 당했지. 그러니 경계하고 있을 게 틀림없다."

"우주여행을 하는 자들은 언제나 시계와 일정표에 목매기 마련이야. 궤도 비행을 하는 자들도 마찬가지고."

루이스가 말했다.

"최후자, 의견 없나요?"

음률가의 물음에, 최후자가 되물었다.

"그런 추측들만 가지고 당신은 대체 어떤 위험을 감수하려는 겁니까?"

"지나쳤나 보군요. 하지만 난 도박을 해야 해요. 변방 전쟁의 움직임이 특이점을 향해 가속화되고 있으니까요. 내가 둘 수 있는 최악의 수는 아무것도 하지 않는 거라고요."

"그래서 당신 계획은 뭐지요?"

"난 '롱샷'호를 포획할 거예요."

루이스는 자신이 옳았다는 것을 알았다. 또다시 미친 임무가 떨어진 것이다. 하지만 그는 이의를 제기하는 대신 다른 점을 지적했다.

"'롱샷'호는 하이퍼드라이브로 우리보다 삼천 배는 빠르게 움직여. 그리고 링월드의 특이점으로는 절대로 접근하지 않는데."

"하지만 다른 우주선과 도킹하고 있을 때는 하이퍼드라이브를 쓸 수 없죠. 날 따라오세요."

음률가가 성큼성큼 나아가더니 사라졌다.

이번에도 루이스는 말없이 그를 뒤따랐다.

| 하누만 |

그의 지능이 허용하는 최고 한도에서 판단할 때, 탐사선 2호는 완벽한 기계였다. 그럼에도 불구하고 하누만은 작업을 계속했다. 음률가의 영역에 존재하는 온갖 환상적인 기계류 가운데 오직 탐사선 2호만이 정당한 자기 것으로 느껴지는 물건이었기 때문이다. 게다가 그는 목숨을 걸고 이 우주선을 조종해야 했다.

하누만은 그동안 음률가가 운석 구멍 복구 장치를 가지고 작업하는 것을 지켜보았다.

음률가는 작업 중에도 이야기를 계속했고 하누만은 그가 하는 이야기를 거의 다 이해할 수 있을 것 같았다. 링월드의 구멍 난 곳 내부에서 막대한 숫자의 초소형 부품들이 중요도가 덜한 물질들로부터 스크리스 다발을 뽑아내 구멍을 메우는 식으로 이 거대한 구조물을 원상으로 회복시킨다는 것이었다.

나노 기계들이 일하고 있는 동안 또 다른 작업이 진행될 터였다. 비슷한 초소형 부품들이 자성을 띤 케이블을 하누만의 몸에 난 털보다도 가늘게 짜내 링월드의 찢어진 바닥 내부에 이미 존재하는 초전도 케이블에 연결하는 작업이었다.

수호자의 본성은 행동하는 것이다. 하지만 하누만이 할 수 있는 일이라고는 음률가의 운석 구멍 복구 장치를 멀리 떨어져서 구경만 하는 것, 링월드와 그 자신을 포함해서 이곳의 모든 종족을 구할 수 있는 기계들을 건드리지 않는 것뿐이었다. 그는 자신이 이해할 수 없는 것들을 감히 건드릴 엄두도 내지 않았다.

하늘이 천오백 번 회전하는 동안, 하누만은 자신의 종족과 함께 숲에 살았다. 그는 사랑을 했고, 아이들의 아버지가 되었으며, 나이를 먹었다. 그러던 어느 날, 전신이 갑옷 같은 가죽에 덮이고 뼈마디에 옹이가 진 듯한 존재가 나타나 그에게 어떤 뿌리를 먹으라고 주었다.

하누만이 지능을 갖게 된 지는 겨우 일 팔란쯤 지났을 뿐이다. 그래도 음률가가 우월한 지능을 가진 존재라는 사실만큼은 잘 알고 있었다. 음률가의 기계를 건드린다는 것은 그가 명확하게 지시하고 가르쳐 준 대로 하지 않는 한 기계를 망가뜨리는 일밖에 되지 않을 터였다.

하지만 탐사선 2호에는 하누만도 공을 들일 수 있었다. 결국 이 우주선은 그를 죽이게 될지도 몰랐다. 하누만은 그저 이 기계를 조금이라도 더 잘 이해하기를 바랐다. 음률가—하누만보다 우월한 존재일 뿐 아니라 음률가 자신의 종족 양육자들보다 우월한 존재이기도 했다—조차도 그렇게 잘 이해하고 있는 것 같지 않았기 때문이다.

하누만은 공기가 빠져나가는 듯한 소리를 듣고 몸을 돌렸다. 음률가가 도착해 있었다. 방문객과 함께였다.

그들은 올림푸스 몬스 아래의 동굴에 있었다. 음률가가 자기 키의 절반쯤 되는 인류형 종족에게 다가가 말했다.

"하누만, 내 친구들과 함께 왔어요. 다들, 이쪽은 하누만이에요. 탐사선 2호의 조종사죠."

"종자, 루이스 우, 최후자, 안녕하세요?"

낯선 이의 목소리는 음조가 높았지만 어린애 소리 같지는 않았다.

"반가워, 하누만."

루이스는 대꾸를 하면서도 자신이 보고 있는 존재를 어떻게 정의해야 할지 고민이 되었다. 하누만은 몸무게가 이십 킬로그램 남짓, 키는 일 미터가 안 되고 오십 센티미터가 넘는 꼬리가 달렸으며 부풀어 오른 관절에 큼직한 두개골, 겹겹이 주름 잡힌 피부가 소금에 절인 가죽처럼 보이는 존재였다.

"네가 매달린 사람 수호자로군?"

"맞아요. 음률가가 날 만들고 이름을 붙여 줬죠. '하누만'은 '탐구의 화침'호에 있는 자료실에서 나온 문학작품*을 참고로 한 이름이랍니다."

---

* 힌두교의 대서사시 〈라마야나〉에 나오는 신성한 원숭이 왕의 이름.

하누만은 그렇게 대답한 뒤 언어를 바꾸었다. 굴의 언어 같았는데, 말하는 속도가 너무 빨랐다. 그와 음률가가 대화를 주고받는 동안 루이스의 통역기는 겨우 단어 몇 개를 잡아낼 수 있었을 뿐이다.

"……서둘러서……."

"……그걸 내려서 제자리에……."

"시험할 건 한 가지뿐이에요. 탐사선 2호가 무사하다면……."

원통형 기체 하나가 선형가속기 옆에 대기 중이었다. 앞코 부분이 투명한 그 우주선은 조종사만 태우기에도 너무 작아 보였는데, 뒤쪽으로 자석 코일이 천육백 미터가 넘게 뻗어 있었다.

음률가의 기계들이 이미 재조립된 하이퍼드라이브 엔진을 '화침'호의 선체에 탑재해 놓았다. 지금은 선체에서 빠져나와 있던 부분들을 도로 끌어 올리는 중이었다.

'화침'호의 절개되었던 벽에는 새로운 부분이 덧붙여져 있었다. 북처럼 생긴 원통이 선체를 가로지르는 형태였는데, 그 외부에 청동 비슷한 불투명한 물질이 덮이고 있었다. 새로이 '화침'호의 선체가 된 부분은 착륙선의 격납고로 쓰이던 창고까지 파고들었다. 루이스가 보기에는 에어록 같았다. 한 번에 여남은 명의 인간을 수용할 수 있는 굉장히 규모가 큰 에어록이었다.

청동 비슷한 물질로 덮인 가장자리가 딱 들어맞게 자리 잡았다. 다음 순간 그 청동 물질이 녹아내려 뱀처럼 바닥으로 미끄러져 떨어졌다. 하지만 선체에 남은 청동 물질은 에어록을 제자리에 단단하게 고정시켜 주었다.

"못 참겠군. 저 청동 같은 건 뭐지?"

루이스가 물었다.

"접착제예요."

하누만이 대답했지만, 루이스는 좀 더 자세한 설명을 기다렸다. 그러자 음률가가 망설임이 느껴지는 어조로 입을 열었다.

"그보다는 더 복잡한 물질이죠. 루이스, GPC의 선체에 대해 아나요? 형태는 조금씩 다르지만 GP 선체는 원자 간 결합이 인공적으로 강화된 하나의 분자라고 할 수 있어요. 그래서 강도가 아주 높지만 분자를 잘라 버리면 완전히 못쓰게 되죠. 난 그 원자 간 결합을 대체할 수 있는 물질을 가공해 냈어요. 덕분에 GP 선체를 잘라 내는 건 물론이고 GP 선체로 된 우주선들을 결합시킬 수도 있게 된 거예요. 하누만, 준비됐나요?"

"예."

"임무 수행이 최우선이에요. 그래도 가능하다면 무사히 돌아오기를 바랄게요. 자, 출발해요."

하누만이 잽싸게 돌바닥을 가로질러 가더니 소형 우주선을 타고 올라 투명한 앞코 부분을 닫았다. 우주선이 바닥이 꺼지듯 내려앉았다.

하누만은 잠시 음률가의 동료들에 대해 생각해 보았다. 종족은 알 수 없지만 그들 중 하나만 양육자였고 셋 모두 외계인의 특징을 보여 주었다. 링월드에는 이질적인, 외계 출신의 존재들인 것이다. 하누만은 '화침'호의 자료실과 거기 탑재된 컴퓨터를 통해 그들에 대해 조금은 알고 있었다.

나와 비교하면 그들은 어느 정도 위치일까?

"접착제……."

하누만은 루이스 우의 질문에 그 정도 단서만으로 나머지를 추론해 낼 수 있는지 보기 위해 그렇게 대답했다. 루이스 우는 그러지 못했다. 그렇게 영리하지는 않은 것 같았다.

하누만은 다른 매달린 사람들보다 영리하지만 음률가가 아는 것을 다 알 수는 없었다. 음률가는 언제나 옳은 답을 내놓았다. 그리고 루이스 우는 음률가가 선택한 자였다. 그것만으로 그를 신뢰해도 될 만큼 영리하다고 할 수 있을까?

덩치 큰 털북숭이 외계인은 어리고 별로 말이 없었다. 머리가 두 개인 외계인은 바다나 산처럼 나이가 많았다.

탐사선 2호의 발진 준비가 끝났다. 하누만에게는 목숨을 걸고 수행해야 할 임무가 있었다. 하지만 임무를 완수하고도 살아남는 다면 신뢰할 수 있는 자가 누구인지도 알게 될 것이다.

수소 연료가 '화침'호의 연료 탱크로 흘러 들어갔다.

음률가가 토로이드 탑을 가리켜 보이며 말했다.

"브람은 이걸 운석 방어 장치와 수리 장비를 쏘아 올리기 위해 만들었어요. 내가 손을 좀 봐서 기존의 연료와 추진기가 낼 수 있는 한도를 훨씬 능가하는 초기 속도를 얻게 만들었죠. 이제 우린 '화침'호에 승선할 거예요. 안에 들어가면 압력복을 입고 좌석에 몸을 고정하세요. 최후자, 당신은 나와 함께 앞으로 가죠. 우린 탐사선 2호를 뒤따라 발진해야 해요."

'화침'호가 용암을 가로질러 미끄러지기 시작했다. 루이스는 우주선을 따라 뛰어야 하나 잠간 생각했다. 하지만 음률가가 가까이 있던 도약 원반으로 그들을 이끌어 원반을 작동시켰다. 일행이 '화침'호에 승선하자 그는 종자와 루이스를 선원 거주 공간에 남겨 두고 최후자와 함께 통제실로 이동했다.

루이스가 압력복을 입고 있는 동안, 탐사선 2호가 번개 같은 불꽃을 내뿜으며 쏘아져 올라갔다. 발사 장치는 효율적인 것 같지 않았다. 환경에도 좋지 못할 것이다. 하지만 그 정도는 무시해도 된다고 음률가가 판단한 게 분명했다.

'화침'호가 발사대를 향해 가라앉고 있는데, 나머지 일행보다 훨씬 빠르게 옷을 갖춰 입은 음률가가 소리쳤다.

"시간 여유가 있으니까 헬멧을 쓰기 전에 뭘 좀 먹어 두세요!"

그는 진단 프로그램들을 돌려 점검을 시작했다. 도약 원반을 이용해 선내를 돌아다니며 이것저것 확인하고 장비를 조작하기도 했다. 그가 돌아온 것은 겨우 이삼 분이 지난 후였다.

'화침'호의 통제실에는 부조종사를 위한 자리가 새로 더해져 있었다. 음률가의 좌석은 그가 앉은 채로 이동할 수 있도록 몇 장의 부상식 받침대 위에 고정된 상태였다. 그는 일행을 한차례 확인—제자리에 있는지, 몸은 고정된 상태인지, 최후자가 곁에 있는지—한 다음, '화침'호를 발진시켰다.

| 맹점 |

"또 한 대 나옵니다!"

올리버 포레스티어가 소리쳤다.

1급 수사관 록새니 고디어는 벽의 디스플레이장치를 바라보았다. 링월드 가장자리를 지나 솟구쳐 오른 그것은 흐릿한 점 정도로밖에 보이지 않았다. '수염상어'호가 링월드를 둘러싸고 진행 중인 전황으로부터 멀리멀리 떨어진 혜성군 사이를 순찰하고 있기 때문이었다.

"어디서 나왔는지 봤나?"

록새니가 물었다.

"앞서와 마찬가집니다. 대양 두 개 중 하나에 있는 군도로부터 나왔죠."

'수염상어'호에 배속된 전투정찰 요원들은 사실상 아는 게 전혀 없었다. 그들은 통제실에서 연결해 주는 정보를 디스플레이장치를 통해서만 볼 수 있었다. 통제실의 사관들은 자기네가 보여주고 싶은 정보만 연결해 주었지만, 전투정찰 요원들이 이런저런 추측을 하는 것까지 막을 수는 없었다.

록새니가 말했다.

"앞서 나온 건 너무 작았지. 이번 것도 그렇군. 둘 다 우주선이 아닌 거야. 그냥 탐사기일 뿐이지."

"어쨌건 속도가 굉장히 빠르네요. 어, 저게 뭐죠?"

그것은 먼저 것들과 같은 곳에서 솟아올랐고 탐사기처럼 굉장히 빠른 속도로 움직였지만, 더 큰 점으로 다소 길게 이어졌다.

"저건 우주선이야."

록새니가 말했다.

지휘 본부도 이번에는 반응을 보일 수밖에 없겠군!

'수염상어'호가 직접 전투를 벌이지는 않을 것이다. 이 우주선은 수송선이기 때문이다. '수염상어'호는 비상시 회전 중력을 감당할 수 있도록 길고 가는 형태로 건조되었고, 스무 대의 전투정찰정을 싣고 있었다. 록새니는 그 정찰정들 중 하나 '시어矢魚'의 승조원이었다.

정찰정의 승조원은 여성 대 남성의 비율이 일 대 이고, 마흔 살에서 여든 살 사이의 연령대였다. 사령부는 마흔 살이 안 된 요원의 반사 신경을 믿지 못했다. 여든 살이 넘은 경우, 그 나이까지 진급을 못 한 데는 이유가 있을 거라고 판단했다. 태양계에서 그들은 최고의 전력이었다. 그러나 여기 이 낯선 곳에서, 그들 중 일부는 자신이 그저 평범한 수준에 불과하다는 사실을 깨닫고 놀라게 되었다.

록새니 고디어는 쉰한 살로, 여전히 최고의 전력이었다. 전투와는 거리가 먼 지금의 상황도 그녀에게는 별로 상관없었다. 지난 이 년 동안 그녀는 '수염상어'호의 평범한 오락 시설을 즐기고 몸 상태를 최상으로 유지하는 한편, 모의 전쟁에서는 무자비하게 싸우고 개인적인 교육에도 힘썼다. 그녀는 지배력 경쟁을 즐겼다. 전투정찰 요원들 중 몇몇은 그녀를 위협적으로 보기도 했다.

변방 전쟁이 영원히 지속될 수는 없을 것이다. 이 전쟁에 참여한 무장 세력들은 지나치게 강력한 에너지를 다루고 있었다. 링월드 자체도 전쟁에 뛰어들게 된다면 그 무엇도 그리 오래가지는 못하리라.

'수염상어'호가 선수를 반대로 돌리고 제한 동력 상태로 돌입했다. 선내 통신으로 지휘관의 목소리—차분하지만 마음을 진정시켜 주는 효과는 별로 없는—가 들려왔다.

— 전투정찰 요원은 들어라. 우리는 오십오 시간에서 육십 시간 내에 링월드 내계를 통과한다. 그때까지 전원 개인 정비 시간이다. 먹고, 자고, 씻어라. 출격 후에는 그러고 싶어도 그럴 여유가 없을 거다.

한두 명의 요원이 야유의 휘파람을 불었다. 열 달 전 이곳에 도착한 이래로 '수염상어'호는 단 한 대의 전투정도 출격시킨 적이 없었던 것이다.

발진은 과격했다. 루이스는 선실의 중력 발전기가 우는 소리를 들었다. 행성 하나의 중량쯤 되는 힘이 그를 깔아뭉개고 몸속의 공기를 통째로 짜내는 느낌이었다.

이런 일이 일어나서는 안 되잖아!

다음 순간……

시공이 단절되었다.

……시야가 완전히 달라졌다. 짙은 푸른빛이 검은 원반을 둘러싼 화염에 가려졌다. 그 화염이 사그라지자 검은 하늘에 그보다 더 검은 원반 같은 항성만 남았다.

루이스는 그제야 다시 숨을 쉴 수 있었다.

'화침'호의 벽이 마치 검은색 가림막을 드리운듯, 여과되지 않고 뿜어져 나오는 항성의 빛으로부터 그들을 보호해 주었다. 암순응 덕분에 루이스는 별들과 여기저기서 한 자루 창처럼 빛나는 융합 엔진의 불꽃을 식별할 수 있었다. 갑자기 우주선 한 척이 너무 가깝게 시야를 가로질렀다. ARM의 신형 함선이었다.

음률가가 입을 열었다.

"미안하게 됐군요. 내가 정지장 발생기를 좀 손봤거든요. 정지장 효과가 너무 오래 지속되고 있네요. 그 때문에 우린 취약한 상태인 데다 충분히 빨리 반응하지도 못하게 됐어요. 다시 고쳐 놓죠. 다들 무사한가요?"

"우린 완전히 뭉개져 버릴 수도 있었습니다!"

최후자가 흐느끼듯 말했다.

"하누만은 어디 있나?"

종자가 물었다.

가상 화면이 나타나더니 한 지점이 확대되었다.

"저기, 우리 앞에요."

변방 전쟁의 함선들이 하누만의 조그만 우주선과 사 분쯤 후에 그를 뒤따른 더 큰 우주선에 주목하기 시작했다. 음률가가 눈에 보이지 않는 위험을 피해 '화침'호를 좌우로 어지럽게 조종해 갔다. 그들의 앞쪽에서는 하누만이 탄 탐사선 2호가 역시 안절부절못하는 듯한 움직임으로 사방을 휘저으며 비행하는 중이었다. 항성을 가리는 검은 부분이 점점 확대되고 있었다.

음률가는 무반동추진기를 이용해서 지속적인 추진력을 얻었다. 연료가 타면서 내는 힘으로 우주선을 제어하는 것이었다. 한 순간 전방이 캄캄해지더니 다시 시야가 열렸다.

탐사선 2호가 사라지고 없었다.

루이스는 그 조그만 수호자에 대해 알게 될 기회조차 가져 보지 못했다고 생각하며 음률가에게 물었다.

"그래, 이런 일로 당신이 얻어 낸 성과는 뭐지?"

불꽃들이 그들을 추적하고 있었다. 변방 전쟁의 무기들이 '화침'호의 갈팡질팡하는 듯한 움직임을 뒤따르고 있는 것이다. 하지만 음률가는 그 모두를 무시했다.

"지금까지 본 것만으로는 아직 아무것도……."

그 순간, 탐사선 2호가 다시 나타났다. 원래 있던 곳에서 사십만 킬로미터쯤 멀어진 —세상에!— 지점이었다.

망할, 하누만이 대체 뭔 짓을 한 거야?

음률가가 말했다.

"우린 계속해서 서로를 시험하고 있군요. 그렇지 않나요, 루이스? 이제 내가 얻어 낸 성과를 보여 주죠."

"잠까……!"

퍼페티어의 관현악 같은 비명이 루이스의 고함을 뒤덮었고, 음률가가 두 손을 움직였다.

색깔과 흐름만 있었다. 형체는 없고, 그저 일정한 빛의 흐름과 몇 개의 미세한 어두운색 점 같은 것들뿐이었다.

하이퍼드라이브로 비행하면서 '맹점'을 경험한 바 있는 루이스지만 뭐든 눈으로 확인할 수 있었던 적은 없다.

항성에 이렇게 가까운 상태에서 하이퍼드라이브를 가동하는 것은 미친 짓이었다. 하지만 하누만의 탐사선 2호는 그런 짓을 감행했고 어떻게 한 것인지 노멀 스페이스로 돌아왔다. 그리고 이제 음률가가 같은 짓을 하려는 참이었다! 그들은 음률가를 저지하려고 고함쳤지만, 그는 멈추지 않았다. 음률가는 항성에 지나치게 가까운 상태에서 하이퍼드라이브를 작동시켰다.

링월드의 지구 지도에서 태어나고 자란 종자는 이 상황이 얼마나 위험한지 짐작도 하지 못했다. 올림푸스 몬스의 화구를 통과해 발진한 것만으로도 충분히 겁나는 일이었다. 빛과 어둠이 쏟아진 점들처럼 엉망으로 뒤얽힌 악몽 속에서, 그는 다만 터져 나오려는 울부짖음을 억누르고 있을 뿐이었다.

노멀 스페이스로 돌아올 때까지…….

별들이 다시 보였다. 특이점은 그들을 삼켜 버리지 않고 도로 뱉어 냈다. 루이스는 볼 수 있다는 사실을 즐기기라도 하듯 주변을 둘러보았다. 불꽃으로 테를 두른 검은 반달이 뒤쪽 아주 가까이에 있었다. 반으로 잘린 것처럼 보이는, 링월드의 항성이었다.

이론상으로, 하이퍼드라이브가 오작동을 일으킬 경우 어디로 가게 될지 알 수 없었다. 루이스는 링월드의 검은 호가 항성의 절반을 가린 광경을 보게 될 거라고는 예상치 못했다. 우주의 셀 수 없이 많은 항성들 가운데, 이 순간 가까이 있으리라고 절대로 생각할 수 없는 것이 바로 링월드의 항성이었다. 하지만 그런 일이 실제로 일어났다.

음률가가 다시 입을 열었다.

"최후자, 할 말이……? 안 되겠군요. 그럼 루이스 당신은요? 당신의 경험에 비추어 볼 때, 방금 그것이 맹점인지 아닌지 말해 줄 수 있나요?"

"맹점이란 하이퍼스페이스를 눈으로는 확인할 수 없다는 뜻이야. 하이퍼스페이스에서 창밖을 내다보려 했다가는 정신이 나가 버리지. 선실 내부만을 볼 수 있을 뿐이야. 대부분의 조종사들이 GP 선체를 도색하거나 커튼으로 창을 가리는 것도 그 때문이고. 하지만 예외적인 괴짜들도 있긴 해. 적어도 미쳐 버리지 않고 중력 탐지기를 사용할 수 있는 존재들이지. 나도 거기 포함돼. 최후자는……."

최후자는 발받침 상태가 되어 있었다.

"종자, 당신 생각은 어떤가요?"

음률가의 물음에, 종자가 대답했다.

"하이퍼스페이스에서 비행하는 동안 아무것도 볼 수 없다면 이번 일은 멋진 모험이 될 거다."

"하지만 요점은 그게 아니야!"

루이스는 너무 뻔한 사실을 설명하기 위해 애써야 했다.

"우주선이 거대한 질량체와 지나치게 가까운 상태에서 하이퍼스페이스로 진입했다가는 그대로 사라져 버린다고. 공간이 과도하게 왜곡돼 버리니까. 그럼 그 우주선의 탑승자들에게 무슨 일이 일어날까? 틀림없이 죽겠지. 아니면 우주의 어딘가 다른 곳에 떨어지거나. 그것도 아니면 아예 다른 우주로 가 버리거나. 우리에게 대체 왜 그런 일이 일어나지 않은 거지? 우린 여전히 링월드의 계에 있잖아!"

"난 온갖 기록들을 뒤져 봤지만 확신할 만한 이론을 찾지 못했어요. 그래서 내가 직접 만들어 내야 했죠. '하이퍼스페이스'는 잘못된 용어예요, 루이스. 아웃사이더의 엔진으로 접근할 수 있는 우주는 우리의 아인슈타인 우주와 일대일로 상응하지만 양자화된 고정 속도라는 게 있어요. 수학의 영역에서는 어떤 부분이든 지도로 구현할 수 있다는 걸 당신도 알 거예요. 다시 말해, 어떤 영역 안에서 각각의 지점은 그 외의 다른 지점들에 대해 고유한 위치를 점하는 것으로 표현될 수 있죠. 난 여기서의 관계도 근거리에 있는 질량체들로 인한 공간 왜곡만 일어나지 않는다면 일대일 대응일 거라고 생각했어요. 하지만 그렇다면 하누만이 했던 것과 같은 시도를 하는 우주선은 어디로도 갈 수 없겠죠. 그래서 난 대안적인 모델을 생각해 냈어요. 내가 옳았는지 확인하려면 기록된 정보들을 점검해 봐야 해요. 어쨌든 결과적으로 하누만은 하이퍼스페이스에 진입했다가 돌아왔잖아요. 잠시만요."

음률가는 자신의 조종석 앞 제어장치로 몸을 돌렸다. '화침'호가 회피 기동을 시작했다.

변방 전쟁은 그들을 내버려 두지 않았다. '화침'호 외부에서 핵융합반응의 불꽃놀이가 펼쳐졌다. 선체가 한쪽으로 확 쏠리고, 눈을 보호해 주는 어둠이 벽들을 가로질러 선내를 물들였다.

루이스는 뭔가 무거운 물건으로 음률가의 머리를 때려서라도 이야기를 계속하게 만들고 싶은 충동이 솟는 걸 느꼈지만, 음률가가 지금 불길의 폭풍 속을 비행하는 우주선을 조종하는 중이라는 사실을 감안하면 분별없는 짓일 터였다.

잠시 후, 음률가가 다시 입을 열었다.

"우리가 하이퍼스페이스에서 멀리 가지는 못했던 걸 생각해 보세요. 하누만도 마찬가지였죠. 사흘에 일 광년이 질량체로부터 자유로운 공간에서의 한계예요. 하지만 이렇게 항성 하나 정도의 질량체와 근거리라면 공간은 평평하지 않죠. 나로서는 우리가 광속을 초월할 수 있을지조차 확신할 수가 없네요. 우리는 C 지점에서 발진했어요. 그리고 이제 몇 시간 후면 혜성들 사이에 있게 될 거예요. 거기서는 하이퍼드라이브를 안전하게 쓸 수 있겠죠. 최후자, 조종을 맡아 줄 건가요?"

보석으로 치장된 퍼페티어의 갈기 위로 머리 하나가 불쑥 솟아올랐다.

"아니요."

"그럼 우주선의 기억장치에 접속해서 우리가 수집한 정보들을 불러 주세요."

질량 표시기는 기록을 남길 수 없다. 사용자의 정신이 질량 표시기를 판독하기 위한 필수 요소이기 때문이다. 음률가는 그보다 더 나은 무언가, 하이퍼드라이브 비행 중에 사진을 찍는 것 같은 무언가를 만들어 냈다.

가상의 화면이 루이스도 기억하는 색깔들의 흐름을 보여 주었다. 짙은 보랏빛 점이 올챙이 모양으로 꼬리가 생겨나며 확장되었다.

음률가가 말했다.

"이것으로 우리가 하이퍼스페이스에서 멀리 가지 못했던 이유가 설명되는군요. 링월드 항성 정도의 질량체와 지나치게 가까운 곳……."

"특이점 내부 말이지."

루이스가 끼어들었다.

"난 여기에 수학적 특이점이라고 할 만한 건 전혀 없다고 생각해요. 최후자의 자료실에는 중력 표시기에 대해 참고할 만한 정보들이 있더군요. 루이스, 중력 표시기를 사용해 본 적 있나요?"

"거기, 당신 앞에도 하나 있잖아. 그건 하이퍼드라이브로 비행하는 중에만 작동하지."

"이것 말인가요?"

수정으로 만들어진 반구 모양의 중력 표시기는 작동하지 않는 상태였다.

"이걸로 뭘 보는 거라고 생각하나요?"

"별들이지."

"별빛 말인가요?"

"……아니. 질량 표시기는 초능력을 이용하는 장치야. 그게 보여 주는 정보를 인식할 수는 있지만 평상시에 쓰는 감각으로 인식하는 건 아니라고. 마치 태양계 전체를 보고 있는 것처럼 별들이 실제보다 더 커 보이지."

"당신은 이걸 인식했던 거예요."

음률가가 유화로 그려 낸 네온 빛깔의 흐름처럼 보이는 화면을 가리키며 말했다.

"암흑 물질, 잃어버린 질량[*]이라고 할까요. 아인슈타인 우주에서는 그 어떤 도구로도 이걸 찾아낼 수 없어요. 하지만 당신들이 하이퍼스페이스라고 부르는 또 다른 영역에서는 이게 항성을 아주 가까운 위치에서 둘러싸고 있죠. 암흑 물질은 은하계를 더 육중하게 만들고, 그 회전력을 변화시켜서……."

"그러니까 우리가 그걸 뚫고 지나왔다고?"

---

[*] 1930년대의 천문학자들은 눈에 보이는 모든 물질을 모아도 그것들의 중력만으로는 은하단의 구성 물질을 제 위치에 고정시킬 수 없음을 알아냈다. 눈에 보이지 않는 뭔가가 존재한다는 의미였다. 당시의 과학계는 이를 '잃어버린 질량'이라 불렀지만 지금은 암흑 물질이라 부른다. 실제로 행성과 항성, 나무, 돌, 바다 등 우리 눈에 보이는 물질은 전체 우주 질량의 4%에 불과하다. 암흑 물질이 우주의 약 27%를 구성하고 있으며 육안은 물론 전파, 적외선, 가시광선, 자외선, 엑스선, 감마선 등의 전자기파로는 관측되지 않고 오직 중력을 통해서만 확인된다.

"잘못된 표현이에요. 루이스. 내 장비들에는 그 어떤 저항도 기록되지 않았으니까요. 그건 나중에 시험해 보죠. 다만 이게 우리에게까지 도달했다면 결과가 달라졌을지도 모르겠어요."

음률가는 올챙이 모양으로 꼬리가 달린 짙은 보랏빛 점을 보고 있었다.

"우린 찾으려고만 하면 이 우주 어디에서나 생명체를 찾을 수 있어요. 그럼 암흑 물질 내부에서 어떤 생태계가 성장해 왔다고 해도 그렇게 놀랄 일은 아니겠죠? 물론 포식자까지 포함하는 생태계 말이에요."

루이스는 어쩌면 음률가가 이미 제정신이 아닐 수도 있다는 생각을 하며 물었다.

"그러니까 당신 말은, 항성 가까이에서 하이퍼드라이브를 사용하는 우주선들이 그 포식자에게 먹혀 버린다는 거야?"

"그래요."

틀림없이 미친 거야. 하지만······.

최후자는 '화침'호의 장비들에 기록된 정보를 수집하는 작업을 계속하고 있었다. 포식자가 우주선을 삼켜 버린다는 음률가의 가설을 들었을 텐데도 움찔거리는 기색조차 보이지 않았다.

퍼페티어들은 이미 알고 있었던 거군!

"난 아주 잠깐 하이퍼드라이브를 가동했어요."

음률가의 말이 이어졌다.

"하지만 이 가설 속의 포식자는 일정 속도로 움직이죠. 아주 빠른 속도로요. 루이스, '특이점'이란 수학적인 용어예요. 확실히 여기에도 수학이 관여하지만, 공식에 무한대라는 개념을 넣어 풀어 버리는 수학보다는 훨씬 더 복잡할 거예요. 암흑 물질의 수렁 속에서 특성 속도는 극도로 느려지겠죠. 우리가 지금 무사히 살아 있다는 게 바로 그 증거예요."

"우릴 감시하는 자들이 있습니다."

최후자가 끼어들었다.

"ARM부터 크진인까지 망원경과 중성미자 탐지기에서 쏘아 내는 광선들이 포착됐습니다. 저들의 우주선이 링월드 쪽을 향해 가속하기 시작했고요. '발톱 싸개' 행성 소속 우주선에는 인간과 크진인 양쪽의 텔레파시 능력자가 타고 있는데 아직 우릴 감지하지는 못한 것 같군요. 그리고 난 크진 함대의 기함 '외교관'호가 숨어 있는 혜성군을 찾아냈습니다. 우리 뒤쪽으로 칠 광시 떨어진 곳의 항성계를 가로질러 펼쳐진 혜성군입니다. 음률가, 이제 뭘 할 겁니까?"

"우선은 간단해요. 링월드의 계 외곽을 돌면서 변방 전쟁을 지켜보는 거죠. '화침'호의 속도라면 위험 지대, 그러니까 포식자가 숨어 있는 암흑 물질 영역을 벗어날 수 있어요. 그렇게 하이퍼드라이브를 써 가며 돌아다니는 거예요. 그리고 반대쪽으로 가서 '외교관'호에 접근하죠. 전황을 지켜보면서 말이에요."

굴 수호자의 대답이었다.

몇 시간이 지났다.

변방 전쟁의 함선들은 더 이상 '화침'호의 방어력을 시험하려

들지 않았다. 링월드 자체를 제외하고는 오직 항성만이 빛나는 점이 되었을 때, 음률가가 질문을 던졌다.

"최후자, 하이퍼스페이스를 직접 인지할 수 있나요?"

"그렇습니다."

"난 못해요. 하지만 당신이 공포 때문에 '화침'호를 조종할 수 없다면 내가 해야만 해요."

최후자가 웅크리고 있던 몸을 풀고 '화침'호의 조종간을 잡으며 물었다.

"어디로 갈까요?"

"'외교관'호의 마지막 위치에서 십 광분 바깥쪽으로 가죠."

인간은 맹점을 직시할 수 없다. 직시했다가는 미쳐 버리는 게 보통이다. 하지만 질량 표시기를 하이퍼스페이스에서 방향을 잡는 도구이자 제정신을 유지하기 위한 도구로 사용할 수 있는 인간이 존재한다. 크진인 중 일부—그 일족의 여성들은 오백 년 동안 크진 지배층과 짝을 맺어 왔다—는 하이퍼스페이스를 직접적으로 인지할 수 있다.

이번에는 아무 일도 일어나지 않았다. 어둠도 없었고 무정형의 잿빛 흐름도 보이지 않았으며 뭔가를 봤다는 기억조차 없다. 루이스는 최후자가 선원 거주 공간의 선체를 불투명하게 만들어 줄 때까지 사방을 더듬거리기만 했다.

"나는 뭔가 지적인 질문을 던질 수 있을 만큼 아는 게 없다, 루이스."

종자가 말했다.

"우린 무사해. 이것만큼은 나도 이해하는데, 이게 지금껏 내가 하이퍼드라이브로 비행하는 동안 경험했던 거야. 우린…… 경계선의 바깥쪽에 있는 거지. 이젠 내가 알았던 모든 걸 잊어버려야 하겠지만 말이야."

루이스는 평생에 걸쳐 수학적 특이점이란 개념을 쓰며 생각해 왔다. 그런 체계에서, 질량이 큰 물체―항성이나 행성 따위―들의 영역은 하이퍼스페이스에서 정의되지 않았다. 따라서 우주선들은 그런 곳으로 갈 수 없었다.

"지금 우리가 탄 우주선은 표준적인 비행을 하고 있어. 그 움직임에는 속도가 있지. 우린 링월드에서 솟구쳐 올랐고, 항성 쪽으로 다가갔고, 항성을 지나쳤고, 다시 바깥쪽으로 향했어. 지금도 엄청난 속도로 곧장 항성에서 멀어지는 중이고. 하지만 최후자는 하이퍼드라이브로 링월드의 계를 우회해 가고 있어. 그러니까 우리가 다시 하이퍼스페이스에서 나갔을 때는 출발하던 당시와 같은 속도로 움직이고 있다 해도 링월드와 그 항성은 반대쪽에 있을 거야."

"밖으로 나왔습니다."

최후자가 말했다.

그들은 너무나 밝게 빛나는 항성이 하나뿐인 암흑의 공간에 있었다. 하이퍼드라이브로 비행한 시간은 겨우 오 분쯤밖에 되지 않았다.

최후자의 말이 이어졌다.

"변방 전쟁은 보통 이렇게 멀리까지 영향을 미치지 않습니다. 당분간은 안전할 겁니다. 우리 속도의 벡터는 '외교관'호 쪽을 향하고 있습니다. 그러니까 지금부터 십 분 안에, '외교관'호가 우리의 중성미자 흔적과 체렌코프복사*를 탐지해 내기 전에 움직여야 합니다."

"바깥을 좀 보죠."

음률가가 말했다.

십 광분이면 지구와 태양 사이의 거리보다 훨씬 멀다. 가상의 화면이 떠오르고, 초점이 확대되었다. 별들의 전경으로부터 느슨하게 뭉친 혜성군이 흔들리며 나타나더니 화면이 더욱 확대되고……

강철과 유리로 만들어진 렌즈가 화면을 채웠다. 혜성들로 이루어진 둥지에서 서서히 벗어난 그것은 크진 함대의 기함 '외교관'호였다.

다음 순간, 화면 속으로 그보다 더 커다란 구체가 뛰어들더니 점점 더 가까워졌다. '롱샷'호였다.

음률가는 화면을 스치듯 흘끗 보았을 뿐이다.

"저 두 우주선이 조우하는 건 몇 분 후가 될 거예요. 시간이 좀 있군요. 최후자, 조금 전 마지막 하이퍼드라이브 비행의 기록을 보여 주세요."

하이퍼카메라의 기록은 공백이었다. 루이스가 피식 웃음을 흘

---

* Cherenkov radiation, 하전 입자가 투명한 물질 속을 빛보다 빠른 속도로 통과할 때 생기는 현상으로 소립자의 검출에 쓰인다.

리자 음률가가 책망하듯 말했다.

"루이스, 애초에 볼 것 자체가 없었던 거예요. 우린 링월드의 항성을 둘러싸고 층을 이루는 암흑 물질의 봉투 바깥에 있으니까요. 암흑 물질이 별로 없는 곳에는 공간도 별로 없는 법이죠! 그게 바로 우리가 진공 상태에서 빛이 나아가는 속도보다 빠르게 움직일 수 있는 이유라고요. 이 영역에서 거리는 극단적으로 응축되기 때문이에요. 이제 내가 알아내야 할 건 왜 하나 이상의 특성 속도가 존재하는가만 남았군요. '롱샷'호를 연구해 보면 그것도 알게 되겠죠. 최후자, '외교관'호의 탐지 거리 안으로 들어가세요."

"두 척의 전함이 혜성군과 가까운 쪽에서 '외교관'호를 호위하고 있습니다."

"나도 보여요. 하이퍼드라이브를 가동하세요. 우린 빛보다 빠르게 움직이게 될 거예요."

맹점이 아주 순간적으로 지나갔다.

그들의 표적은 아직도 육안으로 확인하기에는 너무나 먼 곳에 있었다. 하지만 가상 화면은 표적을 제대로 포착해 냈다. 느슨하게 모인 검은빛 혜성들과 그 주위를 떠다니는 얼음으로 만들어진 먼지버섯 모양의 위성들 그리고 네 척의 우주선이었다. 우주선들 중 두 척은 서로 연결되어 있었다.

음률가의 옹이 진 손가락이 춤을 추자 '화침'호가 앞으로 확 나아갔다. 선실의 중력 발생기가 다시금 우는 소리를 냈다. 더 큰 우주선들, 즉 에어록이 서로 연결된 '외교관'호와 '롱샷'호가 빠르게 다가왔다. 접근 속도는 차츰 줄어들었다. 점점 더…….

"이제부터 내가 조종하죠."

음률가가 말했다.

그때, '외교관'호의 레이저포가 불을 뿜었다. 선원 거주 공간이 캄캄해졌다. 가상 화면은 빛이 아닌 뭔가를 보여 주고 있었다. 흐릿한 점들이 무리 지어 그들 쪽으로 다가왔다. '화침'호에는 로켓 엔진이 없었다. 음률가는 오직 느릿느릿한 무반동추진기만을 사용하고 있는 것이다.

다음 순간, 가상 화면이 사라지고 선체가 뭔가와 부딪친 듯 좌우로 흔들리더니 뒤로 물러났다.

'화침'호가 다른 우주선과 연결되었다는 것을 루이스가 겨우 깨달았을 때, 중력 발생기 우는 소리가 들리고 선실 중력이 거북한 느낌과 함께 돌아왔다. 서로 결합된 세 척의 우주선이 공통의 질량중심을 찾아 선체를 뒤틀고 있었다.

하지만 '외교관'호가 결합을 찢어발기듯 풀어내더니 몇 바퀴인가 구르며 멀어져 갔다.

'화침'호는 '롱샷'호를 밀어붙이기 위해 최대치의 추진력을 쓰고 있었다. '롱샷'호 크기의 질량체를 상대하기에는 과도하게 규모가 큰 '화침'호의 무반동추진기가 10G 정도의 힘을 쓰고 있는 것이다. 과거에 루이스가 '롱샷'호를 조종했을 때는 선실 중력이 없었다. '롱샷'호의 내부가 꽉 들어차 있어서 여분의 기계류를 들여놓을 공간이 없었기 때문이다. 적어도 루이스가 알기로는 그랬다. 10G면 크진인이라도 납작하게 만들어 기절시키거나 죽여 버릴 수 있었다.

크진 함대의 기함 '외교관'호는 구름 같은 한 떼의 미사일들을 발사한 후, 중심이 검은빛인 불덩어리 속으로 사라졌다. 미사일들이 번쩍였다. 음률가가 사격술을 발휘하고 있었다. '롱샷'호를 맞힐까 봐 염려되는지 다른 전함들은 발포하지 않았다. 음률가가 호위선 한 척을 폭발시키자 다른 한 척은 뒤로 물러났다. 반물질을 싣고 다니는 우주선은 아주 취약하다고 할 수 있는 것이다.

루이스는 그래서 안심이 되는지, 아니면 그저 두렵기만 한지 분간할 수 없었다.

'화침'호의 무반동추진기가 멈추고, 음률가가 자리를 벗어나며 소리쳤다.

"착륙선 격납고로 가죠!"

그리고 도약 원반으로 달려가 사라졌다.

종자는 루이스가 채 움직이기도 전에 그를 뒤따랐다. 한쪽 벽이 다시 창으로 바뀌고, 그 창을 통해 '화침'호의 선체에 처박힌 행성 꼴을 하고 있는 '롱샷'호가 보였다. '화침'호의 새 에어록에 '롱샷'호의 선실부가 정통으로 박혀 있었는데, 청동 물질로 된 접착제로 가려져 내부는 보이지 않았다.

루이스는 안전망을 벗어나는 동시에 무기를 챙겨 들고 도약 원반으로 달려갔다. 음률가가 격납고를 통과해 에어록으로 뛰어들더니, 내부를 살피고, 두 번째 문을 연 다음, 도약하는 모습이 보였다. 종자가 그 뒤를 바짝 따르고 있었다.

루이스도 격납고로 뛰어들었다. 그는 종자로부터 열 걸음쯤 뒤에서 전력으로 질주했다. 자유낙하에 돌입하려는 참이었기 때문에 몸을 앞으로 기울인 자세였고 한 손에는 레이저 무기를 들고 있었다.

이거야 영락없는 해직이잖아!

격앙된 기분으로 그런 생각을 하면서도 그는 실제로 저항이 있을 거라고는 예상하지 못했다. 하지만 음률가가 사라진 쪽에서 빛이 번쩍였다. 종자가 갑작스레 걸음을 멈추더니 시야 밖으로 도약했다.

다음 순간 자유낙하를 시작한 루이스는 두 발로 벽을 파헤치듯 박차고 무기를 쥔 손을 쭉 뻗어 내밀며 몸을 날렸다.

중력이 그를 깔아뭉개듯 바닥에 내던졌다.

그 상황에 대해 생각해 볼 시간이 있었다면 루이스로서는 혼란스러웠을 것이다. 그가 아는 한 '롱샷'호에는 중력 발생기가 없었기 때문이다.

'롱샷'호의 생명 유지 장치는 오직 조종사가 몸을 구기듯 집어넣어야 하는 조종실과 그 위로 수면과 휴식을 겸하는 좁디좁은 선실에만 있었다. 지금 그 선실은 음률가와 세 명의 크진인이 차지하고 있었는데, 크진인 중 두 명은 여기저기 잘리고 그슬린 채 오렌지색 피 웅덩이에 사지를 뻗고 죽은 상태였다.

세 번째 크진인이 이를 드러내며 노란색과 검은색이 뒤섞인 구름처럼 몸을 부풀렸다. 루이스는 상대가 종자라는 것을 확인하고 나서야 그를 겨누고 있던 레이저 무기를 거두었다.

음률가의 목소리가 울렸다.

"시간이 없어요. 루이스, 조종석에 앉으세요. 종자, '화침'호로 돌아가요. 최후자, 종자와 함께 가세요. 당신이 해야 할 일은 이미 알려 줬죠."

루이스는 종자 옆의 공간을 파고들듯이 지나가 조종석에 앉았다. 종자는 죽은 크진인 전사들을 선원 휴게실로 밀어 치우고 에어록을 향해 달려갔다. 최후자는 이미 그를 앞질러 간 후였다.

음률가가 통신기를 통해 물었다.

"최후자, 우리가 '롱샷'호에 승선했을 때 선실 중력이 느껴졌던 걸 어떻게 해석해야 하죠?"

대답은 돌아오지 않았다.

"최후자!"

최후자가 망설임이 느껴지는 어조로 말했다.

— 크진인들이 우리의 비밀 몇 가지를 풀어냈다는 뜻일 겁니다. 우리가 '롱샷'호에 채워 넣은 것들 중 일부는 자료를 수집하는 도구들이었습니다. 하지만 나머지 대부분은 순전히 눈속임용이었지요. 크진 과학자들이 '롱샷'호에 여유 공간이 얼마나 되는지 알아낸 게 분명합니다. 그들이 그런 공간에 선실 중력 발생기를 설치한 모양입니다. 그 밖에 뭐가 더 있을지는 모르겠군요. 인간이나 크진인이 '롱샷'호처럼 빠른 우주선에 추진기나 전투정, 무기류 등등을 실을 여유 공간이 있다는 걸 알았다면 어떻게 했을까요? 음률가, 당신 스스로 답을 찾을 수 없다면 루이스에게 물어보십시오.

"루이스?"

음률가가 질문을 던지듯 그를 불렀다.

"난 이 우주선이 우리 차지가 된 게 그저 기쁠 따름이야."

루이스는 '롱샷'호의 조종 장치를 탐색하는 중이었다. 원래의 조종판 옆에 조잡해 보이는 두 번째 조종판이 새로 만들어져 있었다. 모든 계기들이 점과 쉼표로 이루어진 크진의 문자로 바뀌었다.

불쾌한 감각과 함께 중력이 요동쳤다. 그들이 흩어진 탓으로 중력의 균형이 깨진 것을 '롱샷'호의 선실 중력 발생기가 감지하고 기분 나빠하는 것 같았다.

음률가가 루이스 뒤로 다가와 어깨 너머로 물었다.

"조종할 수 있겠어요?"

"그래……."

루이스는 머뭇거리며 말을 이었다.

"……눈을 감아야 하겠지만 말이야."

"당신, 크진 문자를 읽을 수 없나요?"

"없어."

"난 읽을 수 있어요. 자리를 내주고 당신은 '화침'호로 가서 동료들과 합류하세요."

"내가 할 수 있어. 조종판을 기억하고 있단 말이야."

"지금은 바뀌었잖아요. '화침'호로 가세요!"

"당신이 이 우주선을 조종할 수 있다고?"

"해내야죠. 어서 가세요."

루이스가 '화침'호의 격납고로 돌아왔을 때 종자는 이미 거기 없었다. 루이스는 분노를 참기 위해 잠시 멈춰 섰다.

전형적인 수호자의 짓거리로군! 아직 채 완성되지도 않은 능력에다 모호한 이론으로 제 목숨은 물론이고 다른 이들의 목숨까지 걸었단 말이지.

루이스로서는 십 대나 이십 대 시절에도 감수하지 않았을 위험이었다. 하지만 그것으로 끝이 아니었다. 음률가는 자신에게 루이스가 필요할지도 모른다는 이유로 루이스의 목숨을 판돈으로 삼아 놓고 이제 와서 물렸다.

젠장맞을! 또다시 노름빚을 떼먹게 됐어!

루이스는 코로 숨을 들이쉬고, 그대로 멈추었다가, 배가 납작해질 때까지 천천히 숨을 내뱉었다. 십 대나 이십 대로 돌아간 육체의 감각이 기가 막히게 좋았다.

이대로 살 수만 있다면야 멋진 일이겠지.

'화침'호가 휘청거리듯 몸을 뒤채더니 '롱샷'호에서 분리되었다. 루이스는 숨겨져 있던 도약 원반을 찾아내 선원 거주 공간으로 이동했다. 종자도 거기 있었다. 최후자는 등을 보인 채 조종 장치 앞에 앉아 있었다.

"우리끼리 따로 가야 합니다. 루이스, 종자, 몸을 고정시키십시오."

최후자가 말했다.

"난 부조종사 역할을 하기로 돼 있다."

종자의 말에, 최후자는 돌아보지도 않고 대꾸했다.

"계획이 바뀌었습니다."

루이스는 최후자가 선체들을 연결한 청동 물질 접착제를 어떻게 해결할 수 있었는지 궁금하지도 않았다.

음률가 역시 조금도 지체하지 않았다. '롱샷'호로부터 그의 목소리가 들려왔다.

— 당신 뜻대로 하세요, 최후자. 우주의 이 영역에서 당신의 적은 ARM과 크진의 우주선들, 그 밖의 거의 모든 이방인들이에요. 난 '화침'호의 선체를 스크리스로 덮어 놨어요. 방어막을 두 겹으로 만든 거죠. 그래도 반물질은 위험해요. 최선을 다해서 화성의 지도로 방향을 잡아 가세요.

최후자는 대답하지 않았다. '화침'호가 성간 우주를 향해 선수를 돌렸다.

| 우회 |

"루이스, 지금 잘못된 방향으로 가고 있는 거 아닌가?"

종자가 물었다.

'롱샷'호에서 네 개의 핵융합 엔진이 푸른빛을 발하더니 점차 멀어졌다. 하지만 그 거대한 우주선은 크게 가속하지 못했고 핵융합 엔진들이 내뿜는 불꽃으로 인해 적들이 가득한 하늘에서 두드러져 보였다.

루이스는 생각에 잠겨 있었다.

ARM이나 크진 함대가 '롱샷'호를 파괴하려 들까? '롱샷'호를 되찾고 싶다는 헛된 희망을 품고 있는 동안에는 그러지 않겠지. 양자Ⅱ 하이퍼드라이브 자체만으로도 엄청난 가치가 있으니까. 또 다른 종족이 '롱샷'호를 포획할 준비가 된 듯한 조짐만 보이지 않는다면 말이야. 만약 그런 조짐이 보인다면?

음률가는 대체 어떻게 저 거대한 우주선을 숨길 수 있을 거라고 생각한 거야? 직경이 천육백 미터나 되는 우주선인데……. 하긴, 심우주의 규모를 감안하면 조그만 물체라고 할 수도 있겠지.

그러나 음률가의 문제 중 그 어떤 것도 최후자가 지금 하고 있는 일과는 상관없었다. 최후자는 성간 우주를 향해, 자기네 고향을 향해 선수를 돌렸던 것이다.

루이스의 대답이 곧바로 돌아오지 않자, 종자가 말을 이었다.

"내 아버지는 종종 내가 실은 모르는 것을 알고 있다고 생각했다. 아버지로서는 너무 일찍 배워 버린 지식들이었지만 어쨌거나 명백한 기정사실이었겠지. 구면기하학이며, 원심력이며, 사계절이며, '둥근 곳'에서 빛이 나아가는 방식……."

"최후자는 도망가려는 거야."

루이스가 말했다.

"도망?"

최후자는 확실히 그들의 대화를 들을 수 있었다. 음률가 역시 듣고 있을지도 몰랐다.

하지만 내가 숨겨야 할 게 뭐 있어?

루이스는 말을 이었다.

"이제 온전한 우주선을 갖게 됐으니까. 최후자는 링월드를 깨지기 쉬운 곳이라고 생각하지. 그래서 덫에 걸린 것 같다고 느꼈고. 하지만 이제 링월드를 벗어났잖아. 그러니까 그는 세계 선단…… 퍼페티어들이 사는 '둥근 곳'으로 달려갈 거야."

"그럼 난 납치당한 거군! 최후자!"

최후자는 대답하지 않았다.

"나 역시 납치당했다고. 진정해."

루이스가 말했다.

"우리에겐 시간이 있어. 이 우주선으로 인간의 우주에 도달하려면 적어도 이 년은 걸릴 테니까. 세계 선단까지만 간다고 해도 몇 달은 걸리지. 생각할 시간은 충분해."

"루이스, 나에게 인내심을 다 가르치고 나면 뭘 할 건가?"

루이스는 미소 지었다.

"네 아버지의 궁전에 동상을 세워 주지."

그것은 크미와 루이스 사이에 있었던 일에서 비롯한 그들끼리의 농담이었다.

어쨌건 최후자의 목적지는 세계 선단일 것이다. 하지만 세계 선단의 정계는 이미 수년 전에 그를 최고의 지위에서 축출하지 않았던가. 퍼페티어는 훨씬 더 장기적으로 사안을 내다보는 종족이었다. 어쩌면 최후자는 자기 종족들에게 환영받지 못할지도 모른다.

희망 사항이야 얼마든지 품을 수 있는 거지.

루이스 자신에 관해서라면, 국제연합이 지식 소유권으로 엮으려 들 것이다. 말하자면 너무 많은 것을 아는 죄였다. 국제연합은 인간의 우주에 존재하는 세계들에 막강한 영향력을 행사하고 있었다. 물론 모든 세계를 지배하는 것은 아니었다. 그들의 지배력이 미치는 범위는 지구와 달 그리고 그들의 영역에 위협이 될 수도 있는 모든 표적들만을 포함했다.

십오 년쯤 전, 최후자는 캐니언에서 루이스를 찾아냈고 납치하듯 데리고 나왔다. 그곳에 남은 루이스의 재산에 대해서는 캐니언 정부나 ARM이 소유권을 주장했을 것이다. 지구에 있는 루이스의 집들도 몰수당했으리라.

그럼 어디로 가지? 그래도 어딘가 안전한 곳이 있을 텐데……. 루이스는 정말로 이런 날이 올 거라고는 생각하지 못했다.

"내가 잘 설득해 보지. 어쩌면 최후자는 우릴 인간의 우주 어딘가에 떨궈 줄 수도 있어. 그럼 네가 집으로 돌아가는 길은 내가 찾아 주지. 그보다 먼저 인간의 우주 여기저기를 구경시켜 줄 수도 있고. 재미있을 거야."

"왜 인간의 우주인가? 크진으로 가자! 그럼 내가 당신을 안내해 주지."

루이스는 '롱샷'호를 끌고 귀환했을 때 잠시일망정 종족을 초월한 영웅이었다. 그가 말했다.

"난 크진 족장들의 궁전에 머무른 적도 있고 그들의 사냥터에도 가 봤는데, 넌 언제?"

"그럼 당신이 안내해라. 내 아버지가 성장한 곳을 보여 다오."

"난 거기 가기가 겁나. 지구나 캐니언으로 가면 내가 만들어 놓은 기록물들을 보여 줄 수도 있겠지만…… 그것 역시 너무 위험하지."

심지어 스쳐 가는 몽상에서조차 ARM은 그의 재산에 대한 소유권을 주장하고 있었지 않던가.

"하지만 우리가 이곳으로 돌아오기 전에 변방 전쟁에 관해 많은 것을 알아볼 수는 있을 거야. 음률가에게는 정보가 부족하지.

그건 누구든 마찬가지겠지만. 변방 전쟁은 장미전쟁이나 베트남 전, 메카 복수전*처럼 되어 갈 거야. 영원히 끝나지 않을 것처럼 진행될 수도 있단 말이지. 전쟁을 끝낼 방법을 아무도 모르기 때문이야.”

“그렇군. 인간의 우주로 가는 게 좋겠다. 그곳 사람들이 내게 머물 곳을 주고 내 권리를 보장해 줄 거라고 생각하나?”

루이스는 웃음을 터트렸다.

“아니. 일단, 크미와 내가 가르쳐 준 방식으로 공용어만 쓰도록 해 봐. 넌 ‘발톱 싸개’ 행성이나 파프니르 출신으로, 그곳의 크진-인간 공동체에서 자란 걸로 하지. 그럼 네가 좀 이상하게 보이더라도 그러려니 할 거야. 그나저나 젠장, 우주선이 왜 안 움직이는 거야? 최후자!”

‘롱샷’호는 우주 공간과 링월드 항성의 빛 사이 어딘가로 사라지고 없었다. 그런데 ‘화침’호가 꼼짝도 하지 않은 것이다.

루이스는 소리쳤다.

“뭘 하고 있는 거야, 최후자!”

최후자가 꽥꽥거리는 소리를 내지르더니 생기 없는 어조로 말했다.

“루이스, 종자, 그 썩은 고기 먹는 작자가 내 하이퍼드라이브 엔진의 작동을 중지시켜 버렸습니다.”

---

* 마호메트는 메카 사람들에게 우상 숭배를 멈추고 알라만을 섬겨야 한다고 주장하다가 이단 자로 몰려 메디나로 피신하지만 메카는 그를 잡아 죽이기 위해 메디나를 공격한다. 이 전쟁에서 크게 패한 마호메트는 강한 군대를 양성해 복수전을 통해 메카를 손에 넣게 된다.

루이스는 할 말이 없었다.

최후자의 말이 이어졌다.

"난 링월드의 계로 돌아가는 시점을 숨기기 위해 하이퍼스페이스에서 몇 바퀴 돌 수도 있었습니다! 하지만 이제는 변방 전쟁의 모든 함선들이 내가 안전을 찾아 움직이는 걸 지켜보겠지요. 우린 집중포화를 당할 겁니다. 가장 낙관적인 전망으로 어림해도 이틀 동안은…… 음률가는 책임져야 할 게 많을 겁니다."

"도망갈 수도 있었는데 말이야."

루이스의 말에 최후자가 불협화음을 내는 관현악단 같은 소리로 코웃음 쳤다. '화침'호는 다시 방향을 돌렸다.

최후자가 도주를 감행하고 한 시간쯤 후에 혜성군으로부터 구름 떼 같은 미사일들과 스무 척 남짓의 우주선이 하나둘씩 나오기 시작했다. '화침'호가 링월드의 항성을 향해 가속하는 동안, 루이스 일행은 그 광경을 지켜보았다.

최후자는 여전히 조종석에 앉아 있었다. 종자와 루이스는 선원 거주 공간에 갇혀 있었다. 둘은 낮은 목소리로, 그렇게 하면 아무도 엿듣지 못한다는 듯이 상황에 대해 얘기를 나누었다.

루이스는 변방 전쟁이 닥쳐오는 것을 바라보았다.

속도가 빠른 편인 미사일들은 위험하지 않았다. 고속 추진이 가능한 우주선들은 반물질을 싣고 다니지 않을 것이기 때문이었다. 반물질이 보존 용기 안에서 충격받을 위험을 감수할 수는 없을 것이다. 아마도 몇몇 우주선, 특히 길고 가느다란 형태의

ARM 소속 함선들은 반물질 폭탄과 리니어모터*를 보유하고 있겠지만 '화침'호를 따라잡기에 너무 느릴 터였다.

'롱샷'호를 추적하는 것은 침략자들에게 전혀 문제가 되지 않았다. 직경 천육백 미터짜리 구체는 눈에 띄기 마련이고 '롱샷'호는 방어력이 없기 때문이었다.

두 번째 날이 되자 미사일들이 날아오기 시작했다. 그것들 대부분은 '롱샷'호를 둘러싼 구름 속으로 향했다. 음률가는 '화침'호에 레이저 회전포탑을 추가해 놓았다. 최후자가 그 포를 사용해 '화침'호를 노리고 날아온 몇십 개의 미사일을 격추시켰다.

링월드의 항성이 점점 가까워졌다. 루이스는 내항성계에 더 많은 적함들이 기다리고 있는 것은 아닐까 염려되었다.

"최후자, 방향을 돌려야 하는 거 아냐?"

"그게 바로 저들이 기대하고 있는 겁니다."

루이스는 최후자의 말이 무슨 뜻인지 의아했다. 하지만 이내 자신이 익히 알고 있는 사실 하나를 떠올리고는 똑바로 앞을 바라보았다.

위험해 봤자 얼마나 위험하겠어? 퍼페티어는 원래 겁쟁이잖아, 안 그래?

루이스는 크진인 아이 앞에서 두려움을 보일 수 없었다. 지금 이 상황을 즐기는 중이라고 스스로를 설득하는 편이 나았다.

인생 뭐 있어!

---

* linear motor, 가동부가 직선운동을 하는 전동기. 초고속 전기철도 따위에 응용된다.

하지만 최후자는 자기가 하고 있는 일보다 추적자들을 더 두려워했다. 루이스는 잠시 말을 고른 다음, 입을 열었다.

"최후자, '화침'호에 새로 장착된 모든 것은 음률가가 만들었거나 개조한 거야. 하이퍼드라이브마저도 그렇지. 게다가 음률가는 '화침'호를 손본 후에 어느 것 하나도 시험해 보지 않았어. 그런데도 넌 그 모든 걸 믿나? 심지어 정지장까지도?"

"믿어야 합니다. 여기서 우린 먹잇감일 뿐이지요. 변방 전쟁의 함선들에서 망원경을 가진 자라면 누구든 우리가 '롱샷'호를 공격하는 걸 분명히 봤을 겁니다. 루이스, 우린 그저 분산책이었습니까? 음률가가 저들의 오해를 불러일으키기 위해 우리 목숨을 내던져 버린 겁니까? 대답해 보십시오, 음률가는 내 종족보다 당신 종족에 가깝지 않습니까!"

음률가에 대한 의견을 요구하는 최후자의 질문에 루이스는 대답해 주었다.

"그를 믿지 마. 그냥 네가 할 수 있는 최선의 수를 써. 그가 아주 빨리 대응하리란 걸 염두에 두고."

"설사 우리가 링월드에 도착할 수 있다고 해도 여전히 그의 죄수겠지요. 하지만 난 받아들이지 않을 겁니다. 절대로 그러지 않을 겁니다. 내가 이해하지도 못하는 목적을 위해 위험을 무릅써야 하는 건 이제 지겹습니다."

"누가 할 소리."

'화침'호는 링 벽을 지나쳐 가면서 상당한 속도를 올렸고 여전히 가속 중이었다. 그러는 동안, 링월드의 검은색 아랫면으로부터 우주선들이 떠올랐다. 그리고 링월드의 원호 안쪽에서 항성의 빛과 수천 개의 소형 탐사기들을 후광처럼 두른 '롱샷'호가 모습을 드러냈다.

루이스는 뼈를 녹일 듯한 울부짖음과 리드미컬한 쿵쿵 소리를 들었다. 하지만 무슨 일인지 알아내기 위해 굳이 가 보지는 않았다. 그것은 그저 종자가 운동 삼아 벽을 공격(?)하면서 내는 소리였기 때문이다.

'화침'호는 링월드의 하늘을 가로질러 이리저리 비행하고 있었다. 변방 전쟁의 조마조마한 분위기 때문이었다. '화침'호가 엄청난 가속을 계속하고 있어서 선실 중력은 거의 도전에 가까운 상태였다. 하지만 그것은 '화침'호를 따르는 탐사기들도 마찬가지였다. 공격하는 자는 아무도 없지만 모든 종족들이 그들의 움직임을 감시하고 싶어 하는 것이다.

저들은 뭘 보고 있을까? 퍼페티어가 만든 GP 3번 선체와 조종석에 앉아 있는 퍼페티어겠지. 그렇다면 '화침'호는 안전할 게 틀림없어. 합법적인 지위를 가진 종족이라면 대부분 퍼페티어를 겁주는 일은 피하려 할 테니까.

링월드의 항성을 가린 검은 점이 점점 커지고 있었다.

끝내주는 비행이 되어 가는군.

갑자기 흰빛과 검은빛이 깜빡이듯 빛나자, 종자가 비꼬는 어조로 물었다.

"미사일들은 반물질을 싣고 있지 않을 거라 했나?"

"반물질 폭탄을 맞은 우주선이 폭발한 걸 수도 있지. 그 경우에도 저런 식의 빛이 보이니까. 물론 내 추측일 뿐이지만. 최후자, 회피 기동을 계속해."

루이스의 주문에 최후자가 되쏘았다.

"뭘 회피하란 말입니까? 그쪽에는 신경 쓰지 말고 이거나 생각해 보십시오. 저들이 음률가를 죽이면 어떻게 하지요? 당신은 또 다른 수호자를 선택할 겁니까? 아니면 아무도 선택하지 않을 생각입니까?"

"음률가는 뭘 하고 있지?"

최후자는 대답 대신 가상의 창을 띄웠다.

직경 천육백 미터의 구체를 감싼 껍질을 향해 미사일들과 우주선들이 떼를 지어 모여들고 있었다. 레이저포가 발사되고 폭탄이 터지면서 그 일대가 번쩍거렸다. 함선들 중 한 척이 정신 줄을 놓기라도 했는지 '롱샷'호를 향해 포문을 열자 그에 질세라 다른 함선들도 공격에 가세한 것이었다.

'롱샷'호가 방향을 돌렸다. 레이저가 두 차례 번쩍이고, 네 개의 구식 로켓엔진이 불꽃을 뿜었다.

다음 순간, '롱샷'호는 사라지고 없었다.

"하이퍼스페이스로 도망갔군. 미친 자식! 맹점에 먹혀 버리지만 않는다면 음률가는 추적자들을 따돌리게 될 거야."

루이스가 말했다.

"음률가가 죽는다면 당신은 어떻게 할 겁니까?"

최후자는 끈질기게 물었다.

"이곳엔 생명의 나무가 넘칠 만큼 많아. 나도 뭔가를 하긴 해야겠지. 아무것도 하지 않으면 링 벽의 수호자들이 모든 것을 차지하게 될 테니까. 그건 좋지 않아. 그자들은 주류를 이루는 인류형 종족들의 발전과 너무나 동떨어진 상태로 진화해 왔지. 게다가 지금의 상황에 대해 충분히 알지도 못하고. 그러니까 최후자, 굴이 여전히 최선의 선택지야. 그들은 자칼 같은 생활양식으로 살아가. 어떤 종류의 생명체든 결국은 그들의 것이 되지. 그들은 모두의 삶을 더 좋게, 더 안전하게 만듦으로써 자기 종족의 삶에 최선의 선택을 하는 거야. 그 점을 차치하고라도, 그들의 일광 통신체계는 놀랄 만한 발명이잖아. 우리에겐 그게 필요해."

"음률가는 오만하고 매사를 조종하려 듭니다."

최후자의 말이 끝나는 순간, 항성을 뒤덮은 검은 반점이 확 커지며 그들을 집어삼켰다.

시공이 단절되었다.

| 반물질 폭탄 |

이틀 동안 '수염상어'호는 가속을 계속했다. 그리고 어느 순간 하나의 항성과 링월드로 이루어진 계를 눈앞에 두고 있었다. 몇 시간 안에 수송선이 링 벽을 스치듯 지나갈 터였다. 그 순간 선택의 기회가 열리게 된다. '수염상어'호는 선체의 전장 길이에 맞먹는 리니어모터를 탑재하고 있었다. 정찰정를 링월드의 영역으로 발진시킬 수 있는 것이다.

전투정찰 요원들은 그 순간을 기다리고 있었다.

크진인들이 점유하고 있는 혜성군과 진공 속으로 들어간 것이 무엇이건 간에 그 일은 '수염상어'호 위쪽의 머나먼 곳, 반쯤 숨겨진 빙정의 안개 속에서 일어났다. 물론 전투정찰 요원들도 추측하는 것은 가능했다. 그 영역을 조사하기 위해 보낸 탐사기들이 저마다 맡은 임무를 수행하고 있었다. 반면에 공격자들은 시야에 있지만 도망 중이었다.

"조그만 놈은 GP 선체군요. 소속이야 알 수 없지만."

2급 수사관 클라우스 라시드가 말했다.

"퍼페티어는 아니겠지. 그자들은 지나치게 겁이 많으니까."

록새니가 대꾸했다.

"하지만 크고 느린 놈은 '롱샷'호가 분명합니다."

변방 전쟁에 뛰어든 모든 종족이 그 우주선들에 주목하고 있었다. 두 척의 우주선은 대여섯 개의 문명화된 종족들이 쏘아 보낸 탐사기들에 둘러싸인 상태였다. 탐사기들이 보내오는 정보가 휴게실의 모니터에 표시되었다. 피어슨의 퍼페티어 하나가 GP 3번 선체로 만들어진 우주선를 조종하고 있었다. '롱샷'호의 조종사는 인간으로 보였다.

"'롱샷'호는 우리 겁니다. 이건 '롱샷'호를 되찾아올 기회가 될수도 있겠군요."

클라우스가 말했다.

그들은 계속해서 탐사기들이 보내오는 정보를 지켜보았다. '롱샷'호를 둘러싸고 갑작스러운 화력의 폭발—워낙에 가치를 측량할 수 없을 만큼 귀한 우주선이다 보니 위협사격에 불과했지만—이 일어났다. 동료들이 악담을 퍼붓는 것을 보고 록새니는 미소를 지었다. 하지만 다음 순간 그녀의 미소가 사그라지고 승조원들의 악담도 멈추었다. 수정 구체가 갑자기 꺼지듯 사라진 것이다.

그리고 마침내 명령이 떨어졌다.

— 전투정찰 요원은 들어라! 전 요원, 전투정에 탑승한다!

비누 거품처럼 사라져 버렸어. 어떻게 한 거지?

록새니는 머릿속으로 생각면서도 자신의 전투 위치를 향해 복도를 서둘러 달려가고 있었다. 그 좁고 한정된 공간에서 날 수 있기라도 한 듯 움직이는 체격 좋고 잘생긴 사내들을 피해 가며 계속해서 달렸다.

그녀의 전투 위치는 '시어'였다. 록새니는 입구를 기듯이 통과해 자신에게 배정된 좌석에 앉았다. 클라우스가 그녀를 뒤따라 들어왔다. 세 번째 승조원은…….

"올리버는 어딨는 거야?"

록새니가 날카롭게 소리치는 순간, 올리버가 몸을 날려 안으로 들어서더니 자기 자리에 앉았다. 세 사람은 서로 등을 마주한 채 벽의 디스플레이장치를 지켜보았다.

"이번에는 출격시켜 주겠습니까?"

올리버가 물었다.

록새니는 씨익 미소 지었다. 그녀는 이런 순간이 좋았다. 자신과 두 명의 남성이 뿜어내는 페로몬이 빠져나갈 길 없이 들어찬 공간, 하지만 너무 비좁은 탓에 그 어떤 수작도 부릴 여지가 없는 이런 상황이 좋았다. 클라우스와 올리버는 이미 그녀가 위협적인 인물이란 사실을 알고 있었다.

"우린 출격할 거야."

록새니는 단정하듯 말했다.

"저 우주선들이 무슨 짓을 하느냐에 따라서는 링월드를 아주 가깝게 볼 수도 있을걸. 심지어 링월드 표면에 착륙하게 될지도 몰라. 각오들 단단히 해 둬라, 자식들아! 드디어 우리가 간다!"

선체가 한차례 몸서리를 쳤다. 루이스도 몸서리를 쳤고, 그를 둘러싼 모든 것의 상태가 바뀌었다. '화침'호가 정지장에서 나온 것이다.

한쪽으로 보이는 전경은 가려진 항성의 검은빛 지평 위로 무시무시하게 빛나는 코로나였다. 후미 쪽은 오직 캄캄한 어둠뿐이었다. 항성도 차츰 물러나고 있었다.

루이스는 최후자의 선실 디스플레이장치를 볼 수 없었다.

잘된 일이지.

그 도표들이며 적외선 표시 지표들을 볼 수 있었다면 선체 온도가 치솟는 것처럼 느껴졌을 것이다. 퍼페티어에 관한 한 분명한 사실이 있었다. 그들은 결코 위험을 간과하지 않는다는 것, 위험이 존재하는데도 모른 척하지는 않는다는 것이다. 그들은 결코 위험에 등을 돌리는 법이 없었다.

……뒷발질을 위해서가 아니라면 말이야.

전방으로 코로나의 가스가 번쩍이는 호선을 그리며 지나갔다. 별들은 그 붉은 광휘 속에 숨어 있었다. 하지만 사실 그 빛은 '화침'호의 보이지 않는 선체가 뿜어내는 흑체복사*일 터였다.

변방 전쟁의 함선들은 더 이상 보이지 않았다. 최후자가 항성을 통과하며 에어로브레이크를 걸어 추적자들을 따돌려 버린 것

---

* black body radiation, 흑체에서 방출되는 열복사. 온도와 상관관계가 있어서 어떤 물체에서 방출되는 복사에너지나 색을 측정하면 그 온도를 알 수 있다.

이다.

그들은 링월드를 가로질러 밤의 그림자를 드리우고 있는 차광판들 가까이에 이미 도달해 있었다. 최후자가 '화침'호를 차광판들 중 하나의 뒤쪽으로 움직여 가더니 거기서부터 상당량의 가속도를 올려 도망치기 시작했다.

루이스는 음률가가 운석 방어 장치를 가동하고 있을지 아닐지 느긋하게 생각해 보았다.

과거에 한차례 운석 방어 장치가 루이스를 격추시킨 바 있었다. '거짓말쟁이 자식'호는 정지장에 든 채로 링월드의 바닥에 거칠게 충돌했고 지표를 가로질러 기다란 고랑을 만들며 미끄러졌다. 당시 루이스의 일행은 어디 한 군데 멍조차 들지 않고 살아남았다.

그러나 이번에는 음률가가 정지장을 가동시키는 타이밍을 엉망으로 잡아 놓은 모양이었다. 다행히 링월드의 항성을 동력으로 하는 초고온 레이저는 발사되지 않았거나 발사되었더라도 '화침'호를 요격할 만큼 충분히 빠르지 못했다.

다만 변방 전쟁의 함선들도 그들을 포착해 내고 말았다.

"우린 추적당하고 있다."

종자의 말에, 최후자가 받아쳤다.

"내가 저들을 떨쳐 버릴 겁니다. 방해하지 마십시오."

링월드가 마치 거대한 파리채인 양 정면으로 닥쳐왔다. '화침'호는 기다란 띠를 이루고 있는 밤 지역을 향해 똑바로 방향을 잡고 급강하를 시작했다.

루이스는 바로 아래쪽에 펼쳐진 또 다른 대양을 보았다. '화침' 호가 하강함에 따라 거대한 다이아몬드 형태로 군집을 이룬 섬들이 측면으로 멀어져 갔다. 최후자는 지구보다 몇 배는 큰 규모의 납작한 모래시계처럼 누워 있는, 번갯불 번쩍이는 구름을 목표로 잡았다.

눈동자 폭풍은 링월드 바닥을 관통한 운석의 존재를 알려 주는 가시적인 표지판이다.

또한 링월드의 눈동자 폭풍은 행성들에서 일어나는 허리케인이나 토네이도의 등가물이라 할 수 있다. 그 구멍을 통해 공기가 누출된 탓에 부분적인 진공상태가 만들어진다. 회전 방향으로부터 빠져나온 공기의 흐름은 링월드의 회전 속도를 거스르느라 느려지고 무게가 가벼워져 위로 솟아오르려 한다. 반회전 방향으로부터 빠져나온 공기의 흐름은 속도가 빨라지고 무게는 무거워져 아래로 가라앉으려 한다.

그래서 눈동자 폭풍을 위에서 보면 전체적으로 목 부분에 구멍이 난 납작한 모래시계를 대충 그려 놓은 형태가 된다. 좌현이나 우현 쪽에서 보면 눈 모양으로, 위아래 눈꺼풀과 중심을 가로질러 폭풍의 소용돌이가 있고 그 위쪽으로 높이 새털구름 같은 눈썹이 자리한 형태였다.

구멍이 얼마나 크건 간에 지금쯤은 링월드의 수호자—음률가인지 그 이전의 브람인지는 알 수 없지만—가 메워 놓았을 것이다, 링월드에서 일어난 공기 누출은 회복이 어렵기 때문에 수호자가 그대로 두었을 리 없었다. 그런 폭풍이 형성되려면 여러 세대가 걸린다는 점을 감안하면, 루이스 일행이 지금 보고 있는 폭풍의 심장부에 위치한 운석 크레이터는 크기가 작고 오래된 것일 터였다.

모래시계의 소용돌이치는 목구멍을 향해 급강하하던 최후자가 힘겹게 속도를 늦추었다. 하지만 아직도 한 척의 대형 우주선과 그보다 작은 두 척의 우주선이 그들의 항적을 뒤쫓고 있었다. 다음 순간 '화침'호는 마치 자살 충동에 휩싸인 미치광이처럼 검은 회오리 속으로 뛰어들었다. 그리고 운석으로 인해 생긴 크레이터를 관통하여 캄캄한 성간 우주로 나온 후, 그 주위를 천천히 선회하다가 상승했다.

최후자는 링월드의 검은색 아랫면을 향해 레이저를 발포했다. 또 다른 고대의 운석이 부숴 놓은 쇄관鎖管들 일부가 붉은빛으로 번쩍였다.

음률가에게 얘기해야 해.

그 광경을 보며 루이스는 생각했다.

링월드는 낡아서 마모되고 있었다. 공기가 빠져나가고 저수량이 줄어들었다. 링의 아랫면이며, 링 벽이며, 땅의 경관이며, 모든 곳이 수리를 필요로 했다.

그래, 우리한테 남아도는 게 시간이니까 말이지.

그들은 이제 기둥처럼 두꺼운 빙정들을 통과해 가고 있었다. 얼어붙은 바닷물 덩어리가 서서히 끓기 시작했다.

인생 뭐 있어!

갑자기 종자가 소리쳤다.

"루이스, 그 소리 좀 그만해라!"

저도 모르게 소리 내 말해 버린 모양이었다.

"아, 미안."

"나도 그게 무슨 뜻인지는 안다. 수억이나 되는 너희 종족은 안전이 보장되는 조건하에 기절할 만큼 겁나는 상황에 놓일 특권 따위를 사기 위해 상당한 대가를 지불하지. 하지만 영웅이란 진짜 위험을 감수하는 법이다!"

"그래, 브람과 싸울 때 네가 그랬지."

그 순간, '화침'호가 위로 확 쏠렸다.

"자, 간다!"

이건 죽음의 함정 같은 게 아니야. 인생 뭐 있어!

거품 어린 검은빛 해빙海氷이 거의 다 끓어올랐다. 운석이 부딪쳐 남긴 구멍을 거칠게 치고 올라온 '화침'호는 마지막 얼음 장벽을 뚫고 바다 위로 솟구쳤다.

이윽고 '화침'호가 검은빛 바다에 선체를 띄우고 안정 상태에 들어갔다.

"여기 머물러야 할 것 같습니다."

최후자는 그렇게 말한 다음, 도약 원반의 덮개를 열고 제어장치로 뭔가 작업을 했다.

"지금까지의 상황 중에서 네가 예측한 건 어느 정도지?"

루이스가 물었다.

"만약의 경우들을 생각해 본 정돕니다."

최후자는 작업을 계속하며 말했다.

"음률가가 만의 하나라도 내게 '화침'호를 조종할 기회를 준다면 '화침'호를 숨길 장소가 필요하게 될 거라고 생각했지요. 루이스, 도약 원반 연결망이 개방돼 있습니다. 여기 이 연결을 활성화하면 수리 시설로 이동합니다."

종자의 두 귀가 쫑긋 섰다. 그는 마치 테니스 경기를 관전하듯 그들을 지켜보고 있었다.

루이스는 곰곰이 생각해 보았다. 그들을 둘러싼 바다는 얼음 장벽이 다시 생겨날 때까지 해수를 잃게 될 것이다. 그들이 끓여 버린 바닷물로 인해 피어오른 수증기 기둥을 보고 음률가가 '화침'호를 찾아낼 수도 있었다.

그럴 여유가 있다면 말이지.

하지만 '롱샷'호는 노멀 스페이스에서 느리게 움직일 수밖에 없었다. 항성 가까이에서 하이퍼드라이브를 가동하는 것이 확실한 죽음을 의미하지는 않는다 해도 위험한 짓임은 분명하기 때문이었다. 음률가와 '롱샷'호는 앞으로도 며칠은 하늘을 가로지르며 추적자들에게 쫓길 터였다.

그렇다면 '화침'호는…….

"최후자, '화침'호를 숨길 수는 없어."

"지금 숨기고 있잖습니까."

"우린 '화침'호에 드나들 필요가 있어. 먹을 것도 필요하고, 잠도 자야 하고, 씻기도 해야 하고, 압력복이 필요하게 될 수도 있고……. 무엇보다 우리에겐 도약 원반 연결망이 필요해. 그건 음률가도 마찬가지지."

"난 '화침'호의 위치를 숨길 수 있습니다. 루이스."

최후자는 아직도 자신이 통제력을 가질 수 있으리라는 환상을 좇는 모양이었다.

쓸데없는 짓 같은데……. 하긴 뭐, 나도 마찬가지잖아.

루이스는 말했다.

"이러면 어떨까, 음률가가 '화침'호를 지켜보고 있는 동안 우린 '롱샷'호를 훔치는 거야."

"어떻게 말입니까?"

"그건 모르지. 하지만 난 음률가나 네가 조종하는 꼭두각시 노릇을 하며 이리저리 휘둘리는 데 넌덜머리가 나. 최후자, 분명 괜찮은 방법이 있을 거야!"

"음률가가 자기 일에 몰두하고 있는 동안, 우리가 뭔가를 해낼 시간이 하루 이틀은 있을 것 같군요."

그들은 도약 원반을 통해 운석 방어 제어실로 이동했다.

한낮의 빛이 눈동자 폭풍을 휩쓸고 지나갔다. 루이스는 항성의 테두리와 차광판들의 검은색 모서리를 지나 삼억 킬로미터는 떨어진 곳을 바라보았다. 은빛 매듭과 실은 여전히 강과 호수와 바다를 나타냈지만, 세월의 흐름과 구멍으로 남은 상처는 이 땅에서 생기를 빼앗고 있었다.

세 척의 우주선이 회피 기동을 하면서 눈동자 폭풍으로 만들어진 납작한 모래시계를 들락거렸다. '화침'호를 따라온 자들이 분명했다. 그중 큰 것은 크진 소속이었고, 가장 작은 것은 ARM 의 전투정이었으며 나머지 하나 역시 ARM 소속이었다. 심부 레이더를 갖춘 우주선이라면 으레 그렇듯 그들은 이미 구름을 뚫고 서로의 존재를 확인한 후일 터였다.

링월드의 축소판 화면에서 산발적으로 번개가 번쩍였다. 하지만 그것들 중 하나의 갑작스러운 번쩍임은 번개라고 보기에는 지나치게 밝았다.

"반물질 폭탄을 싣고 다니는 함선의 문제는 대원들이 그걸 밖으로 내던져 버릴 수만 있다면 그 어떤 핑곗거리라도 써먹으려 든다는 거지."

루이스가 평가하듯 말했다.

ARM 함선과 전투정은 둘 다 크진 함선을 쫓고 있었다. 크진 함선이 다시 구름 속으로 뛰어들었다. 눈동자 폭풍의 축을 따라 우주선들의 심부 레이더 그림자가 움직이는 것이 보였다. ARM 의 함선은 크진 함선의 항적을 계속해서 쫓았고, 전투정은 열린 공중으로 쏘아지듯 나왔다.

다음 순간 크진 함선이 사라지더니 링월드의 구멍을 관통해서 밖으로 나왔다.

ARM의 함선과 전투정은 지금쯤 아마도 일조 평방미터의 링월드 어딘가에 있을 것이다. 그들은 이후 몇 시간 동안 그 지역을 이리저리 돌아다니다가 이따금 눈동자 폭풍 쪽으로 돌아오기를 반복할 터였다.

최후자가 말을 꺼냈다.

"링월드로 진입하는 걸 막는 무언가가 존재한다는 사실은 이미 당신과 크미가 알려진 우주의 모든 종족들에게 폭로해 버린 비밀이지요. 그렇지 않습니까, 루이스? 링월드를 드나드는 길은 운석으로 인해 생긴 구멍들뿐입니다. 그 외에는 운석 방어 장치가 작동해서 항성이 내뿜는 초고온 레이저와 직면해야 하지요."

"저들이 '화침'호를 발견한다면 도약 원반의 연결망에도 접근할 수 있게 돼. 최후자, 도약 원반 기술은 쉽게 복제할 수 있나? 국제연합은 지금껏 그럴 기회를 가져 보지 못했지. 그건 이동 부스에 투입된 기술보다 훨씬 진보된 거 아닌가?"

최후자는 루이스의 질문에 대답하지 않았다.

그럴 줄 알았지.

루이스는 자신이 디스플레이장치 속 또 다른 대양을 빤히 바라보고 있다는 사실을 의식했다. 그 광활하게 펼쳐진 수면과 육지는 마치 성벽에 걸린 태피스트리 같았다.

군집을 이룬 섬들과 대륙들…… 그것들은 거대했다. 이쪽 대양에 있는 지도들이나 마찬가지로 거대했다. 그리고 그것들 가운데 하나는 일대일 축척의 지구 지도였다. 다만 또 다른 대양의 경우 섬들이 더 밀집되어 있었는데, 그래서인지 군집들은 모두 똑같아 보였다.

"최후자, 링월드를 만든 건 팩이었나?"

"나도 모릅니다, 루이스."

"너라면 지금쯤 알 거라고 생각했는데. 그보다, 궁금한 게 있어. 링월드에 진짜 팩이 존재하는 거 아닐까? 저 다양한 인류형 종족들 속에 묻혀서 어딘가에 살고 있지 않을까? 우린 오래된 뼈를 제외하면 실제로 팩에 관한 건 본 적이 없어."

"팩 양육자에 대해 많은 걸 추론할 수는 있지요. 그들은 낮과 밤 동안에는 잠을 자거나 숨어 있었습니다. 그들이 사냥을 하거나 뭔가 자기네 일을 한 건 여명이나 석양 무렵이었지요. 그들은 해안 위쪽에 살았습니다."

최후자의 대답에 루이스는 깜짝 놀랐다.

"그런 걸 어떻게 다 알아?"

"당신의 부분적인 민머리는 당신네 조상들이 정기적으로 수영을 했다는 걸 암시합니다. 난 당신이 물속에 있는 걸 지켜보기도 했지요. 여명과 석양에 관해서라면, 링월드에는 일반적인 행성의 경우보다 시간상 훨씬 많은 양이 존재합니다. 전적으로 아무런 쓸모가 없는데도 말입니다. 이걸 보십시오."

최후자는 굼뜬 동작으로 의자에 올라앉아 입으로 제어장치를 더듬어 찾았다. 벽의 디스플레이장치가 켜지더니 비어 있는 푸른색 화면으로 바뀌었다. 최후자가 거기에 흰색 선들을 그리기 시작했다.

먼저 항성을 나타내는 구를 그렸다. 다음으로는 구를 중심으로 링월드를 의미하는 링을 그렸다. 마지막으로 그보다 훨씬 작은 링을 구에 까깝게 그려 넣었다. 케이블로 연결되어 링월드 궤도보다 조금 더 빠른 속도로 움직이는 서른 개 남짓의 차광판들이었다.

"이것이 링월드가 설계된 방식입니다. 서른 시간의 낮과 열 시간의 밤, 항성이 부분적으로 가려지는 여명이나 석양은 한 시간 이상이지요. 하지만 이렇게 하면……."

최후자는 다섯 개의 기다란 차광판을 링월드의 회전 방향에 역행하도록 미끄러뜨리는 그림을 추가했다.

"이런 모델로 하면 여명과 석양을 피하고 낮과 밤의 길이가 같아지게 만들 수 있을 겁니다. 하지만 링월드의 건설자들은 이런 모델을 원하지 않았습니다. 링월드를 건설한 자들이 누구든 간에 끝없는 여름, 기나긴 여명과 석양을 원했던 게 분명합니다. 우린 링월드의 건설자가 팩 수호자일 거라고 추측하고 있지요. 그렇다면 팩의 세계가 그런 환경일 거라고 추측하는 게 자연스러울 겁니다."

루이스는 최후자가 그려 놓은 그림을 탐색하듯 바라보았다.

그렇지 않으면…… 어딘가에 다른 곳에 진보된 모델을 건설해 놨을 수도 있지.

"배가 고프군요. 계속 쳐다보고 있을 겁니까?"

최후자가 물었다.

"나도 배고프다. 적당히 해라."

종자가 동의했다.

의식하지 못한 사이에 시간이 미끄러지듯 흘러가고 있었다. 루이스는 자신도 꽤나 배고픈 상태라는 걸 깨달았다.

퍼페티어는 육식동물보다 자주 먹어야 한다. 최후자가 가장 먼저 자리를 떴고 거의 한 시간쯤 후에나 돌아왔다. 다시 나타난 그는 반짝이는 보석들로 갈기를 새롭게 꾸민 모습이었다. 풀 더

미가 수북이 쌓인 부상식 받침대가 그를 뒤따르고 있었다.

"우린 음률가로부터 자유로웠던 시간을 낭비한 걸 후회하게 될 겁니다."

그가 말했다.

"하지만 우리가 할 수 있는 일이 대체 뭐가 있겠습니까? 내 계획은 충분히 진행해 보지도 못했지요. 아, 보십시오. 전함들이 늘어났습니다."

세 척의 크진 전함이 보이고, 다음으로 눈에 익숙하지 않은 거대한 우주선이, 다시 세 척의 ARM 함선이 더 나타나 차광판들의 안쪽을 돌며 춤추듯 움직였다. 다들 아직 발포는 하지 않았다.

루이스가 종자에게 말했다.

"가서 뭘 좀 먹고 와."

배고픈 크진인 곁에 있는 건 누구도 바라지 않는 법이다.

종자가 자리를 비운 사이, 루이스와 최후자는 전함들의 움직임을 지켜보았다.

"저들 모두가 정지장을 갖고 있지는 않을 거야."

루이스의 추측이었다.

"정지장은 비싼 데다 아주 믿을 만한 건 못 되고, 우주선을 작동 불능 상태로 만들기도 하니까. 어쨌든 저들은 링월드의 운석 방어 장치를 경계하고 있었겠지. 하지만 음률가는 운석 방어 장치를 꺼 버렸어. 저들도 그 사실을 알아채기 시작한 것 같고. 그렇다면……."

그 순간, 세 척의 크진 전함이 링월드 표면을 향해 긴 다이빙을 시작했다.

"드디어 크진인들이, 처음으로 링월드에 들어간 ARM 함선들을 따라잡으러 가는군. 그 크진인들을 막으려고 더 많은 ARM 함선들이 따라가고…… 젠장, 젠장맞을!"

한 줄기 눈부시게 빛나는 선이 링월드의 대기권 안쪽으로 그어지더니 사막 쪽에서 새로운 섬광이 번쩍였다.

"저건 반물질 폭탄입니다."

최후자가 말했다.

"이제 눈동자 폭풍이 하나 더 생겨나겠군. 젠장, 심지어 이건 주경기도 아니잖아! 저들이 원하는 건 '롱샷'호야. '화침Needle'호는 아무것도 아니라고."

"건초 더미에서 바늘needle 찾기라고 할까요? 당신들이 많이 쓰는 표현 말입니다. 하지만 그건 대부분 착각입니다. 실제로는 전쟁의 많은 부분이 눈에 보이지 않게 진행되니까요. 저 커다란 우주선, 내가 알기로 저건 '이역의 유혹Lure of Far Lands'이라는 유한회사의 우주선입니다. 크다트와 징크스의 기업 연합체지요. 저들은 싸움에 끼어들지 않고 지켜보기만 할 겁니다. 아, 종자가 왔군요. 루이스, 당신 차례입니다. 식사도 하고 씻고 오십시오."

루이스는 퍼뜩 몸을 뒤채며 잠에서 깨어났다. 뭔가가 신경을 거슬렀던 것이다.

화면에서 나온 불빛이었나?

종자와 최후자는 서로 멀리 떨어져서, 운석 방어 제어실 벽들 아래쪽의 단단한 바닥 위에 팔다리를 뻗은 채 잠들어 있었다.

깨끗해지니 좋군.

루이스는 잔뜩 먹고 몸을 씻은 후였다. 수면판에서 잔 것도 좋았다. 하지만 '화침'호에서 자는 이는 누구든 무언가를 그리워할 터였다.

루이스는 똑바로 일어나 앉았다. 온몸 어디 한 군데도 불편하지가 않았다! 그는 이백 살이 된 생일날 파티에서 어떤 연상의 여인이 해 주었던 이야기를 떠올리며 미소 지었다.

'자기야, 아침에 일어났는데 관절이며 근육에서 아무런 통증도 느껴지지 않는다면 말이지, 그건 자기가 밤중에 죽었다는 확실한 증거야.'

운석 방어 제어실을 둘러싸듯 펼쳐진 화면의 설정을 최후자가 바꿔 놓은 모양이었다. 지금 화면에는 링월드 상공을 배경으로 눈동자 폭풍과 또 다른 대양의 전경이 담긴 창들이 몇 개 떠 있었다. 그 창들 주위로 별들이 불규칙적으로 움직였다. 변방 전쟁에 참전한 함선들이었다.

모든 창들이 지금은 조용한 상태였다.

그것이 신경 쓰여 루이스는 화면을 쳐다보는 것 말고는 아무 생각도 할 수 없었다. 그는 수호자의 생각을 앞서 보려고 애쓰는 중이었다. 음률가가 링월드의 항성계를 가로지르며 사냥당하고 있는 동안, 그러니까 지금 그의 속셈을 알아낼 수 없다면 나중에 그럴 가능성이 얼마나 되겠는가?

링월드에는 수백만 개의 바다가 있다. 루이스는 최후자가 '화침'호를 어디에 숨겨 두었는지 짐작조차 할 수 없었다. 물론 도약 원반 연결망을 통해 그곳으로 갈 수는 있었다.

처음으로 링월드에 진입한 두 척의 ARM 우주선은 발견되지 않았고, 지금쯤 뭔가 임무를 수행하느라 바쁠 터였다. 눈동자 폭풍 위쪽의 전장은 몇 시간째 소강상태였지만, 함선들은 끊임없이 위치를 바꾸고 있었다.

갑작스러운 빛이 '이역의 유혹' 우주선 근처에서 번쩍였다. 운송 중인 반물질 폭탄을 가로챈 모양이었다. '이역의 유혹' 우주선이 가속도를 올리며 전장에서 멀어져 갔다. 그 우주선의 새로운 항로는 링월드를 비켜 나가는 것일 터였다. 붉은빛 레이저가 확 타올랐지만 곧 흩어졌고, 공격자는 이미 대기권 깊숙한 곳으로 사라진 후였다. 우주선들은 서로 천만 킬로미터 이상 떨어져 있으니 스스로를 방어할 여유는 충분했다.

그러나 눈동자 폭풍 위쪽의 전장은 점점 지나치게 조여들고 있었다. 두 척의 ARM 우주선이 숨어 있는 구름 속으로 포탄들이 날아가 폭발했다.

"일어나! 일어나라고! 일이 벌어지는데 둘 다 놓치고 있잖아!"

루이스의 고함에, 최후자와 종자가 잠이 깨는지 움찔거렸다.

음률가의 심부 레이더 화면은 ARM 우주선 한 척이 링월드의 구멍을 관통하는 모습을 보여 주었다. 어렵게 확보한 지역을 포기하고 떠나는 것이, 탐사를 통해 얻은 자료의 안전을 확보하기 위해서인 것 같았다.

하지만 링월드 바닥 면 아래쪽에 매복이 기다리고 있다면 일이 쉽지는 않을 것이다. 그래서인지 또 다른 ARM 우주선이 격하게 가속하며 눈동자 폭풍의 축, 공기가 깨끗하게 빈 통로인 눈동자의 한가운데로 뒤따라갔다.

크진인도 심부 레이더를 보유하고 있었다. 두 척의 렌즈형 우주선이 연달아 구멍 속으로 뛰어들었다. 그들을 향해 포격이 뒤따랐다.

눈동자 폭풍이 흰빛과 푸른빛으로 번쩍였다.

그 요란한 빛으로 눈이 멀어 버리기 전에 최후자가 화면의 초점을 멀어지게 조절했다. 더 넓은 지역이 화면에 잡히더니 ——음률가가 차광판들 중 하나에 카메라를 설치해 놓은 게 틀림없었다 —— 또 다른 대양 근처에서 빛이 번쩍였다. 커다란…… 너무 커다란…… 지나치게 커다란 빛이었다.

"ARM 우주선들 중 하나가 폭발한 것 같습니다. 반물질 폭탄이군요. 링월드에 새로운 구멍이……."

최후자는 말을 멈추고 잠시 생각에 잠기는 듯하더니 몸을 말고 그대로 침묵에 빠져들었다.

눈동자 폭풍이 흩어지고 폭발의 여파가 퍼져 갔다. 구름의 형태는 충격파가 동심원을 그리며 바다와 빛바랜 녹색의 대지를 가로질러 확장되어 가는 것을 짐작게 해 주었다.

"여기서 무슨 일이 일어난 거죠?"

음률가와 조그만 유인원 수호자가 도약 원반 위에 나타났다.

마법사가 말썽쟁이 제자에게 해명을 요구하는군.

루이스는 목이 꽉 잠기는 것 같았다. 이런 일이 벌어지지 않게 자신이 막았어야 했다는 느낌이 들었다. 음률가가 자신을 탓할 것이라는, 탓하는 것이 당연하다는 느낌이었다.

"반물질이 폭발했다."

종자가 대답했다.

"저 구름 아래 구멍이 생긴 건가요?"

실없는 질문이었다. 이미 구름의 둥그런 반구 한가운데가 보조개처럼 옴폭 들어가 있었기 때문이다. 보조개는 성간 우주 쪽으로 깊이와 크기를 더해 갔다.

종자가 더 이상 대답하지 않자 루이스는 간신히 입을 열었다.

"저기 이미 구멍이……."

"그렇군요."

음률가가 말을 잘랐다.

"빨리 움직여야겠어요. 가죠."

그는 도약 원반의 덮개를 열고 연결을 재조정했다.

"물론 그래야지!"

루이스는 그제야 제 목소리를 낼 수 있었다.

"지금이야말로 빨리 움직여야 할 때겠지. 음률가, 당신은 전쟁을 집 안으로 불러들였어! 이제 링월드의 공기 누출이 확실해졌다고!"

반물질 폭발로 인한 화구는 거의 사라지고 없었다. 링월드의 바닥 면이 천천히 확대되어 가는 구름의 고리 속에서 스크리스를 드러냈다. 구름은 이제 구멍을 향해 줄줄 흘러 들어가고 있었다.

음률가가 루이스의 팔을 붙잡았다. 그리고 일행을 도약 원반으로 이끌었다.

하누만은 실내를 한차례 훑어보는 것만으로 상황을 파악했다. 그는 이 우주와 가설적인 또 하나의 우주를 지배하는 법칙들을 굴복시켰다. 그의 임무는 완전한 성공을 거두었다. 하지만 그 어느 것도 중요하지 않았다. 링월드는 구원할 가치가 있는 온갖 것들을 싣고 있었다. 그런 링월드의 바닥 면이 지금 찢기듯 열려 있는 것이다.

그 구멍은 아치의 먼 쪽에 있었다. 그것은 다행이기도 하고 불행이기도 했다. 죽음이 아치를 따라 기나긴 행진을 계속한 끝에 여기 도달하기까지는 오랜 시간이 걸린다는 점에서 다행이지만, 음률가의 대응책 또한 그와 같은 간극을 가로질러야 한다는 점에서는 불행이었다.

외계인들도 그 장면을 목격했다. 그들 중 가장 우월한 자는 가장 나이가 많고 가장 경험이 풍부하며 아마도 가장 지혜로운 자일 테지만 지금 자기 안에 갇혀 단절된 상태였다. 인류형 종족은 희망을 잃은 듯 보였다. 가장 어리고 '덩치 큰 고양이와 다를 바 없는' 자는 —하누만 자신과 마찬가지로— 누군가 이 사태를 해결해 주기를 기다리고 있었다.

음률가는?

하누만이 여전히 돌아가는 상황을 파악하려 애쓰는 동안, 음률가는 이미 행동에 들어가 있었다. 굴 수호자는 아무런 의혹도 내보이지 않았다. 음률가와 루이스 우가 사라지자, 하누만도 그들을 뒤따랐다.

음률가가 해결해 줄 거야.

거인들에게나 맞을 법한 규모의 기계들이 올림푸스 몬스 아래
의 작업장으로 옮겨져 있었다.

음률가는 루이스의 팔을 놓아주고 자신의 장비들 사이로 단숨
에 이동해 갔다. 조그만 수호자 하누만도 서둘러 그를 뒤따랐다.

종자가 도약 원반 위 루이스의 곁에 나타났다.

"루이스, 무슨 일이 일어나고 있는 건가?"

"링월드에서 공기 누출이 일어나고 있어."

"그건…… 모든 게 끝난다는 뜻인가?"

"그렇다고 볼 수 있지. 우리가 있는 곳과는 멀리 떨어진 지점
에서 시작됐으니까 여기까지 그 영향이 미치려면 며칠은 걸릴 거
야. 하지만 그건 링월드가 무지막지하게 크기 때문일 뿐, 별 의미
는 없어. 나로서는 음률가가 뭘 하려는 건지 짐작도 못 하겠고."

"저 거대한 구조물은 뭐지? 내가 봤는데 그……."

하누만이 그들 곁으로 다가오며 종자의 질문에 대답했다.

"저건 운석 구멍 마개예요. 지금까지 만들어진 것들 중에서 가
장 규모가 크죠. 물론 시험을 거치지는 않았어요."

그것은 아스피린 정제 모양으로, 어림잡아 트윈 픽스[*] 생태 도
시나 작은 산 하나의 크기였다. 하지만 링월드에 난 구멍에 비교

---

[*] Twin Peaks, 샌프란시스코에 있는 두 개의 봉우리로 높이가 각각 270, 271미터에 달한다.

하면 여전히 작아 보였다.

루이스가 말했다.

"나도 기억나. 동굴들 중 한 곳에 있었지. 음률가가 커다란 부상식 받침대들을 무더기로 이용해서 이리로 옮겨 왔나 보군."

그들은 바닥에 난 구멍 속으로 미끄러져 들어간 그 구조물이 자기장의 유도를 받아 선형가속기의 기저부를 향해 내려가는 것을 지켜보았다. 음률가도 구멍 가장자리에 서서 그 광경을 보고 있었다. 종자와 루이스는 그의 곁으로 합류했다.

선형가속기는 수리 시설의 꼭대기부터 바닥까지 육십 킬로미터에 달하는 길이로 이어졌다. 확실히 '화침'호 같은 기체를 쏘아 올리기 위한 장치라고 보기에는 지나치게 규모가 컸다. 음률가가 만들어 놓은 팔백 미터 너비의 꾸러미 같은 무언가를 발사하기 위한 것일 터였다.

발사대의 밑바닥은 여러 장의 부상식 받침대 위에 얹혀 있었는데, 그것들이 표적에 맞게 방향을 조정하는 역할을 하는 것 같았다.

꾸러미가 바닥에 가까워지자 속도가 차츰 느려졌다.

음률가는 루이스 일행이 너무 가까이서 꾸러미의 움직임을 지켜보고 있는 것을 의식하고 즉시 그들을 바닥의 구멍으로부터 멀어지게 했다.

그들 뒤쪽에서 번개가 울부짖었다. 루이스는 저도 모르게 몸을 돌렸고, 거대한 무언가가 번쩍이며 지나가 올림푸스 몬스의 화구를 관통하는 것을 보았다. 그것은 금세 시야에서 사라졌다.

종자의 귀는 옹이처럼 단단하게 말려 있었다. 하누만이 귀를 막고 있던 손을 들어 올리더니 무슨 말인가를 했다. 루이스는 아무 소리도 들을 수 없었다. 번개의 울부짖음이 여전히 귓속에 남아 고통스럽기만 했다.

루이스는 한동안 청력을 회복하지 못했다. 종자는 훨씬 더 회복이 빨랐다. 일행 모두는 운석 방어 제어실 벽의 디스플레이장치가 보여 주는 전황을 따라잡는 중이었고, 루이스는 종자와 음률가와 하누만이 뭔가를 논의하는 모습을 지켜보고 있었다. 최후자는 아직도 발 받침대 꼴이었다.

루이스는 그저 보고만 있어야 했다.

음률가의 운석 구멍 마개 꾸러미가 항성을 향해 움직여 갔다. '화침'호는 이곳에서 광속의 십분의 일로 발사된 바 있었다. 발사대가 그 정도의 힘은 낼 수 있다는 의미였다. 하지만 이렇게 먼 거리에서 보자니, 꾸러미의 속도는 꿈지럭거리듯 느리게만 느껴졌다.

초점을 확대한 창 속에서 운석 구멍은 달의 경관—깨끗하고 선명하며, 물을 의미하는 은빛도 생명을 나타내는 어둡고 빛바랜 녹색도 보이지 않는—에 찍힌 하나의 검은 점 같았다.

루이스의 추측으로 운석 구멍은 직경이 백 킬로미터쯤 되었다. 그곳을 둘러싼 안개의 고리는 지구보다도 컸고 계속해서 커지는 중이었다.

링월드는 아직 제 죽음을 의식하지 못했다. 공기와 물은 계속해서 운석 구멍을 통해 우주 공간으로 빠져나갈 터였다. 그러나 우선은, 그 충격이 링월드의 먼 쪽에서부터 태양을 지나 이곳에 도달하기까지 원호의 양쪽으로 사백만 킬로미터가량을 이동해야 했다.

음률가의 꾸러미가 링월드 직경을 가로질러 가는 동안 백육십 분 정도를 잃는 것은 대단한 일도 아니었다. 심지어 또 다른 태양 은 끓기 시작할 조짐조차 보이지 않을 것이다.

하누만이 어슬렁거리며 다가왔다. 그리고 큰 소리로 자음을 뱉어 내듯이 말했다.

"내가 이런 상태가 된 지는 일 팔란도 지나지 않았어요. 난 아 직 이 세상의 규모도 제대로 파악하지 못했죠. 난 오십억 팔란이 나 묵은 우주에서, 한 점의 빛 주위를 회전하는 링 위에서 나고 자란 게 아니라고요. 내 세상은 조그맣고 아늑하고 쉽사리 파악 할 수 있었어요."

그의 입술이 움직이는 모양새를 보는 것은 재미있었다.

"익숙해질 거야."

루이스는 자신의 목소리를 희미하게 들을 수 있었다.

"하누만, 저게 뭐지? 저걸로 뭘 할 수 있나? 링월드는 대기를 잃고 있는 판국인데."

"내가 아는 건 별로 없어요."

"아는 대로 얘기해 봐."

"비슷한 목표를 가진 두 개의 영리한 머리는 비슷한 방식으로 문제를 해결하겠죠. 흡혈귀 수호자 브람은 운석 구멍들을 막을 필요가 있다고 판단했어요. 신의 주먹을 생겨나게 한 운석의 충격에 지독하게 겁을 먹었던 게 분명해요. 그가 고안해 낸 첫 번째 마개는 크기가 작았죠. 하지만 올림푸스 몬스 아래 있던 발사대는 수백 년이나 된 것이었고 지나치게 컸어요. 그래서 음률가는 더 큰 마개를 만들었죠. 저 꾸러미는 그가 최고의 노력을 기울인 결과물이라고 할 수 있어요."

하누만은 말을 하는 중에도 두 팔을 흔들며 주위를 끊임없이 뛰어다니고 있었다.

"우린 저게 작동하는 모습을 직접 보게 될 거예요. 우리가 현장에서 저걸 관찰하기를 음률가가 바라고 있으니까요. 그는 혹시라도 자신의 설계와 어긋나는 부분이 있다면 우리가 보고 알려 주길 바라죠. 어떤 식으로 재설계를 해야 할지 정보를 얻으려는 거예요."

"저 과도하게 큰 운석 구멍 마개는 어떤 방식으로 작동하지?"

"난 추측 정도만 할 수 있어요."

"시험을 거친 적이 없단 말이야?"

"언제 시험을 해요? 당신은 일 팔란이 조금 못 되는 시간 동안 오토닥 안에 있었죠. 그사이 음률가는 매달린 사람 넷을 수호자로 만들어 훈련시키고, 더 큰 운석 구멍 마개를 만들기 위해 나노 기술을 도입한 공장을 짓고, 변방 전쟁을 지켜보고, 탐사선을 몇 대나 설계하고, 도약 원반 공장을 만들고, 당신네 '화침'호를 뜯어……."

"알았어, 음률가가 바빴다는 거지?"

"벌집 속처럼 미친 듯이 바빴죠! 하지만 만약 운석 구멍 마개가 제대로 작동하지 않는다면 그게 모두 소용없는 일이 되고 말아요."

"하누만, 아이들이 있나?"

"있어요. 아이들의 아이들도 있죠. 음률가가 날 수호자로 만든 이래로 세어 볼 기회는 없었지만, 심지어 그 아이들의 냄새를 맡을 여유도 없었지만요. 그들 모두는 음률가의 원대한 계획과 변방 전쟁 탓에 접근 금지 상태예요."

"그건 우리 모두 마찬가지야. 음률가는 꼭 그래야 했나?"

"내가 어떻게 판단하겠어요?"

하누만의 미친 듯한 몸짓과 가슴을 치는 두 손은 어떤 인간에게든 참을 수 없는 분노를 드러내는 것으로 보일 만했다.

"음률가는 아무 행동도 하지 않는 게 가장 위험하다고 했어요. 루이스, 당신은 어떻게 그렇게 침착할 수 있나요?"

"오십 년…… 그러니까 이백 팔란쯤 요가를 수련한 덕분이랄까. 네게도 가르쳐 주지."

"난 뭔가를 해야 해요. 하지만 가만있는 게 잘못이기 때문은 아니에요. 그건 음률가의 방식이겠죠. 내가 대체 어떻게 알겠어요? 난 그저 아무런 목표도 없다는 게 화가 나요."

항성의 중력이 음률가의 꾸러미가 나아가는 방향을 미세하게 비틀어 놓고 있었다.

음률가와 종자가 그들 쪽으로 다가왔다.

"루이스, 청력은 회복됐나요? 휴식도 좀 취했고요?"

음률가가 물었다.

"한숨 잤지. 음률가, '롱샷'호를 어디에 착륙시켰나?"

"내가 왜 그걸 알려 주죠?"

음률가는 더 이상 묻지 말라는 듯 손을 내저었다.

"당신과 종자와 하누만은 내가 만든 마개가 작동하는 걸 관찰해야 해요. 하누만이 뭔가 얘기해 주던가요?"

"엄청나게 큰 운석 구멍 마개라고."

"좋아요. 도약 원반을 설치해 놨으니까……."

"이런 일이 일어날 줄 알고 있었군."

루이스가 그의 말을 잘랐다.

"그래요."

"미리 막을 수는 없었나?"

"어떻게요?"

"'롱샷'호를 훔치지 않는다든가."

"난 양자Ⅱ 하이퍼드라이브를 제대로 이해할 필요가 있어요. 루이스, 당신은 변방 전쟁의 싸움터가 절대로 혜성군 사이에 머물러 있지 않으리란 걸 알아야 해요. 저 '둥근 곳' 출신 종족들은 링월드를 만든 기술을 탐내고 있죠. 저들이 원하는 건 링월드 자체가 아니에요. 저들은 지식을 원하고, 저마다 그 지식을 다른 누구와도 나누지 않고 자기네만 갖기를 바라요."

루이스는 고개를 끄덕였다. 새로울 것도 없는 사실이었다.

"스크리스로 강화한 우주선이며 핵융합 기술로 돌아가는 공장이며……."

"그런 건 사소하죠. 링월드의 건설자들은 이 거대한 인공 구조물을 회전시키기 위해 엔진을 필요로 했어요. 그리고 '둥근 곳'으로 치면 가스상 거대 혹성 여남은 개를 합한 정도의 수소 질량체를 가둬 두고 수소 융합 엔진으로 작동하도록 만든 자기장을 이용해서 링월드 전역에 퍼트릴 수도 있어야 했죠. 하지만 당신네 '둥근 곳' 강도들에게는 변변한 자기 제어장치도 없어요. 저들이 가진 건 규모를 확장한다고 해도 써먹을 수 없을 테고요. 하지만 링 벽에 설치된 엔진을 연구해서 뭔가를 배울 수는 있겠죠. 저들은 링월드를 연구하려 할 거예요. 굳이 링월드를 보존할 필요는 없다고요. 내 얘기가 말이 되나요?"

"아마도."

"루이스, 난 당신이 운석 구멍 마개가 작동하는 걸 직접 지켜봐 주길 바라요."

"음률가, 난 소모품처럼 다뤄지는 게 맘에 들지 않아."

"난 그런 단어를 쓰지 않아요, 루이스. 그런 개념 자체를 쓰지 않죠. 모든 생명체가 죽지만, 모든 생명체는 죽음에 저항하는 법이에요. 난 당신을 불필요한 위험 속에 던져 넣지 않을 거예요."

"재밌는 표현이군."

"운석 구멍 마개를 관찰할 곳에 도약 원반을 설치해 뒀어요. 전체 과정을 놓칠 수 없는 위치죠. 하누만이 그곳으로 갈 거예요. 루이스, 당신도 갈 건가요? 종자, 당신은 어때요? 함께 갈 건가요, 아니면 여기 남아서 우리가 아는 모든 것이 파괴되는지 아닌지 편하게 지켜보기만 할 건가요?"

종자가 대답 대신 루이스를 바라보았다.

루이스는 음률가에게 그만두라는 듯 손을 내저었다.

"압력복을 입어야겠지?"

"절대로 입어야죠."

음률가가 대답했다.

"필요한 건 다 챙기세요."

| 고지에서 |

'화침'호에서 필요한 준비를 마친 루이스 일행은 도약 원반을 통해 이동했다. 최후자는 함께하지 않았다. 그때까지도 그들은 최후자를 의사소통이 불가능한 우울 상태 그대로 두었다.

도약 원반 연결망을 거쳐 광속으로 이동했기 때문에 그들이 음률가의 운석 구멍 마개 꾸러미보다 먼저 도착했다.

크미의 몫으로 '화침'호의 창고에 비치되어 있던 여벌의 압력복을 꺼내 입은 종자는 꼭 포도송이처럼 보였다. 몸에 딱 붙는 압력복을 입고 어항처럼 생긴 헬멧을 쓴 하누만이 먼저 도약 원반을 통해 사라졌다. 다음으로 루이스가 원반에 올라섰다.

바닥이 푹 꺼져 내렸다.

루이스는 자유낙하가 이어지리라고는 예상하지 못했다. 천 킬로미터를 훨씬 상회하는 고지로 가게 될 거라고도 생각하지 못했다. 그는 반사적으로 무언가를 잡아챘다. 하누만의 손이었다. 하누만이 그를 도약 원반 위로 끌어 올려 주었다.

링월드가 삼사천 킬로미터쯤 아래쪽에서 살벌한 속도로 스쳐 지나가고 있었다. 마치 모든 방향으로 무한하게 뻗어가는 것 같았다. 링 벽들은 지나치게 멀리 있어서 날카로운 선 정도로만 보였다.

종자가 울부짖었다.

루이스는 공포에 질려 몸부림치는 크진인에게 손을 내밀 엄두도 나지 않았다. 종자의 아버지인 크미의 몫이었던 압력복은 풍선들이 연결된 모양이었지만, 사지에 원격으로 제어되는 발톱이 달려 있었다. 그러니 지금 같은 상태의 종자에게 손을 내미는 것은 탈곡기에 손을 집어넣는 짓이나 마찬가지일 것이다.

루이스는 소리쳤다.

"괜찮아, 자세제어 장치가 있으니까! 필요하다 싶으면 작동시키라고!"

울부짖음이 멈추었다.

루이스의 경우, 이미 신발의 밑창에 달린 자석이 그를 붙잡아 주고 있었다. 하누만이 도약 원반을 껐다. 그러지 않으면 그들 모두 '화침'호로 돌아가게 될 것이기 때문이었다.

루이스는 침착하고 부드러운 목소리를 내려 애쓰며 말했다.

"시간은 많아, 종자."

이 녀석은 겨우 열두 살일 뿐이라고.

"우린 지금 항성 주위를 돌고 있는 거야. 근본적으로는 가만히 서 있는 거지. 하지만 링월드가 평상시 초속 천이백삼십 킬로미터로 움직이고 있잖아. 그러니까 우린 칠 일 반나절 동안 저 아래쪽에서 일어나는 일 전체를 볼 수 있게 된 거야. 하누만……?"

"여덟 개예요."

하누만이 말을 받았다.

"현재 궤도상에는 여덟 개의 도약 원반이 있죠. 음률가는 더 많이 설치하고 싶어 했지만 지금으로써는 여덟 개가 최선이었거든요. 난 도약 원반 연결망을 모두 외우고 있어요. 지상으로 내려가야 할 일이 생긴다면 우리가 가는 곳에서 그리 멀지 않은 지점에 정비 점검반이 있을 거고요. 그때까지는 필요한 걸 다 볼 수 있을 거예요. 루이스, 운석 구멍이 어디 있는지 찾았나요?"

"아직 못 찾았어."

"반회전 방향을 보세요."

"우리 뒤쪽에 있다고? 그렇군, 찾았어. 표적지처럼 보이는데."

바람 한 점 불지 않는 달 표면 같은 경관에 구름이 테를 두르고, 검은 점을 향해 안쪽으로 동심원을 이루는 선들이 칼금처럼 새겨져 있었다.

저 아래쪽으로 달리듯 지나가는 지상에는 여전히 암녹색 생명의 대지와 강들의 연결망이 보였다. 그 땅을 관통하듯 회전 방향으로 한 줄기 하얀 선이 그어져 있었다. 루이스는 당장 떠오르지는 않아도 그것이 무엇인지 자신이 알고 있다는 느낌이 들었다. 하지만 지금으로써는 운석 구멍이 더 급한 문제였다.

"종자, 운석 구멍이 보이나?"

"보고 있다. 하지만 운석 구멍 마개는 보이지 않는다."

"그건 나도 아직 못 찾았어요. 너무 작거든요."

하누만이 그들의 말에 대꾸하더니 수호자를 불렀다.

"음률가, 듣고 있나요?"

"삼십 분쯤 시간 지연이 있잖아. 가는 데 십육 분, 오는 데 십육 분 말이야."

루이스가 그에게 상기시켜 주었다.

이 친구 수호자 맞아?

하누만은 원래 동물의 범주에 속하는 종족이었다가 수호자가 된 경우였다. 수호자가 뭔가를 잊어버릴 것이라고는 생각하기 어렵지만, 하누만은 매사에 음률가의 지시를 받는 데 너무 익숙해져 버린 것이 틀림없었다.

종자가 도약 원반 위에서 펄쩍 뛰어올랐다가 내려서는 순간, 전자석 신발이 바닥에 들러붙었다. 하지만 그가 서 있는 모습은 여전히 불안정해 보였다.

"내 아버지는 나에게 자유낙하에 대해 얘기해 주려 했지. 하지만 몸소 이런 공포를 느껴 봤을 거라고 생각되진 않는다."

그 순간, 십육 분 전의 과거로부터 음률가가 말했다.

— 운석 구멍 마개를 배치하도록 신호를 보냈어요. 다들 뭐가 보이는지 말해 보세요. 서로 겹쳐도 되니까 순서 따지지 말고 편하게 얘기해도 좋아요. 당신들 목소리를 내가 구별해서 들을 수 있으니까요.

표적 위쪽에서 조명이 빛나고 있었다. 가로등보다 많이 밝은 빛은 아니었다. 하지만 그 크기는…….

루이스는 눈부심이 사라질 때까지 눈을 가늘게 떠야 했다.

"음률가, 뭔가가 펼쳐지고 있어. 마치 불도마뱀이 짝짓기를 하는 것처럼 보이는데…… 풍선이 부풀어 오르는 것 같기도 하고…… 구멍구 모양으로 점점 커지는 중이야. 융해온도에서 엔진이 점화되는 건가? 음률가, 저기 대체 뭐가 있는 거지?"

음률가의 대답이 돌아오기 전에 종자의 목소리가 끼어들었다.

"자리를 잡아 가고 있다. 천천히. 토러스* 같군. 운석 구멍보다 훨씬 더 폭이 넓다. 일이천 킬로미터쯤 돼 보이는데……. 음률가, 당신이 듣고 싶어 하는 게 이런 얘긴가?"

다음은 하누만이었다.

"링월드가 부서지지 않고 단단하게 유지된다는 건 링의 토대가 되는 스크리스 구조가 엄청난 인장강도를 지니고 있다는 걸 입증해 주죠. 내가 계산을 해 봤어요. 스크리스를 결합하게 해 주는 힘은 만약 그걸 깨트릴 경우 빗발치는 쿼크**를 발생시킬 거예요. 그런 물질로 만들어진 자루라면 수소 핵융합 폭발도 안에 가두기 충분할 만큼 강하겠죠. 음률가, 여기엔 위험 요소가 있어요. 하지만 일단 지금은 버티고 있는 것 같아요."

"점점 자리를 잡……."

종자가 다시 끼어드는데 루이스가 동시에 말을 이었다.

"풍선 꾸러미가 운석 구멍을 둘러싸고 있어. 아직은 구멍이 과녁의 중심처럼 노출된 채 남아 있지만……. 풍선 꾸러미 길이가

---

* torus, 평면 위에 있는 원을 이 원과 교차하지 않는 직선을 축으로 회전하였을 때에 만들어지는 도형의 곡면.
** quark, 양성자나 중성자 같은 소립자를 구성하고 있다고 생각되는 기본적인 입자.

팔십 킬로미터쯤 되나? 그럼 가능한 한 오래 링월드의 대기를 가둬 주겠군."

하누만도 다시 입을 열었다.

"음률가, 스크리스 풍선은 절연체로 쓰기에 얼마나 효과적인가요? 에너지가 누출되지 않는다면 알 수 없나요? 음률가, 스크리스 풍선이 충분히 식으면 붕괴돼 버릴 거예요. 그럼 공기도 새어 나가겠죠. 그 아래 땅은 울퉁불퉁해질 테고……."

대답은 없었다. 음률가의 반응은 링월드 직경만큼이나 멀리서 일어나고 있는 것이다. 그러니까 다시 들려온 음률가의 목소리는 십육 분 전에 나온 것이었다.

— 두 번째 꾸러미를 지켜보세요. 그게 링 안쪽에 내려앉는지, 아닌지 알려 주고요.

이번에는 종자가 먼저 말을 꺼냈다.

"난 아무것도 보이지 않는다. 루이스, 당신은 뭔가 보이나? 하누만?"

루이스가 뒤를 이었다.

"운석의 흔적은 없었는데……."

"로켓이다! 이제 보인다. 색깔로 봐서 핵융합 엔진이군. 구멍의 가장자리에 천천히 내려앉고 있다. 아래로 내려갔다."

종자가 소리쳤다.

"너무 멀리까지 지나와 버렸나 본데. 내겐 운석 구멍도 더 이상 보이지 않아."

루이스가 말했다.

하누만이 도약 원반의 테두리 위로 몸을 구부리며 말했다.

"내가 해결하죠. 다음 도약 원반은 링월드를 삼십 도쯤 돌아간 곳에 있어요. 준비됐나요?"

다음 순간, 일행 모두 꺼지듯 사라졌다.

링월드가 아래쪽으로 흘러가고 있었다. 그들은 도약 원반을 이용해 삼십 도, 약 팔천만 킬로미터를 건너뛴 셈이었다. 루이스는 전방에서 몇 개의 세계 넓이에 이르는 하얀 선과 그 한가운데 위로 살짝 엿보이는 더 밝은 선 하나를 발견했다.

"저기 있군. 하지만 세부 사항은 볼 수 없다, 음률가. 반나절은 지나야 자세한 부분까지 볼 수 있을 거다."

종자가 말했다.

"종자, 안면 보호판에 초점 확대 기능이 있으니까 그걸 써 봐. 음률가, 별로 달라진 건 없어. 풍선 마개는 여전히 부풀어 오르는 중이고, 풍선 바깥쪽은 안개로 가려져 있고…… 우린 이미…… 링월드의 몇 퍼센트를 잃은 거로군."

루이스의 말이었다.

안개의 가장자리 주위로 땅이 공기와 바다와 흙과 스크리스 토대를 관통하여 달리는 충격파에 의해 유린당하듯 황폐해질 것이다. 기후 패턴 역시 깨지고 말 것이다. 루이스는 그동안 자신이 낙관적이었음을 깨달았다. 음률가가 당연히 구멍을 막고 누출을 멈추게 하리라고 믿고 있었던 것이다.

루이스는 예전에 링월드의 인구를 삼십조로 추산한 적 있었다. 가능한 한 모든 생태적 지위를 점유한 채 살고 있는 인류형 종족을 포함하는 수치였다. 저 거대한 안개의 평원은 압력이 하락함에 따라 물방울들로 응축될 것이다. 그러면 안개의 담요에 덮인 생태계는 탈수가 일어나고 숨 쉬기가 힘들게 되리라. 그 주변 또한 기후변화로 인해 황폐해지는 것이 정해진 수순이나 마찬가지였다.

그러나 음률가가 기적을 일으켜 주기만 한다면…….

"내 짐작인데, 정지장에 든 우주선 한 대가 운석 구멍의 반회전 방향에서 충돌한 거 같아. 여기서는 볼 수 없지만 말이야."

루이스가 말했다.

"한나절 동안은 그곳으로 갈 수 없어요. 이제 도약 원반을 집으로 연결할 거예요."

하누만이 말했다.

잠시 ―여기에 십육 분을 더해서― 후, 그들은 '화침'호에 승선해 있었다.

조금 더 시간이 지나자 음률가도 돌아왔다.

"하누만, 보고해 보세요."

"당신이 만든 장치는 배치됐어요. 그리고 며칠 동안은 버텨 줄거예요. 하지만 결국 누출이 일어나겠죠. 당신은 뭘 기대하고 있나요?"

"난 스크리스를 더 많이 만들기 위해 운석 구멍 복구 장치를 보내 놨어요. '화침'호에 실려 있던 오토닥을 연구해서 알아낸 나노 기술로 설계한 장치죠. 이건 복잡한 작업이에요. 그 설비는 반드시 스크리스 바닥에 배치되어야 할 뿐 아니라 초전도체망 속에 들어가야 하니까요."

음률가의 말에, 하누만이 대꾸했다.

"양육자가 지적인 존재로 진화하는 종족들이 있어요. 그들의 수호자는 그런 문제에 대해 당신에게 도움을 주기 충분할 만큼 영리할 거예요."

"그래요. 하지만 싸움을 일으킬 만큼 영리하기도 하겠죠. 그리고 자기 종족 유전자 집단의 이익을 위해서 링월드를 인질로 삼으려 할지도 몰라요. 루이스, 추락한 우주선에 대한 당신 생각을 좀 더 말해 주세요."

"그냥 기다란 흔적을 본 것뿐인데."

"그 외의 흔적들과 다르던가요?"

음률가가 지나친 인내심을 보이며 묻는 듯해서 루이스는 저도 모르게 얼굴을 붉혔다.

"우린…… 아주 멀리 떨어진 곳에서 봤다고. 내 경우에는 정지장에 든 우주선에 승선한 채로 처음 링월드에 착륙했지. '거짓말쟁이 자식'호는 초속 천이백 킬로미터 정도로 링월드를 향해 내려왔어. 마치 링월드를 스치고 지나가는 무언가처럼 말이야. 결국 우리는 굳어진 용암과 스크리스에 한 줄기 흔적을 남겼지. 좀 전에 내가 본 것도 딱 그런 흔적이었어. 내 생각에는 우주선 한 척이 폭발한 충격으로 다른 한 척이 추락한 것 같아."

"그 우주선을 찾아야겠군요."

"그건 쉬워. 하지만 지금 당장 해야 할 일은 아니지."

루이스는 항변하듯 말을 이었다.

"어쨌거나 당신이 링월드 궤도에 배치해 둔 도약 원반은 앞으로 열두 시간 동안은 운석 구멍을 포착할 수 없잖아. 그러니까 우리 모두 잠을 좀 자 두자고."

그는 육체적으로도 정서적으로도 탈진한 상태여서 거의 울음이 터질 지경이었다.

"그럼 자죠."

그들 모두 '화침'호에 승선한 채로 잠을 잤다. 루이스는 수면판을 하누만과 함께 썼다. 그 조그만 수호자가 꼭 시험해 봐야겠다는 듯한 태도를 보였기 때문이다.

| 들려줄 이야기 |

그들은 잠에서 깨자 아침을 먹고 음률가가 기다리고 있던 올림푸스 몬스 아래의 작업장으로 돌아갔다.

음률가는 장비 몇 가지를 더 가져다 놓았다. 새로운 장비에는 두 대의 플라이사이클이 포함되어 있었다.

네서스가 꾸렸던 첫 번째 링월드 탐사대는 네 대의 플라이사이클을 가지고 있었다. 가운데 부분에 좌석이 있는 덤벨처럼 생긴 비행체였는데, 탐사 중에 네 대 모두 망가져 버렸다. 지금 그들이 보고 있는 플라이사이클들은 그 잔해를 토대로 음률가가 새로 만든 것이 틀림없었다. 다만 이것들은 더 길고 좌석이 두 개씩인 데다 커다란 짐칸이 달려 있었다.

루이스는 플라이사이클 하나를 점검하듯 살펴보았다. 취사용 변환기를 짐칸에 넣거나 분리해서 사용할 수 있었다. 계기판 위에 레이저 플래시와 몇 가지 도구들을 장착할 수도 있었다. 네서스의 탐사대원들도 그와 비슷한 장비들을 지닌 채 링월드에 도착했었다. 그것들 중 일부는 퍼페티어가 만든 물건이었고, 다른 일부는 인간의 우주 어디서나 구입할 수 있는 제품이었다.

음률가가 말했다.

"음파 중첩을 좀 손봤어요. 하누만, 궤도를 선회하는 도약 원반 8번이 거의 제 위치에 이르렀을 거예요. 이제부터는 당신이 맡아요."

"그러죠."

하누만은 일단 대답한 다음, 종자와 루이스에게 말했다.

"압력복이랑 장비들을 챙기고, 필요한 건 짐칸에 실으세요. 일단은 플라이사이클을 밀어서 옮길 거예요."

"최후자는 어디 있지?"

루이스가 물었다.

"그는 여전히 우울 상태예요. 루이스, 난 걱정스러워요. 어쩌면 최후자는 화학적 불균형으로 고통 받고 있는지도 모르겠어요. 당신들이 가고 나면 난 그를 오토닥에 넣을 생각이에요."

음률가의 대답에, 루이스는 아무 말도 더하지 않았다.

그들은 장비를 갖추고 그곳을 떠났다.

루이스 일행은 아래쪽에서 링월드가 맹렬하게 움직이는 자유낙하의 공간으로 나왔다. 종자와 하누만과 루이스 그리고 두 대의 플라이사이클이 따로 흩어졌다. 플라이사이클들의 전조등이 켜졌다.

궤도를 선회하는 도약 원반 8번은 밤 지역으로 이십 도, 오천만 킬로미터가량을 이동해 있었다. 거의 바로 아래쪽에 가장자리가 반짝이는 검은 구멍이 보였다. 달의 경관 같은 그곳에 얼어붙은 강줄기들이 반짝이며 방사상의 흐름을 이루고 있었다. 그 경계 부분에서 산 하나 크기의 토러스가 안쪽부터 붉은색으로 빛나며 부피가 줄어들기 시작했다. 마치 신이 가지고 놀던 장난감 하나를 떨어뜨린 것 같았다. 토러스를 둘러싼 흰 구름의 평원은 여러 개의 세계들을 합한 것 이상의 규모였다.

반회전 방향으로 구름 평원이 조각나기 시작하는 부분에 흰색으로 긁힌 자국이 땅을 가로지르고 있었다.

루이스는 그곳을 가리켜 보이며 말했다.

"우주선이 저렇게 고랑을 파 놓은 거야. 반회전 방향으로 멀리 끝까지 가면 그 우주선을 찾을 수 있겠지. 내 눈에는 아직 안 보이는데, 그렇다면 우주선이 작다는 얘기겠군. 하누만, 감속을 시작할까?"

"그러죠. 플라이사이클에 오르세요. 한 대는 내가 조종할 거예요. 종자가 원한다면 나랑 함께 타도 괜찮고요. 종자?"

"너랑 함께 타지."

종자가 대답했다.

"좋아요. 루이스, 상대속도가 낮아질 때까지는 고도를 유지하세요. 음파 중첩은 음속의 몇 배 정도밖에 되지 않을 거예요. 내가 당신을 계속 시야에 두고 있을게요. 당신이 앞장서서 그 우주선을 찾아 주세요."

링월드의 바닥에는 초전도체로 만들어진 격자가 깔려 있었다. 네서스의 플라이사이클은 자기 부상식으로 비행했다. 자기 부상 장치를 이용해 공중으로 떠올랐기 때문에 추진기는 강력할 필요가 없었다. 그러나 음률가가 새로 설계한 플라이사이클들은 상당한 추진력을 낼 수 있었다. 루이스는 자신이 탄 플라이사이클의 상대속도가 적당한 수준으로 줄어들자, 음파 중첩으로 가늘게 웡웡거리는 소리를 들을 수 있을 때까지 대기권 쪽으로 천천히 내려갔다. 하누만의 플라이사이클은 레이스 작품 같은 아지랑이에 둘러싸여 있었다. 루이스 자신의 플라이사이클이 내뿜는 충격파는 거의 보이지 않았다.

갑자기 이어폰에서 음률가의 목소리가 들려왔다.

— 당신의 임무는 충돌한 우주선을 추적하는 거예요. 루이스. 일행을 이끌어 주세요. 변화가 생길 때마다 나에게 알려 주고요. 충돌한 우주선이 한 척뿐인지, 아니면 더 있는지도 살펴보세요. 충돌한 우주선이 더 있다면 지표에 새겨진 고랑들은 서로 가깝고 평행하게 이어져 있을 거예요. 난 거기 타고 있는 자들이 어떤 종족인지, 그들이 어떻게 나올지 알고 싶어요. 하지만 그들을 찾는 일에 목숨을 걸지는 마세요. 피할 수 있다면 소속이 분명한 종족은 죽이지 말고요. 하지만 꼭 죽여야 한다면 흔적을 남기지 마세요. 가능한 한 협상을 하세요. 내가 그들과 만나게 된다면 기꺼이 손님으로 대하죠. 루이스, 난 당신에게 해 줘야 할 이야기를 빠트린 게 아닌지 걱정스러워요.

음률가는 잠시 사이를 두었다가 말했다.

— 정보 저장은 쉬운 일이라는 걸 기억해 두세요. ARM 우주선들

에는 인간의 지식이 전부 다 저장되어 있을 거예요. 물론 비밀에 접근하는 걸 막는 제약이 있겠죠. 하지만 암호를 아는 담당 요원도 분명 있을 거예요.

음률가의 어조가 바뀌었다.

— 종자, 만약 ARM 우주선이 아니라 크진 전함을 발견하게 되면 포기하세요. 우리에게 필요한 지식이 거기도 있겠지만 그걸 말해 줄 크진인은 존재하지 않을…….

루이스가 끼어들었다.

"텔레파시 능력자라면 혹시 모르지."

하지만 이어진 음률가의 말은 웅웅거리는 소리로만 들렸다.

……난 당신에게 해 줘야 할 이야기를 빠트린 게 아닌지 걱정스러워요. 그러니까 집까지 가려면 오억만 킬로미터는 날아가야 한다는 거라든가 궤도를 돌고 있는 도약 원반에 당신은 접근할 수 없다는 거, 최후자는 오토닥에 들어갈 테니 그를 동맹으로 의지할 수 없으리란 거, 당신은 다시 젊어지기 위해 오토닥을 사용할 수 없다는 거, 때가 무르익으면 내가 당신을 수호자로 만들 거라는…….

그 어느 것도 실제로 음률가가 할 만한 얘기는 아니었다. 루이스는 비행에만 집중하기로 했다.

뒤쪽으로 멀리 떨어진 곳에 나지막한 안개의 장벽이 있었다. 그들이 추적하고 있는 우주선은 바다 하나와 강 하나, 또 다른 강 하나를 건너뛰었다. 산마루에 그 우주선이 위쪽으로 튕겨 지나갔음을 보여 주듯이 스크리스가 브이 자로 드러나 번쩍이고 있었다. 화살처럼 쭉 뻗은 협곡으로 더 나아가자 드러난 스크리스의 끝부분이 용암이 튄 듯한 흔적으로 바뀌었다. 그 흔적을 따라가는 것은 쉬웠다. 흔적은 숲을 지나고 백사장이 깔린 해변을 지나 초원 지대까지 기나긴 줄기를 이루었다. 그리고 거기에……

저렇게 조그마한 물체가 저토록 엄청난 손상을 일으킬 수 있다니!

또 다른 산마루에 기대듯이, 반으로 잘라 한쪽 면이 판판한 형태를 한 원통이 우아한 윤곽을 그리며 누워 있었다. 선실도 없고 창도 없으며, 빛을 반사하는 표면에는 한쪽 끝부분을 제외하면 파손된 부분도 없었다. 루이스는 안면 보호판의 초점 확대 기능을 활성화시켰다.

종자가 물었다.

— 저건 ARM 우주선인가, 아니면 크진 것인가? 아니, 기체가 저렇게 매끄러운 걸 보면 퍼페티어가 만든 걸 수도 있겠군. 하지만 퍼페티어는 GPC의 선체만 사용한다던데, 그렇지 않나?

그들은 몇 마하의 속도로 그곳을 향해 다가갔다. 좀 더 가까워지자 기체 한쪽 끝의 튀어나온 부분이 벌침처럼 보였다.

"저건 탈착이 가능한 외부 연료 탱크군."

루이스가 말했다.

— 자세히 설명해 보세요.

하누만이 청했다.

"저건 우주선이 아니야. 우주선의 일부지. 여분의 연료를 싣는 용기 같은 건데, 필요하다면 떼어 버릴 수도 있어."

헛수고를 한 듯해 루이스는 스스로에 대해 화가 났다. 하지만 다음 순간 뭔가를 깨닫고 갑자기 가슴이 뛰었다.

"그 우주선은 정지장에 든 상태로 추락했군. 그러니까 정지장이 무너진 후에도 여전히 작동이 가능한 상태였을 거야."

작동 가능한 우주선이라고!

이럴 때가 아니지, 말을 계속해.

"우주선에 탄 자들이 선체를 가볍게 하고 싶었거나 좀 더 먼 거리를 비행하기 위해 연료 탱크를 버린 거야. 내 생각에는 공중 전을 준비했던 것 같아."

루이스는 어찌어찌 목소리를 평소처럼 유지할 수 있었다.

— 플럽! 그 우주선을 찾아야 해요. 당신은 이런 일이 있을 줄 예상했나요?

하누만이 물었다.

"아니. '거짓말쟁이 자식'호는 설계가 다른 종류의 우주선이었어. 링월드에 충돌한 후에 우린 발이 묶여 버렸다고. 자, 이제 어떡하지?"

— 가능한 선택지는 분명해요. 우선, 음률가와 얘기해 보죠. 음률가, 루이스의 얘기를 들었나요? 우리가 어떻게 하기를 바라죠? 우주선이 연료 탱크를 회수하러 올 때까지 기다릴까요? 저건 ARM 것인가요, 크진 것인가요, 아니면 또 다른 종족의 것인가요? 우리가 협상을 해야 하나요, 곧장 싸움에 돌입해야 하나요?"

"ARM이야."

음률가의 대답이 돌아오기 전에 루이스가 말했다.

크진인이라면 자기네 소유물에 분명한 표시를 새겨 두었을 것이다. 피어린이나 크다트나 트리녹의 경우는 크진인이나 인간과 대적할 엄두도 내지 않았으리라. 사실상 크진인들이 그들을 지배하고 있기 때문이다. 또한 퍼페티어라면 어떤 경우에도 직접 행동에 나서지 않았을 것이다. 마지막으로 아웃사이더는 이처럼 항성 가까이 접근했을 리가 없었다.

"인간들 중 다른 파벌일 수도 있겠지. 아니면 크진 해적이거나 트리녹이거나……. 하지만 내 생각엔 ARM이야. 연료 탱크가 작으니 크기가 작은 우주선을 찾아봐야겠군. 전투정이라면 반물질 연료를 쓰지는 않을 거야. 필요한 에너지를 배터리에 저장해서 쓰겠지. 반응물질로는 물을 이용할 거고. 물이라면 저장하기도 쉽고 꺼내 쓰기도 쉬우니까. 반물질 폭탄은 싣고 있을지도 모르겠군. 소형 우주선이 정지장을 갖고 있다는 게 놀랍긴 해. 국제연합의 정지장 만드는 기술이 점점 나아지고 있나 본데."

전함이라면 점 크기의 카메라를 선체 여기저기에 부착하고 있기 마련이었다.

"그들이 지금 우릴 지켜보고 있을지도 몰라. 실시간으로 보고 있지 않더라도 녹화는 하고 있겠지."

루이스는 거기까지 말한 다음, 질문을 던졌다.

"자, 그럼 우린 뭐가 되는 게 좋을까?"

조그만 홀로그램으로 떠 있는 동료들의 얼굴에 멍한 표정이 떠올랐다. 루이스는 설명해 주었다.

"우린 지금, 과거에 시체를 먹고 살았던 초지적인 수호자를 위해 일하는 공작원들이야. 그것만으로도 무시무시하지. 소속이 분명하고 무력을 지닌 자들이 그런 얘기를 듣는다면 우릴 공격하지 않을 수 없을걸. ARM은 수호자가 어떤 존재인지에 대한 기록을 갖게 될 거고. 그건 저들을 겁먹게 할 거야. 그러니까 다시 한 번 물어보지. 우리를 어떤 존재로 보이고 싶나? 우리 일행은 크진인 하나, 인간 하나, 매달린 사람 수호자 하나야. 일단 크진 소속으로 보이고 싶진 않겠지. 그들도 겁나는 자들인 건 마찬가지니까. 우린 ARM 신분증을 제시할 수도 없고……."

─ 아! 당신은 거짓말을 하려는 거군요!

하누만이 그제야 알았다는 말했다.

"거짓말이 네겐 새로운 개념인가?"

루이스의 물음에 종자가 불만족스러운 듯 뭐라고 웅얼거렸지만, 하누만은 아무렇지도 않게 대답했다.

─ 내 종족의 양육자들은 지적인 존재가 아니에요. 나 역시 생각하고 말할 수 있게 된 지 일 팔란도 지나지 않았죠. 내가 누구에게 거짓말을 하겠어요? 음률가에게?

애완견이라면 주인을 속이려 들 수도 있지. 하지만 들키지 않고 속여 넘길 수는…….

루이스는 고개를 끄덕였다.

"그렇군. 하지만 우리 일행 중에 수호자가 있다는 걸 드러낼 순 없어. 하누만, 양육자였던 당시에 어떻게 행동했는지 기억하고 있나? 다시 그렇게 행동할 수 있겠어?"

— 당신은 날 애완 원숭이로 보이고 싶은가요?

"그래."

— 그렇군요, 말을 할 수 없다면 거짓말을 들킬 일도 없을 테니까. 종자의 애완동물 정도로 하죠. 당신은 어떻게 할 건가요?

"음률가는 이런 일이 생길 거라고 예상했던 모양이군. 우리가 지금 갖고 있는 장비들은 네서스가 '거짓말쟁이 자식'호에 싣고 있었던 것들과 상당히 비슷하지. 그러니까 우린 최후자가 새로 모집한 대원이 되는 거야. 퍼페티어가 으레 그러듯이 최후자는 아주 멀리 떨어진 후방에서 지휘하는 거고. 그 정도 얘기면 우리가 플라이사이클을 갖고 있는 것도 설명이 되지. 하누만, 더 좋은 생각 있나?"

— 우린 지어낸 이야기를 하는 거죠. 그러니까 루이스 우가 수호자를 만들어 그에게 링월드 관리를 맡겼다는 건 저들이 모르게 하는 편이 나을 거예요. 당신이 너무 강력한 존재로 보일 테니까요. 너무 무방비해 보일 수도 있고요. 나노 기술을 이용한 실험적인 의료 기계에 대해서는 절대로 말하지 않는 게 좋겠어요. 그건 국제연합으로부터 훔친 물건이잖아요. 그 일이 일어난 게 팔백 팔란도 전이라고는 하지만 저들은 돌려받으려 할지도 몰라요.

"그 부분에 대해서는 생각도 못 했군. 좋아, 이런 식으로 계속해 보지. 종자……."

— 난 자신을 자랑스럽게 여긴다! 거짓말하는 법 같은 건 배운 적도 없고. 우린 강력한 주인을 위해 일하고 있다. 그냥 우리가 원하는 바를 요구하면 되지 않나?

"아마도 이런 게 크미가 널 나에게 보낸 이유겠지. 종자, 우리가 찾게 될 건 그저 전투정일 뿐이야. 하지만 그 전투정의 모선은 반물질 연료를 싣고 있겠지. 하누만, 음률가가 만든 특대형 운석 구멍 마개는 몇 개쯤 되나?"

— 하나만 부분적으로 완성됐죠.

예상했던 것보다 상황이 더 나쁘군. 링월드는 또 다른 반물질 폭발을 감당할 여유가 없어!

"종자, 넌 크미의 아들이야. 사실대로 가자고. 가능한 한 그 부분에만 집중해. 수리 시설이나 음률가나 카를로스 우의 오토닥에 대해서는 아예 말하지 마. 네 아버지 크미는 지구의 지도에서 큰 영역을 지배하고 있지. 그래서 최후자가 너에게 대원이 돼 달라고 제안한 거야. 넌 아버지와 다시 싸우는 대신 최후자를 따라나선 거고. 최후자의 인질인 셈인데, 너 자신은 그걸 몰라."

— 그럼 내가 어떻게 루이스 우를 만난 거지?

종자가 물었다.

"……거기까지는 아직 생각 못 했다."

— 일단 착륙해요. 우주선이 돌아오기를 기다리면서 취사용 변환기를 채워 넣죠. 루이스, 공중전은 보통 얼마나 걸리나요?

하누만이 물었다.

"오래는 아니야. 몇 시간쯤일걸."

그들은 삼나무 크기의 민들레처럼 보이는 나무들 사이로 내려앉았다. 루이스는 다른 곳에서도 그런 나무들을 본 적이 있었다.

그들이 추적하던 우주선이 돌아온다면 빛과 소음이 경보가 돼 줄 것이다. 기다리는 동안, 그들은 플라이사이클에서 내려 압력복을 벗고 스트레칭을 하면서 굳은 몸을 풀었다. 종자는 공기의 냄새를 맡자마자 몸이 단 듯 한차례 울부짖더니, 일행의 다른 이들은 보지 못한 무언가를 쫓아 어디론가 사라져 버렸다.

루이스는 플라이사이클의 한쪽 활대에 달린 취사용 변환기를 끄집어내 재료 투입구에 풀과 작은 식물들을 집어넣었다. 하누만도 자기가 타고 온 플라이사이클에서 같은 일은 하고 있었다.

이 취사용 변환기가 삼십몇 년 전 루이스가 사용했던 음식 제조기를 기반으로 만들어진 것이라면 이 지역 식물군이나 동물 고기를 처리해서 찌꺼기는 버리고 그가 먹을 수 있는 손바닥만 한 벽돌 모양의 음식 덩어리를 만들어 낼 터였다. 또한 그는 조만간 고기류의 무언가를 잡아 와야 했다.

이윽고 벽돌 모양의 덩어리가 튀어나왔다.

"설정을 잘못했네요."

하누만이 그것을 보고 말했다.

"여길 이렇게 하세요."

그는 루이스의 취사용 변환기를 조정해 주었다.

"이건 내게 맞는 음식이에요. 열매를 먹는 종족에게요."

루이스는 하누만이 만들어 낸 벽돌 덩이를 한 조각 깨트려 먹어 보았다.

"이것도 괜찮은데. 우린 열매도 먹거든."

그 순간, 아무런 전조도 없이, 향수와 비슷한 감정이 왈칵 루이스를 덮쳤다. 그는 전에도 이런 경험을 한 적이 있었다. 온갖 것들이 믿기지 않을 만큼 거대한 규모를 자랑하는 링월드의 낯선 땅에서 그는 틸라와 함께 벽돌 덩이 같은 음식을 나누어 먹었다.

루이스는 눈물이 차오르는 것을 느끼며 하누만에게서 몸을 돌렸다. 그는 틸라 브라운을 기억하고 있었다.

그녀는 키가 크고 몸매가 늘씬했으며, 당시 겨우 삼십 대에 불과했는데도 백 살이 넘은 이들이나 보일 법한 확신 어린 자세로 걸었다. 루이스가 그녀를 처음 만났을 때, 틸라는 은빛 그물 무늬가 새겨진 푸른색 피부를 하고 있었다. 진홍색과 오렌지색과 검은색이 뒤섞인 머리칼은 위쪽으로 세워 올려 화염과 연기가 솟구치는 모닥불처럼 보였다. 나중에 그녀는 그렇게 평지인flatlander 스타일로 꾸미기를 그만두었다. 다음으로 그녀가 택한 모습은 북구인의 창백한 피부, 달걀형의 얼굴, 커다란 갈색 눈, 진지해 보이는 작은 입이었다. 물결치는 검은빛 머리칼은 압력복에 딸린 헬멧을 쓰기 좋도록 짧게 잘랐다.

그녀는 실수를 해 본 적도 없고 불운한 사랑에 빠져 본 적도 없으며 아프거나 상처를 입은 적도, 스캔들에 휩쓸리거나 공적인 망신을 당한 적도 없었다. 적어도 루이스 우의 생일 파티에 참석할 때까지는 그랬다. 루이스는 여전히 그 모두를 통계적인 요행이라고 생각했다. 인구가 수백억이나 되다 보면 확실히 틸라와 같은 누군가가 나올 수도 있다는 생각이었다.

그러나 퍼페티어들 가운데 실험당은 운이 좋은 인류형을 교배해 냈다고 믿었다. 틸라는 여섯 세대에 걸쳐 출산권에 당첨된 핏줄의 후손이었던 것이다. 그들은 틸라에게 일어난 일이 무엇이건 행운으로 해석될 수 있다고 생각했다.

루이스 우를 만나 사랑에 빠진 것도, 그를 따라 링월드에 온 것도. 지구 표면의 삼백만 배에 달하는 영역의 어느 곳에서 길을 잃은 것도, 링월드의 비밀 가운데 많은 부분을 보여 줄 수 있는 건장한 체구의 모험가 탐색자를 만난 것도. 화성의 지도 아래 존재하는 수리 시설을 찾아낸 것도, 생명의 나무 뿌리가 자라는 은신처를 발견한 것도, 그녀의 관절과 두뇌가 팽창하고 성별이 사라지고 잇몸과 입술이 녹아들어 말굽처럼 딱딱하고 날카로운 뼈로 변하고 피부가 두꺼워지고 주름이 생기며 갑옷처럼 변하는…… 그러니까 수호자로 변하는 동안 혼수상태에 빠져 있었던 것도.

이 우주에서 가장 거대하고 가장 현란한 장난감 같은 세계로 네서스가 우리를 이끌었지. 그리고 내가 틸라를 끌어들였어. 그녀는 어떻게 이 세계를 자기 것으로 만들고 싶어 하지 않을 수 있었을까? 수호자 정도의 지능을 가진 자만이 링월드의 안전을 지킬 수 있는데, 링월드가 위험에 처했을 때 틸라는 자신이 죽어야 한다고 판단했어.

하긴, 수호자에게 죽음은 꼭 불운이라고 할 수 없지. 죽음이란 수호자가 쓸 수 있는 또 하나의 수단일 뿐이니까.

종자는 피가 잔뜩 묻은 입술을 한 채 돌아왔다.

"여긴 사냥하기 좋은 곳이다. 내 아버지는 멋진 모험거리를 또 하나 놓치고 있군."

"루이스, 당신은 ARM 우주선의 대원으로 통할 수 있지 않을까요?"

하누만이 물었다.

"그것도 한 가지 방법이지."

루이스는 그에 대해 곰곰이 생각해 보았다.

내가 ARM에 대한 걸 정말 충분히 기억하고 있을까?

"확실히 난 링월드 원주민으로는 통하지 않을 거야. 지구 출신 호모사피엔스니까. 하누만, 왜 내가 ARM 대원으로 통하기를 바라는 거지? 어떤 종류의 대원이었으면 하는 거야?"

하누만이 설명했다.

"우린 수호자의 하인들로 나서면 안 되는 거죠. 그러니까 난 나무 위에서 사는 동물이어야 하고, 당신은 어떤 큰 세력을 위해 일하는 자가 아니라면 방랑자 정도로 보여야 해요. 만약 당신이 어떤 세력을 위해 일하는 자라면 변방 전쟁에 참여한 어느 분파여야 하…….."

"그렇다면야 ARM이지. 하지만 난 ARM의 내부 규약을 몰라. 그들의 기록에 들어 있지도 않고."

"실종되었던 대원으로 통할 방법이 있지 않을까요?"

"……없어. 뭔가 다른 걸 생각해 보지."

루이스는 생각에 잠긴 채 식용 벽돌 덩이를 우적우적 씹었다.

앞서 이야기를 다 버리고 처음부터 다시 시작해 보자. 뭔가 간단한 얘기를 만들어야 해. 루이스 우로도 통할 수 있는 얘기로. 종자도 마찬가지고.

"보통의 ARM 전투정이 컴퓨터에 어떤 기록을 보유하고 있을지 추측해 보자고. 저들은 우리가 집으로 돌아갔다는 걸 알고 있어. 크미와 루이스 우는 부상당한 네서스와 함께 집으로 돌아갔으니까. 틸라는 없었지. 그런데 틸라가 링월드에서 살아남았다고 가정하면 어떨까? 수리 시설과 생명의 나무를 발견한 부분은 빼고. 아마도 저들은 최후자가 그로부터 이십삼 년 후에 캐니언 행성에 방문했다는 걸 알고 있을 거야. 그 직후 루이스 우가 사라졌다는 것도. 저들은 크미의 행적도 추적하고 있었겠지. 그리고 크진 소속의 세계 중 한 곳에서 최후자가 그를 데려갔다는 걸 알아냈을 거야. 그러니까 최후자가 우리 둘을 자신의 대원으로 모집해서 링월드에 다시 데려온 거지. 그런 식으로 일이 진행된 거야. 하지만 거기서 최후자가 틸라와 재회할 계획을 세워 두고 있었다고 가정해 보면 어떨까? 그녀와 루이스 우는 그때 이래로 함께 살아온 거야."

사실 그런 식으로 일이 진행될 수도 있었지. 아니, 그런 식으로 진행됐어야 했어! 링월드가 다시 일 년 후에 산산이 부서져 버렸다 해도 말이야.

여전히 몽상에 빠진 채 루이스는 말을 이었다.

"그들은 틸라에게 주입된 불임 약물의 효과가 사라진 후에 아이를 가졌어. 그게 바로 나인 거지."

"ARM이 보유한 기록에 따라 이야기가 여러 가지로 달라지겠군요."

하누만이 끼어들었다.

젠장!

"어떻게?"

"그런 사건이 일어난 걸 언제로 하죠? 루이스 우는 십삼 년 전에 링월드로 돌아왔어요. ARM이 그 사실을 알고 있나요?"

"……그래, 알고 있어. ARM은 캐니언에서 날 찾아냈지. 최후자가 날 거기서 끄집어내기 직전에 말이야."

그 당시 루이스는 두 명의 ARM 요원을 죽였다.

"젠장! 그걸 전제로 하면 루이스 우의 아들은 기껏해야 열두 살밖에 안 되겠군."

"당신을 열두 살로 봐 줄까요?"

하누만이 물었다.

"하, 하."

"당신이 루이스 우의 큰아들일 수는 없나요? 루이스 우가 자신의 아이를 가진 틸라를 여기 남겨 두고 떠난 거라면? 그렇게 해서 태어난 아이라면 백육십 팔란 정도는 나이를 먹은 걸로 할 수 있잖아요."

"그럼 거의 마흔 살 가까이 되는군. 하지만 그런 일은 일어날 수 없어. 틸라가 오 년짜리 불임 주사를 맞은 상태였을 테니까. 그 약효가 없어지려면 시간이 필요하다고. 우리에겐 그럴 시간이 없었어."

"당신이 틸라와 탐색자의 아이일 수는 없나요?"

"하! 안 되지, 종족이 전혀 다르니까."

하누만은 조용히 루이스의 말이 이어지기를 기다렸다.

다시 시작해 보자.

"첫 번째 링월드 탐사가 끝난 시점에서, 그러니까 삼십팔 년 전에 크미와 난 알려진 우주로 돌아갔지. 크진을 방문했고, 우린 '롱샷'호를 그들에게 넘겨줬어. 링월드에 대해 알아낸 약간의 정보와 함께 말이야. 우린 공동 위원회 앞에서 보고를 했는데, 그 후에 ARM은 나에게 훨씬 더 많은 질문을 했지. 하지만 그들이 알아낸 건 별로 없어. 애초에 우리가 탐험한 게 얼마 되지 않았으니까. 두 번째 링월드 탐사는 그로부터 이십삼 년 후에 일어났지. 그런데 만약 그사이에 탐사가 한 번 더 있었다고 가정해 보면 어떨까?"

"누가 탐사대를 보낸 걸로 하죠?"

하누만이 물었다.

"최후자가 보낸 거야. 그러니까 1.5차 탐사지. 그 정도는 꾸며 낼 수 있을 거 같아. 실제로 난 세계 선단에서 '키론'이라는 이름의 퍼페티어를 만난 적이 있어. 그자는 털빛이 순백색이고 고전적인 보석들을 아름답게 연결해서 갈기를 완벽하게 장식한 모습이었지. 네서스보다 체구가 좀 작았⋯⋯."

루이스는 지금의 동료들이 네서스를 만나 본 적 없다는 사실을 떠올렸다.

"최후자보다 십삼 킬로그램 정도 가벼운 체구였어. 하지만 말하는 소리는 딱 최후자와 같았지. 내 짐작에 그들 모두가 같은 훈련을 받는 것 같아. 자, 모두들 '키론'에 대해 묘사할 수 있겠지? 그리고 최후자가 키론에게 책임을 맡긴 거야. 키론은 크미와 내가 인간의 우주로 돌아간 후 얼마 지나지 않아 떠난 거고. 그런 식으로 얘기를 진행하면 그가 여기 온 건, 음…… 적어도 삼십 년 전이 되는군. 그는 틸라를 찾았어. 그녀의 불임 주사는 약효가 사라진 후였지. 틸라는 키론이 데려온 대원들 중 하나와 살게 된 거야. 난 그들 사이에서 태어난 아이고."

"아이의 이름은 뭘로 할 건가요?"

"루위."

종자가 잊어버릴 수도 있지만, 그렇다 해도 발음상 크게 틀리지는 않을 것이다.

루이스, 루우위스, 루위.

"루위 타마산으로 하지."

루이스가 생각해 낸 첫 번째 동양식 이름이었다. 자신의 눈구석주름*에 대한 설명도 되었다.

"키론은 가지고 있던 기록을 삭제해 버렸어. 퍼페티어들이 인간의 기록을 주물럭거린다는 사실은 ARM도 익히 알고 있으니까 문제가 되지 않겠지. 출산 위원회 기록이 없는 이유는 내 아버지…… 음…… 호러스 타마산이 자유 산모에게서 태어났기 때문이야. 불법 출산이었던 거지. 수많은 사생아들이 우주로 나왔으니까 그 부분도 무리는 없을 거야."

---

* epicanthic folds, 동양인 특유의 안쪽 눈구석에 있는 주름. 전에는 몽고주름이라고 불렸다.

"일관성 있는 이야기네요. 하지만 그런 얘기를 자연스럽게 할 만한 요령이 우리에게 있을까요?"

그때, 음률가의 목소리가 예고도 없이 터져 나왔다.

— 하누만, 당신은 ARM의 전투정이 외부에 부착되어 있던 연료 탱크를 떨궈 버리고 전투를 하러 간 걸로 가정했죠. 난 몇 개의 세계를 더한 정도로 넓은 지역을 스캐닝해 봤어요. 하지만 전투의 흔적은 전혀 찾지 못했어요. 중성미자 스캐너에 아무런 전력원도 걸리지 않았죠. 내 생각에, 배터리를 전력원으로 하는 우주선은 걸리지 않을 거예요. 그렇다면 저들이 레이저 무기나 반물질 폭탄을 발사할 때까지 지켜보고 있어야 할까요?

"이놈의 삼십 분 시간 지연 때문에 미치고 말겠군."

루이스가 중얼거렸다.

"소형 우주선이라면 음률가의 장비들을 피해 냈을 거예요. 하지만 그랬다 해도 레이저나 반물질 무기가 발사된 걸 음률가가 놓치진 않았겠죠. 그럼 저들이 전투 중에 그런 무기를 사용하지 않은 걸까요? 아니요, 난 전투 자체가 없었다고 생각해요."

하누만의 말에, 루이스는 곰곰이 생각해 보았다.

전투를 예상한 게 아니라면 그 ARM 우주선은 어디로 간 걸까? 그자들은 왜 연료 탱크를 버린 걸까?

"그 연료 탱크는 비어 있을지도 몰라요. 저들이 더 먼 거리를 비행할 작정이었던 거죠. 그렇다면 돌아오지 않을 거예요."

하누만이 말했다.

"좋아, 다시 생각해 보지. 여기서 회전 방향으로 가면 안개가 짙어 숨기 좋은 곳이 나와. 우주선들이 그 안에서 서로를 사냥할 수도 있을 거야. 이런, 젠장!"

루이스의 갑작스러운 말투에 일행이 그를 쳐다보았다.

"만약 싸울 일이 없었다면 저들은 운석 구멍을 보러 갔겠지! 그거 말고 뭐가 또 있겠나? 링월드는 죽어 가고 있어. 저들은 링월드에서 무슨 일이 일어나고 있는지 자기네 모선에 보고해야 해. 그러니까 빨리 여기서 벗어나고 싶었겠지. 그래서 연료 탱크를 떨궈 버린 거고."

하누만은 루이스의 이야기를 잠시 생각해 본 후, 고개를 끄덕였다.

"다들 압력복을 입으세요."

| 상처 입은 땅 |

대부분의 '쥐 먹는 사람'들은 아침 식사를 끝내고 지하에서 졸고 있었다.

그런 관습은 웹블레스네 종족의 것이 아니었다. 웹블레스는 여행자였다. 그래서 자신을 맞아들여 주는 주인들의 행동 방식을 자연스럽게 따랐다. 그는 하늘이 몇 차례 회전하는 동안 이 야행성 사냥꾼들과 함께 지내면서 그들의 음식과 여자를 나누었다. 그가 다른 곳에서 배운, 도구를 만들고 사용하는 법을 가르쳐 주기도 했다.

마을 사람들 대부분은 굴집 안에 있었다. 그림자가 태양으로부터 물러나 있는 동안, 나이를 좀 더 먹은 아이들과 노인들만 잔치가 끝난 뒷자리를 치우는 중이었다. 웹블레스는 그들을 도왔다. 건강을 유지하기 위해 일정량의 햇빛이 필요했기 때문에 그에게도 유익한 일이었다. 잠시 후 그들 모두는 안으로 들어가야 할⋯⋯.

그때, 대낮 같은 빛이 쏟아졌다.

아이들이 비명을 지르기 시작했다. 쥐 먹는 사람들은 단순한 한낮의 빛도 견디지 못했다.

이 정도 빛이 무슨 해를 끼친다고 저러는 걸까?

하지만 웸블레스 역시 갑작스러운 빛으로 눈물이 고이는 것을 느끼며 눈을 가늘게 떠야 했다. 그는 조그만 아이 두 명을 떠올리듯 들어 안고 그들의 얼굴을 자신의 가슴에 묻은 채로 다른 이들을 향해 소리쳤다.

"안으로 들어가요!"

그러면서 가장 가까이에 있는 집으로 쏘아지듯 달려갔다. 다른 이들도 그를 따르거나 각자의 집을 찾아 들어가야 할 터였다.

쥐 먹는 사람들의 집에서 창문은 그저 가느다란 틈이나 마찬가지였다. 웸블레스는 짐 덩이처럼 들고 온 두 아이를 어둠 속에 부려 놓고, 더욱 겁에 질려 떠는 아이들 사이를 헤집고 지나 다시 밖으로 나왔다.

무시무시한 빛 속에 아이들과 노인들이 맹목적으로 달리고 있었다. 쥐 먹는 사람들도 나이를 먹으면 어쨌거나 시력을 잃기 마련이었다. 그로 인해 노인들은 한낮의 빛 속에서도 돌아다닐 수 있었다. 눈을 찌푸려야 할망정 웸블레스는 여전히 앞을 볼 수 있었지만 마을 사람들은 그렇지 못했다. 그들 중 성인들은 웸블레스보다 몸집이 더 컸다. 웸블레스는 몸부림치는 그들을 어찌어찌 이끌어 문간까지 데려갔다.

시간이 얼마나 흘렀는지 짐작도 할 수 없었다. 빛이 사라지면서 뜨겁고 사나운 바람이 폭발하듯 광장을 가로질러 불어닥쳤다. 공동으로 피워 놓은 모닥불에서 석탄 덩이들이 흩어져 날리고, 이내 불이 꺼졌다. 이윽고 조금 더 부드러워진 바람이 다른 방향에서 불어왔다. 웸블레스는 더 이상 누구도 찾을 수 없고 어쨌든 자신도 앞을 볼 수 없어지자 집 안으로 기어 들어갔다. 실내는 완벽한 암흑이었다. 야간 시력이 차츰 흐릿하게 실내를 보여 주었고, 끔찍한 빛 또한 차츰 희미해졌다. 그는 바닥에 뻗듯이 드러누워 숨을 헐떡거렸다.

뭔가 변화가 일어난 것이 틀림없었다. 변화는 언제나 일어나기 마련이지만, 그럴 때마다 상황이 점점 나빠졌다. 변화가 일어난 후에 따라올지도 모르는 기회를 잡기 위해서는 상황을 유심히 지켜봐야 했다.

이 순간 웸블레스는 자신이 질식해 가고 있음을 깨달았다.

그 폭발은 정지장에 담긴 전투정 '시어'를 거대한 숲 위쪽의 바위투성이 절벽에다 처박아 놓았다. 시간이 회복되었을 때, '시어'는 이판암泥板巖이 부서져 내리며 생겨난 어마어마한 산사태의 일부가 돼 있었다.

회전 방향으로부터 멀리멀리 떨어진 곳에 안개의 바다가 아치의 바닥부터 위쪽으로 존재하는 모든 것을 감춘 채 수평선 끝에서 끝까지 넘실거리고 있었다. 몇 개의 세계를 합친 규모의 범위를 안개가 돔처럼 덮은 모양이었다. 안개의 가장자리 가까운 쪽에서는 아직도 충격파가 '시어'를 향해 꿈지럭거리며 다가오고 있었다.

올리버가 먼저 입을 열었다.

"세계의 종말이 닥친 것 같은 광경이군요. 그게 어떤 세계……아니, 많은 세계가 한꺼번에……."

"주변에 누가 있는지 둘러봐."

그의 말을 자르며 록새니가 명령했다.

올리버는 다양한 감지기들을 바쁘게 조작하고 있었다. ARM의 순양함 '참고래'호는 이름을 알 수 없는 크진의 대형 전함에 맞섰고 순식간에 불덩이로 화해 꺼지듯 사라져 버렸다. 그들 주변에는 다른 우주선들도 있었지만, 지금은…… 아무것도 남아 있지 않았다.

"분명하게 보이는 비행운飛行雲은 없습니다. 구름이 중성미자를 방출하고 있습니다. ……반물질의 마지막 흔적일 겁니다. 어쨌든 그 양은 감소하는 중입니다. 광원光源도 없고 대형 우주선도 잡히지 않습니다."

클라우스가 어딘지 불편한 기색으로 뒤를 이었다.

"화구가 붕괴되고 있습니다. 뭔가를 향해 아래쪽으로 빨려 들어가는 것처럼 보이는데……."

"그럼 그쪽으로 가 보지. 지금 우리에겐 적이라 할 만한 상대가 없어. 폭발이 그들 모두를 뭉개 버린 게 분명해. 아군도 마찬가지고. 그러니까 우리 임무는 자료를 수집하는 거다. 클라우스, 이륙해."

록새니의 명령에, '시어'가 위로 떠올랐다.

"계속 똑바로 전진합니까?"

클라우스가 물었다.

"저공비행을 유지해. 시간을 들여 주변을 둘러보면서 가지. 클라우스, 이 모든 난장판의 한가운데 구멍이 하나 있잖아. 링월드에 생겨난 구멍이 우리가 집으로 돌아가는 길이라고."

"요원님은 왜 그렇게 기분이 좋아 보이는 겁니까?"

클라우스의 물음에 록새니는 요란하게 웃어 젖혔다.

"살아 있잖아! 그걸로 충분하지 않나? 우리가 남겨 놓은 흔적을 봐! 우린 그 폭발에 곧장 말려들 수도 있었다고. 클라우스, 올리버, 정지장에 대해 배운 그 모든 것들 말이야. 너희는 그걸 진심으로 믿었나? 시간을 멈췄다가 다시 시작할 수 있다는 게 도대체 말이 돼? 난 그 빛을 봤을 때 우리가 반물질 폭발 속에 있다는 걸 알았어. 그리고 우리 모두 죽은 걸로 생각했다고!"

올리버가 격자를 이루고 있는 길들과 건물들을 따라 감지기들을 이리저리 조작하며 말했다.

"이곳은 도시군요. 대도시 같습니다. 시드니처럼 사방으로 뻗어 있습니다."

"클라우스, 천천히 아래로 내려가."

록새니가 명령했다.

"내 눈에는 시체라고 할 만한 게 보이지 않는데. 죽은 자들은 어디 있지?"

올리버는 잠시 생각해 본 후 대답했다.

"실내에 있을 겁니다. 충격파를 가려 줄 만한 뭔가를 찾아 안으로 들어갔겠죠. 화면을 보십쇼. 기압이 낮습니다. 지금도 계속해서 떨어지고 있고요. 이곳의 원주민들은 충격파를 피해 숨어 들어갔다가……."

"질식당한 건가? 공기가 빠져나가고 있으니까……."

클라우스는 아둔한 자가 아니었다. 이제야 겨우 부인에서 벗어나고 있는 것이다.

"우리가 링월드를 통째로 죽인 겁니다. 보십……."

"이 구조물을 탐사하고 비밀들을 다 알아내려면 만 년은 걸릴 거다."

록새니가 말했다.

"뭘 하고 있는 거야, 클라우스?"

"착륙하려는 겁니다. 생존자를 봤습니다."

웸블레스는 지하에서 질식당하고 있었다.

그는 바닥을 긁으며 빛을 향해 기어갔다. 그러나 빛 속으로 나온 후에도 숨 쉬기는 별로 나아지지 않았다.

이제 빛은 언제나처럼 세상 전체를 골고루 비추는 한낮의 빛에 지나지 않았다. 하지만 회전 방향으로 마치 세상의 절반이 사라지고 오직 안개와 혼돈만을 남겨 놓은 듯 이상한 광경이 펼쳐져 있었다. 웸블레스는 거칠게 박동하는 심장을 느끼며 마을 광장을 향해 나아갔다.

한 시간 전만 해도 그들 모두는 잔치를 벌이고 있었다. 지금은 아무도 보이지 않았다. 광장 한가운데 피워 놓았던 모닥불도 꺼져 있었다. 쥐 먹는 사람들은 비상사태가 닥치면 밖으로 나오지 않았다. 웸블레스도 그들이 내렸을 법한 결론보다 더 나은 답은 알지 못했다.

그때, 은빛 빈치의 알처럼 생긴 무언가가 하늘에서 뚝 떨어지듯 내려오는 모습이 어렴풋이 보였다.

웸블레스는 기절할 것만 같았지만 기어이 몸을 일으켜 서서 두 팔을 흔들었다. 의심스러울 때는 도움을 청해라. 그것이 평상시 그의 대응 방식이기도 했고 희미해져 가는 이성 또한 그를 뒷받침해 주었다.

저기 하늘을 나는 능력을 가진 존재들이 있다! 그런 능력을 가진 자들에 대한 이야기는 많지만, 특히 지금 저들은 엄청난 재앙을 일으킨 바람 속을 날고 있지 않은가. 저런 일을 할 수 있는 자들이라면 무언가 알고 있을 게 틀림없었다.

이 재앙에 대한 소식을 다른 이들에게도 전해야 해.

하지만 종족을 알 수 없는 두 사람이 그를 향해 내려왔을 때, 웸블레스는 더 이상 똑바로 서지 못하고 두 손과 두 무릎으로 몸을 지탱하고 있었다. 시야도 더욱 흐릿해졌다.

그들은 신화 속 바슈네슈트처럼 딱딱한 갑옷을 입은 모습이었다. 그들이 들고 있던 가방 같은 물체 속으로 들어가라는 몸짓을 해 보였다.

웸블레스는 시키는 대로 했다.

쉬익, 하고 가방 안으로 공기가 밀려들었다. 웸블레스는 비로소 편하게 숨을 쉴 수 있었다.

그는 어떻게 하면 바슈네슈트에게 다른 이들도 도움이 필요하다고, 그들을 구해 달라고 이야기할 수 있는지 알지 못했다. 바슈네슈트—사람들은 그들을 마법사라고도 했다—가 이 세계를 파괴한 재앙을 일으킨 자들일 수도 있다는 생각 같은 건 하지도 못했다.

'둥근 곳' 근처의 중력은 역제곱의 법칙[*]을 따른다. 반대로, 링월드는 평평한 면과 같다. 링월드에서는 십육만 킬로미터 이상 올라가서 링월드가 평면이라기보다는 띠처럼 보이는 지점에 이르기까지는 중력이 줄어들지 않는다. 회전 중력도 줄어들지 않고, 자기력도 줄어들지 않는다.

링월드의 건설자들은 마치 레이스 세공처럼 링월드 바닥에 초전도체 케이블을 묻어 놓았다. 그 격자는 항성 플레어를 자기적으로 조종해서 초고온 레이저 효과를 일으킬 수 있다. 이것이 곧 링월드 운석 방어 시스템이다.

초전도체 격자는 또 링월드 전역에서 자기 부상이 가능하게 해 준다. 링월드에서 자기력을 동력으로 하는 탈것들은 자유롭게 날 수 있는 것이다.

루이스 일행이 플라이사이클을 타고 이륙한 곳은 밤 지역이었다. 대략 백 킬로미터 상공에서 효과적으로 대기권을 벗어난 그

---

[*] 어떤 물리량이 거리의 제곱에 반비례한다는 법칙.

들은 회전 방향으로 그 깊게 파인 홈을 따라갔다. 초목으로 뒤덮인 푸릇푸릇한 경관이 폭풍우가 몰아치는 듯한 잿빛으로 변해 갔다. 한 점을 향해 빨려 드는 소용돌이 모양이라기보다는 번쩍이는 번갯불들이 잇따라 파문과 흐름을 새기는 것처럼 보였다. 하지만 곧 그 모든 움직임이 사라지고 끊어진 데 없는 한 덩어리 구름이 나타났다.

차광판 하나의 가장자리 그림자가 명암경계선을 긋듯이 그들을 쓸고 지나갔다. 은빛으로 빛나는 항성이 점점 커지며 일행은 한낮의 빛 속으로 들어섰다. 루이스는 자신이 해돋이를 본 지가 얼마나 오래되었는지를 새삼 떠올렸다.

그들은 엄청나게 거대하고 축 늘어진 모양의 희미하게 빛나는 튜브 위를 가로질렀다. 엷은 안개가 말 꼬리처럼 튜브의 늘어진 부분 위로 흘러넘쳐 진공 속으로 사라져 갔다. 음률가의 운석 구멍 마개는 영구적으로 버티지는 못할 것 같았다.

토양과 암석은 여전히 스크리스 바닥에 붙어 있었다. 거품 같은 얼음덩이들이 웅덩이를 이루거나 띠처럼 늘어져 있었는데, 그 모두가 방사상의 형태로 이 지역을 황폐하게 만든 원인이었다.

루이스 일행은 구멍을 향해 안쪽으로 그 형태를 따라갔다. 구멍의 가장자리가 반짝거렸다. 음률가의 운석 구멍 복구 장치가 작동하고 있는 모양이었다.

— 우주선이다. 구멍 위쪽에 우주선이 있다.

종자가 말했다.

배기가스는 보이지 않았다. 그 우주선은 무반동추진기를 이용해 허공을 맴돌고 있었다. 배 쪽이 평평한 실린더 모양으로, 루이스 일행이 발견한 연료 탱크와 비슷하게 생겼지만 선수의 끝부분에 구형의 투명한 덮개가 달려 있고 크기가 좀 더 컸다.

"저건 ARM의 우주선이야. '고양이잡이'급이군. 전투정이고 승조원은 세 명이 정원이지. 지금쯤 저들도 우릴 보고 있을 거야."

루이스가 말했다.

— 저들이 우리를 공격하겠나?

종자의 물음에, 루이스는 스스로를 설득하듯 대답했다.

"그러지 않을 만큼 무해하게 보여야 해."

플라이사이클의 계기판 위로 떠올라 있던, 두 동료의 조그만 홀로그램이 흐릿해지더니 피부색이 짙고 ARM 정복을 입은 여자의 모습으로 바뀌었다. 스피커를 통해 콘트랄토의 목소리가 터져 나왔다.

— 침입자. 침입자는 즉시 응답하라. 응답하지 않으면 공격하겠다! 당신들은 교전 지역에 진입했다!

루이스는 응답했다.

"난 루위 타마산이라고 한다. 내 말이 들리나?"

— 듣고 있다. 루위 타마산.

"당신들의 의도는 뭔가?"

— 우린 국제연합 소속 정찰대다. 이 지역에서 발생한 일에 대해 아는 게 있나?

"우린 링월드 바닥에 생겨난 구멍을 살펴보기 위해 이곳에 온 거다."

— 당신 동료는 크진인이군.

루이스는 웃음을 터트렸다.

"종자는 이곳 출신이다. 링월드 원주민이지. 그건 나도 마찬가지고."

홀로그램 속의 여자가 그를 유심히 바라보았다.

— 당신은 인간처럼 보이는데.

"인간 맞다. 하지만 링월드에서 태어났지. 종자도 이곳에서 태어났지만 종족은 크진인이고."

— 여기 크진이 존재한단 말인가?

"고대의 크진이다. 대양에 있지."

이 대답은 저들의 호기심을 불러일으킬 게 틀림없었다.

— 우린 가능한 한 모든 주파수로 교신을 시도했다. 당신들은 왜 세계 선단이 사용하는 통신 방식을 쓰고 있는 거지?

ARM 여자가 신경질적인 기색이 담긴 목소리로 물었다.

"피어슨의 퍼페티어들이 링월드를 발견했다. 링월드를 처음으로 탐사한 것도 그들이지."

루이스는 무심한 어조로 말을 이었다.

"내 부모님과 종자의 아버지는 퍼페티어들과 함께 링월드로 왔다."

— 거기, 가장자리에 착륙해라.

"우린 저 구멍을 조사하러 왔다. 그 위쪽을 돌아봐도 되겠나?"

— 당장 착륙하라, 링월드인.

루이스는 종자에게 말했다.

"아래로 내려가, 종자."

그리고 자신의 플라이사이클도 아래쪽으로 몰아갔다.

— 종자, 공용어로 말할 수 있나?

ARM 여자가 물었다.

— 할 수 있다…… 국제연합 여성.

종자가 으르렁거리듯 대답했다.

— 난 국제연합 산하 ARM 소속의 수사관이자 부조종사다. 그러니까 그냥 '요원'이나 '부조종사'라는 직급으로 부르면 된다. 난 당신을 뭐라고 부르면 되나?

— 종자, 내가 보다 가치 있는 이름을 얻을 때까지는 종자라고 불러라.

— 크진과는 어떤 관계지?

— 내 아버지에게 그곳에 대해 들었다. 우리는 변방 전쟁을 지켜보고 있었다.

플라이사이클들이 스크리스 바닥 위로 내려앉았다.

'시어'가 눈에 띄게 조심스러운 움직임으로 하강하더니 역시 바닥에 내려앉았다. 기체의 둥근 끄트머리 아래쪽에서 에어록이 열리고 인간의 형체를 한 존재가 모습을 드러냈다. 뒤이어 또 다른 이가 나왔는데, 그는 알전구처럼 생긴 무언가를 끌어당기고 있었다. 그 무언가가 통과하기에는 에어록이 너무 좁아 보였지만, 그자는 어찌어찌 밖으로 끌고 나왔다.

ARM 요원 하나가 플라이사이클 쪽으로 날아왔다. 그사이, 두 번째로 나온 자는 알전구 모양의 무언가를 풀숲 위에 내려놓았다. 그것은 구조용 캡슐이었다. 전체적으로 빵빵하게 바람을 넣은 투명한 풍선처럼 생겼고 몇 가지 생명 유지 장치가 불투명한 주머니 모양으로 튀어나와 있었다. 그 안에서 사람인 듯한 그림자가 플라이사이클을 향해 풍선을 굴리며 걸어왔다.

ARM 여자——어항처럼 생긴 헬멧을 통해 쉽게 알아볼 수 있었다——는 공중에 뜬 채로 그들을 내려다보았다. 종자의 무릎에 도사리고 앉은 하누만을 보고 있는 것 같았다. 종자는 하누만이 언제든 잽싸게 달아나 버릴 수 있고, 그 경우 잡아 와야 할 필요가 있다는 듯이 그의 압력복을 선으로 연결해 놓았다. 그들도 플라이사이클을 세워 놓고 루이스와 합류했다.

ARM 여자가 그들 앞쪽에 내려섰다.

"내가 굉장히 왜소하게 느껴진다."

종자가 불편한 기색으로 말했다.

이렇게 가까이에서 구멍을 보니, 바닥이 반물질 폭발로 광택이 날 만큼 미끈해져 있었다. 특색 없는 스크리스가 투명하고 부드러우며 인공적인 형태로 무한하게 이어진 모습이었다. 루이스 일행 하나하나는 그에 비하면 너무나 자그마했다. 루이스는 종자가 그런 기분을 말로 꺼낼 때까지는 의식하지도 못했다.

"링월드 공민 종자, 링월드 공민 루위 타마산."

여자가 입을 열었다. 종자가 법적인 소속이라 할 만한 게 전혀 없다는 사실을 감안하면 예의 바른 호칭이었다. 그 점에 있어서는 사실 '루위 타마산'도 마찬가지였다.

"이쪽은 ARM 수사관 올리버 포레스티어 그리고 공민 웸블레

194

스라고 한다. 난 ARM 수사관 록새니 고디어다."

그녀의 태도는 상당히 부드러워져 있었다.

올리버는 덩치가 크고 피부색이 창백한 남자였는데, 아마도 낮은 중력 속에 자란 고리인인 듯했다. 록새니와 비슷하게 녹빛의 곱슬머리가 두개골에 가깝게 바싹 잘려 있었다. 그는 미소 지은 얼굴로 루이스와 종자의 장갑 낀 손을 차례로 가볍게 건드리며 인사했다.

"당신들을 발견하게 돼서 다행이다."

"웸블레스를 데려가 줄 수 있나? 우리에게 여유 공간이 없어서 그러는데."

록새니가 물었다.

"우리 함정은 정원이 세 명이거든."

올리버가 설명했다.

"그런데 웸블레스가 누구지? 링월드 원주민인가?"

루이스의 물음에, 올리버가 고갯짓을 해 보였다.

웸블레스는 저 뒤쪽에서 처져 있었다. 풍선 안에 든 채로 바닥을 걸어 앞으로 나아가는 것을 불편하게 여기지 않는 것 같았다. 하지만 그의 진행은 느릿느릿했다. 그가 멈추려고 해도 풍선이 계속 움직였기 때문이다. 그는 몇 번인가 허우적거리다가 넘어졌지만 당황하는 기색도 없이 다시 일어섰다.

저자가 통신기에서 오가는 말을 들을 수 있을까?

루이스는 잠깐 생각했지만, 어쨌거나 그는 아무 말도 하지 않았다.

"우린 공기가 사라지고 있는 지역에서 그를 발견했다. 시체들과 뭉개진 굴집들이 사방에 깔린 곳이었지. 그가 어떤 유형인지 알아보겠나?"

올리버가 물었다.

"종족 말인가?"

루이스는 웹블레스를 탐색하듯 살펴보았다. 빛이 괴롭게 느껴지는지 웹블레스가 눈을 깜빡이며 그를 마주 보았다. 하지만 그 시선은 움츠러드는 기색 없이 루이스를 똑바로 향하고 있었다.

웹블레스는 루이스보다 이십 센티미터쯤 작았다. 백칠십 센티미터가 조금 넘어 보였다. 그는 모래 빛깔의 실로 짠 옷을 입고 있었는데, 바지와 여러 개의 주머니가 달린 헐렁한 셔츠 형태였다. 두꺼운 각질로 덮인 발에는 아무것도 신지 않았고, 발톱은 날카롭게 갈린 무기류처럼 보였다. 피부색은 루이스보다 어둡고 록새니보다 창백했다. 손과 얼굴과 목에 주름이 많고, 흰빛과 검은빛이 섞인 굵은 머리카락이 얼굴의 대부분을 숨기듯 덮고 있었다. 이마와 양 뺨의 푸른색 소용돌이 문양은 의례적인 문신 같았다. 어쩌면 진화로 인해 타고난 자연적인 위장 무늬일지도 몰랐다. 그는 미소를 짓고 있었고 흥미를 느끼는 것처럼 보였다.

보통 사람이라면 누구든 두려움으로 움츠러들 만한 상황일 텐데 말이지…….

루이스는 링월드를 수억 킬로미터 이상 돌아다녔지만 웹블레스와 같은 종족을 만나 본 적이 없었다. 물론 그런 얘기까지는 할 수 없었다. '루위 타마산'이 링월드를 어디까지 여행한 걸로 할지 아직 정하지 못했기 때문이다.

"정확하게 어떤 종족인지는 모르겠다. 링월드에는 인류형 종족이 수천이나 살고 있지. 아니, 수만이 될지도 모르겠다. 어쨌든 그들 대부분은 지적인 존재들이다. 웸블레스는 평균적인 체격이군. 짙은 피부색도 평범한 축에 들고. 치아는……."

순간, 웸블레스가 미소를 지었다. 루이스는 저도 모르게 움찔하고 말았다. 웸블레스의 치아는 구부러지고 변색이 되어 있었다. 네 개가 빠져나가 검은 빈자리가 보였다. 루이스는 그게 어떤 상태인지 실제로 느껴지는 것 같았다.

끊임없이 혀를 깨물게 되겠군.

웸블레스에게는 송곳니 세 개가 아직 남아 있었다.

"육식을 하나?"

루이스의 물음에, 록새니가 어깨를 으쓱해 보였다.

"우린 그에게 음식 재생기로 표준 배급 식량을 만들어 줬다. 물론 거기엔 날고기 설정도 있지. 크진인 포로를 잡았을 경우에 대비한 거다. 웸블레스는 그것도 좀 먹더군."

"그럼 우리도 그가 먹을 걸 마련해 줄 수 있을 거다. 그가 살고 있던 생태계가 완전히 파괴됐다 해도……."

"잘됐군. 다음 문제로 넘어가지."

올리버가 말을 자르며 끼어들더니, 원을 그리듯 팔을 휘둘러 보이며 물었다.

"저것에 대해 해 줄 만한 얘기가 있나? 뭐든 다 듣고 싶다."

"갑작스럽게 생겨난 산맥 말이군."

확실히 가장 먼저 나올 만한 질문이었다. 하지만 루이스는 아직 그에 대한 대답을 준비하지 못했다. 할 수 없이 즉석에서 지어내야 했다.

"우린 비슷한 일이 일어나는 걸 본 적이 있다. 하지만 이런 규모로, 그러니까 링월드 수준의 규모로 일이 벌어지는 경우에 대해선 심지어 우리 부모님들한테서도 들은 얘기가 없다. 그래서 키론이 어떻게 된 건지 알아보라고 우릴 보냈지."

"키론?"

"그가 내 아버지를 이곳으로 데려왔다. 퍼페티어다."

"그렇군. 이쪽으로 와 봐라, 루위."

올리버가 그렇게 말한 다음, 이십 미터쯤 떨어져 있는 구멍을 향해 걷기 시작했다. 루이스도 따라갔다.

올리버는 구멍의 가장자리에서 너무나 가까운 지점에 멈춰 섰다. 그곳에서 보니 구멍은 직경이 일이십 킬로미터쯤 되는 바닥 없는 구덩이 같았다. 하지만 줄어들고 있었다. 구멍은 확실히 줄어들고 있었고 그래서 가장자리의 경계를 분명히 파악하기 어려웠다. 루이스가 머리를 움직이자 흐릿하게 번지고 떨리는 것처럼 보였다.

"이런 게 정상인가?"

올리버가 물었다.

"난 이 세계의 바닥에 생겨난 구멍을 이렇게 똑바로 들여다본 적이 한 번도 없다. 무시무시하군."

루이스의 대답은 거짓말이라고 하기 어려웠다. 확실히 루이스 우는 신의 주먹 정상의 크레이터를 본 적이 있었다. 하지만 '루위타마산'은……

"어쨌든 저절로 수리되고 있는 것 같은데, 언제나 이런 식으로 수리가 일어나는 건가? 수년 동안 우린 이렇게 모래시계처럼 생긴 폭풍이 사그라지는 걸 몇 번인가 봤다. 우리 생각으로는 그곳들도 여기처럼 링월드에 구멍이 뚫리고 공기가 빠져나갔던 게 아닌가 싶은데."

루이스는 대답 대신 마치 무슨 뜻인지 이해를 못하겠다는 듯이 인상을 찌푸려 보였다. 그리고 머나먼 곳 어디선가 들은 적 있는 단어를 기억해 냈다. 마법사라는 의미로 쓰였지만 사실은 수호자를 가리키는 단어였다.

"바슈네슈트…… 세상엔 우리가 알 수 없는 비밀들이 있다."

그때, 록새니가 소리쳤다.

"올리버, 이쪽으로 와! 루위, 종자, 텐트를 설치해 볼까?"

록새니와 올리버는 자기네 함정의 에어록에서 덩치 큰 꾸러미들을 꺼냈다. 그것을 스크리스 바닥에 내려놓은 다음, 끝이 뾰족한 막대기들로 고정시켰다. 텐트가 저절로 부풀어 오르기 시작했다. 하지만 뾰족한 막대기들이 스크리스에 안정적으로 고정되지 않았기 때문에 텐트는 이리저리 몸을 비틀고 튀어 오를 듯 꿈틀거렸다.

록새니는 뒷일을 올리버에게 맡기고 취사 겸용 오토닥을 꺼내러 함정으로 돌아갔다.

올리버는 그녀가 하려는 일을 알아채고 폭발하고 말았다.

"요원님, 제정신입니까? 그건 내놓으면 안 됩니다!"

"몇 시간쯤 이거 없다고 죽지 않아."

"왜 웸블레스를 포기하려 하는 겁니까? 그는 링월드 원주민입니다! 굉장한 수확이란 말입니다!"

"그래, 웸블레스는 전리품이라고 할 수 있지. 나도 둘 다 데려갈 수 있으면 좋겠다. 하지만 그는 기껏해야 원주민일 뿐이야. 아는 게 별로 없다고. 난 루위 타마산을 데려가고 싶다! 저 크진인을 우리 함정에 태울 수만 있다면 그도 데려가고 싶지만 덩치가 너무 커서 안 되지. 그러니까 우린 먼저 그를 취조해야 해."

"그는 여전히 크진인입니다!"

"왜, 무섭나? 그래 봤자 어린애다. 둘 다 십 대나 됐을까, 애들이라고. 하지만 저들의 부모들은 세계 선단보다도 먼저 링월드에 도착했지. 저 애들은 살아오는 동안 부모들에게 링월드에 대해 끊임없이 얘기를 들었을 게 분명해."

올리버는 그녀의 말에 대해 잠시 생각해 본 다음, 물었다.

"부모들이 저들을 되찾으려 하지 않겠습니까?"

"그럴 수도 있지. 일단 우리가 그들이 여기 와서 한 일 전부를 알아내고 나면, 그 부분도 알게 될 거다."

록새니가 빙그레 웃음 지었다.

"올리버, 루위의 얼굴에 떠오른 표정을 봤나? 그는 마치……."

올리버도 보았다. 뒤이은 그의 말소리에는 그래서 적의가 담겨 있었다.

"여자라곤 한 번도 본 적이 없는 표정이었죠. 알겠습니다, 요원님 하고 싶은 대로 하십쇼. 우린 크진인과 함께 텐트로 기어 들어갈 겁니다. 하지만 젠장맞을, 그를 배불리 먹이는 게 우선입니다! 우린 명령받은 것보다 훨씬 많은 자료를 수집했습니다. 이제 문제는 그걸 가지고 집으로 돌아가는 거란 점을 명심하십쇼!"

ARM 요원들은 텐트를 세우는 일에 몰두하고 있었다. 그래서 루이스의 플라이사이클 계기판 위로 음률가의 조그만 홀로그램이 갑자기 튀어나왔을 때 그를 보고 있는 사람은 아무도 없었다.

— 내가 만든 복구 장치가 제대로 작동하고 있는지 당장 알아야겠어요. 운석 구멍이 작아지고 있나요? 내가 뭐라도 구해 내려면 얼마나 과감하게 움직여야 할까요? 루이스, 당신에게 구멍 속으로 빠지지 않도록 주의하라고 경고할 필요는 없겠죠?

'시어'나 그 함정의 모선이 지금 그들의 대화를 엿듣고 있을까? 설사 그들이 주고받는 통신의 보안이 유지된다 해도, 플라이사이클 계기판 위에서 조그맣게 빛나는 홀로그램은 저들의 눈에 띌 수 있었다.

"구멍은 닫히고 있어. 아직도 닫히는 중이라고. 하지만 우린 지금 외부인들과 함께 있어."

루이스는 재빨리 말하고 홀로그램을 해제했다.

이제 음률가는 여기서 일어나는 일을 오직 소리로만 들을 수 있게 되었다.

완전히 부풀어 오른 ARM의 텐트는 전체적으로 터널 모양이었는데, 커다란 에어록과 진공 장비를 위한 벽감, 생활공간 그리고 화장실이 숨겨진 게 틀림없는 은색 벽들로 이루어졌다. 록새니는 이미 안에 들어가 있었고, 올리버가 밖에서 나머지 일행을 안으로 들어가게 도와주었다.

종자는 하누만을 데리고 움직였다. 하누만은 여전히 압력복을 입고 있었다.

"이걸 입혀 둬야 위생 문제가 해결된다."

종자가 말하는 사이, 하누만이 원숭이처럼 꺅꺅거렸다.

록새니는 헬멧을 벗어 버렸다. 하지만 입고 있던 압력복은 벗지 않았다. 올리버 역시 헬멧만 벗었다. ARM 요원들은 과하게 의심이 많은 것처럼 보이지는 않았다. 루이스와 종자도 각자의 헬멧을 벗었다. 그렇게 다양한 종족들이 취사 겸용 오토닥을 둘러싸고 모여 앉았다.

웸블레스는 루이스가 들어 본 적 없는 음절들을 써서 말했다. 그의 옷에 달린 주머니들 중 하나에서 통역기를 통해 목소리가 울려 나왔다.

"좋아. 여긴 훨씬 더 공간이 넓군."

털북숭이 사내가 구조용 캡슐의 지퍼를 열더니 만족스러운 듯 숨을 내쉬며 몸을 비틀어 빠져나왔다.

"웸블레스는 세 사람이 정원인 우리 함정의 네 번째 승객이 된 셈이지."

올리버가 설명했다.

"우린 폭풍이 휩쓸고 간 잔해 속에서 그보다 덩치가 좀 더 크고 털이 더 많은 종족의 시체들로 둘러싸여 있는 웸블레스를 발견했다. 그는 그나마 완전히 무너지지 않은 벽들 곁에서 해변으로 끌려 나온 물고기처럼 헐떡거리고 있었는데, 그래도 자기 발로 서더니 몸을 끌다시피 해서 우리 쪽으로 다가왔지. 우린 그를 구조용 캡슐에 넣어서 무기 통제부에 싣고 대신에 그 부분의 기능을 끌 수밖에 없었다. 그는 우리에게 필요한 정보를 알려 줬지. 하지만 루위, 그런 상태로 계속 비행할 수는 없다. 우린 방어를 위해 무기 통제부를 쓸 수 있어야 한다."

"우리가 웸블레스를 그가 살 수 있는 곳으로 데려다주지."

루이스가 말했다.

"당신들이 타고 온 비행체에 웸블레스의 구조용 캡슐을 고정시킬 방법을 찾아봐야 한다. 우리에겐 그가 입을 만한 압력복이 없으니까."

록새니가 취사 겸용 오토닥에서 배급 식량인 듯한 덩어리들을 뽑아 나눠 주었다. 그녀는 종자를 위해 붉은 액체가 뚝뚝 떨어지는 덩어리를 만들어 줬고, 하누만을 위해서는 열매 같은 뭔가를 만들어 줬다.

"이건 우리가 가진 유일한 취사용 장치다. 오토닥의 기능도 겸하지. 우리 텐트는 비행 중이나 평시에 선체로부터 펼쳐 내서 사용할 수 있게 설계되었다. 이걸 쓸 수 없다면 우리가 변변히 몸움직일 공간이나 있을까 싶다. 전쟁이란 지옥 같은 거지."

말의 내용과 달리 그녀는 가벼운 어조로 물었다.

"마실 걸 좀 줄까?"

"기대되는군. 차나 주스도 있나?"

루이스가 되물었다.

"맥주는 어때?"

"그건 아니지. 종자는 너무 어리거든."

종자가 나직하게 으르렁거렸다.

록새니는 웃음을 터트렸다.

"당신도 마찬가지잖나, 루위!"

이 여자는 내가 어린애인 줄 아는군!

"그렇죠, 록새니 요원님."

루이스는 가볍게 대꾸했다.

그녀가 짜 먹을 수 있게 팩으로 포장된 마실 것을 건네주었다. 루이스에게는 크랜베리 맛이 나는 음료를, 종자와 웸블레스에게는 부용* 같은 것을 주었다.

"당신 둘은 링월드에서 자랐지. 당신네 아버지들이 행성에 대해서 얘기해 주던가?"

"그런 식으로 물리학을 배웠다. 내 아버지는 코리올리힘** 으로 인해 일어나는 폭풍이 뭔지 가르쳐 주려고 애쓰셨지. 허리케인 말이다. 하지만 내가 그걸 제대로 이해했는지는 모르겠다."

종자가 대답했다.

"난 정말 지구를 보고 싶다."

---

* bouillon, 동물의 고기나 뼈를 끓여 만든 즙. 수프를 만들 때 기본이 되는 국물이다.
** Coriolis force, 지구와 같은 회전체의 표면 위에서 운동하는 물체에 대하여 그 물체의 운동 속도 크기에 비례하고 운동 속도 방향에 수직으로 작용하는 힘.

루이스는 말했다.

작동 가능한 우주선이 지금 여기 있어!

그 끔찍한 브람이 그를 찾아낸 이래로 처음 맞이하는, 이곳에서 벗어날 수 있는 기회였다. 아니, 그보다 훨씬 전부터였다. 루이스 자신이 '화침'호의 하이퍼드라이브를 망가트려 버린 이래로!

록새니와 둘만 얘기를 나눌 방법이 틀림없이 있을 거야.

그녀가 입은 압력복은 피부에 딱 달라붙는 스타일이었다. 드러난 몸매의 윤곽만으로도 루이스의 심장을 충분히 뒤집어 놓았다. 그녀는 운동선수처럼 강인해 보였고, 그녀의 얼굴은 각진 턱선에 콧날이 날렵하게 똑바른 심각한 인상이었다. 루이스는 그녀의 보디랭귀지와 올리버가 그녀에게 결정을 맡기는 방식에 근거해서 록새니가 오십 대쯤 되었을 거라고 판단했다.

……계급으로 누르는 게 아니라면 말이지.

그녀의 머리칼은 숱이 드물고 전체적으로 검은색 먼지버섯 같은 모양을 하고 있었다. 주기적으로 머리털을 뽑거나 두피를 면도하는 게 틀림없었다. 그렇게나 많은 인류형 종족들을 만나 본 루이스로서는 이 순간 자신이 인간 여자의 모습을 얼마나 보고 싶었는지를 깨달으며 놀라지 않을 수 없었다.

그의 마음과 상관없이 록새니는 계속해서 질문을 던졌다.

"혹시 커다랗고 투명한 우주선에 대해 아는 게 있나?"

루이스는 고개를 저었다. 하지만 종자는 그보다 조심성이 덜했다.

"GPC 우주선 같은 거 말인가? 유리로 만들어진 거품 모양을 한 우주선?"

"그렇지, 커다란 유리 거품 모양. GPC의 우주선에 대해 뭘 알고 있지?"

"루위의 아버지는 GP 2번 선체로 만들어진 우주선을 타고 이곳에 왔다."

종자는 지나치게 세부적인 사항을 알려 주고 있었다. 루이스는 그가 뭔가 일관되지 못한 얘기를 해서 자신들의 정체가 드러날까 봐 두려워졌다.

……하지만 생각해 보면, 크미는 분명 자기 아들에게 '거짓말쟁이'호가 어떻게 생겼는지 말해 줬겠지. 첫 번째 링월드 탐사때, GP 2번 선체로 만들어진 그 우주선을 타고 왔으니까.

게다가 종자는 그런 이야기를 하는 게 재미있는 모양이었다.

"장비들로 채워진 거대한 유리 거품이지. 거대한 기계류가 내부에 꽉 들어찬 우주선이다."

록새니가 말했다.

"아니면 네 개의 화염 덩어리가 하늘을 가로질러 가는 걸 봤을 수도 있겠군. 그 우주선은 네 개의 핵융합 엔진을 달고 있으니까. 그 우주선은 우리가 도둑맞은 거다. 어쩌면 키론이라는 퍼페티어가 훔쳤을지도 모른다."

올리버가 끼어들었다.

"키론이 우리에게 모든 걸 얘기해 주지는 않는다. 아니, 사실별로 알려 주는 게 없지."

루이스가 대꾸했다.

"실제로 그 우주선은 두 번 도둑맞았다. 처음에는 크진인이 우리에게서 훔쳐 갔고, 그다음엔 누군가 그들에게서 훔쳐 갔지. 그 우주선이 링월드로 진입하는 걸 직접 보지는 못했다. 하지만 여기 있을 거라고 생각한다. 우린 그 우주선을 되찾고 싶다."

록새니의 말이 끝나기 무섭게 올리버가 뒤를 이었다.

"키론의 탐사에 대해 얘기해 봐라."

루이스는 대답을 지어냈다.

"아버지가 말씀하시길, 이 년이 걸렸다고 했다. 그리고 당시에는 우주선이 훨씬 더 비좁았다더군."

가능한 한 확실히 알고 있는 사실을 고수해야 해.

"내 어머니는 첫 번째 탐사대로 여기 오셨다. 어머니 말씀이, '거짓말쟁이 자식'호는 원래 GP 2번 선체로 만들어졌지만 크기가 말도 안 되게 거대해진 우주선이라고 했다. 퍼페티어가 뭔가 새로운 안전장치를 생각해 낼 때마다 점점 커진 거라고. 결국 '거짓말쟁이 자식'호는 GPC의 원통형 선체가 한가운데 자리한 전익기全翼機*가 됐다. 하지만 나중에 정지장이 활성화됐을 때, 날개 부분에 설치한 건 전부 잃고 말았다고 한다."

이 모든 사실은 ARM의 기록에 남아 있을 터였다. '루이스 우'의 추론까지를 포함해서. 키론에 대한 이야기 역시 루이스의 진술에서 찾을 수 있을 것이다.

"그래서 키론은 자기 힘으로 우주선을 만들었을 때 모든 걸 선

---

* 꼬리날개가 없는 항공기 가운데 삼각 날개 또는 후퇴익을 가지며 날개 속에 승무원을 수용하는 설비를 만들었기 때문에 날개만 있고 동체가 없는 것처럼 보이는 항공기.

체 안으로 욱여넣었지. 나도 그 우주선을 타 본 적 있다. 이렇게 커 버린 후로는 아니지만. 어쨌든 타 봤을 당시에도 이미 내부가 꽉 들어차서⋯⋯."

"우린 키론과 얘기를 나눠 보고 싶은데, 어디로 가면 그를 만날 수 있나?"

올리버가 물었다.

"키론이 우리에게 말한 것들 중에서 가장 분명하게 강조한 게 그 부분이었다. 그를 찾는 방법을 누구에게도 알리면 안 된다는 거지."

종자의 대답을 들은 올리버는 록새니에게 말했다.

"'롱샷'호는 크진인의 수중에 있었습니다. 퍼페티어들이 그 사실을 알게 됐다면 걱정스러워했을 겁니다. 그렇지 않습니까? 그들이 '롱샷'호를 되찾으려 했을지도 모릅니다."

그는 다시 루이스에게 물었다.

"키론의 우주선에 이름이 있나?"

"'편집증'이라고 하지."

루이스는 웃음기 한 점 없는 얼굴로 대답했다.

"우주선의 무장 상태는 어떤가?"

"'편집증'호에는 아무런 무장도 돼 있지 않다. 키론은 심지어 무기류로 변환될 가능성이 있는 연장조차 금지했지. 그런 얘기를 꺼내지도 못했다."

"'편집증'호는 링월드의 어느 곳에 착륙했나? 대양 근처였나? 첫 번째 탐사대가 틸라 브라운을 남겨 두고 떠난 곳이었나?"

루이스는 그 부분에 대해서 아직 답을 준비하지 못했다.

"모르지."

"이런, 당신은 우리와 교환할 만한 정보를 아무것도 갖고 있지 않은 것 같군. 당신이 우리에게서 알아내고 싶은 건 뭐지? 키론이 뭘 물어보라고 하던가?"

록새니가 다그치듯 물었다.

"그는 링월드가 치유되고 있는지 아닌지 알고 싶어 했다. 난 링월드의 파열된 부분이 스스로 봉합되는 걸 직접 봤지. 그렇긴 하지만, 변방 전쟁에 대해서도 알고 싶다. 당신들은 뭘 말해 줄 수 있나? 전쟁이 곧 끝날 것 같은가?"

"그럴 것 같진 않다."

"그럼 전쟁이 대규모로 확대되고 폭력적으로 격렬해져서 모든 걸 산산조각 내 버리게 될까?"

"그런 일이 일어날 이유도 없다."

록새니는 단언하듯 말했다.

올리버가 웃음을 터트렸다. 록새니가 화난 기색으로 돌아보자, 그가 입을 열었다.

"그냥 스쳐 지나가는 생각이 있어서 말입니다. 루위, 당신 나이가 어떻게 되나?"

루이스는 원래 삼십 대인 척 가장할 계획이었다. 하지만 ARM 요원들은 그를 막 사춘기가 지난 정도로 생각하는 것 같았다. 그런 오해가 어째서인지 루이스를 기분 좋게 했다.

젠장, 안 될 거 있나?

"팔십 팔란 조금 더 됐다."

"팔란이라면?"

"하늘이 열 번 회전하는 기간이다."

"칠십오 일 정도군. 링월드의 하루는 서른 시간이니까……."

올리버는 퍼페티어들이 사용하는 것보다 좀 더 큰 휴대용 컴퓨터에 대고 뭐라고 속삭였다.

"지구 시간으로 환산하면 스무 살쯤 됐군. 난 마흔여섯 살이다. 요원님은……?"

올리버의 물음에, 록새니가 머뭇거리지도 않고 대답했다.

"쉰한 살이다."

"우린 부스터스파이스라는 걸 쓴다. 그게 노화를 막아 주지. 내가 스쳐 지나가는 생각이 있다고 한 건……."

올리버는 다시 루이스를 보며 말을 이었다.

"루위, 당신이 어머니를 제외하고 인간 여자를 보는 건 지금이 처음 아닌가 싶은데?"

록새니가 미소를 지었다. 마지못한 듯한 미소였다.

루이스는 얼굴을 붉혔다. 자신의 시선이 록새니에게 너무 오래 머물러 있었다는 사실을 갑작스럽게 자각한 것이다. 그뿐이 아니었다. 그들이 자리한 곳이 비좁기는 했지만, 그는 필요 이상으로 록새니 쪽에 가깝게 앉아 있었다. 루이스는 더 이상 그녀를 쳐다볼 수도 없고 조리 있게 말할 수도 없을 것 같았다. 이렇게 좁은 공간에서는 페로몬이 공기 중에 생생하게 떠돌고 있을 터였다. 록새니의 것뿐 아니라 올리버의 것도. 올리버의 경우는 루이스가 이십몇 년 만에 직접 만나고 냄새를 맡는 인간 남자였다. '시어'에 샤워 시설이 없다는 점을 감안하면 루이스가 지금 성욕과 위압감을 동시에 느끼고 있는 것도 놀랄 일은 아니었다.

"미안하다."

루이스는 그렇게 말하며 슬쩍 뒤로 물러나 앉았다. 그 순간, 협박이란 다양한 형태를 취할 수 있다는 생각이 머릿속을 스쳤다. 저들은 그에게서 뭔가를 알아내고 싶어 한다. '루이스 우'로서는 지어내야만 하는 정보였다. 하지만……

록새니가 가볍게 웃음을 터트렸다.

"신경 쓰지 마라, 루위. 그보다, '시어'를 구경하고 싶지 않나? 종자, 당신은 승선시킬 수 없다. 당신 덩치에 비해 함정이 너무 좁거든. 루위가 나중에 당신에게도 얘기해 줄 거다."

하누만의 시선이 루이스의 시선을 붙잡았다. 하지만 그는 아무 말도 하지 않았다. 웸블레스와 종자가 잠시 멈추었던 대화를 다시 시작했다. 웸블레스는 크진인에게 홀딱 빠진 듯이 보였다.

루이스는 안면 보호판을 닫고 록새니를 따라 밖으로 나섰다.

ARM의 전투정은 지독할 만큼 비좁았다.

한중간에 세워진 기둥을 둘러싸고 세 개의 좌석이 등을 마주한 채 붙어 있었는데, 그중 한 좌석에는 누군가 앉아 있었다. 에어록 문 옆에 공간이 오므라든 듯한 부분이 보였다. 지금은 분리되어 밖에 설치된 텐트가 있던 자리였다. 바닥에는 사람 한 명이 들어갈 만한 크기의 빈 공간—무기 통제부—으로 이어지는 구멍이 있었다.

록새니가 먼저 승선했다. 그녀는 두 번째 좌석으로 미끄러지듯 들어가 앉았다.

"링월드 공민 루위 타마산, 이쪽은 ARM 2급 수사관 클라우스 라시드라고 한다. 클라우스, 루위와 인사하지."

그녀가 이미 한 자리를 차지하고 앉아 있던 남자를 소개해 주었다.

"아, 엄밀히 말하면 루위를 링월드 원주민이라고 하기는 어렵겠군."

클라우스가 몸을 돌리고 손을 내밀었다. 그는 록새니보다 피부색이 짙고, 올리버보다 키가 크고 팔이 길었다.

"루위, 난 조종사다. 거기 앉지."

루이스는 록새니와 단둘이서 얘기를 나누고 싶었다. 아니, 올리버와 단둘이라도 괜찮았다. 하지만 둘 다 그를 따라왔고, 루이스로서는 편치 않게 느껴질 만큼 지나치게 가까이 붙어 있었다. 그들은 종자와 웸블레스—하누만은 계산에 넣지 않았겠지만 그도—만 텐트에 남겨 두었다.

루이스는 세 번째 좌석으로 미끄러져 들어갔다. 앉은 자리가 변하는 게 느껴졌다. 그의 키와 체중과 압력복의 윤곽에 맞춰 좌석이 조정되는 것이었다. 기본 설정은 그에게 완벽하게 들어맞지 않았다.

록새니가 자신의 좌석 팔걸이 부분에 대고 양손으로 뭔가 명령어 같은 것을 쳐 넣었다. 루이스가 몸을 움직이기도 전에 안전망이 그를 붙들었다. 안전망 내부의 역장은 충돌 시 승객을 보호해 주는 기능을 한다. 하지만 그것은 경찰 일을 하는 데에도 유용한 도구였다.

루이스는 즉각적으로 반응하지 않았다. '루위 타마산'이라면 어떻게 반응했을까를 떠올렸기 때문이다. 공포로 얼어붙었으리라. 그 점이 적어도 루이스에게 생각할 시간을 주었다.

이제 어떡하지?

"당신을 보호하기 위해서다. 루위, 지구를 보고 싶다고 했지?"

록새니가 고양이처럼 미소 지으며 말했다.

올리버는 에어록을 통해 미끄러져 들어와 해치를 지나 아래로 내려갔고, 네 번째 좌석에 앉았다. 무기 통제부의 공간은 올리버에게 꽉 죄는 압력복처럼 들어맞았다.

루이스는 몸을 조금 비틀어 보았다. 역장이 허용하는 움직임은 그 정도였다.

"지구로 갈 건가?"

그가 물었다.

"일단은 '수염상어'호로 돌아가야지. 한 시간이면 도착할 거다. 어쨌든 그러는 게 좋겠지."

클라우스는 루이스의 물음에 대답해 준 다음, 록새니를 돌아보며 물었다.

"요원님, 오토닥을 두고 온 거 아닙니까?"

"그럴 수밖에 없었다."

록새니가 말했다.

"그렇군요. 하지만 뭔가 잘못되기라도 하면…… 모르겠습니다. 루위, 순양함 '수염상어'호가 우리의 첫 번째 도착지다. 당신이 거기서부터 어디로 갈지는 우리 말고 다른 사람들이 결정하겠지. 내 생각엔 지구로 가게 될 것 같지만…… 어쨌든 적어도 태양계로는 갈 거다. 그보다, 가는 길에 당신이 우리에게 뭔가를 얘기해 줄 수 있지 않나? 키론은 이제 당신을 막을 수 없다. 당신은 인간의 우주에 도착한 두 번째 링월드인이 되는 거지."

"저 구멍을 통과해 가진 마라."

루이스는 대뜸 말했다.

ARM 요원들이 일제히 그를 쳐다보았다. 그리고 록새니가 물었다.

"왜 안 되지?"

이건 어려운 질문이군.

루이스는 ARM의 우주선이 이렇게 쉽게 빠져나가는 걸 음률가가 허용해 줄지 확신할 수 없었다. 뭔가가 그들을 막을 수도 있었다. 하지만…….

루위 타마산이라면 그런 얘기를 해 줄 리가 없지. 아니, 해 줄 수가 없잖아?

고민 끝에 그는 입을 열었다.

"종자의 아버지는 신의 주먹을 통해 이곳을 떠났다. 내 아버지는 또 다른 구멍을 통과해 이곳으로 왔고. 하지만 그들 모두 이렇게 구멍에 뭔가 변화가 일어나고 있는 걸 보진 못했다. 신의 주먹은 저절로 수리되지 않았지, 그렇지 않나? 하지만 여기 구멍은 수리되고 있다."

"신의 주먹도 수리됐다. 일주일쯤 전에 그곳의 화구도 저절로 닫혔지. 당시에는 우리도 알아채지 못했지만. 그 일에 대해서도 당신이 얘기해 주길 바랐는데."

클라우스가 말했다.

루이스는 음률가가 운석 구멍 복구 장치를 시험한 모양이라고 짐작했지만, '루위 타마산'으로서는 아무 말도 할 수 없었다.

클라우스가 가상의 화면에 무언가를 띄워 보였다.

"우리 위치는 여기, 이 지점이다. 루위, 화면을 확인해 봐라. 우리가 알고 있는 한 여기서 가장 가까운 또 다른 구멍은 백만 킬로미터 이상 떨어져 있다. 너무 멀지. 적들은 지상을 가로질러 우릴 추적할 거다. 변방 전쟁에 뛰어든 빌어먹을 모든 종족들이 우리가 당신을 원하는 만큼이나 절실하게 우릴 원할 거란 말이다. 우리가 알고 있을지도 모르는 정보를 확보하기 위해서지. 그러니까 우린 조금이라도 빨리 여길 떠나야 한다. 여기서 당장 엔진을 끄고 저 구멍을 통과하면 링월드를 빠져나갈 수 있을 거다."

다음 순간, 함정이 이륙했다.

"여기, 링월드 바닥 면에 바짝 붙어서 그 어둠 속에 '수염상어' 호가 기다리고 있다. 바로 우리 모선이……."

"무슨 짓을 하고 있는 겁니까?"

아래쪽에서 올리버가 고함쳐 물었다.

"일단 뭔가를 떨어트려 봐라!"

루이스는 그보다 더 큰 소리로 외치려고 애를 썼다. 몸을 움직일 수 없다는 사실이 그를 더 미칠 지경으로 몰아갔다.

"뭐든 떨어트려서 무슨 일이 일어나는지 보자고!"

"난 집으로 가려는 것뿐이다."

클라우스가 올리버에게 말했다. 함정이 천천히 옆으로 움직여 갔다. 이제 그들은 구멍 바로 위쪽에 있었다.

"모든 동력원을 해제한다. 루위, 보조 연료 탱크가 있었다면 당신 말대로 해 봤을 거다. 하지만 이미 버린 후라서 어쩔 수가 없다."

함정이 하강하고 있었다. 루이스는 스크리스 위에 홀로 앉아 있는 텐트를 흘끗 보았다.

저들은 괜찮을 거야. 하누만이 있으니까, 그가 일행을 이끌어 줄 거야.

시야에서 구멍이 점점 확대되었다. 그 안은 별들로 가득 차 있는 것처럼 보였다.

'시어'가 무언가에 내려앉듯 거칠게 충돌했다.

안전망이 일제히 펼쳐져 좌석에 앉은 승조원들을 감싸 올렸다. 루이스는 뇌가 두개골 안에서 튕기는 듯한 느낌을 받았다. 그래도 그는 이미 안전망에 싸여 있었기 때문에 가장 먼저 충격에서 회복되었다. 하지만 여전히 움직일 수는 없었다. 아래쪽에서 올리버가 내지르는 비명이 들려왔다.

"우리가 뭘 친 거야?"

클라우스가 소리쳤다.

"여기서 빠져나가! 빠져나가라고!"

록새니가 고함쳤다.

운석 구멍 복구 장치, 음률가 만들어 놓은 링월드 수리 장치가 작동하고 있는 게 분명했다. 스크리스로 만들어진 실은 얼마나 강할까? 하강하는 우주선을 멈추기에 충분할 만큼 강할까? 하지만 스크리스는 선체도 관통할 수 있었다. 분명 스크리스가 레이스 세공처럼 짜여 구멍을 막아 가고 있는 것이다.

"추진기들이 꺼졌습니다!"

클라우스가 말했다.

"추진기는 함정 어디에 달려 있나?"

루이스는 물었다. 클라우스가 목을 길게 빼고 그를 향해 으르렁거렸지만 루이스는 개의치 않고 계속 물었다.

"바닥에 붙어 있군, 그렇지?"

고대부터 이어져 온 습관이었다. 우주선을 건조하는 자들은 추진기의 엔진을 로켓이 위치하는 곳에 두는 경향이 있었다.

"저 구멍 속에 있는 게 뭐건 간에 구멍을 수리하는 중이고, 그러면서 이 함정의 추진기를 쪼개 버리고 있는 거다. 우린 계속해서 하강하겠지. 그게 이 함정의 동력원을 건드리는 데 얼마나 걸리겠나? 당신들은 동력원으로 뭘 쓰지? 그건 어디 있나?"

루이스는 저도 모르게 비밀을 누설하고 있었다.

정지장이 왜 켜지지 않는 거야? 아니지, 정지장이 켜지면 여기 영원히 묶이게 될지도 몰라.

클라우스는 아직도 사태를 정확히 파악하지 못한 모양이었다. 그를 대신해서 록새니가 대답했다.

"함정의 중앙부에 있다. 배터리지. 뭐가 됐든 그걸 파괴해 버린다면……."

함정은 조금씩이지만 확실하게 구멍을 향해 가라앉고 있었다. 설상가상으로 함정이 뒤집히기 시작했다.

클라우스가 아직도 상황을 이해하지 못한 듯 그들을 빤히 쳐다보았다. 하지만 이내 알아채고 공포에 질려 비명을 내질렀다. 그의 두 손이 제어판 위에서 맹렬하게 춤을 췄다.

록새니가 급하게 소리쳤다.

"기다려!"

하지만 그 순간, 바닥의 해치가 닫히고 올리버의 고함이 뚝 잘려 나갔다.

로켓엔진이 울부짖었다. 선실부가 함정에서 분리되어 위로 빠르게 솟구쳤고, 좌우로 심하게 흔들리다가 안정을 찾았다. 클라우스는 수동으로 조종을 시작했다. 선실부가 한쪽으로 심하게 기울며 아래쪽으로 내려가다가 다시 반대로 기울며 똑바로 섰다.

"네가 올리버를 죽였어!"

록새니가 소리쳤다.

"그가 운 없는 자리에 앉았던 겁니다."

클라우스는 그렇게 대꾸하며 원래 올리버가 앉았어야 할 자리를 차지하고 있는 루이스를 노려보았다. 그리고 록새니에게도 한마디 던졌다.

"여기서 빠져나가라고 소리친 건 요원님이었잖습니까!"

함정의 아랫부분이 떨어져 내리며 일어난 배기가스에 스크리스 위의 텐트가 부풀어 올랐다. 그 반동으로 록새니와 클라우스는 몇 센티미터쯤 안전망 속에서 솟구쳤다.

루이스는 텐트의 벽을 통해서 종자와 하누만이 웸블레스를 집어넣기 위해 구조용 캡슐을 펼치는 것을 간신히 볼 수 있었다.

그때, 눈부신 빛이 구멍 쪽에서 타올랐다. 그리고 그쪽을 향한 선실부가 캄캄해졌다.

루이스는 고함을 질렀다.

"록새니, 날 풀어 줘!"

"좀 기다려라, 루위."

충격파가 선실부를 강타했다.

"내 동료들이 저기서 죽어 간다! 날 풀어 줘! 클라우스!"

루이스가 다시 소리치자, 클라우스가 제어판을 두들겨 그를 풀어 주었다.

"좋을 대로."

루이스는 몸을 굴려 의자에서 벗어난 다음, 곧장 좁은 에어록으로 뛰어들었다.

텐트는 폭발한 풍선처럼 조각나 속을 드러내고 있었다. 폭발이 그 안에 든 것들을 산산이 흩어 놓았다. 루이스가 몸부림치듯 에어록을 빠져나오는 사이, 웸블레스를 안에 담은 구조 캡슐이 부드럽게 옆으로 굴러 지나갔다. 웸블레스는 석유 연료 시대의 건조기 속에서 돌아가는 옷가지처럼 이리저리 부딪쳤다.

종자는 두 발로 서려다가 넘어졌지만 다시 일어서려 애쓰고 있었다. 하누만은 보이지 않았다. 웸블레스의 의식이 돌아온 모양이었다. 그는 이제 단단한 공처럼 웅크린 채 부들부들 떨고 있었다.

"종자, 너 괜찮나? 기압을 견딜 수 있어?"

"내 압력복은 손상되지 않았다. 압력을 조절해 주고 있다. 하누만이 보이나?"

"아니, 안 보여."

웸블레스가 아주 가까이 있었다. 루이스는 자세제어 장치를 점화시켜 앞쪽으로 떨어져 내리다가 웸블레스의 구조 캡슐과 나란히 달리며 그것을 멈춰 세우기 위해 밀었다. 웸블레스도 그를 도우려 애썼다. 이윽고 캡슐이 멈춰 섰지만 웸블레스는 균형을 잃고 말았다. 그런데 자세히 보니 그가 균형을 잃은 것은 하누만이 그의 가슴팍에 얼굴을 묻은 채 딱 붙어 매달려 있기 때문이었다. 하누만은 여전히 압력복을 입고 있었다.

"종자, 하누만과 웸블레스를 찾았어."

그들은 누더기가 된 텐트로 돌아갔다. 잠시 후, 종자와 클라우스와 록새니가 그들과 합류했다. 록새니는 직사각형의 벽돌처럼 생긴 뭔가 무거운 것을 가슴으로 끌어안듯이 들고 있었다.

취사 겸용 오토닥은 원래 자리에서 움직이지 않았다. 손상된 데도 없이 멀쩡해 보였다.

그들은 루이스의 플라이사이클에 오토닥을, 종자의 플라이사이클에 웸블레스의 구조 캡슐을 고정시켰다. ARM 요원들이 마치 상관이라도 된 듯이 명령을 내리고 있었다.

루이스는 어느 순간 물어보았다.

"당신네 탈것으로 링월드를 빠져나가지 않는 이유가 뭐지? 우리 플라이사이클 엔진으로는 불가능한 일 같은데."

"내버려 둬. 그건 망가졌어."

록새니의 대답에, 루이스는 생각했다.

이자들의 전투정에 들어 있던 배터리가 폭발하면서 음률가의 운석 구멍 복구 장치가 손상을 입었을 게 분명해. 음률가에게 얘기해 줘야 하는데…….

하지만 음률가는 이미 듣고 있을 터였다. 목소리와 카메라가 녹화한 영상을 전해 받고 있을 것이다. 다만 대답을 할 수 없을 뿐. 그 점은 루이스로서도 상관없었다.

| 기린을 닮은 사람들 |

초대형 운석 구멍 마개에서 빛이 점점 희미해졌다. 부풀어 오르던 튜브가 축 늘어지고, 누출되던 공기는 흰빛의 넓은 강줄기를 이루며 대륙권의 폭풍으로 변해 갔다. 하지만 이제는 상관없었다. 그들은 거의 닫힌 구멍을 뒤로하고 떠나왔던 것이다.

일행은 회전 방향으로 날아가고 있었다. ARM 요원들이 연료 탱크를 떨궈 둔 지점과 정반대 방향이었다.

"미끼 삼아 놔두지."

록새니가 명령하듯 말했다.

"그 근처에도 가고 싶지 않아. 저 부풀어 오르는 산 지역으로 떨어져 내리는 게 누구든 미끼에 흥미를 느끼겠지. 그보다, 바슈네슈트……라고 했던가? 바슈네슈트에 대해 뭘 알고 있나?"

그녀의 물음에, 루이스는 천천히 입을 열었다.

"바슈네슈트라는 건…… 그냥 아무도, 아무것도 알 수 없을 때 우리가 끌어다 쓰는 말이다. 마법사라든가 마술처럼."

'루위 타마산'이 부모로부터 배운 공용어인 셈이었다.

록새니는 루이스의 플라이사이클 앞좌석에 타고 있었다. 처음에는 그녀가 조종하려 했지만 어떻게 해도 제어장치가 작동하지 않자 그녀의 태도는 얼음장처럼 냉랭해졌다. 결국 루이스가 뒷좌석에서 플라이사이클을 조종하게 되었다. 록새니도 클라우스도 그런 말은 하지 않았지만, 둘 다 ARM에 징집당한 게 분명했다.

다른 한 대의 플라이사이클은 상황이 더 좋아 보였다. 종자가 앞좌석에 타고, 클라우스는 그의 뒤에 숨은 듯이 앉아 있었다. 링월드 원주민 웸블레스는 구조 캡슐에 든 채로 플라이사이클 아래 매달려 있으면서도 충분히 편안해 보였다.

하지만 갑자기 웸블레스가 숨을 헐떡이기 시작했다.

"종자!"

― 듣고 있다. 루이스.

"구조 캡슐의 공기가 떨어져 가는 모양이야. 웸블레스가 괴로워하고 있어."

― 젠장. 불량품이었나 보군.

클라우스가 말했다.

― 아래로 내려가지?

종자가 물었고, 그들은 곧장 착륙했다.

웸블레스는 이미 기절해 있었다. 그를 제외한 일행 모두는 압력복을 입은 채였다. 대기가 엷은 안개와 폭풍에 휩싸여 헤드폰을 통해 전달되는 그들의 목소리도 희미해질 수밖에 없었다.

루이스는 고함치듯 말했다.

"구조 캡슐을 여는 건 좋은 생각이 아닌 것 같⋯⋯."

— 더 좋은 생각이라도 있나?

종자가 그의 말을 자르며 물었다.

"일단 하누⋯⋯ 나무 타는 친구의 헬멧을 열어 보지. 그 녀석 압력복은 재순환 기능이 있잖아."

조그만 유인원은 종자의 몸짓에 재빠르게 반응했다. 그가 헬멧을 뒤로 젖히더니 악취를 맡은 듯 재채기를 했다. 하지만 헬멧을 다시 쓰지는 않았다. 근심 어린 표정으로 웸블레스 가까이 얼굴을 들이민 그는 킁킁거리며 냄새를 맡았다. 웸블레스가 몸을 뒤척이더니 이윽고 일어나 앉았다.

그들은 쓰러진 나무들 위로 날아갔다. 원래는 키가 크고 늘씬한 줄기에 끝이 부푼 듯이 솟은 형태로 자라던 나무들이었다. 하지만 반물질 폭발이 그 꼭대기를 납작하게 눌러 회전 방향을 가리키게 만들어 놓았다.

더 멀리 나아가자, 압력 강하로 인해 생겨난 바람 탓에 나무들이 반회전 방향으로 쓰러져 있었다. 다만 키 작은 나무들은 무사히 살아남았다. 압력 강하가 마치 한 줄기 파동처럼 이 지역을 가로질러 여전히 퍼져 가는 중이었다.

일행이 탄 플라이사이클들은 충격파를 쫓아갔고 서서히 따라잡았다. 그들은 수만 킬로미터에 이르는 재앙과 폭풍의 영역을 지나왔다. 이제 꼭대기가 부푼 나무들 가운데 쓰러진 것들과 멀쩡하게 서 있는 것들이 한꺼번에 나타났다. 숲은 그렇게 계속되다가 저지대로 이어졌고, 또 다른 생태계와 섞여 들었다.

루이스는 잠시 쉬어 가기 위해 꼭대기가 부푼 나무들로 이루어진 숲 속의 공터로 일행을 이끌었다. 거세게 흐르는 물줄기를 따라 초지가 펼쳐진 곳이었다.

무엇보다 숨 쉬기 좋은 공기가 충분했다! 그들은 저마다 압력복을 벗어 던진 다음, 웸블레스를 구조 캡슐에서 끄집어냈다. 웸블레스가 우와, 하는 탄성을 내지르더니 뻣뻣하게 굳은 몸으로 춤을 추었다. 그는 물속으로 뛰어들었고, 거칠게 짜인 셔츠와 바지를 벗어 몸을 문지르기 시작했다.

이게 얼마 만에 마주하는 물인가! 물줄기는 발목 깊이로 흐르다가 하류로 내려가면서 깊은 웅덩이를 이루었다. ARM 요원들은 서로를 바라보았다. 그리고 그들 역시 몸에 딱 붙는 압력복을 벗어 버리고 물속으로 들어갔다. 록새니의 웃음기 어린 시선이 허공에서 루위 타마산의 시선을 부드럽게 스쳤다. 루이스는 숨을 쉴 수가 없었다.

종자가 엄청난 물보라를 일으키며 물속으로 뛰어들었다. 털이 납작하게 몸에 들러붙은 그의 모습은 꽤나 우스워 보였다. 그 순간 주문이 풀렸다. 루이스도 웃음을 터트렸다.

하누만은 몸에 꼭 맞는 압력복을 벗으려고 끙끙거리며 씨름하고 있었다. 루이스가 그를 도와 옷을 벗겨 주었다. 하누만이 짐짓 애정 넘치는 유인원 행세를 하면서 그를 끌어안고 속삭였다.

"ARM 요원들은 무기류를 숨기고 있어요."

"그것참, 놀랍군그래."

루이스가 웅얼거렸다.

꺅꺅, 까악.

하누만이 원숭이 흉내를 내다가 물었다.

"옷을 안 벗을 건가요?"

"난 문제가 좀……."

"다들 알고 있어요. 그러니까 그냥 웸블레스처럼 하세요."

하누만이 미끄러지듯 그의 팔을 빠져나가 네발로 엎드리더니 물줄기를 향해 달려갔다. 그리고 물 한 방울 튀기지 않고 잠수해 들어갔다. 루이스는 와, 하고 소리치며 그를 붙잡으려는 듯 달려가 대포알처럼 물속으로 뛰어들었다.

차갑군!

그는 깊은 물속에서 몸에 딱 붙는 압력복을 벗었다. 그것으로 몸을 문질러 씻은 다음, 공처럼 말아 물이 빠지도록 바위투성이 물가에 던졌다.

자, 다 벗었다그래.

이제 누구든 '루위 타마산'이 발기 상태라는 것을 알고도 모른 척해 줄 수 있을 것이다. ARM 요원들은 점점 친근하게 굴었지만 ―적어도 루이스의 느낌으로는― 루이스는 그들과 거리를 두고 있었다.

저편에서 클라우스가 뒤로 물러나고 록새니가 그에게 빠른 속도로 뭔가를 말하는 모습이 보였다. 소리는 들리지 않았다.

싸우는 건가?

그들은 여전히 자기네끼리만 할 얘기가 있는 모양이었다.

종자는 수영을 잘하지 못했지만 물이 깊지 않아 상관없었다. 그가 하누만을 퍼 올리듯 안아 들고 물을 헤치며 다가왔다. 루이스는 선헤엄을 치고 있었다.

하누만이 빠른 속도로 말했다.

"구멍 근처로 운석 같은 게 떨어지는 걸 봤어요. 음률가가 또 다른 우주선을 포착했을지도 몰라요."

"그는 지금 우리에게 말을 걸 수 없어. 내가 통신을 끊어 버렸으니까. 난……."

"그렇군요. 난 계속 종자와 함께 플라이사이클을 타고 가죠. 길을 알려 주게요. 일행을 정비 점검반이 있는 곳으로 데려갈 수 있을 거예요."

정비 점검반이라면 그들을 집으로, 화성의 지도로 연결해 줄 터였다.

루이스는 물었다.

"여기서 얼마나 떨어진 곳에 있지?"

"궤도를 도는 중인데, 음률가가 우리에게 보내 줄 수 있어요."

"ARM들에게 정비 점검반을 보여 줘도 괜찮을까?"

"그건 음률가에게 물어보죠. 그가 또 다른 침입자들과 이미 마주쳤는지 그렇지 않은지 확인하면서요. 당신 의견은 어때요?"

루이스는 그 점에 대해 잠시 생각해 본 다음, 말했다.

"ARM들은 자기네 모선과 합류하고 싶을 거야. 그건 상관없어, 그렇지? 그러니까 저들이 너무 많은 걸 알아내지 않는 한은 괜찮을 거라고."

하누만이 간신히 알아들을 수 있을 만큼 속삭이는 목소리로 빠르게 말을 이었다.

"록새니는 자기네 함정에서 정보 기록 장치를 꺼내 왔죠. 난 그걸 갖고 싶어요! 저들이 떠나기 전에 그걸 보고 싶어요. 하지만 ARM의 수사관들은 위험하죠. 우리 모두 위험을 감수할 필요는 없어요. 루이스, 종자와 내가 도망치면 어떨까요? 당신만 남아서 저들을 관찰하는 거예요. 나중에 정비 점검반에서 다시 만날 수 있잖아요."

그건 놀랄 만한 제안이었다.

"왜 내가 남아야 하지?"

"링월드 전역을 통틀어서 록새니는 당신이 짝으로 삼을 수 있는 유일한 존재니까요. 당신은 짝을 맞을 계획이 없나요? 그건 아니죠?"

루이스는 어깨를 추썩였다.

종자가 불쑥 말했다.

"우리 애길 듣는 자들이 있다는 걸 알아챘나?"

루이스는 주변을 둘러보았다.

ARM 요원들은 상류 쪽에서 허리까지 물에 담근 채 여전히 애기를 나누고 있었다. 몸짓으로 봐서는 뭔가 음모를 꾸미는 듯한 분위기였다. 루이스는 저도 모르게 록새니의 가슴에 머무르고 있는 시선을 억지로 돌려야 했다. 웸블레스는 물가로 나가 있었다. 따뜻하게 달궈진 판판한 바위에 누워 햇볕을 한껏 즐기는 중이었다. 꼭대기가 부푼 나무들이 무성한 숲 위로 소용돌이를 그리며 날고 있는 검은 새들이 보였다. 그리고 한 쌍의 뿔이 달린 네발짐 승들이 그들을 수상스럽다는 듯이 지켜보고 있었다.

"사람 비슷한 건 안 보이는데."

루이스의 대꾸에, 종자가 침착하게 설명했다.

"일곱 명의 인간형 종족이다. 남자가 셋, 여자가 넷이군. 냄새로 알 수 있다. 우리가 어떻게 대응해야 할지 결정……."

그때, 뭔가가 웸블레스의 주의를 끈 모양이었다. 그가 자리에서 일어나더니 숲을 향해 뭐라고 소리쳤다.

한 남자가 앞으로 나섰다. 그는 뿔 달린 짐승들을 지나 걸어왔다. 뿔 달린 짐승들도 도망가지 않고 그대로 있었다. 남자가 웸블레스에게서 십 미터쯤 떨어진 곳에 멈추더니 뭔가를 말했다. 그는 양손을 눈에 확실히 보이게 옆구리에 대고 있었다. 그 점은 웸블레스도 마찬가지였다. 둘 다 벌거벗은 몸이라는 것도 같았다.

하지만 남자는 키가 훌쩍 커서 웸블레스를 한참 내려다보는 자세가 되었다. 그는 종자보다도 컸다. 적어도 이백사십 센티미터는 돼 보였다. 그리고 주변의 나무들처럼 마른 체격이었다. 사실 남자는 몸의 모든 부분이 길게 늘여놓은 듯 길쭉길쭉했다. 유일한 예외는 머리통이었다. 그의 턱은 각이 져 있고 강인해 보였다. 머리털은 꼭대기가 부푼 모양의 나무들과 같은 색깔이었다.

벌거벗은 몸으로 흐르는 물속에 서 있던 ARM 요원들은 당황한 것 같았다. 그들이 물길을 거슬러 루이스와 종자 쪽으로 다가오기 시작했다.

하누만이 웅얼거리듯 말했다.

"저들은 아직 무기를 꺼내지 않았어요. 루이스, 저들이 침착함을 유지할까요?"

'저들'은 물론 ARM 요원들을 가리키는 말이었다.

"모르지. 누군가 저들에게 리샤스라에 대해 얘기해 줘야 했는데 말이야."

이제 웸블레스와 낯선 사내는 편하게 얘기를 나누고 있었다.

목소리가 들릴 만한 거리까지 다가온 클라우스가 루이스에게 물었다.

"여기서 어떻게 대응해야 할지 제안할 게 있나?"

"웸블레스가 잘하고 있다. 그에게 우릴 대신해서 말하게 하지. 원주민들이 더 있으니까."

"어디?"

이 질문에는 종자가 대답했다.

"숲 속에. 저기, 모두 여섯이다."

그는 손가락으로 가리켜 보였다.

"저자는 기린처럼 생겼는데."

클라우스가 그렇게 말하며 웃음을 터트렸다.

"내겐 월인月人처럼 보여."

록새니가 그를 나무라듯 말했다.

'루위 타마산'이라면 달의 시민을 본 적이 있을 리 만무했다. 그래서 루이스는 모른 척 말을 돌렸다.

"저들은 평화로운 사람들일 거다. 저들의 턱을 봐라. 초식을 하는 게 틀림없다. 아마도 이 숲의 나무들에서 열매를 따 먹고 살 겠지. 우린 저들을 어떻게 대할지 결정해야⋯⋯."

"이런, 젠장. 통역기가 저들이 쓰는 말을 들어야 하는데."

클라우스가 물길을 헤치며 밖으로 나갔다. 나머지 일행도 그를 뒤따랐다. 클라우스는 자기 옷을 집어 몸의 물기를 닦은 다음 바닥에 떨구고, 배낭을 들어 올렸다. 이방인들이 벌거벗은 상태를 개의치 않는다면 그도 굳이 옷을 입을 필요는 없을 것이다. 하지만 배낭에는 통역기가 들어 있었다.

어쩌면 무기도 저기 들어 있을지 몰라.

루이스가 생각하는 사이, 키가 크고 몸매가 길쭉한 인류형 종족 여섯이 역시 키가 크고 길쭉한 나무들 사이에서 나타났다.

아, 리샤스라! ARM들에게 얘기해 줘야 하는데.

웸블레스가 빠른 속도로 뭔가를 얘기하더니, 종자와 하누만에게 손을 흔들어 보였다. 키 큰 인류형 종족들이 깊숙이 몸을 숙여 절을 하고는 웸블레스와 이야기를 계속했다. 루이스와 록새니도 각자의 통역기를 집어 들고 그들에게 합류했다.

ARM의 통역기가 그들의 대화 일부를 잡아냈다. 이 지역의 언어는 대양 근처에서 들었던 그 어떤 언어와도 다른 길을 오랫동안 걸어왔을 텐데도 일행이 웸블레스를 통해 배운 말에 가깝게 들렸다.

웸블레스가 갑자기 록새니를 향해 몸을 돌렸다. 그의 말소리는 전혀 달라지지 않았지만 통역기가 전체를 해독해 주었다.

"이 사람들이 당신네 종족은 어떻게 ————를 하는지 알고 싶어 한다. 뭐라고 대답해 주지?"

하지만 중간에 옮겨지지 않은 단어가 있었다.

"그게 뭔데?"

록새니의 물음에, 웹블레스는 설명하려 애를 썼다. 여자에게 아이를 갖게 할 수도 있는 행위라고, 하지만 서로 다른 종족 사이에서는 아이가 생기지 않는다고…….

클라우스와 록새니는 그의 말을 귀 기울여 들었지만 아무래도 잘 이해할 수 없는지 루이스에게 도움을 청했다.

루이스가 앞으로 나섰다.

"저들은 다른 단어를 쓰고 있지만 리샤스라를 말하는 거다. 리샤스라는 지적인 인류형 종족들 사이에서 자기 종족 이외의 상대와 섹스하는 걸 말하지. 대화도 필요도 없이 그저…….."

"웃기지 마라."

클라우스는 전혀 재미있는 것 같지 않은 기색으로 말했다. 루이스가 자신들을 속이려 한다고 생각한 모양이었다.

그 순간, 루이스는 자신이 클라우스를 두려워하고 있다는 사실을 깨달았다.

"농담이 아니다, 클라우스. 그게 새로운 종족을 만났을 때 가장 먼저 알아야 하는 일이지. 하지만 짝이 있다고 말해도 괜찮다. 일부일처가 관습이라고 하면 된다."

클라우스는 네 명의 여자들을 쳐다보았다. 그녀들도 자기 종족의 남자들처럼 키가 커서 이백사십 센티미터나 그에 조금 못 미치는 정도였다. 하지만 가까이서 보니 월인과도 다르고 기린처럼 생기지도 않았다. 오히려 엘프 같은 모습이었다. 그녀들은 남자처럼 솔직한 시선으로 그를 바라보았다.

하지만 록새니를 보고 있던 남자는 얼굴을 붉혔다. 루이스는 자신의 얼굴도 붉어져 있다는 사실을 깨달았다. 그 사실을 지워 버리려는 듯 그가 입을 열었다.

"웸블레스, 저들에게 종자는 우리와 전혀 다른 종족이라고 말해 줘. 그러니까 리샤스라를 하지 않는다고."

웸블레스가 그의 말을 전하자, 여자들 중 하나가 웃음을 터트렸다. 통역기가 그녀의 대답을 옮겨 주었다.

"생각도 안 했다!"

루이스는 다시 ARM 요원들에게 말했다.

"하지만 우린 결정해야지. 클라우스, 록새니, 어떡할 건가?"

"루위, 당신도 이걸 해 본 적 있나?"

클라우스가 물었다.

"물론이지! 한 종족 이상과 해 봤다. 이들과는 전혀 다른 종족이었지만. 들은 얘기는 더 많다. 안 될 거 있나?"

'루위 타마산'이라면 뭐라고 대답하겠는가! 청년기의 사내란 자신이 동정이란 걸 인정하지 않는 법이다. 오히려 과장하기 마련이다. 하지만 루이스는 록새니도 클라우스도 제대로 쳐다보지 못하고 말을 이었다.

"그건 우호적인 행위다. 안전하기도 하지. 감염은 보통 종족의 경계를 넘지 않으니까. 아이도 생기지 않는다. 그리고 나로 말하자면, 다른 누굴 상대하겠나? 인간 여자는 그냥 소문처럼 들은 얘기 속의 존재였다. 별들만큼이나 먼 얘기였지."

웸블레스가 탄성을 올리며 그의 말을 거들고 나섰다.

"나도 그랬다! 나도 종족으로부터 떨어져 나와 혼자였으니까. 클라우스, 왜 이런 일로 고민을 하지? 이건 낯선 사람들이 만나면 언제나 가장 먼저 묻는 질문이다. 어떤 종족은 레슈트라를 산아제한의 방법으로 이용하기도 한다. 물에 사는 사람들은…… 뭐, 그들에게는 농담이겠지. 물속에서 그렇게 오랫동안 숨을 참을 수 있는 종족은 드무니까. 물론 레슈트라를 할 수 없는 종족도 있고, 평생을 함께할 상대하고만 짝을 맺는 종족도 있다. 몸의 형태가 아주 달라서 레슈트라를 기대도 않지만 그저 예의상 묻는 종족도 있고. 어떤 종족은 레슈트라를 고집하기도 하지. 록새니, 힌슈들이 당혹스러워하는 게 보이지 않나? 당신들이 대답을 해주지 않기 때문이다."

루이스는 짐짓 동경하는 기색을 띠며 '루위 타마산'이 되어 다시 입을 열었다.

"난 도시 건설자들을 만나 보고 싶다. 리샤스라를 정말 잘한다고 정평이 난 종족이지. 그들은 리샤스라를 통해 무역 제국을 건설했다고 한다. 심지어 성간 여행까지 시도한 자들이다."

클라우스가 씨익 웃음 지었다.

"우리가 싫다고 하면 어떻게 되나?"

"당신을 위해 내가 할 수 있다."

웸블레스가 즉시 대답했다. 그리고 말을 전하기 위해 힌슈들 쪽으로 몸을 돌렸다.

"기다려 봐. 내가 하지."

클라우스가 서둘러 말했다. 그의 시선이 록새니를 스치고 재빨리 다른 곳으로 향했다.

"여럿이서 할 건가, 둘이만 할 건가?"

웸블레스가 또 묻자 클라우스는 놀란 듯 조금 머뭇거렸다.

"음…… 여럿이라고? 뭐라고 해야 할지 모르겠군. 그냥…… 그냥 둘이서만 하지."

록새니가 웸블레스 곁으로 다가서더니 낮은 목소리로 빠르게 속삭였다. 웸블레스는 고개를 끄덕여 보이고 언어를 바꾸었다. 이제 통역기도 힌슈들이 하는 이야기에서 몇 개의 단어들을 잡아내고 있었다.

여자들 중 하나가 멀리로 몸을 구부렸다. 그녀의 기다란 손가락이 멜론 크기의 노란 열매 하나를 감쌌다. 그녀는 열매를 따 껍질째로 깨물어 쪼갠 다음, 웸블레스와 클라우스와 다른 힌슈들에게 한 조각씩 나눠 주었다. 웸블레스는 자기가 받은 조각을 다시 한 번 쪼개어 루이스와 록새니에게 건넸다. 루이스는 자신들에게 일종의 표식이 붙었다는 걸 알아챘다. 클라우스와 웸블레스는 힌슈 여자들과 리샤스라를 할 테고, 그와 록새니는 하지 않을 것이다. 하누만은 자기 몫의 열매를 따로 받았다. 물론 그는 리샤스라의 대상이 아니었다.

저들은 육식인들과 리샤스라를 할까? 뭐, 멜론을 나눠 주는 걸로 일이 성사되진 않겠지. 하지만 이 의식은 확실히 굴들을 배제해 주겠군. 어쩌면 그게 저들이 원하는 바일지도 모르고.

그들이 나눠 준 열매는 속이 붉고 약간 딸기 같은 맛이 났다.

힌슈들도 이방인들이 열매를 먹은 것을 일종의 신호로 받아들인 모양이었다. 그때부터 잔치가 시작되었다. 그들 주위로 사방에 열매들이 널려 있었다. 많은 양을 먹을 필요가 있는 초식인에게는 좋은 일이었다. 그들은 웹블레스와 클라우스에게 열매를 나눠 주며 점점 더 친밀한 접촉을 이어 갔다.

록새니가 등을 돌리고 걷기 시작했다.

루이스는 멜론을 하나 따서 무릎으로 깨트렸다.

젠장, 안 될 거 있나?

그는 록새니를 따라갔다. 그녀의 환심을 사고 싶었다.

록새니는 몸을 돌리고 그대로 서서 기다렸다. 그녀가 고개를 숙이더니 시선만 살짝 들고 미소를 지으며 말했다.

"내가 웹블레스에게 얘기했어. 우린 구애하는 사이라고, 저들에게 그렇게 전해 달라고 했지."

록새니는 루이스의 손에서 멜론을 가져가 천천히 깨물어 먹었다. 그리고 발끝으로 그에게 다가섰다. 그보다 한 뼘은 더 큰 그녀가 그의 몸을 따라 미끄러져 내려가 무릎을 꿇었다.

루이스는 거친 소리를 내지르며 그녀를 풀 위에 넘어뜨리고 그대로 덮쳤다. 그것은 평소 그가 여자를 다루는 방식이 전혀 아니었다. 록새니도 놀란 듯했다. 그녀 역시 아직 완전히 준비가 되지 않았던 것이다. 하지만 그녀는 당황하지 않고 두 팔과 두 다리로 그를 감아 다시 한 번 자신의 포로로 만들었다. 그 순간, 루이스는 이성을 잃었다.

이윽고 정신이 돌아온 루이스는 자신이 아무 말이나 주절거리고 있다는 사실을 깨달았다. 뭔가 비밀을 털어놔 버리지 않았는지 걱정도 되었다. 록새니는 여전히 두 다리로 그를 묶어 두고 있었다. 그녀가 웃으며 말했다.

"이런, 기운이 넘치네!"

언제 다가왔는지 힌슈들이 그들을 둘러싸고 있었다. 여자들이 먼저 리샤스라를 위해 무릎을 꿇었다. 그녀들의 짝인 남자들도 함께 무릎을 꿇었다. 힌슈들은 자기네 여자들과 리샤스라를 하는 이방인들을 지켜보며 생생한 감상평—통역기 덕분에 절반쯤 알아들은 바에 따르면 그런 내용이었다—을 던졌다. 그들에게는 키 작은 남자가 이상해 보이는 모양이었다. 그러니까 가장 키가 작은 웸블레스가 가장 이상한 존재인 것이다. 그들은 그가 간지럼을 잘 탄다는 것도 알게 되었다.

"미안하다, 록새니. 내가 자제력을 잃었다."

사실 루이스는 마치 링월드의 흡혈귀들 중 하나와 짝을 지은 듯한 기분이었다. 정신이 나가 버릴 만큼 강렬한 행위였다. 하지만 록새니에게 그런 이야기를 할 수는 없었다!

그녀가 그의 뺨을 가볍게 두들기며 말했다.

"신선했어. 불임 주사를 맞은 지가 구 년이나 지났거든. 맙소사, 오랜만에 좋았어."

"난 아이를 만들 수 있는 상태다."

"물론 그러시겠지."

록새니가 아무렇지도 않게 대꾸하며 자리에서 일어나더니 몸을 돌리고 두 주먹을 엉덩이에 붙인 채 섰다.

"하지만 난 못 믿겠어. 하, 리샤스라라고? 루위, 당신은 지금껏 마지막 한 조각까지 완벽하게 진실인 이야기는 한 적이 없어. 하지만 뭐…… 저들과 함께할까?"

뭐라고?

"우린 금방 짝을 지었다! 당신은 저들에게 충격을 줄 거다!"

록새니는 멜론 하나를 집어 들어 반으로 쪼갠 다음, 엘프들 중 하나에게 내밀었다.

상대 남자는 역시나 충격을 받은 듯 보였다. 하지만 이내 웃음을 터뜨리더니 무릎을 꿇었다. 그가 록새니를 넘어뜨렸다. 루이스는 저도 모르게 얼굴을 붉혔다. 그리고…… 멜론 하나를 집어 들었다.

땅거미─열매들이 완전히 익었는지 판별하기 어려울 만큼 어두워졌다─가 질 무렵, 힌슈들은 먼저 먹는 것을 멈추고, 리샤스라를 멈춘 다음, 짝을 맺은 이방인들에게 자신들을 소개했다. 생각해 보면 이상한 순서였다.

힌슈들의 이름은 길고 위협적으로 들렸다. 웸블레스가 루이스를 한쪽으로 데려가더니 말했다.

"저들은 내가 지금껏 여행하면서 만난 사람들과 비슷하다. 이 방인이 잠시만 머물다 떠날 계획이라면 짧은 이름을 알려 주지. 상대가 배우기 쉽도록 말이다. 그건 달리 말하면, 얼른 떠나라는 의미도 될 수 있다. 하지만 당신도 여기 사방에 널려 있는 열매들을 봤겠지? 재앙 같은 바람이 이 지역을 덮쳐 엄청나게 많은 양의 열매들을 떨궈 놨다. 그러니까 지금 같은 상황에서 찾아온 이방인은 썩어 나갈 열매들을 줄여 주는 고마운 존재가 된다. 우린 환영받고 있는 거다."

루이스는 그 환영을 직접 몸으로 느꼈다. 하지만 리샤스라는 섹스가 아니었다. 그의 몸이 알고 있었다. 그의 몸은 록새니를 원했다.

그리고 클라우스는 그의 피를 원했다.

링월드의 밤은 눈앞이 깜깜해질 만큼 어두워지는 법이 없었다. 힌슈들은 자고 싶어 하지 않았다. 그래서 루이스 일행은 그들과 함께 이야기를 나누었다. ARM 요원들은 주로 그들이 하는 이야기를 귀 기울여 듣기만 했다.

루이스는 뿔 달린 짐승들에 대해 물어보았다.

"풀 먹는 자들 말인가? 그들은 우릴 성가시게 하지 않는다. 우리도 그들을 귀찮게 하지 않고."

힌슈들 중 하나가 대답했다. 그는 또 하늘에서 일어나는 일에 대해 말했다.

"전에는 별들이 저마다 정해진 길을 따라 움직였지. 우린 시간을 알고 싶을 때마다 그들을 이용할 수 있었다. 하지만 이제는 별들이 정해진 길을 따르지 않는다. 하늘을 가로질러 이리저리 돌아다니지. 오직 바슈니슈트만이 그 이유를 알 거다."

힌슈들은 자신들이 남겨 두고 떠나온 작물들에 대해서도 이야기했고, 날씨에 대해서도 이야기했다.

지루한 사람들이네, 정말…….

하지만 어느 순간 그들이 갑작스럽게 불어닥친 사나운 바람에 대해 이야기를 꺼냈다.

루이스는 자신과 리샤스라를 나누었던 힌슈 여인—기억하기로 '셔블린다'라는 이름이었다. 적어도 그의 통역기가 옮겨 준 발음이 그랬다—에게 말해 주었다.

"기후가 변할 거다. 당신들은 반회전 방향으로 숲이 끝나는 곳까지 꼭대기가 둥글게 부푼 나무들을 따라가야 한다. 열매들을 가져가라. 거기서도 열매들을 먹고 싶다면 원하는 곳에 씨를 뿌려라. 다른 종족 사람들이 재앙을 피해 도망쳐 올지도 모른다. 그들이 이곳에 이르면 당신들은 그들도 상대해야 할 거다."

"당신들은 우리와 함께할 건가? 우리와 함께 머물면서 조언을 해 줄 건가?"

"우린 떠나야 한다. 그런 일이 일어나기 전에 움직여야지. 우린 그 모든 일을 해결하려 애쓰는 중이다."

| '수염상어'호 |

아침이 되어 눈을 뜨니 풀이 깔린 언덕 위에 누워 있었다. 루이스는 자리에서 일어나 사방을 둘러보았다.

플라이사이클들은 세워 둔 그대로 움직이지 않고 강가에 있었다. 지난밤 종자가 그 사이에서 잠이 들었다. 하누만과 ARM 요원들은 어디에도 보이지 않았다. 힌슈들은 이미 떠난 후였다. 강으로 이어지는 내리막길 여기저기에 멜론 나무들과 깨진 멜론 껍질들이 흩어져 있었다. 물웅덩이 곁에 보이는 오렌지색과 초콜릿색이 섞인 털북숭이는 종자일 터였다.

루이스는 그곳으로 천천히 걸어 내려갔다.

그는 자신이 다가가는 기척에 크진인이 잠에서 깨어날 줄 알았지만 종자는 움직이지 않았다. 그래도 가만 보니 옆구리가 들썩이고 있었다.

잘됐군. 숨을 쉬고 있어. 자, 이제 ARM들이 또 무슨 못된 짓을 하고 있는지 가 볼까?

루이스는 두 대의 플라이사이클 중 하나에 올라타고 공중으로 떠올랐다.

클라우스와 록새니는 언덕 뒤쪽의 개울 건너편에 있었다. 그들은 앞서 록새니가 루이스의 플라이사이클 짐칸에 넣어 두었던 직사각형의 무거운 벽돌처럼 생긴 무언가를 앞에 두고 작업을 하고 있었다. 그 무언가는 이제 홀로그램 화면과 키패드처럼 보이는 기계로 펼쳐져 있었다. ARM의 소형 함정에서 챙겨 온 정보 저장 장치인 게 틀림없었다.

웸블레스와 하누만이 그들 건너편에서 홀로그램 화면을 가만히 들여다보고 있었다.

록새니가 그를 보고 손을 흔들었다. 루이스도 마주 손을 흔들어 주었다.

뭐, 비밀을 지키려고 애쓰는 것 같지는 않네.

루이스는 그대로 플라이사이클을 돌려 물웅덩이로 향했다.

종자가 어느새 일어나 앉아 있었다. 한차례 기지개를 켠 그는 주변을 둘러보았다.

"다들 어디 갔지?"

"강 건너에 있어. 넌 괜찮나?"

"잘 먹고 실컷 잤다. 지난밤 작은 사슴 비슷한 걸 잡아서 잔뜩 먹었지. 그러면 안 된다고 말리는 사람은 없었다. 루이스, 우린 순서를 정해서 경계를 서야 한다."

루이스도 기지개를 켜며 몸을 풀었다.

"저들이 널 기절시킨 게 아닌가 좀 의심스럽긴 해. 하지만 뭐, 나도 너처럼 푹 잤으니까. ARM들은 내가 보기에 뭔가 수상스러운 짓을 하고 있는데, 어쨌든 하누만이 그들을 감시하는 중이야. 우리도 가 볼까?"

그들은 플라이사이클 한 대에 함께 타고 강을 건너갔다.

클라우스가 그들이 착륙하기를 기다리고 있었다.

"루위, 종자, 난 당신들의 진술을 기록하고 싶다. 그 구멍에서 당신들이 본 것에 대해서 말이다. 싫으면 싫다고 해도 된다."

루이스는 싫다고 할까 생각해 보았다. 하지만 '루위 타마산'으로서는 그럴 만한 이유를 찾을 수 없었다.

"어떻게 하면 되나?"

"크진인부터, 한 사람씩 하지."

클라우스가 말했다.

"서로 부족한 부분을 채워 가며 하겠다."

루이스의 말에, 종자도 동의의 의미로 낮게 그르렁거렸다. 그러자 웸블레스가 자기도 함께하고 싶다고 나섰다. 애초에는 면담으로 계획되었던 상황이 그렇게 셋이서 자유롭게 주고받는 활기찬 대화로 변했다.

루이스는 ARM의 수사관들이 목소리의 떨림 따위로 거짓말을 탐지하는 장비를 갖고 있지는 않을 거라고 도박하듯 판단을 내렸다. '수염상어'호나 ARM 함대의 다른 우주선들은 보유하고 있을지 모르지만 적어도 지금 이곳에는 없을 것 같았다.

'루위 타마산'이 본 것에 대해서라면, 루이스는 가능한 한 진실에 가까운 진술을 고수했다.

우리는 내내 실내에 있었다. 반물질 폭탄이란 게 뭔지는 모르겠지만, 어쨌든 폭발 자체를 직접 본 것은 아니다. 우린 어디선가 밝은 빛, 링월드의 항성보다 밝지는 않았지만 그래도 엄청나게 밝고 거대한 빛이 타오르는 걸 보고 그걸 따라왔다. 그리고 이곳에 이르러 노란색으로 빛나는 산 하나 규모의 덩어리가 구멍을 막듯이 놓여 있는 걸 봤다…….

루이스는 자신의 배경에 대해서도 질문을 받았다. 물론 지어낸 이야기로 간결하게 대답했다. 스무 살짜리 청년이 수 세기의 기억을 갖고 있을 수는 없는 것이다. 이야기를 능숙하게 풀어낼 수도 없을 것이고, 연장자들에게 둘러싸인 상황에서는 다소 부끄러워하는 것도 당연했다.

종자의 경우는 실제로 열두 살이니 자신이 기억하는 바를 그대로 말해도 괜찮았다. 키론을 만나 본 적 없다는 것도 사실이었다. 이 대목에서 루이스는 키론이 반은 어른인 크진인을 직접 대면하지 않으려 했다고 말했다. 퍼페티어가 그를 두려워하는 것 같았다는 부분은 그저 자신의 추측이라는 말도 했다.

그렇게 이야기를 진행하는 동안 루이스와 종자와 웸블레스는 ARM의 기록을 볼 수 있었는데, 셋 다 완전히 빠져들고 말았다.

수호자: 1. 어린이에서 양육자로, 양육자에서 성인으로 혈통이 이어지는 팩 종족의 성인 단계를 말한다. 2. 일반적으로 인류형 종족

들은 팩으로부터 시작된 혈통으로 여겨진다. 그들 또한 양육자 단계를 거치며, 주로 이 단계에서 일생을 마친다. 성인 단계에 이르는 경우는 극히 드물다. 3. 고대에는…….

클라우스와 록새니가 참고 자료를 찾아볼 때마다 웸블레스와 루이스와 종자도 그걸 보기 위해 모여들었다. 하누만은 아무것도 모르는 척하고 있었지만, 이때만큼은 그들을 따라 움직였다. 록새니는 그가 가까이 있는 걸 좋아하지 않았다. 하누만은 클라우스를 제일 좋아했고, 클라우스도 그를 애완동물처럼 대했다.
ARM의 자료에는 중요한 정보들이 여기저기 들어 있었다.

피어슨의 퍼페티어: 거대한 산업 권력과 지적 교양을 갖춘 종족으로, 한때 알려진 우주와 그 범위를 넘어선 지역까지 공공연하게 존재했다. 현재는 은하핵 폭발을 피해 도망 중인 것으로 생각된다(제너럴 프로덕트 사 항목을 참고할 것). 그들의 생리는…….

은하핵 폭발: 초신성의 폭발로 여겨지는…… 그 여파가 지구에 도달하기까지는 이만 년이 걸릴 것이기 때문에 충분한 연구가 이뤄지지는 않았다.

제너럴 프로덕트 사: 한때 피어슨의 퍼페티어들이 소유하고 운영했던 회사를 말한다. 인간의 우주에서는 우주선의 선체를 거의 유일한 거래 품목으로 판매했다.

알려진 우주: 기존의 지적 존재들에 의해 탐험되고 알려진 것으로 간주되는 은하계의 주요 군사력이 미치는 영역을 말한다.

……링월드의 생명체는 거의 알려진 바가 없다. 생태계의 유형은 대체로 유사하지만, 아직은 전문적으로 훈련된 생물학자들이 연구할 기회가 주어지지 않았다.

……포유동물들이…….

……인류형 종족들은 지구의 사람 속屬 사람 과科와 연관이 있다. 아마도 해당 종족 모두는 은하핵으로부터 유입된 팩 양육자들에서 파생되었으며 링월드 전역에서 다양한 방식으로 진화가 이루어진 것으로…….

……루이스 우는…….

그 순간, 홀로그램이 사라졌다.

"잠시 우리끼리만 있고 싶은데."

록새니가 자료 검색을 중단하며 말했다.

루이스와 종자는 뒤로 물러났다. 하누만은 클라우스의 무릎으로 기어올랐다. 클라우스가 유인원의 머리를 긁어 주었지만, 두개골의 용적이 크다는 점이나 꼭대기 부분이 길쭉하게 솟아 있다는 사실을 특별히 의식하지는 못하는 것 같았다.

면담은 거의 두 시간이나 걸렸다.

루이스와 종자는 플라이사이클 곁에 자리 잡고 앉았다. 루이스가 취사용 변환기를 꺼냈다.

"하누만은 저들의 자료 저장기를 원한다."

종자가 말했다.

"음률가도 그럴 거야."

루이스는 그렇게 대구하며 짜 먹는 용기에 담긴 수프를 그에게 건네주었다.

"하누만이 내 무릎이나 당신 무릎에 앉는다면 플라이사이클 한 대에 우리 셋 모두 탈 수 있다. 하누만은 뭐든 빨리 배우지. 어쩌면 이미 그 장치를 작동하는 데 필요한 모든 걸 알아냈을지도 모른다. 그렇다면 여길 떠나자. 당신이 진심으로 저 ARM 여성과 짝을 맺고 싶은 게 아니라면 말이다."

"좋은 계획이야. 하누만이 준비되면 떠나지."

루이스는 주저 없이 대답하고 짜 먹는 용기에 담긴 녹차를 빨아 마셨다. 하지만 자신이 진심으로 그렇게 생각하는지는 확신할 수 없었다.

정보 저장 장치의 암호는 알아내기 어려울지도 몰라. ARM들이 쉽게 보내 주지 않을 수도 있고. 어떤 일이든 일어날 수 있지.

ARM 요원들이 뭔가를 두고 소리치며 언쟁을 벌이고 있었다. 하지만 루이스와 종자는 너무 멀리 떨어져 있어서 내용을 알아들을 수 없었다. 잠시 후, 클라우스는 다시 자료 장치로 돌아가 작업을 계속했다. 웸블레스와 하누만이 어깨 너머로 그가 하는 일을 살피고 있었다.

록새니가 플라이사이클을 향해 식식거리며 큰 걸음으로 다가왔다. 그녀의 목소리가 채찍질처럼 날카롭게 울렸다.

"루위!"

루이스는 짜 먹는 음료 하나를 그녀에게 건넸다.

"아, 고맙군."

록새니는 조금 놀란 기색으로 그것을 받아 들었다.

"'수염상어'호와 교신을 했어."

"그래서 어떻게 됐나?"

그녀가 종자를 흘끗 보고는 말했다.

"잠깐 딴 데로 가지."

록새니는 루이스를 데리고 디딤돌이 있는 곳에서 강을 건넌 다음, 키 작은 관목 뒤로 향했다. 일단 자리 잡고 앉자 루이스는 그녀에게 키스했다. 그녀는 순순히 키스를 받았지만 호응해 주지는 않았다. 대신에 질문을 던졌다.

"당신은 여전히 구조되고 싶어? 지구를 방문하고 싶어?"

"지난번엔 내게 선택의 여지가 없었던 걸로 기억하는데."

록새니는 어깨를 추썩여 보였다.

"당신은 아주 귀중한 사람이야. 내가 당신에게 시민권을 얻어 줄 수도 있……."

"록새니, 내 아버지는 불법적으로 태어난 아이였다. 시민권이라고? 어디의 시민권을 얻나? 아니, 대체 그게 무슨 의미가 있다는 거지?"

루이스는 록새니가 존재하지도 않는 남자의 기록을 찾으려 들기 전에 그 부분을 기정사실로 만들어 두고 싶었다.

그러니까 '루위 타마산'은 등록되지 않은 존재란 말이야.

루이스는 이어진 록새니의 이야기를 주의 깊게 들었다. 그가 알려진 우주를 떠나온 이래로 여러 가지 변화가 있었을 것이다. 들어 보니 더 많은 법이 제정되고 더 많은 제약이 생긴 듯했다. 태양계 내부에만 해당하는 사항일지도 모르지만, 그래도……

'루위 타마산'으로서는 알 수 없는 부분들에 대한 질문도 해야 했다.

"출산권이라고? 출산권이 뭐지?"

"자세한 내용은 우리 기록 자료에서 찾아 줄게. 어쨌든 기본적으로 시민은 한두 개의 출산권을 가지고 태어나. 그 개수는 주로 유전형질에 따라 결정되지. 예를 들어 신체가 건강하다면 두 개의 출산권을 갖게 돼. 출산권은 가진 걸 잃을 수도 있고 얼마든지 더 얻을 수도 있어. 그리고 출산권이 두 개 있으면 아이를 하나 낳을 수 있지."

'루이스 우'는 출산권을 이미 다 써 버렸다. 그의 신분을 위조한다는 건 그 부분까지를 포함하는 일이고, 그에 대한 처벌은 가혹할 터였다. 루이스는 말했다.

"듣자 하니 내가 지구에 정착하고 싶을 것 같지는 않다."

"아버지가 불법 출산아였다니 그렇겠지. 그렇다고 해도 지구라는 세계는 굉장히 흥미로운 곳이야."

'루위 타마산'은 완전히 새로운 사람이 될 수 있었다. 가능성으로만 따진다면 충분히 그럴 수 있다. '루위 타마산'이 새로운 신분으로 '해냈어' 행성이나 홈Home 같은 곳에 정착한다면 대체 누가 그의 유전형질을 '루이스 우'와 연결 지으려 들겠는가? '루위

'타마산'은 세금을 낼 수도 있고, 새로운 직업훈련을 받을 수도 있었다. 결혼도…….

"우리가 우주로 나갈 수 있는 가능성이 얼마나 되지?"

"우린 그 구멍이 어디 있는지 알아. 그…… 마법사라고 했던가, 그자가 누군지는 모르지만 이미 구멍을 막아 버리지 않았다면 말이야."

"상상 속의 수리공이지."

록새니는 어깨를 추썩였다.

"어떻게 생각하건 상관없어. '수염상어'호가 링월드 바닥 면 아래쪽에서 구멍을 향해 무기류를 발사해 보는 거야. 그럼 구멍이 닫혀 버렸는지 아닌지 알 수 있겠지. 그 이상의 일은…… 누가 알아? 종자가 이 생각에 찬성할까?"

"아마도."

"그럼 그도 우리와 같이 갈까?"

"당신은 그에게 시민권을 얻어 줄 수 없다. 그는 크진인이니까. 당신들은 크진과 싸우고 있지, 그렇지 않나?"

"오, 지난 사백 년간 공식적인 전쟁은 단 한 차례도 일어나지 않았어."

그녀가 소맷자락을 두드려 거기 나타난 무언가를 확인하더니 말을 이었다.

"대략 천육백 팔란 동안이네. 그는 괜찮을 거야. 인간의 우주에는 수십만의 크진인 시민들이 있다고."

"내가 그에게 같이 가자고 말하는 일은 없을 거다. 알잖나, 그는 나보다 어리다."

"그럼 이제 가 볼까?"

루이스는 움직이지 않았다.

"웸블레스는 어떡할 거지? 그도 데려가고 싶나?"

"물론이야. 어쨌든 그는 진짜배기 링월드 원주민이잖아. 굉장한 정보를 갖고 있을 게 틀림없어. 게다가 그의 유전형질을 알아보고 싶어 죽고 못 살 사람들도 있다고."

록새니가 자리에서 일어나더니 클라우스에게 팔을 흔들어 신호를 보냈다.

"자, 가지."

차광판이 은빛의 항성을 거의 다 드러내 놓았다. 종자는 자료 장치 앞에 쪼그리고 앉아 있었다. 클라우스는 그의 뒤에 서 있고, 하누만은 그들로부터 멀지 않은 곳에서 짐짓 심각한 얼굴로 털 속의 기생충을 잡는 척하는 중이었다. 그 조그만 수호자가 루이스를 올려다보더니 무슨 뜻인지 다급하게 빙글빙글 도는 몸짓을 해 보였다.

클라우스가 한쪽 손을 들어 올렸다. 손에 L 자 모양의 뭔가가 들려 있었다.

루이스의 바로 뒤쪽에서 록새니가 쏘아붙이듯 말했다.

"루위, 움직이지 마!"

그 소리에 하누만이 움찔했다. 록새니도 손에 뭔가를 들고 있었던 것이다. 권총의 손잡이처럼 길쭉하고 납작한, 무기임에 틀림없는 물건이었다. 오랜 세월 요가를 수련했던 루이스의 감각이 이 상황에서는 제아무리 용을 써도 그녀를 잡을 수 없다는 사실을 알려 주었다.

록새니의 뒤쪽에서 산등성이 경계 위로 해돋이처럼 빛이 솟아올랐다.

그 빛은 루이스의 주의를 끌 만한 것이었다. 하지만 그는 지금 록새니와 클라우스와 두 자루의 총이라는 위기 상황에 처해 있었다. 그의 정신은 그 부분에 사로잡혀 다른 데 신경 쓸 여지가 없었다. 숨겨졌건 아니건, 태양은 언제나 한낮을 의미한다. 그러므로 그 빛은 항성에서 뿜어지는 것일 수 없었다.

다음 순간 땅이 진동하기 시작했다.

종자는 움직이지 않았다. 루이스와 마찬가지 경고를 받은 게 틀림없었다.

클라우스가 의기양양한 미소를 지으며 말했다.

"내 생각엔 우리끼리 하는 게 나을 것 같아서 말이야. 필요한 건 플라이사이클 한 대뿐이지. 하지만 그걸 조종하는 방법을 너희가 알려 줘야 해. 너희 둘 다 플라이사이클을 조종할 수 있으니까 둘 중 하나만 있으면 되고."

그때, 산등성이 위로 다시 불덩이가 솟구쳤다.

루이스는 타는 듯한 빛을 피해 몸을 돌렸다. 그 빛은 클라우스를 반쯤 장님으로 만든 게 틀림없었다. 땅이 한차례 크게 요동쳤다. 루이스도 휘청거리고 클라우스도 휘청거렸다. 하지만 하누만은 클라우스의 팔 안으로 몸을 날렸다. 클라우스가 그를 한쪽으로 치워 버리려 버둥거리는 사이, 종자가 몸을 돌리며 벌떡 일어섰다. 종자는 클라우스를 갈라 버리겠다는 듯 발톱을 휘둘러 그의 목구멍 아래쪽에 박아 넣었다.

루이스도 재빨리 몸을 돌리고 두 걸음 크게 물러났다. 그의 주먹이 록새니의 턱을 쳤다. 그는 온전히 힘을 실어 끝까지 주먹을 휘둘렀고, 록새니는 뒤로 나가떨어져 바닥을 굴렀다. 루이스는 그녀를 쫓아 몸을 날리면서도 자신이 너무 세게 친 건 아닌지 염려가 되었다. 하지만 그녀의 총을 빼앗아야 했다. 시야 한구석에서 종자가 클라우스를 바닥에 내팽개치자 핏줄기가 확 터지는 것이 보였다.

루이스의 발이 총을 쥔 록새니의 손을 밟았다. 그는 그녀의 손에서 총을 빼앗으며 말했다.

"움직이지 마."

하지만 그녀는 움직였다. 발을 휘둘러 그의 배를 찬 것이다. 그 바람에 총을 쥐고 있던 루이스의 손도 흔들렸고 총이 발사되고 말았다. 다행히 록새니는 무사했다. 그저 바닥이 파이고 흙먼지가 피어올랐을 뿐이다. 음파 무기인 것 같았다. 루이스는 간신히 몸을 가눠 두 발로 섰고 뒤로 물러나려 했다. 그러나 그녀의 다른 쪽 발이 무릎을 걸었다. 그가 다리를 푸는 사이, 록새니는 몸을 일으켰다. 그녀의 손끝이 뺨을 움켜쥐었다. 루이스는 사지를 뻗고 엎어지면서도 여전히 총을 쏘지 않으려 애쓰고 있었다. 결국 록새니는 총을 쥔 그의 손을 붙잡았다. 그의 손을 비틀어 총을 빼앗은 그녀가 이륙하는 플라이사이클을 겨냥했다. 루이스는 발을 날려 그녀의 균형을 무너트렸지만 그녀는 넘어지면서도 끝내 총을 발사했다.

루이스는 바닥을 뒹굴며 비명을 질렀다. 왼쪽 엉덩이와 다리를 구성하는 뼈들이 산산이 부서진 느낌이었다. 록새니가 하늘을 향해 총을 쏘더니 팔을 떨구며 욕지거리를 내뱉었다.

루이스가 간신히 정신을 차리고 눈앞을 보았을 때, 그녀는 네 걸음쯤 떨어진 곳에서 그를 향해 똑바로 총구를 겨누고 있었다.

산등성이 위로 솟아오른 불덩이가 사그라져 갔다. 그 빛 속에서 우주선 하나가 빠져나와 천천히 내려앉았다.

플라이사이클 한 대는 여전히 지상에 있었다. 하지만 다른 한 대가 보이지 않았다. 하누만과 종자와 웸블레스도 보이지 않았다. 클라우스는 바닥에 등을 대고 누워 있었다. 머리가 몸통에서 거의 뜯겨 나가고 내장이 드러난 몰골이었다.

록새니는 총구를 그대로 겨눈 채 물었다.

"내가 여기서 당장 널 죽여 버리면 어떨까?"

"록새니, 그러지 마라."

빈정거림의 대가 '루이스 우'가 애원하듯 말하고 있었다. 그는 움직일 엄두도 내지 못했고 제대로 생각을 할 수도 없었다. 지금 같은 상황에서는 오히려 다행일지도 몰랐다. 스무 살짜리 애송이라면 록새니의 눈 속에서 타오르는 분노를 마주하고 무너져 버리는 게 당연할 것이다.

"쏘지 마라. 당신이 가고 싶은 곳이 어디든 내가 플라이사이클로 데려다주지. 지금 당장은 움직일 수도 없지만……."

웸블레스가 불쑥 나무 뒤에서 나타났다. 하지만 록새니의 손에 들린 총을 보고 도로 납작 몸을 숙였다.

"너희 플라이사이클은 더 이상 필요 없어. 우리 우주선이 있으니까."

록새니는 그렇게 말한 다음, 목소리를 높여 외쳤다.

"웸블레스, 우주선에 올라 자리 잡아라."

그리고 다시 루이스에게 물었다.

"일어설 수 있나?"

"제장, 아니!"

록새니는 몸을 굽히고 두 팔로 그를 들어 올렸다. 그의 왼쪽 다리와 엉덩이가 마치 뼈가 없는 듯 축 늘어졌다. 루이스가 비명을 지르는 바람에 그녀는 거의 그를 떨어트릴 뻔했다. 정신을 흩어 버리는 지독한 고통에 루이스는 기절하고 말았다.

루이스는 어딘가에 등을 대고 누워 있었다. 토크쇼 같은 영상이 천장에서 재생되고 있었는데, 목소리와 화면이 맞지 않았다.

……아, 소리를 죽여 놨군.

영상과 상관없는 목소리들이 한동안 이야기를 나눴고, 그 배경에서 들리는 소음으로 루이스는 자신이 전함에 타고 있다는 것을 알았다.

"……내게도 한때는 형제들이 있었다."

웸블레스가 약에 취한 듯한 목소리로 말했다. 하지만 통역기를 거쳐 나오는 목소리는 딱딱하면서도 또렷했다.

"그들이 사는 곳에서 머무르기도 했지. 하지만 아버지와 내가 옮겨 가게 돼서⋯⋯."

"자주 옮겨 다녔나?"

질문을 던진 남자의 목소리는 루이스가 들어 본 적 없는 것이었다.

"그래."

웸블레스가 대답했다.

록새니가 날 쐈어.

루이스는 그 사실을 믿을 수가 없었다.

대체 내가 그녀를 얼마나 아프게 한 거야?

그의 정신은 아직도 흐릿했다. 만약 ARM의 수사관들이 '루위타마산'을 심문했다면 지나치게 많은 얘기를 들었으리라.

루이스는 몸을 움직여 보았다. 하지만 실제로 움직였는지는 확신할 수 없었다. 분명하게 느껴지는 것이 없었기 때문이다. 목덜미 뒤쪽의 조금 근질거리는 느낌뿐이었다. 다만 눈은 확실히 움직일 수 있고, 머리도 조금 움직였다. 덕분에 자신이 벌거벗은 채 움직이지 못하도록 간이침대 같은 것에 묶여 누워 있다는 것을 알았다.

⋯⋯아니면 군대용 오토닥의 집중 치료실에 들어 있든가.

시끄러운 배경음으로 이곳이 전함임을 알게 되었던 것을 감안하면 그럴 가능성도 있었다. 루이스는 상황을 제대로 파악하기 위해 목소리들에 더욱 주의 깊게 귀를 기울였다.

"⋯⋯형제들이라고?"

앞서 처음 들어 본 남자의 목소리였다.

"선택된 형제들이었지. 다들 나보다 빠르게 자라났고…… 자기네 종족과 함께 지내며 짝을 지었다."

"다양한 인간형 종족들을 만나 본 것 같은데?"

"스물…… 서른 정도…… 함께 리샤스라를……."

웸블레스의 목소리는 여전히 나른하게 들렸다.

루이스는 자신이 정신을 잃기 전에 일이 어떻게 진행되었을지를 추측해 보았다.

링월드 바닥 면 아래쪽에 숨어 있던 ARM의 우주선이 반물질 폭탄을 쏘아 올린 것이다. 눈동자 폭풍이 이미 자리를 잡고 있었기 때문에 표적을 찾을 필요도 없었으리라. 첫 번째 폭탄은 운석구멍을 메워 가고 있던 스크리스 절연체를 찢어 버렸을 것이다. 두 번째 폭탄은 스크리스 바닥과 그 위에 펼쳐져 있던 생태계를 파괴하고 새로운 구멍을 뚫어 놓았을 것이다. 소규모 부대 하나는 통째로 통과하기에 충분한 크기의 구멍을…….

그것은 미친 짓이고 악랄한 짓이지만, 단순하면서도 정확한 군사행동이었다.

이런 일이 일어날 줄 알았어야 했어. 장거리 여행 계획이나 세우고 있을 때가 아니었다고!

다시 웸블레스의 목소리가 들려왔다.

"레슈트라에 대해…… 아무것도 모르면 원하는 걸 얻을 수 없다. 모르는 걸 아는 척하면 안 되……."

록새니의 목소리가 불쑥 끼어들었다.

"전쟁에 대해 얘기해 봐라. 싸움에 참여해 본 적이 있……?"

"육식동물들이 초식인들과 싸우는 걸 본 적 있다. 놈들은……
나도 잡아먹으려 했지. 그걸 물어본 건가?"

오옥, 옥.

음……? 무슨 소리지?

루이스는 소리가 들려온 곳을 보려 했지만 쉽지 않았다. 각종
장치들과 연결된 상자 안에 움직임을 제한당한 채 누워 있는 데
다 목 아래로는 아무런 감각도 느낄 수 없었기 때문이다. 그래도
최소한의 움직임만으로 시선을 돌려 보니, 하누만이 크진인 한
명을 족히 수용할 만한 크기의 우리 안에 들어 있었다. 그들의 시
선이 공감을 담은 채 고정되었다.

하지만 다음 순간 무언가 루이스의 시야를 가렸다. 아마도 징
크스인인 듯한 건장한 덩치의 사내였다. 그의 뒤로 어쩐지 주저
하는 기색으로 서 있는 록새니도 보였다. 두 사람 다 ARM의 휘
장이 새겨진 점퍼를 입고 있었다.

남자가 루이스를 가늠하듯 잠시 내려다보다가 입을 열었다.

"당신이 루위 타마산이로군."

"그렇다."

"당신은 내 부하들 중 하나를 공격했다."

그래, 내가 평생을 두고 후회할 일이지.

"……미안하다."

"난 ARM 수사대장 슈미트라고 한다. 우리는 당신을 민간인
죄수로 유치 중이다. 보통 이런 상황에서는 죄수에게 특정한 권

리들이 생기지. 하지만 지금 당신은 권리건 뭐건 행사할 수 있는 상태가 아니다. 우리가 사용하는 충격기는 상대가 충분히 먼 거리에 있는 경우에만 제 기능을 발휘한다. 그런데 당신은 1급 수사관 록새니 고디어의 바로 아래쪽에 있었지. 당신은 지금 왼쪽 엉덩이부터 무릎까지 뼈가 산산조각 난 상태다. 물론 한동안 움직이지 않으면 오토닥이 치료해 주겠지. 닷새 정도 걸릴 거다."

젠장, 이 성질머리도 치료해 주면 좋겠군.

"고맙다. ARM이 도와주지 않았다면 평생을 불구로 살게 될 뻔했군."

슈미트가 빙그레 웃음 지었다.

"그래, 그렇지. 자, 그럼 팔을 풀어 줘도 되겠나? 당신 손으로 음식을 먹을 수 있게 해 주겠다는 뜻이다. 그러지 않으면 관을 통해 양분을 취해야 한다."

"여기서 빠져나갈 생각 같은 건 하지도 않을 거다."

"그런 짓을 했다가는 몸 상태만 더욱 나빠질 테니 잘 판단한 거다."

다음 순간, 목덜미 쪽에 머물러 있던 간지러움이 척추를 따라 내려갔다. 양팔의 감각이 되살아나면서 팔꿈치부터 손가락 끝까지 멍이 든 왼팔에 얼얼한 통증이 느껴졌다. 간지러움은 점점 더 아래로 내려가……

"헉!"

루이스는 저도 모르게 억눌린 신음을 내뱉었다. 그러자 간지러움이 진행을 멈추고 일 센티미터쯤 도로 올라갔다. 그는 여전히 늑골 근처의 상처를 느낄 수 있었지만 방금 왼쪽 엉덩이에서 시작되었던, 절로 새된 비명이 터져 나오게 만드는 그 끔찍한 고통은 사라졌다.

루이스는 시야의 한구석에서 슈미트의 손들이 영상을 원격으로 조정하는 것을 보았다. 천장의 토크쇼가 사라지고 링월드가 그 자리를 대신했다. 링월드의 영상이 흘러넘치듯 천장에서 내려와 사방의 벽에 자리 잡았다.

"당신은 어디 출신이지?"

슈미트가 물었다.

"화면을 좀 더 돌려 봐라. ……그래, 그렇게. 저기가 대양이다. 저기서 회전 방향으로 가장자리를 따라가다 보면…….'"

루이스는 지난해 한동안 머물렀던 '직조인' 마을에 대해 이야기했다. 그곳에 사는 사람들과 그들이 사는 집, 강과 그 강을 통해 그들을 방문했던 '고기잡이'들, 키론—사실은 최후자였지만—이 협곡의 바위 표면 여기저기에 뿌려 두었던 거미줄눈 카메라와……. ARM은 절대로 확인할 수 없는 이야기였다. 확인할 수 있다 해도, 직조인들은 바슈니슈트로서 루이스 우와 최후자가 어떤 종류의 싸움을 벌였다는 정도의 이야기나 들려줄 터였다.

하지만 루이스는 정신이 점점 흐릿해지는 걸 느꼈다. 술을 마시지 않은 지 꽤나 오래되었지만 그는 취했을 때의 감각을 기억하고 있었다. 지금이 그와 비슷했다.

슈미트가 화면에서 대양 지역을 확대하며 물었다.

"당신이 저기 살았다고? 당신 부모와 함께? 그 외에는 또 누가 있었지? 그 크진인 가족도 함께 살았나? 앞서 당신이 말했던 퍼페티어도?"

"아니, 키론은 아니지. 맙소사, 키론이 어디 사는지 대체 누가 알겠나!"

루이스는 웃음을 참고 싶었지만 저도 모르게 새어 나와 버렸다. 혀가 통제력을 벗어나 꼬이고 있었다.

"크진인들은 그 마을에 살지 않았다. 대양 어딘가에서 왔지."

이자들이 좀 더 밀어붙인다면 부분적인 진실일망정 더 많은 이야기를 털어놓게 될지도 몰라. 이를테면 크미가 지구의 지도에서 한 영역을 접수하고 그곳의 원주민을 비롯해 모든 걸 지배하는 크진인들 사이에 살고 있다는 사실 같은 거…….

"많은 크진인 남성들이 크미라는 이름을 택한다. 그는 전설적인 영웅 비슷한 존재인 모양이더군. 그보다, '지구의 지도'라는 건 뭘 말하는 거지?"

슈미트의 물음에, 루이스는 자신이 머릿속으로만 생각하는 줄 알았던 것을 실제로 소리 내서 주절거리고 있었음을 깨달았다.

"지구의 지도가 뭐지?"

슈미트가 강철 같은 어조로 추궁하듯 다시 물었다.

"……저길 말하는 거다."

루이스는 천장의 영상을 가리켜 보였다. 대양에 흩어져 있는 육지들 중에서 실제 지구상의 지형과 똑같은 형태로, 남극을 중심으로 지구의 대륙들이 배열된 부분이었다. 화성의 지도로부터 회전 방향으로 십육만 킬로미터 떨어진 지점이기도 했다.

루이스는 자신이 더 이상 비밀을 지킬 수 없다는 걸 깨달았다. 어쩌면 ARM 요원들이 약을 주입했기 때문일 수도 있고, 어쩌면 그저 진통제 때문일 수도 있었다. 가능한 한 비밀을 지키려 애써 보겠지만 결국은 자신의 이름까지 말해 버릴 것이고 록새니가 눈앞에서 폭발하는 모습을 보게 되리라.

"젠장, 그들이 인간을 노예로 삼았다는 거야?"

록새니가 물었다.

"호모하빌리스지, 팩 양육자들."

루이스는 이번에도 순순히 대답했다.

"변이를 거치지 않았단 말인가? 올두바이 협곡에서 발견된 유골들처럼?"

다시 슈미트가 물었다.

"그런 건 본 적 없다. 코를 보면 알 수 있을 텐데……."

"약간 굽어 있는 걸 말하나?"

슈미트가 질문을 이었다. 확실한 기록을 남기기 위한 추가 질문인 듯했다.

"우리가 이미 알고 있는 바에 따르면, 일조 명의 팩 양육자들이 이십오만 년간 수호자 없이 돌연변이를 도태시키는 방향으로 진화해 왔다고 한다. 크진인들은 저들 나름의 선택적 교배 방식을 취했을 것이고. 어쨌든, 이 짐승들이 진짜 인간으로 진화했을 리는 없겠지. 그렇지 않나, 루위?"

루이스의 대답은 금방 나오지 못했다.

"……그들도 진화를 거치면서 지능을 갖게 됐을 수 있지. 우리

가 그랬잖나. 설마 당신들은 크진을 침공하고 싶은 건가? 거기
사는 사람들을 구원해 주려고?"

그는 웃음을 터트리고 말았다.

"저 고대의 크진인들은 역사상 가장 거대한 항해선을 건조해
냈다. 그게 천 년쯤 전의 일이지. 저들은 그저 창이나 몽둥이를
사용하는 미개인이 아니란 말이다."

"항해선 정도는 우리가 감당할 수 있다. 어쨌든. 이제 그 퍼페
티어에 대해 얘기해 보지. 그자는 어떤 종류의 과학기술을 보유
하고 있나? 뭔가 특별한 게 있으면 말해 봐라."

쾅!

어디선가 무거운 충격음이 들려왔다. 루이스는 거기까지 신경
쓸 여유가 없었다.

"……뭐가 특별한 건지 내가 어떻게 아나?"

간신히 '루위 타마산'으로서 되물었을 뿐이다. 하지만 그는 통
제력을 잃은 자신의 목소리가 계속되는 것을 들었다.

"구리로 만든 거미줄 같은 카메라라면 특별한가? 그 거미줄을
분사하는 총은 어……?"

다행히도 선내 스피커에서 터져 나온 소리가 그의 말을 삼켜
버렸다.

— 선체 파손! 선미 좌현 소모 탱크 파손! 동력 손실! 2구역, 3구역
동력 손실 발생!

루이스에게는 익숙하지 않은 조난 신호가 천장에서 번쩍였다.
슈미트와 록새니가 무기를 뽑아 들고 돌아서서 몸을 숙인 자세로

조그만 타원형 출입구를 통해 밖으로 나갔다. 루이스는 듣는 사람이 없는데도 계속해서 주절거리고 있었다.

"그는 도약 원반도 가지고 있다. 그…… 저게 무슨 소리지?"

'수염상어'호가 부르르 몸을 떨더니 선실 중력이 사라졌다.

"침입자들이 있어요. 우린 구조되거나 살해당할 거예요. 마음의 준비를 해 두세요. 수호자라면 우릴 외계인의 손에 남겨 두진 않을 테니까요."

하누만이 말했다.

"대체 왜 그러는데? 그 작자들은 대체 왜 우릴 내버려 두지 않는 거냐고!"

루이스는 자신이 징징거리고 있음을 알았지만 달리 어쩔 수가 없었다.

하누만의 대답은 들리지 않았다. 사방이 너무 시끄러워졌기 때문이다. 우주선에 침입한 자들로 인해 선내가 통째로 웅웅거리는 듯했다.

록새니가 자세를 낮춘 채로 타원형 문을 지나 안으로 들어오더니 시야에서 사라졌다. 잠시 후, 웸블레스가 속박에서 벗어나 떠올랐다. 하지만 그는 뭔가를 하기에는 지나치게 약에 취해 있었다. 록새니는 하누만이 들어 있는 우리도 어딘가를 건드려 문을 열어 주었다.

그녀가 신경질적인 어조로 속삭였다.

"난 저들이 누군지…… 아니, 뭔지도 모르겠어. 크진인은 아니야. 악몽 같군."

록새니는 의료용 장비에 묶여 움직이지 못하는 루이스를 바라보며 말했다.

"미안해."

"무슨 일이 일어난 거지?"

루이스가 물었지만, 그녀는 집게손가락으로 그의 입술을 건드려 말을 막고 그가 들어 있는 의료용 장비 뒤로 몸을 도사렸다. 그녀의 손에 들린 무기만이 출입구를 겨냥한 채 드러나 보였다.

어디선가 슈미트 수사대장의 목소리가 들려왔다.

— 전 요원은 들어라. 우리는 피폭 대피소에서 전투 중이다. 선체 곳곳에 침입자들이 있다. 4구역, 5구역, 6구역, 10구역이다.

그의 목소리는 지나칠 만큼 침착하게 들렸다.

— 우리 함선은 엔진이 타 버렸지만 여전히 가속 중이다. 적들이 어디서 왔는지는 알 수 없다. 침입자들의 정체가 아직 밝혀지지 않았다. 우리는 또한 아군의 공격에 직면하고 있다. ARM의 미사일들이 접근하는 중이다. 지금까지 확인된 바로는 여섯 발이다. 외계인의 공격은 아직 보이지 않는다. 추측하건대, 레인 사령관은 우리가 포로로 잡히는 걸 원치 않는 모양이다.

록새니가 속삭였다.

"이런 일이 일어날 수 있다는 걸 왜 생각하지 못했을까? 저 작자들은 보이지 않는 우주선을 갖고 있었어! 젠…… 쉿, 조용!"

— 미사일들이 비껴가……!

슈미트의 목소리는 스피커를 찢을 듯이 터져 나온 잡음 속으로 사라졌다.

그림자 하나가 순식간에 조그만 문을 스쳐 지나갔다. 록새니는 총을 쏘았지만 곧바로 욕지거리를 내뱉었다. 다음 순간 체구가 작은 남자 하나가 속도를 빠르게 돌린 영상처럼 문을 통과해 들어왔다. 그자는 록새니가 몸을 돌릴 틈도 없이 그녀 뒤쪽에 나타났다. 하지만 그다음은 루이스의 시야에 잡히지 않았다.

인간처럼 보이는 세 개의 형체가 앞서 들어온 남자와 비슷한 빠른 속도로 문을 지나 들어왔고, 차츰 움직이는 속도를 늦추었다. 몸에 딱 붙는 압력복을 입고 있는 그들은 일단 문부터 봉쇄했다. 다음으로는 부풀릴 수 있는 튜브들이 사방에 붙어 있는 풍선 하나를 펼쳐 놓았다. 거대한 구조용 캡슐로, 표준규격은 아니었다. 그들은 구조용 캡슐이 완전히 부풀어 오를 때까지 기다리지 않았다.

'흘러나온 산 사람'들은 다양한 종족들이 유입되어 만들어졌지만, 모두가 다소간 비슷하게 보였다. 몸집이 크고, 팔다리가 짧고 두꺼우며, 폐활량이 크고, 단열이 잘되는 굵은 털로 뒤덮여 있었다. 얼굴에만 털이 없었다. 나중에 들어온 세 개의 형체는 흘러나온 산 사람들이었다.

아니, 원래는 흘러나온 산 사람이었지만 더 이상은 아니었다. 그들은 압력복 위로 커다란 구형 헬멧을 쓰고 있었는데, 헬멧 안으로 보이는 얼굴이 그들의 정체를 알려 주었다. 이가 없고 납작한 부리 모양으로 굳어진 입술, 커다란 매부리코, 털이 없고 가죽 갑옷처럼 주름진 피부, 미라 같은 외양을 하고서도 묘하게 우아해 보이는 움직임……. 그들은 생명의 나무를 먹은 게 틀림없었다. 수호자들이었다.

맨 먼저 들어왔던 자가 의식을 잃은 록새니를 끌고 루이스의 의료 장비를 돌아 시야 안으로 들어섰다. 그도 수호자였다. 하지만 흘러나온 산 사람 출신은 아니었다. 몸집이 더 작고 몸매가 더 가늘었다. 죽은 사람 같은 얼굴에는 유인원의 것이나 마찬가지로 낮은 코가 자리하고 있었다.

루이스는 그자가 어떤 종족 출신인지 알아볼 수 없었다. 어쨌든 매달린 사람 출신도 아니었다. 루이스는 지금 상황에 음률가가 어떤 식으로든 관여되었을 것이라고 생각하고 있었지만 이제 그다지 확신할 수 없었다.

그들이 웸블레스와 록새니를 차례로 구조용 캡슐 안에 밀어넣었다. 하누만은 저항하지 않고 캡슐 속으로 기어 들어갔다. 다음으로 그들은 루이스 쪽으로 향했다.

"난 부상당했다."

루이스가 말했지만 아무런 대답도 돌아오지 않았다.

그들은 루이스를 둘러싸고 기계들을 조사하듯 살펴보면서 그의 통역기에는 들어 있지 않은 언어로 간결하게 대화를 주고받았다. 그리고 스위치들을 꺼 버렸다. 그들 중 하나가 그의 등 뒤로 팔을 뻗은 순간, 트럭에 치인 듯한 통증이 루이스를 덮쳤다.

루이스는 호흡에 온 신경을 집중하면서 기절하지 않도록 안간힘을 썼다. 나중을 위해서라도 기억해 둬야 할 것이 많았다. 그들의 손, 커다랗고 뭉툭한 손가락들과 옹이가 진 관절들이 느껴졌다. 밤색 눈동자와 눈구석주름이 루이스의 시야에 잡혔다. 혼자만 외모가 다른 마른 체격의 그 수호자는 단음절어만을 써서 명령을 내렸다. 나머지 세 명의 수호자가 집중 치료실에서 루이스를 둘러싼 내부 뼈대를 그와 함께 끄집어낸 다음, 구조용 캡슐 안에 밀어 넣고 출입구를 밀봉했다. 내부 뼈대는 여전히 그의 다리와 엉덩이가 움직이지 않도록 고정시켜 주고 있었다. 수호자 두 명이 루이스가 들어 있던 기계에 붙어 계속 뭔가를 조사하는 사이, 다른 한 명은 '수염상어'호의 선체에 커다란 구멍을 뚫어 놓았다.

공기 빠져나가는 소리와 함께 구조용 캡슐이 우주 공간으로 흘러나갔다.

| 흘러나온 산 사람들 |

'수염상어'호는 ARM의 전함으로, 우주선이라기보다는 창처럼 생겼고 선체 외부에 몇 대의 소형 함정이 붙어 있었다. 침입자들은 '수염상어'호의 선수 부분에 빨판상어처럼 자기네 우주선을 접합시켜 놓았다. 그 우주선은 '수염상어'호보다 가벼웠고, 살을 발라 버린 개복치*의 뼈대처럼 보였다. 즉, 선실이 하나에, 암석과 광물을 수송하기 좋도록 설계된 소행성대의 채굴선에서 볼 수 있는 선체 구조로 해치들이 교차되어 기다랗게 연결된 격자 모양을 하고 있었다. 루이스가 한눈으로 보기에 엔진 같은 것은 전혀 확인되지 않았다.

수호자들이 우주 공간으로 밀어낸 구조용 캡슐을 따라 나왔다. 멀리 '수염상어'호의 선미 쪽에서 또 다른 수호자들—모두

---

* 살가죽이 두껍고 지느러미가 특이하여 꼬리가 없는 반쪽의 기형 물고기처럼 보인다.

흘러나온 산 사람들이었다―이 나타났다. 수호자들 중 일부가 구조용 캡슐을 '개복치' 우주선 쪽으로 끌고 가 격자의 한쪽에 고정시켰다. 그리고 포로로 잡은 루이스 일행을 열린 우주 공간에 남겨 둔 채, 압력복 뒤쪽에 달린 엔진을 분사해 떠나갔다.

약물 때문일 수도 있고 신체의 자연적인 방어 작용일 수도 있지만, 루이스는 통증이 썰물처럼 사라진 것을 알아챘다. 그제야 어느 정도 정신이 맑아진 그는 자신을 둘러싼 사방의 우주 공간을 돌아보았다.

빛의 티끌 같은 입자들이 조금 전까지만 해도 아무런 움직임이 없던 공간을 눈 깜빡할 사이에 휩쓸고 지나갔다. 감시용 탐사기들이 마치 신의 손에 휩쓸린 것처럼 사라져 버렸다.

어떻게 된 거지?

록새니가 몸을 뒤척이며 정신을 차리려 애썼다. 하누만은 돌아가는 상황을 그저 가만히 지켜볼 뿐이었다. 웸브레스는 상당히 초초해하고 있었다. 그가 무슨 말인가를 하더니, 다른 이들이 자신의 말을 이해하지 못하는 것을 알아채고 언어를 바꾸었다. 통역기가 작동하면서 그의 말을 옮겨 주었다.

"……나는 이해를…… 못 하겠다."

"뭘 이해 못 하겠는지 말해 봐."

루이스가 대꾸했다.

"여기가…… 어디지, 루우위이?"

"링월드의 아랫면이야."

웸블레스는 고개를 들고 하늘을 반쯤 가리고 있는 검은색 벽을 쳐다보았다.

"우린 추락하고 있구나."

"부딪칠 건 아무것도 없어. 당신도 익숙해지게 될 거……."

수호자들이 돌아왔다. 그들 중 두 명은 상당한 크기의 기계류를 밀고 있었다. 루이스가 들어 있었던 의료 장비였다. 그들이 구조용 캡슐 옆의 격자에 그 장비를 고정시켰다. 거기에는 다른 짐들도 붙어 있었다. 일을 끝낸 수호자들은 선실 쪽을 향해 유영해 갔다. 그들 중 한 명만 격자에 남아 있었다.

그때, 무언가가 잡아챈 듯 '수염상어'호가 사라졌다.

루이스는 한차례 가볍게 흔들리는 정도 이상으로 가속하는 힘 같은 건 느끼지 못했다. 하지만 머리칼이 일제히 비틀리는 느낌을 분명히 받았다. 그들은 수백 배의 중력으로 움직인 것이 분명했다. 그렇게 '수염상어'호가 사라져 버린 것이다. 루이스는 다시 주변을 둘러보았다. 그들이 매여 있는 개복치 모양의 우주선에는 로켓엔진 같은 것이 눈에 띄지 않았다. 무반동추진기조차 보이지 않았다.

웸블레스는 두 팔로 얼굴을 덮고 있었다.

'개복치' 우주선이 링월드의 시커먼 아랫면에 묻혀 있는 쇄관들 중 하나를 따라갔다. 시간이 느리게 흘렀다. 그 쇄관은 링 벽을 돌아 항성의 빛을 향해 위쪽으로 이어졌고, 루이스는 손등에 내장된 시계를 보고서야 시간의 흐름을 확인할 수 있었다.

그는 링 벽의 안쪽을 따라 아래를 내려다보았다. 천육백 킬로미터가량 아래쪽에 몇 개의 조그만 원뿔이 늘어서 있었다. 그 너머로는 드넓은 해변—현재 그들이 위치한 고도를 감안해서 가늠하자면 삼사만 킬로미터는 될 것이다—과 무한히 이어지는 푸른 바다—그들의 위치에서도 해저의 지형을 눈으로 더듬을 수 있을 만큼 물이 맑았다—와 그 위에 드문드문 군집을 이루며 모여 있는 커다랗고 평평한 섬들이 보였다.

섬들의 군집은 독특한 모양이었다. 모두가 똑같아 보인다는 것 외에도 뭔가 다른 점이 있었다. 루이스는 태어나서 지금껏 그처럼 생긴 곳을 한 번도 본 적이 없었다. 그 사실만으로도 그곳이 링월드의 두 번째 대양이라는 의미가 되었다.

그들은 이제 링 벽을 향해 하강하는 중이었다. 어느덧 한 시간 가까이를 비행한 셈이었다.

"……웸블레스?"

록새니가 눈을 깜빡였다.

"록새니! 말을 할 수 있나?"

"……루위? 놈들이 당신도 데려왔군. 여기가 어디지? 놈들은 대체 누구……?"

"흘러나온 산 사람들이다. 그곳에는 많은 종족들이 살고 있지. 당신네 ARM도 그들에 대해 알고 있……?"

"우리 아래쪽 저기, 저것들이 흘러나온 산이지. 보기보다 규모가 커. 저것들이 뭔지 알아?"

"그냥 산들이지."

루이스는 은밀한 즐거움을 느끼며 대꾸했다.

흘러나온 산들은 덩치가 더 커져 있었다. 각각의 조그만 원뿔에는 그 기저부에서부터 몇 줄기 은빛 실처럼 보이는 강들이 흘렀다. 그들은 산봉우리들 중 한 곳으로 향하고 있었다.

록새니의 말이 이어졌다.

"링월드 바닥에는 관들이 묻혀 있어. 그것들이 해저의 오물 찌꺼기들을 링 벽으로 퍼 올리지. 그런 시스템이 없다면 링월드 전체에 비옥한 토양이라 할 만한 건 존재하지 못할 거야. 죄다 해저로 가라앉고 말 테니까. 결국 지상에서는 아무것도 자랄 수 없겠지. 저 산들은 사오십 킬로미터 높이로 링 벽에 기대어 쌓인 쓰레기 더미인 거야. 저곳에는 사람들도 살고 있어. 우린 산봉우리들 사이로 열기구들이 오락가락하는 걸 목격했지. 하지만 루위, 내 생각에 우릴 공격한 건 수호자들이었던 것 같아. 수호자들에 대해 알고 있어?"

"바슈니슈트라고 불리는 존재들 말이지? 마법사들. 아주 영리하고 아주 무서운 자들이라고 들었다. 무장을 하고 태어난 자들이라고. 우린 그저 신화 속의 존재들이라고 생각했지. 그들과 관련된 물건들도 좀 있긴 하지만……."

"오, 그들은 실재해. 그보다, 우릴 공격한 자들 중 하나는 나머지와 다르게 생겼던데……. 칠백 년쯤 전에 최초의 수호자가 은하핵에서부터 머나먼 길을 여행해 우리 태양계에 도달했지. 그 다르게 생긴 공격자는 최초의 수호자와 닮았어."

"조커…… 주동자 말이군."

"주동자라는 걸 어떻게 알지?"

브람과 앤, 두 흡혈귀 수호자 모두가 흘러나온 산 사람들을 노예로 삼는 방법을 쉽게 알아냈다. 흘러나온 산 사람들은 평지에서 살 수 없었다. 종족 전체가 일정한 영역에 고립되고 다른 어디로도 도망갈 수 없다는 사실 때문에 그들은 인질이 될 수밖에 없었다. 흘러나온 산 사람 출신 수호자들은 애초부터 덫에 걸린 신세였던 것이다.

물론 '루위 타마산'으로서는 그런 사실을 알 수 없었다. 그래서 루이스는 이렇게만 대꾸했다.

"그자가 명령을 내리는 걸 들었다."

그들은 흘러나온 산들 중 하나를 향해 기듯이 천천히 하늘을 더듬어 내려갔다. 루이스는 희미하게 윙윙거리는 소리를 들었고, 구조용 캡슐이 진동하는 것을 느꼈다. '개복치' 우주선에는 유선형이라고 할 만한 부분이 전혀 없었다. 그들은 얼음으로 뒤덮인 산봉우리를 지나 계속해서 하강했다. 하지만 아직도 초목 지대는 훨씬 더 아래쪽에 있었다.

'개복치' 우주선이 계단처럼 이어진 산등성이 쪽으로 접근해 하강을 계속했다. 이제 루이스는 나무들과 줄지은 들판들을 볼 수 있었다. 규칙적인 원뿔 모양으로 쌓인 눈 더미들도 스치듯 시야를 지나갔다. 수 킬로미터 아래쪽으로 끝없이 펼쳐진 완만한 구릉과 복잡하게 얽히고설킨 작은 바다와 강과 언덕이 숨 막힐 만큼 아름다운 경관을 이루고 있었다.

갑자기 쿵, 하는 충격이 느껴졌다. 루이스는 구조용 캡슐의 벽에 가볍게 튕겨졌다. 하지만 다음 순간 중력 발생기가 작동했고 그는 중력을 제대로 받아 둥그런 벽에 철퍼덕 엎어졌다. 통증이

다리와 엉덩이를 거칠게 후려쳤다. 루이스는 완전히 기절해 버리지는 않았다.

록새니가 그의 귓가에 속삭였다.

"전시에는 이런저런 일들이 생기기 마련이야, 루위. 내게 억하심정 같은 건 갖지 말아 줘."

수호자들이 얼음과 바위를 돌아가더니 '수염상어'호에서 꺼내 온 전리품들을 떼어 내 어디론가 가져갔다. 그들 중 몇 명은 '수염상어'호의 오토닥에 붙어 뭔가 작업을 하고 있었다.

조커 수호자가 구조용 캡슐을 열었다. 따뜻한 공기가 밖으로 빠져나가고 차갑고 희박한 공기가 안으로 밀려들었다. 조커는 캡슐 안으로 들어와 한차례 내부 공기의 냄새를 맡은 다음, 안에 있는 이들을 탐색하듯 차례로 살펴보았다. 록새니는 경계하는 기색이었다. 웸블레스는 공포로 잔뜩 움츠러들어 있었다. 하누만의 눈이 조커 수호자의 눈과 마주쳤다. 그들은 한마디 말도 하지 않았지만 서로가 어떤 존재인지 알아보았다.

조커가 루이스의 다리와 그 다리를 고정한 버팀대를 지극히 조심스러운 동작으로 건드렸다.

그때, 웸블레스가 열린 캡슐 출입구로 날쌔게 빠져나갔다. 조커는 그를 잡으려고 팔을 휘둘렀지만 놓치고 말았다. 아니면 그저 마음을 바꾼 것일 수도 있었다. 웸블레스는 산등성이를 따라 달아나 원뿔 모양의 집들을 지나쳤고, 이내 시야에서 사라졌다.

웸블레스는 또다시 질식당하고 있었다. 이곳에는 편하게 호흡

할 수 있을 만큼 공기가 충분치 않았다. 하지만 사방에 보이는 이곳 사람들은 아무런 불편함도 느끼지 못하는 것 같았다. 아이들 몇 명이 호기심 어린 눈으로 그를 지켜보고 있었다.

구조용 캡슐에서 도망쳐 나올 때, 웸블레스는 록새니가 전에 주었던 통역기를 낚아채듯 챙겼다. 덕분에 이곳 사람들의 언어를 배우는 건 어렵지 않겠지만 그래도 몇 시간은 걸릴 터였다. 이방인들은 잘 대접받기 마련이고 바슈니슈트도 이방인인 건 마찬가지였다.

웸블레스는 당장 숨어야 한다는 것을, 게다가 누구의 도움도 없이 숨어야 한다는 것을 알고 있었다.

이곳의 집들은 눈을 원뿔처럼 높이 쌓아 올린 형태였다. 출입구인 듯 한쪽에 조그만 구멍이 뚫려 있었다. 그 집들 중 한 곳으로 숨어 들어간다면 금방 발각될 가능성이 높았다. 출입구가 하나뿐이니 도망칠 수도 없을 것이다. 눈 쌓인 언덕을 파고 몸을 숨길까도 생각해 보았다. 하지만 그것도 잠시였다. 금세 얼어붙고 말 터였다. 그는 옷가지를 충분히 갖춰 입지 못했다. 게다가 눈 위에 발자국이 남을 게 뻔했다!

다행히 눈에 덮여 있지 않은 바위로 이루어진 등성이를 발견한 그는 그쪽으로 방향을 잡았다. 가다 보니 눈을 건너뛰어 올라갈 만한 거대한 팔꿈치 나무의 한쪽으로 굽은 줄기가 있었다. 하지만 막상 몸을 날렸을 때, 그의 무릎이 주인을 배반하고 말았다. 그는 비탈로 떨어져 내렸고 그대로 미끄러졌다. 가까스로 몸을 가눈 그가 나무줄기를 발톱으로 찍어 가며 다시 이십 미터가량 기어올랐다.

나무 꼭대기는 푸른 잎들로 빽빽하게 덮여 있었다. 웸블레스는 그 속에 몸을 묻었다. 거기서도 바깥을 아주 조금은 내다볼 수 있었다.

네 명의 흘러나온 산 사람 수호자들이 '수염상어'호의 오토닥을 구조용 캡슐의 열린 부분을 통해 안으로 집어넣었다. 몸에 난 두꺼운 흰색 털을 제외하면 그들은 차가운 기온 속에 아무것도 걸치지 않은 맨몸으로 움직이고 있었다.

그들이 루이스를 들어 올리자 루이스는 저도 모르게 신음을 내뱉었다. 수호자들은 무서울 만큼 힘이 세고 놀랄 만큼 부드러웠지만 통증이 지독했던 것이다. 루이스를 집중 치료실 안에 내려놓은 수호자들 중 한 명이 그의 뒤쪽으로 손을 뻗었다. 루이스는 목 뒤쪽의 작은 부분을 제외하고 그 아래로 모든 감각이 일시에 사라진 것을 알아챘다.

이 군대용 오토닥은 '수염상어'호에서 떼어 낸 것임에도 불구하고, 수호자들이 어찌어찌 제대로 작동하게 만들어 놓았다.

갑자기 록새니가 말했다.

"당신들은 ARM과 관련 정부들에 의해 발효된 법률을 수십 개나 위반하고 있다."

조커 수호자가 그녀를 돌아보며 낯선 언어로 대꾸했다.

록새니의 통역기가 저들의 언어를 해독할 기회가 생긴 셈이니 잘된 일이었다. 루이스의 통역기도 작동하고 있었다. 어쨌거나 당장은 몸을 움직일 수조차 없는 루이스로서는 달리 할 일도 없었다. 그는 잠을 청했다.

웸블레스는 그 수호자가 구조용 캡슐을 나오는 것을 무성한 이파리 사이로 지켜보았다. 록새니가 그자를 뒤따랐고, 다시 여남은 명의 아이들이 그녀를 뒤따르고 있었다. 수호자는 한동안 그의 발자국을 추적하다가 바위로 이뤄진 등성이로 뛰어올랐다. 지면에 코를 대고 냄새를 확인한 수호자가 곧장 그가 숨어 있는 나무를 향해 다가왔다. 그리고 가볍게 나무줄기를 타고 오른 다음, 나뭇잎 사이로 손을 뻗어 그를 확 잡아챘다. 웸블레스는 간신히 한 손으로 나뭇가지에 매달려야 했다.

그를 그렇게 둔 채로 수호자는 나무를 내려갔다. 웸블레스는 공포와 추위로 얼어붙었다.

여남은 명의 아이들이 구조용 캡슐 안으로 몰려들었다. 밖에는 더 많은 이들이 모여 있었다. 하누만이 그들을 향해 까불까불 익살을 부리는 중이었다.

루이스가 몸을 뒤채며 깨어나는 것을 보고 아이들이 주춤거리며 물러섰다. 그는 흰빛 털과 스무남은 개의 눈동자로 이뤄진 벽을 향해 미소를 지어 보였다.

"안녕?"

몇 개의 목소리가 대답을 돌려주었지만, 그의 통역기는 옮기지 못했다.

루이스는 허리 위쪽의 통증—왼팔과 갈비뼈—이 대부분 사라진 것을 알았다. 그러고 보니 자신이 이런 상태로 얼마나 있었는지 궁금해졌다. 만약 록새니와 조커 수호자가 서로에게 말을 가르쳤고 조커가 이 지역 방언을 쓰지 않았다면, 그로서는 이 아이들과 인사를 나눌 수조차 없을 것이다.

이윽고 록새니와 조커가 돌아왔다. 록새니는 웸블레스의 손을 잡고 있었다.

그들은 모여든 아이들 때문에 구조용 캡슐로 들어올 수 없었다. 아이들을 뚫고 들어오려고 하지도 않았다. 대신에 조커가 뭔가 설교 같은 것을 늘어놓기 시작했다. 이따금 루이스 일행을 가리켜 보이기도 했다. 구조용 캡슐 안에 들어와 있던 아이들이 그의 목소리가 들리지 않자 밖으로 나갔다. 조커는 웸블레스와 록새니를 구조용 캡슐 안으로 들여보내고 아직도 남아 있던 네 명의 아이들을 손짓으로 나오게 한 후에 캡슐을 닫았다.

록새니는 조커가 짐들이 매여 있는 '개복치' 우주선의 격자 쪽으로 뛰어가는 모습을 노려보고 있었다.

"저 여자는 제대로 된 얘기를 하지 않아!"

그녀가 비난하듯 말했다.

"통역기가 작동하지 않던가?"

"통역기는 멀쩡해. 별로 옮겨 줄 얘기가 없었던 게 문제지."

"당신도 ARM의 비밀을 지키고 있지 않나?"

루이스의 대꾸에, 록새니가 쏘아붙였다.

"저 여자도 마찬가지야! 그래, 저 여자. 그 정도는 말하더군.

자기 이름이 프로서피나*라고 했지."

웸블레스가 이를 딱딱거리며 뭐라고 중얼거리자, 통역기가 그의 말을 옮겨 주었다.

"우린 또다시 어디론가 날아갈 거다."

"당신 괜찮겠나?"

루이스는 염려를 담아 물었다. 웸블레스가 격렬하게 몸을 떨고 있었던 것이다.

"지난번에 난 옷에다 오줌을 쌌다. 다들 모른 척해 줘서 고마웠다."

루이스는 냄새를 맡아 보았다. 캡슐이 내부의 공기를 언제나 깨끗하고 신선하게 유지시켜 주는 덕분에 불쾌한 냄새는 나지 않았다.

"수호자들은 좋은 기계들을 만들어 내지. 우린 괜찮을 거다."

루이스는 조커가 선실로 들어가는 것을 보았다. 다음 순간, 중력이 사라졌다.

"우린 괜찮을 거다."

그는 다시 한 번 말했다.

'개복치' 우주선이 벼랑을 떠나 공중으로 떠오르더니 곧장 상승했다. 푸른 하늘이 검은색으로 어두워졌다.

루이스는 그사이 생각했던 것을 얘기하기 시작했다.

---

* Proserpina, 그리스신화에 나오는 생성과 번식의 여신. 제우스와 데메테르의 딸로, 명부의 왕 하데스가 유괴하여 아내로 삼았기 때문에 반년씩 지상과 명부를 드나들었다고 한다. 페르세포네라는 이름이 더 익숙하지만, 본서의 내용에 충실하도록 표기했다.

"이 우주선이 어떻게 움직이는지 알아냈다. 중력 제어를……."

"자기력으로 하는 거지."

록새니가 딱딱한 어조로 말을 잘랐다.

"저들은 초전도체 격자를 이용하고 있는 게 틀림없어. 루위, 링월드 바닥에는 초전도체 격자가 깔려 있어. 이 우주선이 자기력 엔진을 쓰고 있다면 링월드로부터 추진력을 얻을 수 있다는 얘기지. 그건 마치 집에다 동력 발생기를 두는 거나 마찬가지야. 난 머리칼이 쭈뼛 서는 느낌을 받았어. 당신도 그랬겠지."

"그렇군. 하지만 내가 말하려던 건 선실 중력에 대해서다. 강하긴 하지만 안정적이지 않고 요동치더군. 바슈니슈트는 왜 그걸 고치지 않았을까? 내 생각에는, 자기들이 만든 것을 시험해 볼 생각도 하지 않을 만큼 오만하기 때문인 것 같다. 그들은 모든 일을 시행착오 없이 한 번에 해결하려 든다는 거다."

"그 모든 걸 혼자 힘으로 알아냈다 이거지, 친구?"

루이스는 저도 모르게 얼굴을 붉히며 말을 이었다.

"어쨌든, 그게 자기력이라는 거군. 그러니까 초전도체망 가까이에 머무는 한은 거의 무한한 범위를 엄청난 가속으로 움직일 수 있다는 말이야. 그걸 무기로 쓸 수도 있고. 미사일과 우주선을 밀어내는 식으로. 심지어 그 자체로 일종의 메시지를 보낼 수도 있겠군."

"메시지?"

"난 당신들을 침략하러 갈 수 없다, 그저 나 자신을 방어할 뿐이다, 하는 메시지 말이다. 요새가 상징하는 바 같은 거."

"음…… 아니면 그냥 '접근 금지'의 의미거나."

"또다시 추락하고 있다!"

웸블레스가 불쑥 소리쳤다.

"록새니, 우린 어디로 가고 있는 거지?"

록새니는 고개를 저었다.

그들은 절묘하게 프랙털* 모양을 이루고 있는 해안선과 소용돌이 모양의 만과 해변을 가로질러 이윽고 대양 위에 이르렀다. 대양에 점점이 흩뿌려진 섬들이 보였다. 하지만 그것들이 정말 섬이라면 그들이 지금 날고 있는 속도를 감안할 때 아무것도 볼 수 없어야 했다. 그러니까 실상은 하나의 세계를 일대일 축척으로 옮겨 놓은 것일 터였다.

두 번째 대양의 해안 근처에서는 섬들의 군집이 조금 축약된 듯 보였다. 그게 아니라면 그것들은 모두 똑같은 세계의 지도들일 것이다. 척추와 같은 한 줄기 산을 중심으로 납작하게 엎드린 하나의 대륙 그리고 좀 더 작은 네 개의 땅덩어리와 점점이 흩어진 조그만 섬들이 본토로부터 반회전 방향에 자리 잡고 있었다. 오돌토돌한 질감이 느껴지는 것 같았다.

누군가에게 여기가 어딘지 말해 줘야 한다면 ─어떤 종류의 통신기든 연결이 될 때의 얘기겠지만, 이를테면 음률가에게─ 어떻게 설명할 수 있을까?

---

* fractal, 임의의 한 부분이 전체의 형태와 닮은 도형. 미국의 수학자 망델브로가 제시한 것으로, 컴퓨터 그래픽 분야에 널리 응용되고 있으며 자연계에서는 구름 모양이나 해안선 따위에서 볼 수 있다.

하지만 그림자들은 달랐다. 띠와 점과 조각의 형태를 띤 그림자들이 오직 몇 개의 섬들에만 보였다.

"이건 두 번째 대양이군! 루위, 당신은 우리가 당연히 지도들 중 한 곳으로 가는 줄 알았겠지?"

록새니가 물었다.

"물론이다. 록새니, 저 그림자들이 어떻게 생긴 건지 알겠나? 당신 생각을 듣고 싶다."

"뭐라고 말하기엔 고도가 너무 높은데."

루이스는 입을 다물고 생각에 잠겼다. '루위 타마산'이라면 알고 있을까? 하지만 언제나 한낮인 곳에서는 그림자가 그냥 생길 수 없었다. 그 점이 루이스에게는 기이하게만 보였다.

록새니가 설명하듯 말을 꺼냈다.

"루위, 웸블레스, 링월드에는 두 개의 대양이 존재해. 알겠어? 물론 원주민들이 이용하기 편한 만과 항구를 만들 수 있는 파상의 해안선으로 이루어진 수조 개의 국소적이고 얕은 바다들도 있지. 하지만 한편으로, 서로가 균형을 이루는 두 개의 거대한 대양이 존재한다고. 그중 하나에는 알려진 우주의 거주 가능한 모든 행성들이 옮겨져 있어. 루위 당신이 살던 곳도 여기에 포함돼. 그리고 이곳에, 끝없이 반복되는 지도가 자리한 또 다른 대양이 존재하는 거야. 이곳 역시 아마도 무언가, 어떤 곳인가의 일대일 축척 지도겠지. 하지만 그곳이 어디든 ARM에는 알려지지 않은 세계야."

루이스는 새어 나오는 웃음을 참지 못했다.

록새니가 그를 노려보다가 말을 이었다.

"이곳에는 이런 지도가 서른두 개나 있어. 모두 똑같은 세계라고! 그러니까 그중 어느 한 곳에 내려앉는다고 해도 거기가 어딘지 알 수 없을 거란 말이지. 당신은 지금 대체 뭐가 그렇게 재밌는 거야?"

"그야 뭐……. ARM은 팩의 고향 행성이 어떻게 생겼는지 알고는 있는 건가?"

"영원한 전쟁 지역이지. 모든 팩 수호자는 자신의 유전자 계통이 세계를 지배하기를 바라니까. 이건 내 생각이 아니라 ARM이 보유한 정보를 알려 주는 거야. ARM이 보유한 정보는 모두 잭 브레넌이 홀로 낙오된 팩 수호자로부터 알아낸 것들이고. 잭 브레넌이란 자는 수호자가 된 고리인이야. 애초에 믿을 만한 구석이라고는 한 점도 없는 인간이었지. 젠장. 그러니까 내 대답은 '아니'야. 우린 팩의 고향 행성에 있는 대륙들이 어떤 모양인지 몰라. 게다가 아마 그곳도 변화를 겪었을 거야. 어쨌거나 수호자란 존재들은 막강하지. 그 수호자, 조커 말이야. 그녀는 지구의 아시아와 아프리카에서 아직까지도 발견되고 있는 팩 양육자 유골과 비슷하게 생겼어. 그럼 조커는 어디에서 왔을까? 어디 출신이겠냐고. 팩의 고향 행성에서 왔을까? 아니, 어쩌면 링월드의 지구 지도 출신일지도 모르지. 루위, 링월드의 지구 지도는 원래가 팩 양육자들을 위한 것이었다고 당신이 그랬잖아."

'개복치' 우주선이 하강하고 있었다. 또 다른 대양의 반회전 방향에 자리한 해안 근처의 군집된 섬들을 향해서였다. 근처라고는 하지만 아마 팔만 킬로미터는 되는 거리일 터다. 이 정도 거리에서 보자면 육지의 세부적인 변형이나 왜곡까지 확인하는 것은 불가능했다. 그 육지에는 초승달과 웅덩이 형태의 그림자들이 드리워져 있었다. 하지만 태양이 곧장 머리 꼭대기에 있는데 그것들이 어떻게 그림자일 수 있단 말인가? 그것은 거의 그림문자로 쓴 글귀처럼 보였다.

대륙의 중심부 근처에 외로운 산 하나가 반짝이고 있었다.

거주지인가? 유리창이 달린 건물 같은?

육지의 오돌토돌해 보이는 외관이 마치 유성우에 두들겨 맞은 땅인 듯, 온갖 크기의 원에 가까운 형태의 점들이 복잡하게 얽힌 전경으로 변해 갔다. 그들은 이제 속도를 늦춘 채 숲을 지나치고 있었다. 루이스는 사슬처럼 이어지는 팔꿈치 나무를 비롯해서 낯익은 링월드의 식물군을 알아보았다.

"링월드에 있는 대부분의 생물들은 팩의 고향 행성에서 나고 자라는 식물과 동물이 진화한 형태인 게 틀림없다."

"좋은 생각을 했네, 루위."

록새니가 머리를 쓰다듬어 주듯이 맞장구를 쳤다.

그런데 이곳의 전체적인 모습은 뭔가…….

"이건 정원이군."

록새니가 말했다.

"정원이라고? 이렇게 커다란데?"

그들은 아직도 수 킬로미터는 높은 고도에 있었다.

하지만 그녀의 말이 옳았다. 지상의 전경은 농경지가 아니었다. 그럼에도 불구하고 특정한 형태를 이루고 있는 것은 분명했다. 종류도 다양하고 색깔도 다양한 식물군이었다. 꽃밭이 틀림없는 무지갯빛 물결이 수천 세제곱킬로미터에 달하도록 이어지고 온갖 가을빛…… 아니, 그 이상의 빛을 띤 다양한 나무들이 지상을 수놓고 있었다.

그 모두가 아직은 멋쟁이 신사의 턱을 덮은 수염처럼 조그맣게만 보였다. 초원 지대는 검은 아치 모양의 그림자를 드리운 듯했고, 연못과 호수와 바다 들은 섬의 중심부에 찍힌 점들처럼 은빛으로 빛나고 있었다.

록새니가 말했다.

"일반적으로 정원들은 직사각형을 이루기 마련이지. 특별히 야생의 느낌을 주도록 설계된 경우가 아니라면 말이야. 대체 어떤 정원이 모든 부분에서 원형이겠어? 게다가 같은 크기의 원은 하나도 없잖아. 이건 꼭…… 그러니까……."

달처럼 보이는군.

루이스는 그렇게 생각했지만, '루위 타마산'은 그렇게 말할 수 없었다.

"전쟁 지역처럼 보인다고?"

뚜렷한 원형으로 보이는 부분들은 모두 일종의 크레이터인 것이다.

팩의 고향 행성…….

"바슈니슈트가 만든 거다."

웸블레스가 동의하듯 말했다.

"그래, 조커가 우리에게 깊은 인상을 주고 싶은가 보군."

록새니의 말에 루이스는 다시 웃음을 터트렸다.

그는 야생의 빛깔들 사이로 언뜻언뜻 드러나는 직선으로 이루어진 윤곽을 흘끗 보았다. '개복치' 우주선이 하강하고 있었다. 이윽고 어딘가에 부딪치듯 쿵 하는 느낌이 전해졌다. 요동치던 중력이 안정을 찾았다.

| 프로서피나 |

그녀는 자기 부상 우주선을 정원에 착륙시켰다. 본토에 있는 페널티머트의 거주지로부터 아래쪽으로 십 킬로미터쯤 떨어진 지점이었다. 엔진을 안정화시키자마자 프로서피나는 구르듯 선실에서 빠져나와 선미 쪽으로 달려갔다.

질서감을 주는 것이 외계인들이 적응하는 데 도움을 줄 터였다. 하지만 또, 그들에게 너무 많은 시간을 줬다가는 그녀 자신이 그들로부터 알아낼 게 적어지고 말 것이다.

수백만 팔란이나 되는 긴긴 세월 동안 고립되고 감각을 박탈당한 채 격리 구역에 수감당한 듯 갇혀 살아왔지만, 프로서피나는 여전히 링월드의 역사 속에서 발생한 세부적인 사건들을 추론할 수 있었다. 내분과 주도권 다툼, 세계적 규모로 확장된 지정학적 재형성, 동맹의 재편, 유전적 형질의 변화…….

링월드에는 수리 시설이 오직 한 곳뿐이고, 그녀가 살고 있는 이곳 격리 구역으로부터 정확히 반대쪽에 위치해 있었다. 수리 시설은 자연스럽게 링월드의 왕좌가 존재하는 곳으로 보일 수 있었다. 현재 그곳의 권력을 장악하고 있는 자는 굴이고, 그것은 잘된 일이었다. 그자는 경험이 적고 무모한 데—이 점은 좋지 않지만—다 아마도 남성일 터였다. 남성들은 훨씬 더 멀리까지 돌아다니기 마련이었다. 따라서 생명의 나무가 드물게 존재하는 곳에서는 남성이 그것을 먼저 발견할 가능성이 높았다.

수호자에게는 통제력이 가장 중요한 문제이고, 그것은 지금 상황에서도 마찬가지였다. 생의 초반에 프로서피나는 끝없이 계속되는 음모들에 노출되었고, 그런 와중에도 죽임을 당하지 않으면서 중립을 유지하는 방법을 언제나 찾아냈다. 모든 경우에 상황을 지배하는 자가 존재했지만, 초기의 끔찍한 실험 한 번을 제외하면 프로서피나는 결코 지배자였던 적이 없었다.

그녀는 짐들이 연결된 '개복치' 우주선의 격자를 몇 단씩 건너뛰어 구조용 캡슐 속으로 미끄러져 들어갔다.

ARM 여성이 그녀를 보고 말했다.

"우린 얘기를 해야 한다."

프로서피나는 1급 수사관 록새니 고디어가 인내심이 적다는 것을 알아챘고, 그 점을 흥미롭다고 생각했다. 하지만 록새니는 어렸다. 양육자의 기준으로는 적지 않은 나이라 해도 프로서피나에게는 어린아이나 마찬가지인 것이다.

록새니의 자세는 그녀가 링월드와 다른 중력에서 살아왔음을 알려 주었다. 그녀가 쓰는 말은 프로서피나가 굴의 일과를 몰래 감시하는 동안 들었던 것과 조금 다른 형태였다. 록새니는 침입자인 것이다. 그녀가 일단 대화를 시작하기로 마음먹었다면 들려줄 이야기가 많을 터였다.

프로서피나의 침묵이 그녀를 불안하게 만든 모양이었다. 록새니가 다시 말을 꺼냈다.

"통역기가 제대로 작동하려면 우린 대화를 할 필요가 있다."

프로서피나는 미소를 짓지 않았다. 그녀에게는 불가능한 일이었다. 사실 그들은 흘러나온 산에 있는 마을에서 웜블레스를 잡으러 가는 동안 몇 마디 주고받았지만 대화라고 할 만한 것은 아니었다. 명사와 동사 몇 개가 전부여서 록새니의 통역기에는 충분치 못했다. 그녀는 비밀을 지키고 있었던 것이다.

프로서피나도 마찬가지였다. 하지만 그녀는 대화가 필요하다고 판단되면 이야기를 시작할 생각이었다.

긴팔원숭이처럼 생긴 존재는 그녀를 지켜보기만 할 뿐 아무런 행동도 하지 않았다. 프로서피나는 그가 자신에게 복종할 줄 알았다. 하지만 그 조그만 수호자는 다른 이를 위해 일하는 것이 분명했다. 아마도 수리 시설의 지배자인 굴이리라.

두 명의 남성 중 하나가 부드러운 목소리로 뭔가를 요청했다. 프로서피나는 그가 쓰는 언어를 알지 못했지만 이제 배워 가는 중이었다. 그는 링월드의 회전 중력을 집처럼 편하게 느끼는 듯, 조금 웅크린 자세일망정 원주민처럼 서 있었다. 그에게는 할 이야기 자체가 별로 없는 것 같았다. 다만 그가 원하는 바는 확실했다. 배가 고픈 것이다.

또 다른 남성은 부상을 당해 움직일 수 없었고 벌거벗은 채 무기력하게 누워 있었다. 하지만 그는 모든 것을 면밀하게 관찰했다. 프로서피나는 그의 인내심에 다소 충격을 받았다. 수호자는 아니었지만 그는 나이가 많았고 ARM 여성과 같은 종족이었다. 그가 바로 수리 시설의 주인인 굴의 양육자 하인, '둥근 곳'에서 온 루이스 우이리라.

"너희 모두 배가 고플 것이다."

프로서피나는 공용어로 말했다. 남성들은 놀라지 않았지만 록새니는 펄쩍 뛸 듯이 놀랐다.

"다들 열매류를 소화할 수 있겠지. 너희가 먹을 음식에 대한 세부적인 사항은 차차 해결하자. 내 생각에는 우리 모두 잡식성인 것 같은데……."

그녀는 조그만 수호자를 돌아보며 말을 이었다.

"너를 제외하고는 말이다. 널 뭐라고 부르면 되지?"

그제야 ARM 여성이 침착함을 되찾고 일행을 소개했다.

"이쪽은 루위 타마산, 웸블레스다. 난 록새니 고디어라고 한다. 프로서피나라고 했던가? 우리 언어를 어떻게 배운 거지?"

"자료실을 해킹했다."

프로서피나는 자신의 대답에 ARM 여성이 노기를 띠는 것을 보았다. '수염상어'호의 컴퓨터를 건드렸군! 도둑질을 했어! 그렇게 소리치고 싶은 표정이었다.

"내 이름도 너희 문학작품에서 따온 거지."

그녀는 이제 루위/루이스를 향해 말하고 있었다. 루이스 우와 조그만 수호자도 각자의 비밀을 지키고 있는 것 같았다.

그녀는 두 손을 짝 부딪쳐 보였다.

"이제 식사를 하자. 밖으로 나가면 열매들이 있다. 물을 마실 만한 개울도 있고."

"루위는 내가 먹여 줘야 한다."

록새니가 말했다.

"우선 먹을 수 있는 게 뭔지부터 알아내야지. 나가자. 루위, 우리 모두 곧 돌아오겠다. 너에게 연결된 장치가 영양분을 공급해 주고는 있지만, 소화기관을 운동시키는 게 가장 좋으니까."

"고맙군."

그가 대꾸했다.

록새니는 뭔가 의심스러운 듯 보였지만, 몸을 돌려 밖으로 나갔다.

록새니는 프로서피나를 따라갔다. 웸블레스도 하누만의 손을 잡은 채 그녀를 뒤따랐다. 유인원은 짧은 다리가 허용하는 한도보다 훨씬 빠르게 움직이느라 허둥거리고 있었다.

이렇게 뒤쪽에서 보자니 수호자는 조그맣고 삐쩍 마른 대머리 여인 같았다. 그녀의 키는 백오십 센티미터쯤 되었다. 전신의 관절이 부풀어 있고, 등은 자갈들로 이루어진 기둥처럼 보였다. 록새니는 저 생명체를 두려워해야 한다는 것을 알고 있었지만, 아무래도 위협적인 느낌이 들지 않았다.

프로서피나는 웸블레스에게 공용어로 뭔가를 이야기하고 있었다. 웸블레스는 그 자신의 언어로 떠들어 댔는데, 록새니는 반쯤 주의를 나눠 그의 통역기에서 나오는 소리에 귀를 기울였다.

"어머니는 우릴 버리고 떠났다. 하지만 난 아버지에게 그 부분에 관해 물어본 적이 없다. 아버지에게는 민감한 문제였으니까. 그래도 들은 이야기는 있지. 부모님은 세상을 탐험하러 다니곤 했다. 그런데 어느 날인가 어머니가 그냥 혼자서 떠나 버렸다. 그런 종족들이 있긴 하지. 어느 날 갑자기 사납고 혼자 있기 좋아하는 '습지인'처럼 변하는 거다. 어린 시절에는 우호적이고 호기심 많고 리샤스라를 굉장히 즐기지만, 무언가가 촉발된 듯이 덩치가 커지고 태도가 변하면서 습지로 떠나 버리는 거다. 난 나도 그렇게 될까 봐 두려웠다. 이종교배는 드문 일이라서 어떤 일이 생길지 알 수 없으니까."

"습지인과 리샤스라를 해 본 적 있나?"

"있다, 습지인 소녀하고. 그녀가 짝을 지은 후에는 친구가 되었지. 나중에 그녀는 임신을 했는데, 아이를 혼자 키우겠다며 떠나 버렸다."

숲 속으로 들어가자 나지막한 건물들이 나타났다. 나무들이 건물을 가리고 있어서 멀리서는 보이지 않았다. 나무들은 건물의 지붕 위로도 자라고 뾰족탑의 측면으로도 솟아 있었다. 이 층 높이의 원형 건물 가운데 빈 공간을 꿰뚫듯이 자란 거대한 나무도 있었다.

록새니는 시야의 한구석에서 그림자들이 움직이는 것을 알아챘다. 언제나 한낮이거나 한밤인 이 이상한 곳에서는 나무 그림자들이 움직일 리가 없었다. 그래서 록새니는 숲 속에 동물들이 존재하고, 지금 자신들을 지켜보고 있다고 확신했다.

프로서피나는 동작이 민첩했다. 그녀가 나무들 사이로 쏟아지듯 달려가더니 다양한 색깔과 모양의 식물들을 가지고 돌아왔다.

"먹어 봐라."

그녀는 보랏빛의 작은 덩어리를 하누만의 손에 쥐여 주었다. 그것은 가지처럼 생긴 식물이었는데 하누만이 한입 깨물자 붉은 빛의 즙이 터져 나왔다. 하누만은 머리를 파묻듯이 하고 그것을 먹었다.

"자, 여기."

프로서피나는 일행에게 여러 가지 열매들을 나눠 주고 그들의 반응을 지켜보았다. 록새니가 받은 노란빛의 둥근 열매는 쓴맛이 났다. 그녀는 열매를 던져 버렸다. 초록빛의 체리처럼 생긴 열매도 한 줌 받았는데, 먹을 만했지만 씨를 둘러싼 부분이 시큼했다. 웸블레스는 얼룩덜룩하고 노란빛이 도는 고리 모양의 열매—그 안쪽으로 머리를 집어넣어야 했다—와 하누만이 받은 보랏빛 덩어리가 맘에 드는 듯했다.

"록새니, 이곳은 네가 살고 있는 둥근 세계와 많이 다른가?"

"많이 다르지."

"어떻게 다른가?"

"난 여기 온 지 얼마 되지 않았다. 아직 살펴보는 중이고."

록새니는 마지못해 대답했다.

조만간 수호자는 그녀가 대답할 수 없는 질문들을 던지게 될 것이다. 하지만 그녀가 수호자에게서 알아내야 할 것들이 더 많았다. 그래서 록새니는 시간을 끌기로 했다.

"우린 실제로 링월드에 발을 디디기 전에 많은 것을 배웠다. 하지만 이곳은 언제나 한낮이군. 난 이런 상황이 사람을 미치게 만들 수도 있다고 생각한다. 당신이 언젠가 해가 지는 광경을 보게 된다면 마치 세상의 종말처럼 느껴질지도 모른다. 이곳에서 채굴 장비를 가동시켰다가는 진공의 공간을 치고 말 텐데, 그 점은 전적으로 나쁜 것만은 아니다. 제조업은 때때로 진공을 이용하기도 하니까. 그보다, 일 년쯤 전에 당신은 링월드 가까이로 다가오는 우주선이란 우주선은 모조리 격추시켰지. 왜 그런 짓을 했나? 그리고 더 이상 그러지 않는 이유는 뭔가?"

"수리 시설에 흡혈귀 수호자가 살고 있었다. 링월드로 진입하는 우주선들을 격추시킨 건 그자였지. 지금은 다른 수호자로 교체되었다."

"그럼 이제는 더 온화하고 평화로운 시기란 말인가?"

"너희가 반물질을 가지고 장난질을 치는 한은 아니지. 아이야, 그런 짓은 당장 그만둬야 한다! 너희는 우리 모두를, 너희 자신들까지 포함해서 파괴할 수도 있다. 내 짐작이지만, 넌 분명 정신분열증을 갖고 있겠지? ……록새니, 방금 움찔했다."

"내가 그랬나?"

"넌 정신분열증을 갖고 있지? 아니, 예전에 갖고 있었지? …… 그렇군, 예전에 갖고 있었어. 어떻게 치료된 건가?"

"난 약물 복용을 그만뒀다!"

록새니가 으르렁거리듯 소리쳤다.

"약물이라고?"

"지역군사연합은 낮은 계층을 상대로 정신분열증을 가진 자들을 선발하곤 했다. 그리고 그들 가운데서 그런 특질을 교배해 내려고 시도했다. 결국 진짜 정신분열증을 가진 자는 찾기 어려워졌지. 하지만 정신분열증 상태를 모방할 수 있는 화학물질들이 존재한다. 보통 사람이라면 결코 꿈꾸지 못할 환각을 보고 환청을 듣고 망상을 갖게 만드는 물질이지. 난 훈련 기간 동안 그 약물을 복용했다. 임무를 수행하는 동안에도 주사를 맞을 수 있는데, 그러면 일이 훨씬 수월해진다. 하지만 난 약물을 끊기로 했지. 프로서피나, 난 정신분열증을 갖고 있지 않다. 내 유전자는 깨끗하다."

록새니는 입술을 앙다물었다. 그녀가 드러내려고 마음먹었던 게 무엇이건 간에, 이건 훨씬 더 개인적인 문제였다.

"낮은 계층이라고? 고위층에는 정신분열증을 가진 자가 전혀 없나? 아니, 그건 대답할 필요 없다. 록새니, 너 같은 전사들은 아이들을 갖나?"

"아니다. 어쨌든 난 불가능하다. 불임 주사를 맞았으니까."

프로서피나는 그녀를 가만히 바라보았다. 하지만 이내 열매들을 더 많이 모으러 가기 위해 몸을 돌렸다.

"부상당한 너희 동료는 내가 먹여 주지. 마저 먹어라. 주변을 탐험하러 다녀도 좋으니 마음껏 즐거라."

숲과 그쪽에 숨겨진 건물들을 대충 가리켜 보이며 그녀가 말을 이었다.

"개울은 저쪽에 있다. 갔던 길을 되밟아 오면 될 거다. 이야기
는 이따가 하지."

록새니는 프로서피나가 멀어져 가는 것을 바라보았다.

저 여자는 진심으로 우릴 아무런 감시도 없이 맘껏 돌아다니
게 내버려 둘 생각인가?

정말로 그럴지도 모른다는 가능성에 록새니는 두려우면서도
저항할 수 없는 유혹을 느꼈다. 그녀는 에덴동산에 있었다. 신이
이곳을 거닐었다. 해가 될 것은 아무것도 없을 터였다.

그 건물……

그것은 토로이드처럼 생긴 건물이었다. 출입문이 하나뿐이고
창은 전혀 없었다. 세쿼이아 크기의 나무 한 그루가 그 중심에서
이 미터가량 건물의 토대를 떠받치고 있었다. 록새니가 망설이고
있는 사이, 웸블레스가 그 건물을 향해 달려가 몸을 날리더니 안
으로 들어가 버렸다. 록새니는 잠시 기다렸다가 그를 따라갔다.
그녀는 등허리에 숨겨 둔 단발총보다 더 나은 무장을 갖추고 있
었으면 좋았을 거라고 생각했다.

록새니는 천천히 돌아다니며 주변을 둘러보았다. 실내는 거대
한 튜브 형태로, 몇 도쯤 한쪽으로 기울어 있었다. 바닥에 먼지와
썩은 나뭇잎이 두껍게 쌓여 있을 뿐, 볼만한 것도 훔칠 만한 것도
없었다. 투명한 지붕을 제외하면 눈에 띄는 조명도 없었다. 사무
실도 없고 화장실도 없었다.

그녀는 웸블레스에게 물어보았다.

"당신은 이런 종류의 건물에 대해 알고 있나?"

"바슈니슈트의 작품이지. 아주 오래되었다. 이 벽들은 원래 손상을 입힐 수 없는데, 수많은 세대가 지나는 동안 바람이 모서리들을 둥글게 만들어 놓은 거다. 내 생각에는 바슈니슈트의 하인들이 여기 살았던 것 같다. 봐라, 이건 침대다."

썩은 채소 더미가?

록새니는 부상식 받침대를 침대로 사용해 왔다.

다음 건물은 일종의 펌프실처럼 보였는데, 파이프들이 묻힌 숲 속에 둥지를 튼 듯 자리하고 있었다. 그곳에는 목욕을 위한 거대한 욕조가 딸린 화장실도 있었다. 한쪽에 수북이 쌓인 먼지 덩어리는 타월이었던 게 틀림없었다. 웸블레스는 이 건물의 용도를 잘 알고 있었다. 물론 그로서는 쓰레기를 비료로 이용하는 더 원시적인 방법에 익숙했다. 하수와 씻을 때 쓰는 물은 살수기 속으로 흘러 들어가게 돼 있었다. 그리고 그 모두는 지붕에 설치된 태양열 변환기로부터 동력을 얻었다. 록새니와 웸블레스는 목욕을 하고 설비들을 조사하면서 한 시간쯤을 보냈다. 무엇보다 놀라웠던 점은 그 모든 것이 여전히 잘 작동한다는 사실이었다.

록새니는 일행과 함께 강으로 나갔다. 차광판들이 흘러가는 쪽, 반회전 방향이었다. 그들은 드넓은 백사장이 깔린 해변을 만났다. 마치 거대한 빗으로 끝없는 바다 저 멀리서부터 안쪽으로 쓸어 놓은 듯한 광경이 펼쳐졌다.

록새니는 망원경을 꺼내 들었다. 무엇을 보게 될지 짐작하고 있었지만, 수평선은 안개로 뒤덮인 한 줄기 선으로만 보였다. 망원경은 그 광경을 확대해서 보여 주었을 뿐, 기껏해야 열의 흐름이 좀 더 두드러져 보이는 정도였다. 그녀는 다들 똑같이 생긴 지도들 중 하나인 이곳에 딸린 아대륙을 찾기 위해 수백 킬로미터에 달하는 바다 쪽 지역을 면밀하게 둘러보았다.

링월드 규모의 단위에 익숙해지려면 대체 얼마나 걸릴까?

더 나은 전망을 확보하려면 저 생태 건축물의 지붕으로 올라가는 것이 좋을 듯했다. 하지만 그곳까지는 걸어서 도달할 만한 거리가 아니었다.

프로서피나는 정원의 가장자리에 멈춰 서서 하인들에게 필요한 명령들을 내렸다. 외계인들은 볼 수 없는 지점이었다. 그녀가 외계인들의 방해를 받아서는 안 된다고 판단한 때문이었다. 하지만 그녀는 외계인들이 오랫동안 버려진 건물이었던 페널티머트의 거주지에 들어가지 못하게 막지 않았다.

하누만이 멀리서 높이 솟아오른 나무에 앉아 뭔가를 먹으면서 그녀를 지켜보고 있었다. 프로서피나는 그에게 내려오라는 손짓을 보냈다.

"넌 누구를 위해 일하지?"

긴팔원숭이는 음악적인 어조로 대답한 다음, 공용어로 번역해 주었다.

"음률가요. 그는 야행인 종족의 변종 가운데 하나였죠. 하지만 그의 비밀은 알려 줄 수 없어요."

"왜 ARM에게 네 정체를 숨기고 있지? 나도 그렇게 해 줘야 할 이유가 있나?”

“사흘 전에 ARM 우주선 한 척이 폭발했어요. 그 폭발은 이 세상의 바닥에 구멍을 뚫어 놨죠. 그런 일은 우리 모두를 파괴하고 말 거예요.”

하누만은 그 일이 일어난 곳의 위치를 빠르고 분명하게 묘사해 주었다.

“음률가가 그곳을 수리했…….”

“어떻게?”

“그건 비밀이에요. 하지만 그가 쓴 방법에는 한계가 있어요. 그런 일이 또다시 일어난다면 모든 게 끝나고 말 거예요. 당신과 음률가와 나는 그 문제에 관한 한 같은 입장이에요. ARM의 우주선들을 우리 세상에 접근하지 못하도록 막는 것만이 유일한 희망이죠. 크진인과도 거리를 둬야 해요. 퍼페티어들은 우릴 믿을 만한 하수인으로 써먹기 위해 지배하려 들 거예요. 그들은 링월드를 거주가 가능한 정도 이상으로 안전하게 만들고 싶어 하죠. 아웃사이더의 경우는…… 그들이 원하는 게 뭔지 누가 알겠어요? 그 외에도 여러 분파들이 있어요. 록새니에게 물어보거나 ARM 우주선의 자료실을 검색해 보세요. 저 침입자들 중 누구에게든 정보를 주는 건 저들 모두를 유혹하는 거나 마찬가지예요. 더 많은 걸 알아내려고 이곳으로 몰려오게 만드는 일이죠. 혹시 수호자에 대해 알려 준다면 정신을 못 차릴 만큼 두려워하게 될지도 모르지만, 값어치 있는 정보로 보상해 준다면…….”

“그 부분은 알아들었으니 그만 떠들어라. 이제 루위 타마산에 대해 얘기해 보지. 그는 어떻게 된 건가?"

"당신이 지금껏 검색한 자료는 어떤 거였죠?"

"검색은 너무 거창한 단어군. 난 겨우 '수염상어'호와 '화침'호에 탑재된 자료실을 스치듯 훑어봤을 뿐이다."

"'루이스 우'를 찾아보세요."

"'수염상어'호에 그가 '거짓말쟁이 자식'호를 타고 링월드를 첫 번째로 탐험한 후에 국제연합에 제출한 보고서가 있었다. 나도 그의 정체를 숨겨 줘야 하나?"

"맘대로 하세요. 그는 지금 ARM 여성과 일종의 짝짓기 주도권 싸움 같은 시시한 짓을 하는 중이니까요."

"그렇군. 당분간은 현 상황 그대로 두지."

"여긴 어떤 곳이죠? 내 일행이 위험에 처한 건가요?"

"아니. 하지만 네가 그러고 싶다면 그들을 지켜라. 이곳은 끝에서 두 번째 반항자, 페널티머트의 영역이었다."

프로서피나는 일단 대답한 다음, 다시 질문을 던졌다.

"날 위해 일해 주겠나?"

"아니요."

하누만의 대답은 명확하면서도 주저함이 없었다.

"난 음률가와 얘기하고 싶다. 어떻게 하면 되지?"

"당신이 원하는 걸 나에게 얘기하세요. 그리고 내가 타고 갈 만한 걸 내주세요."

"난 이 세상과 이 세상을 지배했던 자들에 관한 모든 역사를 알고 있다. 그 정보를 음률가와 교환할 의사도 있고. 수리 시설은 링월드의 유일한 비밀이 아니다. 넌 나에 관한 일을 음률가에게 숨길 생각인가?"

"아니요. 음률가는 당신이나 나보다 지적으로 훨씬 더 우월하죠. 하지만 정보가 없이는 아무 행동도 할 수 없어요."

"그는 어디에 있나?"

"아치 저 위쪽으로 얼마쯤 떨어진 곳에 있어요."

"넌 반물질 폭발에 대해 조사하러 왔지. 하지만 ARM 우주선의 포로로 잡혔을 때 너희 탈것을 뒤에 남겨 두었다."

하누만이 반응을 보이지 않자 프로서피나는 그냥 계속했다.

"너에게는 이동 수단이 없다. 내가 갖고 있는 건 자기 부상 우주선 한 척뿐이고, 그런 걸 또 만들려면 며칠은 걸린다. 우리가 행동을 취할 시기가 그만큼 지연된다는 의미지. 시간을 줄일 수는 없겠나?"

"내가 당신을 음률가에게 데려가죠."

프로서피나는 그 제안에 대해 잠시 생각해 보았다.

혼자서 그자에게 가는 길을 찾아낼 수 있을까? 아니면 마침내 내가 죽을 때가 된 걸까?

음률가가 그녀를 죽이기로 마음먹는다면 그런 일이 일어날 수도 있었다.

"우선 이곳의 일들을 안전하게 단속해 둬야 한다. 내일 밤까지 기다려 다오."

루이스는 불행하지 않았다.

그는 오토닥의 집중 치료실에 엎드린 자세로 누워 오랫동안 휴식을 취했다. 그 누구도 그에게 아무것도 바라지 않았다. 변방 전쟁도, 반물질 연료 탱크도, 수호자와의 밀고 당기기도 다른 이들의 문제였다. 그는 꾸벅꾸벅 졸면서 생각을 하다가 잠이 들었고 비몽사몽간에 생각을 하다가 다시 꾸벅꾸벅 졸다가…….

그는 잠이 들었다. 어쩌면 강제로 잠에 취한 것일지도 몰랐다. 하지만 다시 눈을 떴을 때는 키 큰 나무 그늘 아래였다. 그가 들어 있는 ARM의 덩치 큰 오토닥은 더 이상 '개복치' 우주선에 연결되어 있지 않았다. 그리고 프로서피나가 바로 곁에 서서 그를 내려다보고 있었다.

루이스는 그녀가 혼자서 돌아왔다는 사실 때문에 낙담하지 않으려고 애썼다. 하누만이 일행과 함께 있는 게 분명하니 그가 그들을 지켜 줄 터였다.

그녀가 물었다.

"몸은 괜찮은가?"

"거기 판독치들을 확인해 봐라."

"치료되는 중이군. 영양분도 공급되고 있고 뭔가 안정제 성분도 주입되고 있는데……."

그녀는 오토닥의 기록 화면을 톡톡 두들기며 말을 이었다.

"네가 내부손상을 입지 않았다면 이 물질을 주입받을 필요는 없겠지. 그 부분은 아직도 치료 중이다. 이 또 다른 혼합물은 생명의 나무 뿌리에서 추출한 물질인 것 같은데…… 아니면 그와 비슷한 약효를 내도록 합성한 약제거나. 어느 쪽이건 이 기계가 너에게 주입해 주는 건 아니구나."

"뭐라고? 생명의 나무? 그게 어디⋯⋯."

"여기, 이 튜브다."

루이스는 일어나 앉으려 애썼다.

"안 보이는데."

그녀가 허공에 어떤 마크를 그려 보였다. 루이스는 곧바로 알아보았다. 그것은 오백 년이나 된 트레이드마크였다.

"부스터스파이스군."

"양육자의 쇠약해진 신체를 회복시키는 용도의 약물인가? 하지만 너에겐 필요하지 않을 텐데. 넌 노인의 육체를 젊게 만든 상태니까. 이 부스터스파이스라는 건 음률가의 비밀 중 하나인가?"

루이스는 어리둥절해서 잠시 눈을 깜빡였다.

"⋯⋯아니, ARM의 비밀이겠지."

그는 아이 때부터, 부스터스파이스란 돼지풀을 유전공학적으로 조작해서 만들어진 물질이라고 알고 있었다. 하지만 이 순간 충격 같은 깨달음이 찾아왔다. 수명 연장, 장수를 위한 처치가 도입되고 인간의 본질을 영원히 바꿔 놓았다고 정의되는 시점은 이백 년 전, 외계인의 램스쿠프 우주선이 태양계에 도달한 직후였다. 딱 들어맞는 얘기 아닌가.

"넌 지금 아이를 가질 수 있는 상태구나. 냄새로 알 수 있다. 록새니가 사람을 불임으로 만드는 주사에 대해 얘기해 줬지."

루이스는 저도 모르게 미소 지었다. 성별이 없는 수호자는 그런 부분을 대체 어떻게 이해하고 있을까?

"난 폴라 체렌코프라는 이름의 여자를 따라다닌 적이 있다. 그녀가 아이들을 원한다는 것도 알고 있었지. 그 전부터 내게는 가끔씩 인간의 우주를 벗어나곤 하는 습관이 있었고 언젠가는 인간의 우주로 뭔가를 몰래 들여올 거라고 생각했다. 하지만 그때까지는 아직 그러지 못했지. 그래서 난 일단 징크스로 떠났다. 어떤 세계는 인구 폭발 문제에 관한 한 평지인처럼 생각하지. 또 어떤 세계는 거주 가능한 영토 자체가 넓지 않다. 징크스는 다르다. 그들은 공간이 필요하면 거주 가능한 생태 환경을 확장시키는 것으로 해결하니까. 난 거기서 수정관을 다시 연결하는 처치를 받았다. 하지만 결국 폴라는 지구를 떠났지. 대가족을 원했기 때문이다. 그로부터 몇 년 후, 난 새로운 지적 종족을 알려진 우주로 데려왔다. 국제연합은 트리녹이라는 그 새로운 종족을 발견했다는 공로로 나에게 출산권을 주고 그들을 위해 첫 번째 대사로 일해 주기를 바랐다. 이미 나에게는 필요 없게 된 그 처치를 위해 의사들이 기다리고 있었지. 네서스가 링월드 탐사를 제안한 게 그 무렵이었고, 난 주저 없이 링월드로 떠났다."

프로서피나가 두 손을 그의 배에 올려놓고 가만히 움직였다. 루이스는 왼쪽 엉덩이 반대쪽을 누르는 압력을 느꼈다.

"오래전에 배에 상처를 입었구나."

"그래."

"흔적은 거의 남아 있지 않아. 하지만 여기, 자리를 벗어난 갈비뼈는 새로 생긴……."

"악!"

한 줌의 호두 같은 손이 마비된 엉덩이 위쪽에서부터 다리를 따라 내려갔다.

"부러진 데가 여섯 군데, 어쩌면 더 될 수도 있겠군. 모두 왼쪽이고. 하지만 동시에 치료되고 있으니 별문제는 없겠지. 나흘이면 걸을 수 있을 테고, 이레면 뛸 수도 있을 거다. 고형식을 시도해 보겠나?"

루이스는 한쪽을 가리켜 보였다.

"저게 좋겠다. 힌슈들이 우리에게 준 열매다."

프로서피나가 멜론 크기의 노란 열매를 깨뜨려 그에게 먹여주었다. 그리고 자신도 먹었다.

루이스는 물었다.

"당신은 누구지?"

"난 가장 오래된 수호자이자 반항자들 중 마지막으로 남은 자이다."

프로서피나는 대답한 다음 되물었다.

"네가 누군지도 말해 봐라. ARM 여성은 모르더군. 그녀는 하누만의 정체에 대해서도 알지 못했다. 그녀는 널 누구라고 생각하고 있지?"

"우린 그녀가 하누만을 길들인 원숭이로 알게 해 뒀다. 그녀는 날 혼자서 좌초된 ARM 요원의 아들인 줄 알지. 우리 비밀을 지켜 줄 수 있나? 록새니는 ARM의 수사관이다. 그자들이 알아서는 안 되는 일들이 있다."

"ARM은 변방 전쟁의 분파들 가운데 하나에 불과……."

"지역군사연합, 지구 소속이고 팔백 년 전부터 국제연합의 경찰 노릇을 하고 있다. 변방 전쟁에는 몇백 척이나 되는 ARM의 우주선들이 투입되었다. 프로서피나, 당신이 아는 건 얼마나 되지? '화침'호의 자료실도 해킹해 봤나?"

"해 봤다. 퍼페티어 문명은 정말이지 굉장했다. 난 그 안에서 정신을 놓을 뻔했지. 게다가 그 최후자라는 퍼페티어는 인간의 문명에 대한 광대한 기록도 보유하고 있었다. 넌 '프로서피나'라는 이름을 알고 있나?"

"플루토*의 아내이자 지옥을 다스리는 귀부인이지. 그리스신화에 나오는 인물을 십육 세기 영어식 발음으로 옮긴 이름이다. 이곳이 너에겐 지옥이란 뜻인가?"

"대체적으로 말하면. 음률가에 대해 얘기해 봐라."

"그건 나중에. 난 당신에 대해 알고 싶다. 당신은 누구지?"

루이스는 그녀가 미소를 지은 듯한 느낌을 받았다.

"네 근육의 움직임이 보여 주는 단서는 읽어 내기가 쉽지 않구나. 등을 대고 누워 있는 데다 엉덩이와 다리는 움직일 수 없고, 몸의 나머지 부분에도 온갖 종류의 튜브와 센서들이 연결되어 있으니 말이다. 하지만 그럼에도 불구하고 무언가 소유권 같은 것이 느껴진다. 네가 음률가를 지배하고 있는 건가?"

루이스는 웃음을 터뜨렸다.

"그는 반대로 생각하고 있을걸. 자기가 날 소유하고 있다고 말

_____

* Pluto. 로마신화에 나오는 명부의 왕. 그리스신화에 나오는 하데스에 해당한다.

이야."

"넌 그 생각에 동의하지 않는군. 하지만 그를 싫어하지도 않아. 어쨌건 할 수만 있다면 자유의 몸이 되려고 할 거고. 루이스, 날 위해 일해 주겠나? ⋯⋯싫다고. 그럼 한동안만 일해 주는 건 어떤가? 나에 대해 더 잘 알게 된다면 가능할까? 난 쉽게 격노하지 않고, 미친 짓을 벌이지도 않고, 과대망상 같은 것도 없다. 네가 흡혈귀를 위해 일한 적이 있긴 하지만, 난 피를 빨지도 않는다. 난 수백만 팔란 동안 수동적인 자세로 살아왔지. 내 종족 모두가 스스로 소진되어 버리는 동안 그저 지켜보기만 했다. 물론 너로서는 나에 대해 제대로 알아내는 게 우선일 거다. 하지만 그것도 시간 여유가 있을 때나 가능한 일이지. 내 이야기는 복잡하다. 난 링월드의 건설을 도왔으니까."

"그런 소리는 전에도 들은 적 있다."

루이스는 미심쩍다는 듯 말했다.

"어떤 허풍쟁이 양육자 따위에게서 말인가? 그들은 엄청나게 다양해졌지. 내 망원경은 대기를 충분히 투과하지 못했다. 난 더 많은 것을 보기 위해 여행할 엄두를 내지 못했고. 하지만 흘러나온 산 종족들을 써서 그 부분을 보완했지. 네가 루이스든 루위든, 난 진짜다. 난 링월드 건설 작업이 끝나기 전에 약속을 깨트렸고, 그로 인해 그 작업은 나 없이 완료되었다. 하지만 난 분명 마지막 남은 링월드의 건설자다. 루이스, 다리를 다시 쓰고 싶나?"

무슨 뜻이지?

프로서피나가 몸을 구부리고 그의 뒤쪽으로 손을 뻗었다. 루이스는 고통이 밀려드는 것을 느꼈다.

"참을 수 있겠나? 네 몸에 어떤 일이 벌어지고 있는지를 직접 느껴 보고 아는 게 좋을 거다."

"꽤나 지독하군."

그가 숨을 헐떡이며 말했다.

"주입되는 약물을 절반 수준으로 맞춰 보지."

고통이 물러가기 시작했다.

"화학적 균형도 좀 변경하겠다."

이제 고통은 흐릿해졌다.

"배설을 해 보겠나? 오토닥에는 배설을 뒤처리해 줄 설비가 되어 있다."

"혼자 할 수 있게 해 다오."

"그러지."

그녀가 몸을 돌렸다.

"이따가 돌아오면, 링월드인들에 대해 얘기해 주겠나? 네가 만나 본 사람들에 대해, 그들은 어떤 사람들이었는지 말이다. 내겐 그들에 대해 알 권리가 있다. 내 아이들이 그들의 조상이 되었을 테니까."

루이스는 침묵을 지킬까 생각해 보았다. 하지만 그건 그의 본성이 아니었다. 게다가 수호자에게 뭔가를 숨길 수 있을 리도 없었다. 그는 프로서피나가 자신에게 ARM의 자백 약을 투여하고 있는 건 아닐지 궁금했다.

하지만 흡혈귀 둥지에 대한 이야기라면 비밀로 지켜야 할 일도 아니었다.

그냥 기막히게 재밌는 얘깃거리지.

양육자들——즉, 링월드의 인류형 종족들——은 흡혈박쥐들이 점유한 곳을 제외하면 생태계의 온갖 틈새를 파고들어 진화해 왔다. 루이스는 하나의 세계 규모에 해당하는 지역에서 기후를 바꿔 놓은 적이 있었다. 그의 의도는 링월드에 유익한 것——어떤 위험한 식물군을 없애기 위해 환경을 훼손해야 했다——이었지만, 그 후 몇 년에 걸쳐 흡혈귀들이 그 일로 인해 생겨난 영구적 구름층 아래로 옮겨 와 산업 구역의 공중 부양 건물 하나를 점유하고 번성하게 되었다.

그 일은 루이스가 직조인 종족과 함께 살았던 곳으로부터 링월드 아치를 돌아 한참이나 떨어진 지역에서 일어났고, 그는 최후자의 거미줄눈 카메라를 통해 그 상황을 지켜보았다. 루이스는 그 일에 대해 프로서피나에게 이야기해 주었다.

직조인 마을 얘기를 하다 보니 그의 회상은 과거로, 과거로 거슬러 올라가게 되었다. 공중 부양 건물들이 모여 하나의 도시를 이루고, 그 아래 그림자 농장이 생기고, 그곳에서 수백 종의 버섯들이 자랐던 때. 링월드가 중심으로부터 미끄러져 그 항성을 거의 스칠 지경에 이르렀던 때…….

그의 회상은 계속해서 더 먼 과거로 이어졌다. 루이스는 자신이 어떻게 링월드에 오게 되었는지를 이야기했다. 그가 알고 있는 세계들을 넘어 어딘가, 뭔가 낯선 곳을 탐험하고자 하는 욕망으로 인해 링월드 탐사대의 일원이 되었던 이야기를 들려주었다.

프로서피나는 언제 질문을 해야 하는지, 언제 침묵을 지켜야 하는지를 잘 알았다. 적절한 때, 그의 이야기를 끊고 열매를 먹여 주기도 했다.

"이 기계는 양분이 들어 있는 유동식도 만들 수 있구나. 먹어 보겠나?"

루이스는 먹어 보았다. 그것은 부상당한 군인들을 위한 기본적인 영양식이었다.

"나쁘지 않군."

"넌 고기도 먹는다. 그렇지? 갓 잡은 고기여야 하나? 네가 시험 삼아 먹어 보도록 내일 사냥을 해 오지. 난 너보다는 동물의 사체를 찾아 먹는 쪽에 가까운 것 같다. 넌 어떻게 너희 별들이 있는 곳으로 돌아갈 생각인가? 눈동자 폭풍을 통과해서?"

"그 비슷한 방법이겠지."

루이스는 하르로프릴라라에 대해 이야기해 주었다. 그녀는 자신의 종족이 링월드를 건설했다고 주장했던 도시 건설자 여성이었다.

"그녀는 나와 농담을 하고 있었던 거야. 실상은 그 반대였지. 그녀의 종족이 링월드를 거의 파괴할 뻔했으니까."

"무슨 소린가? 어떻게?"

"그들은 링 벽에서 자세제어 엔진을 떼어 냈어. 그걸로 자신들이 타고 나갈 우주선을 만들었고. 프로서피나, 당신은 왜 그런 일이 벌어지도록 내버려 뒀지?"

프로서피나의 표정은 읽어 낼 수 없었다.

"우린 애초에 자세제어 엔진을 떼어 내기 쉽도록 만들었다. 쉽게 교체할 수 있도록 말이다. 시간이 지나면 그것들도 노후될 거라고 예측했으니까. 그 일도 변방 전쟁의 일부인가?"

"아니다. 그건 훨씬 전의 일이지."

"그 부분은 나중에 다시 이야기하자. 그럼 변방 전쟁이 시작된 건 언제인가?"

"젠장, 나도 몰라. 전쟁의 시발점이 된 우주선들은 최후자보다 먼저, 백 년도 전에 여기 도착했을지도 모른다. 넌 '수염상어'호의 기록 자료를 훔쳐 냈지. 그걸 열어 봤나? 거기서 '화침'호가 링월드에 진입한 당시의 기록을 찾아봐라."

"그렇게 하지."

프로서피나가 몸을 돌렸다.

"내 동료들을 확인해 봐 주겠나?"

루이스가 부탁했다.

"그들은 여기서 안전하다. 하지만 네가 원하는 대로 하지. 이제 자라."

어느새 밤이 되었고 루이스는 내내 이야기를 하느라 목이 쉬었다는 것을 그제야 자각했다. 그는 순순히 잠을 청했다.

루이스가 다시 잠에서 깨어났을 때, 이번에는 플라스틱 시트 위에서 자고 있는 록새니와 웸블레스가 보였다. 루이스는 그들을 방해하지 않았고 한 시간 후에는 그들도 깨어났다. 잔뜩 쌓여 있는 열매들을 찾아낸 그들은 함께 그것들을 나눠 먹었다.

록새니가 그에게 조심스럽게 열매를 먹여 주었다. 어쩌면 그녀는 아이를 키워 본 경험이 있는지도 몰랐다.

어제 하루 루이스가 오토닥의 집중 치료실에 누워 있는 동안 록새니와 웸블레스는 여기저기를 탐험하면서 시간을 보냈다.

"저 팔꿈치 나무들은 타고 오르기 쉬워. 일단 밧줄 비슷한 걸 찾아낸 후에는 어느 정도 안전하기까지 했지. 나무 위에서 보니 전망이 굉장했어. 사방이 평평해서 지평선이건 수평선이건 눈에 보이는 한 곡선이라 할 만한 데가 없더라고. 게다가 난 이걸 가지고 있었는데 말이야."

록새니는 망원경을 들어 보였다.

"루위, 이리로 들어오는 길에 한 줄기 커다란 중앙 산이 있는 걸 봤어?"

"그래, 내륙에 있는 거 말이지."

"그곳에는 꼭대기부터 바닥까지 창들이 나 있었어. 하지만 통유리로 된 창은 몇 개뿐이었지. 나머지는 사방에 반짝이를 뿌려 놔서 빛이 나는 거였어. 난 그 구조물을 생태 건축이라고 부르고 있어. 하지만 규모가 크고, 군부 같은 무장 세력이 지은 건축물이 분명해. 어쩌면 편집증에 시달리는 미치광이가 설계한 걸 수도 있지. 끝 쪽에 서 있는 탑들과 고속도로처럼 쭉 뻗은 복도들도 그렇고, 절묘하게 잡힌 사계射界라든가 널찍한 헬기 착륙장도 그렇고, 총포류를 실제로 보지는 못했지만 그런 걸 설치하기 딱 좋은 지점들도 확인할 수 있었어. 여기서 그런 식으로 설계된 거대한 성채 같은 건물은 그곳이 유일해. 나머지 섬들…… 아, 자꾸 섬이라고 부르게 되네. 대부분이 바다 저 먼 쪽 안개처럼 보이는 무언가 속에 파묻혀 있어서 말이야. 하지만 엄연히 대륙이지. 아무튼, 근처에 있는 건물들은 모두 기본적인 구조에서 크게 벗어나지 않았어. 웸블레스는 그곳이 양육자들을 위한 거주 구역이었을 거라고 생각하더군. 호모하빌리스 말이야. 그들 역시 실제로 보지는 못했는데, 다들 죽어 없어졌을지도 몰라. 루위, 만약 이곳이 어떤 수호자의 집이라면 분명 방어 시설이라든가 연구실이라든가 도서관 같은 게 있을 거야. 그렇지?"

"뭐, 생태 건축이라면서."

루이스의 대꾸에, 록새니가 빙그레 웃음 지었다.

"생태 건축이 무슨 뜻인지 알고는 있는 거야?"

"규모가 큰 건물이지."

"뭐…… 그렇다고 해 두지. 어쨌든, 프로서피나는 그 건물을 사용한 것 같지 않아. 이전 거주자가 남겨 둔 거지. 프로서피나도 자기만의 기지를 갖고 있을 거야. 아마도 더 작은 대륙들이나, 아니면 다른 지도에. 수호자인 그녀가 자기가 작업하는 곳에 우릴 맘대로 돌아다니도록 풀어 뒀을 리는 없으니까. 이곳은…… 루위, 내가 '정원'이라고 했던 거 기억해? 자, 생각해 봐. 지구 전체를 하나의 정원으로 꾸며야 한다면 어떻게 할지 말이야. 지구는 하나의 닫힌 생태계지. 하지만 그 안에서도 변화는 일어나. 그것도 어디로 향하는지 알 수 없는 변화야."

록새니가 그의 눈을 뚫어져라 들여다보았다. 이해를 구하는 시선이었다.

"정원사들은 잡초를 좋아하지 않아. 또…… 사막 같은 불모지가 생기면 뭔가를 하려 들지. 물론 여기서 툰드라 같은 건 염려할 필요 없을 거야. 겨울이란 게 없으니까. 하지만…… 정원사라면 날씨를 제어해야 할 거야."

"날씨는 무질서하고 혼란스러운 거다. 제어할 수 있는 뭔가가 아니지."

"만약 거대한 공기덩어리를 마음대로 다룰 수 있다면 어떨까? 지구를 천 개쯤 더한 규모의 공기덩어리야. 게다가 회전하는 공이나 다름없는 천체 위에 있는 게 아니니까 허리케인 같은 기상현상으로 낭패를 볼 일도 없지. 그런 규모의 공기덩어리는 빠르게 움직이지 않……."

루이스는 웃음을 터트렸다.

"그렇다고 해 두지."

갑자기 침울해진 기색으로 록새니가 말했다.

"우리가 실제로 다른 지도들을 본 건 아니야. 손님들을 위한 배 같은 건 없으니까. 당신 생각은 어때, 루위? 거대한 대륙 하나를 통째로 정원으로 만들었어. 양육자들이 이 정원의 필수적인 통합 요소지. 주변 섬들에는 방어 시설과 망원경과 연구소 등등을 배치했고. 탄광은…… 음, 링월드에 탄광을 만들 수는 없겠군. 그렇지?"

"흘러나온 산에는 광물이 농축된 정도에 따라 층을 이루고 있을지도 모르지. 그게 아니라면 채굴권 같은 건 생각도 말아야 한

다. 유정油#이라도 파려고 들었다가는 스크리스를 칠 테고 결국
은 진공을 만나게 될 테니까."

"프로서피나는 흘러나온 산에 갈 수 있어."

루이스는 어깨를 추썩였다.

"어쨌거나 난 당신이 탐색하러 다니는 걸 도와줄 수 있는 상태
가 아니다. 그러니 조심하라는 말밖에 할 수 없군. 모든 문화권에
는 비슷한 동화가 전해지지. 찾아내서는 안 되는 걸 찾아낸 사람
에 관한 동화 말이다."

"그렇다 해도…… 난 그 건물에 꼭 들어가 보고 싶어."

아침을 먹은 후, 웸블레스와 록새니는 다시 밖으로 나갔다.

한낮이 되자 프로서피나가 돌아와 대뜸 물었다.

"도약 원반이 뭔가?"

"그걸 어디서 찾았지?"

"네가 직접 쓴 보고서에서. 루이스 우가 ARM에 제출한 보고
서 말이다. 넌 충분한 정보를 기록하지 않았더군. 도약 원반을 만
들려면 어떻게 하지? 굴 수호자가 도약 원반을 만들고 있나?"

"먼저 내 질문에 대답해라. 내 동료들은 어떻지?"

"탐험 중이다. 하누만은 혼자서 어디론가 가 버렸고, 웸블레스
와 록새니는 함께 나갔다. 다들 이곳에 대해 알아낸 바는 별로 없
는 것 같더군. 마지막 반항자가 여기서 살다가 죽었다. 나중에 내
가 그의 거주 구역을 취했지. 하지만 그의 궁전은 하나의 거대한
함정이다. 그래서 나도 건드리지 않고 그대로 두었다."

그녀가 거의 자기 몸무게만큼은 돼 보이는 짐승의 사체를 들어 올렸다. 목이 부러져 덜렁거리는 사슴이었다. 커다란 곤충들이 주변에서 윙윙거리고 있었다.

"난 이 동물을 식용으로 삼고 있다. 너도 먹을 수 있나?"

"아마도……."

"열처리를 하면 되겠나?"

"그래. 내장을 깨끗이 제거한 후에. 내가 할까?"

"너도 상체는 움직여 주는 게 좋겠지만 나머지 부분은 아직 안정이 필요하다. 뼈들이 함께 고정돼 있으니 자연스럽게 연결되도록 둬야 한다. 요리는 내가 하지. 방법을 찾을 수 있을 거다."

고기 굽는 냄새가 풍겨 오자 루이스도 배가 고파졌다. 한 시간쯤 지났을까, 프로서피나가 구운 사슴 사체를 가지고 돌아왔다. 그녀는 고기 조각을 찢어 그에게 건네주었다. 루이스는 새삼 음식 시중을 받는 게 즐거운 일이라는 걸 느꼈다.

"하지만 나는 항상 듣는다오. 바로 등 뒤에서 날개 달린 시간의 발걸음이 황급히 다가오는 소리를…….*"

프로서피나가 나직이 읊조리더니 곧바로 고개를 저었다.

"아니다. 자, 더 먹어라. 그보다, 난 저 변방 전쟁이란 게 얼마나 황급한 사안인지 알아야겠다. 음률가가 그 문제를 잘 다루고

---

*원문은 'But at my back I always hear/Time's winged footsteps hurrying near;'로 영국의 시인 앤드루 마블의 〈수줍은 연인에게〉 속 'But at my back I always hear/Time's winged chariot hurrying near;'를 변용한 문장이다. 현재의 상황과는 상관없이 빠르게 흐르는 시간, 상황의 긴박함을 묘사할 때 종종 인용된다.

있나?"

"어느 정도는."

"어느 정도라니? 많은 쪽인가, 적은 쪽인가?"

루이스의 애매한 표정을 보고 그녀가 인상을 찌푸렸다.

"적은 쪽이군. 하누만이 얘기해 줬다. 우주 공간을 향해 구멍을 뚫어 놓은 폭발에 대해서 말이다. 나도 먼 거리에서나마 그 폭발을 봤고 뭔가 행동을 취해야 한다는 걸 알았다. 반물질 폭발이었지. 그 일로 모든 생명체가 죽을 수도 있나? 음률가는 정말로 그런 일을 막아 내고 있는 건가?"

"그래."

"네가 본 건 뭐지?"

루이스는 대답 대신 말을 돌렸다.

"웸블레스와 록새니도 이걸 좀 먹었으면 좋겠는데."

프로서피나가 그의 시선을 붙잡고 노려보았다. 하지만 이내 입을 열었다.

"그들을 데려오지."

그녀는 그의 손이 닿는 곳에 먹음직하게 찢어 낸 고기 조각들을 놓아 주고 밖으로 나갔다.

그들이 돌아왔을 때는 한낮의 빛이 스러져 가고 있었다. 프로서피나가 그들과 함께 바깥에서 요리를 시작했다. 이윽고 루이스는 나무 타는 냄새와 구운 고기 냄새를 맡았다. 록새니가 그에게 가져다준 음식에는 야채류도 포함되어 있었다. 초록빛과 노란빛이 섞인 이파리 식물과 구운 얌*이었다.

프로서피나는 능숙한 요리사가 되어 가고 있었다. 그녀도 일행과 함께 식사를 했는데, 그녀가 먹은 것은 날고기와 익히지 않은 얌이었다.

식사가 끝나자, 프로서피나가 말을 꺼냈다.

"난 너희가 날 신뢰해 주길 바란다."

고대의 수호자는 그들 하나하나와 차례로 시선을 맞추었다. 하누만에 이르러서는 마치 우둔한 짐승을 대하듯 지나쳐 주기도 했다.

"웸블레스, 록새니, 루위, 지금 너희가 알고 있는 사실만으로 날 신뢰한다면 어리석은 짓일 거다."

"그러니까 당신 이야기를 해 봐라."

루이스가 말했다. 프로서피나는 그의 비밀도 하누만의 비밀도 지켜 주고 있었다. 어쩌면 록새니의 비밀까지도 지켜 주고 있을지 몰랐다. 그러니까 그녀를 신뢰할 이유는 없다 해도 그녀의 이야기를 들을 이유는 차고도 넘쳤다.

수호자가 이야기를 시작했다.

"내가 지금부터 하려는 이야기는 모두 은하핵 가까운 곳에서 일어난 일들에 대한 것이다. 당시 우리 세계를 장악하고 있던 이들은 천만에서 억에 이르는 팩 종족의 수호자였다. 그 안에는 나도 포함된다. 하지만 우리의 숫자는 끊임없는 전쟁 속에 극심한

---

* yam, 고구마나 마와 비슷한 뿌리식물.

변화를 보였지. 사백만 팔란쯤 전에…… 난 적지 않은 세월 동안 시간의 흐름을 잊고 살았기 때문에 정확한 시점을 말하기는 어렵다. 어쨌든, 적어도 사백만 팔란 전에 날 포함한 만 명의 수호자들이 수송선 한 척과 몇 대의 전투정찰선을 만들었다. 하지만 팔 년 후에는 그중 육백 명만 남아 우주선을 운용하고 있었지."

머나먼 과거의 기억을 뒤지느라 프로서피나의 말하는 속도가 느려졌다. 공용어는 유연한 언어였지만, 그런 종류의 개념을 담아내기 위해 만들어진 것은 아니었다.

"이 땅은 팩의 세상을 그대로 옮겨 놓은 지도라고 할 수 있다. 이 땅의 곳곳이 어떻게 생겼는지 너희도 봤겠지? 사방에 원들이 보였을 것이다. 폭발로 인한 크레이터들이다. 고대의 것부터 새로 생긴 것까지, 끊임없는 변종의 무기류가 만들어 놓은 흔적들이지. 지도들은 우리가 만들었던 당시와 똑같은 형태를 하고 있지만 그때 이래로 변화도 있었다. 팩의 세상에서 그랬듯이 이곳에서도 우리는 우리 혈통에 이득이 되는 것이라면 무엇이든 그것을 취하기 위해 싸웠다. 루위, 왜? 궁금한 게 있나?"

"아, 이상해서 말이다. 하나의 세계가 계속해서 이어졌다고? 팩의 세계는 은하핵 근처에 있지. 그곳에서는 항성들이 모두 가까이 뭉쳐 있다. 당신은 단 한 번의 도약으로 삼만 광년이나 떨어진 이곳에 왔다고 했는데, 왜 더 가까운 곳에 있는 세계들을 이용하지 않았나?"

"그래, 우리 세계들은 너희 세계들보다 훨씬 가까이 모여 있지. 하지만 여유 공간이 무한하다는 건 탐낼 거리가 무한하다는 의미도 된다. 우린 우주선에 양육자들을 실은 채로는 가까운 세계에 도달할 길이 없다고 판단했다. 수호자란 자신의 양육자들만을 이롭게 하기 위해 싸우는 법이니까. 한 가지 문제를 해결하면 또 다른 문제에 직면하게 되는 거다. 어떤 세계든 양육자들을 정착시키기 위해서는 수천 년에 달하는 기간 동안 새롭게 다듬어 고쳐야 하지. 하지만 그 작업이 끝나기도 전에 적과 다름없는 다른 수호자들에게 빼앗기는 일이 벌어졌다. 그런 식의 상황이 역사를 거쳐 계속되었지. 팩의 세상들은 팩의 이상에 맞게 조형되었지만, 내가 태어나기도 훨씬 전에 이미 전쟁으로 황폐해져 불모지가 되었다. 결국 우린 우리를 둘러싼 상황을 변화시킬 수 없다면 다른 세계를 가질 수도 없다고 본 거다. 그래서 우리, 남은 육백 명의 수호자들이 택한 방법은 이런 것이었다. 첫째로, 가까운 세계들을 포기했다. 다른 분파 수호자들의 우주선이 도달할 수 있는 세계라면 너무 가까운 것으로 간주했지. 우린 또 은하핵의 나선 팔 쪽으로 여행을 떠난 초기의 식민선이 이미 시험해 봤던 경로에 대한 기록을 찾아냈다. 그 식민지는 실패했지만 그 일을 시도했던 수호자들이 표적으로 한 세계에 도달하기까지 위험은 없었다는 사실도 알게 되었다. 둘째로, 우린 스스로를 양육자들로부터 분리해 냈다. 우선 그들의 거주 구역을 실린더 안에 지형을 배치하는 식으로 조성했다. 먹을거리도 그 안에서 자라게 했을 뿐 아니라 물과 공기는 물론이고 쓰레기까지 재활용할 수 있게 했다. 그러니까 닫힌 생태계를 만든 거지. 양육자 거주 구역에서 페로몬이 새어 나와 비행 통제를 복잡하게 만드는 일도 없게 했다. 양육자들은 우리에게 애착을 갖지 않아야 했다. 아니, 우리가 존재한다는 사실 자체를 의식하지 못해야 했지. 따라서 그런 금지 사항을 위반하는 수호자는 누가 됐든 죽어야 했다. 물론 그곳에서도 자연선택은 일어났다. 많은 양육자들이 죽었지. 많은 양육자들이 수호자와 함께하지 못한 채 죽어 갔다."

프로서피나의 눈이 일행의 시선을 붙잡았다.

"지금까지도, 사백만 팔란이란 세월의 진화가 일어난 후에도 너희 '둥근 곳'들에서 사는 자들은 때때로 자신보다 위대한 뭔가와 함께하고 싶은 욕망을 느끼곤 하지 않나?"

"아니."

록새니가 대답했다.

"난 너희 자료실에서 수십 종이나 되는 종교에 관한 기록을 발견했다."

"과거의 기록일 뿐이지. 우린 그보다 성장했다."

록새니가 다시 대꾸했다.

프로서피나는 잠시 그녀를 바라보다가 말했다.

"그렇다고 해 두지. 어쨌든, 많은 양육자들이 우리와 함께하지 못한 채로 죽었다. 하지만 세대가 거듭될수록 그 숫자는 줄어들었다. 한편으로, 많은 수호자들이 자신의 혈통과 접촉해야 한다는 사실을 깨달았지. 직접 그들의 냄새를 맡고 그들을 만져야 한다는 걸 말이다. 결과적으로 많은 수호자들이 양육자들의 거주 구역으로 들어가는 방법을 찾아냈다. 그러다가 잡혀 죽임을 당했고. 먹는 것을 그만두고 죽음을 택한 이들도 있었다. 다시 천 년이 지난 후, 우리 숫자는 절반으로 줄어들었다. 우린 기회가 생길 때마다 양육자들 가운데서 대체자를 뽑아야 했다. 자연선택의 대가를 치른 셈이지. 삼십오만 팔란을 여행한 끝에, 우리 가운데 자신의 혈통을 이은 양육자들의 냄새를 계속해서 맡지 않아도 살아갈 수 있는 종이 나타났다. 그리고 우린 원래 목표로 했던 세계로 향하던 항로에서 벗어났다. 그 식민지가 실패했다는 건 알지만 어떤 식으로 실패했는지는 알 수 없었기 때문이다. 어쩌면 그곳에 남아 자리를 잡은 수호자들과 마주치게 될 수도 있었지. 우리 우주선은 전쟁을 치를 만한 상태가 아니었고……. 왜 그러나, 록새니?"

"그 식민지라는 건 지구를 말하나?"

"그래, 지구다. 너희 세계지. 우린 지구를 우리 것으로 만들 수도 있었다. 하지만 지구에서는 생명의 나무가 제대로 자라지 않았다. 너희 수호자들은 죽음을 맞았지. 그들의 후손들은 여러 갈래로 돌연변이를 겪으며 진화했고. 물론 당시에는 우리도 몰랐던 사실이다. 너희 진화한 양육자들이 우주를 향해 전파를 터트리기 시작했을 때까지는 나 역시 지구 식민지에 대해 아는 게 별로 없었다. 그 후로는……."

프로서피나는 한차례 눈을 감았다 뜨며 말을 이었다.

"결국 우린 이 근처에 도착했다. 그리고 우리가 취할 만한 세계들을 발견했지. 하지만 우리의 포부는 그보다 컸다. 우린 항성을 향해 행성들이 가깝게 모여 있고 거대 가스 행성 하나를 가진 항성계를 선택했다. 행성들로 이루어진 테두리가 멀리까지 확장

되리라고 예상한 거다. 수억 년의 세월이 흐른 후에는 자연스럽게 더 작은 세계들이 계 안으로 끌려 들어올 테니까. 그래서 우리는 이미 깨끗하게 비워져 있는 행성계 하나를 우리가 원하는 대로 변형시키기 위해 찾아냈다. 대부분의 질량이 하나의 천체에 집중되어 있고, 그 질량은 목성의 거의 스무 배에 달하는 곳이었지. 그리고 우리 세계를 건설하기 시작했다. 그러다가 항성에 너무 근접해서 작업하는 것이 어렵다는 사실에 직면하게 되었지만, 항성의 자기장을 이용해서 우리가 작업하고 있는 질량체들, 특히 링를 돌리기 위해 사용되는 핵융합 엔진에 필요한 수소를 가둬 놓을 수 있었다. 광범위한 행성계를 만들어 낼 수 있는 항성들은 군집을 이루기 마련이다. 우리가 여행을 멈춘 곳에는 행성들을 거느린 항성들이 우릴 둘러싸고 있었다. 그중 일부는 팩의 세계와 똑같거나 거의 비슷해 보였지. 우린 그것들 모두를 장차 위험한 적으로 진화할 수 있는 대상으로 보았다. 우린 이 지역의 생태계들을 수집해서 각각의 세계에 해당하는 지도를 만들고 정착시켰다."

프로서피나가 록새니를 바라보았다.

"우린 절대로 지구에 접근하지 않았다, 록새니. 두려웠기 때문이다. 다만 아주 광범위한 영역에 대해 심도 깊은 연구를 했지. 그리고 지구의 지도는 우리 혈통의 양육자들에게 고향이 되었다. 링월드의 내부 표면에 하나의 생태계를 조성하기 위해서는 오만 팔란 정도가 필요했지만, 일단 거기서부터 시작했다. 지구의 지도는 일종의 시험장이었던 거다."

루이스는 저도 모르게 입을 열었다.

"고래…… 대양에 고래들이 있었지. 분명 수호자들 중 누군가 지구에 가 본 적 있는 거야."

"그런 일이 있었다고 해도 내가 고립된 후였을 거다."

프로서피나는 하던 말을 멈추고 웸블레스에게 물었다.

"지금 우리가 하는 이야기를 알아듣고 있나?"

그리고 언어를 바꿔 빠른 속도로 무슨 말인가 한 다음, 다시 공용어로 돌아왔다.

"웸블레스에게는 내가 나중에 성좌의 사진들과 그림들을 보여줄 거다. 너희도 그에게 '둥근 곳'에 대해 얘기해 줘라. 록새니, 우리 세계의 지도들은 감옥이나 마찬가지였다. 우린 우리 중 일부가 우리의 유일한 규칙을 깨트리게 되리라는 걸 알고 있었지. 그래서 서로에게 경고가 되도록 우선 감옥들을 만들었다. 누구든 규칙을 깨는 자는 그가 지배할 하나의 세계와 자기 혈통의 양육자들 모두와 함께 고립되었다. 마치 팩의 고향에서 하나의 세계를 정복한 경우나 마찬가지였지만, 그 대신 나머지 다수에 대해서는 그의 양육자 모두가 인질이 되는 셈이었지. 나도 규칙을 깬 수호자들 중 하나였다."

"왜 그런 짓을?"

록새니의 물음에, 프로서피나가 다시 그녀를 돌아보았다. 프로서피나의 몸짓언어는 견디기 어려운 고통과 씁쓸한 비웃음을 담고 있었다.

"오, 록새니. 우리가 이길 줄 알았으니까! 우리 열한 명은 수리 시설을 장악할 수 있을 거라고 생각했다. 이미 우리의 후손들을 모든 혈통에 걸쳐 뿌려 두었고, 우리의 특질들을 우성으로 유지되도록 골라낸 후였다. 힘의 균형이 변화한다 해도, 심지어 모반자들이 우릴 죽인다 해도, 천 년 동안은 안전하도록 말이다. 우린 어느 날 저녁 그 모두를 계획했고, 할 수 있는 한 빠르게 필요한 자원들을 모았다. 그럼에도 불구하고 조금 늦어 버렸지. 나머지 수호자들은 나를 지도들 중 하나에 가두었다. 아, 이곳이 아니다. 그들은 내 혈통 가운데 백 명을 뽑아다가 짝을 지어 그 땅 곳곳에 분산시켰다. 난 그들이 살아갈 수 있도록 그 땅을 재건해야 했지. 또한 내 양육자들을 이끌어 궁극적으로는 서로 교배가 일어나도록 해 주어야 했다. 그러지 않으면 근친교배가 일어나 멸망하고 말 테니까. 그 모든 일을 하는 동안 시간은 정처 없이 흘러갔다. 난 바깥세상이 어떻게 돌아가는지 알 수 없었다. 그곳의 내 후손들은 점점 늘어 가는 링월드인들 속에서 살아가고 있었지. 그들의 유전자 또한 인질이나 마찬가지였다."

거기까지 말한 프로서피나는 침묵에 빠졌다.

루이스는 잠시 기다리다가 물었다.

"그 기간은 얼마나 되나? 변화가 일어난 이유는 뭐고?"

"몇십만 팔란쯤? 물론 내 추측일 뿐이다. 루위, 웸블레스, 록새니, 너희는 이해 못 하겠나? 우리가 만든 링월드에서, 한 종류의 양육자 집단이 일조에 이르는 수로 증가했다. 어느 시점에선가 그들은 돌연변이로 인해 혼란 상태에 빠졌지. 돌연변이는 수호자에게 아무 쓸모가 없다. 제대로 된 냄새를 풍기지 않으니까.

루위, 넌 수호자들이 자기 일족을 골라내는 걸 멈춘 게 언제인지, 그 이유는 뭔지 물은 셈이다. 하지만 난 바깥세계의 상황을 거의 알지 못했다. 그러니 왜 그런 일이 일어났는지도 알지 못한다. 그런 일이 일어난 시기조차도 그저 짐작만 할 뿐이지. 난 죄수였다. 그렇게 오랜 기간을 우울 상태에 빠져 아무것도 신경 쓰지 못하고 살았다. 하지만 굶주릴 정도로 날 방치해 버린 적은 없었다. 그리고 정신을 차렸을 때, 망원경을 만들었지. 탐사기는 만들 생각도 하지 않았다. 내 영역을 넘어서는 조사는 금지당했으니까. 물론 망원경으로는 가까운 곳밖에 볼 수 없었다. 그래도 아치 위쪽 먼 곳에서 무슨 일이 일어나고 있는지 생각해 볼 수는 있었지. 운석들은 끊임없이 날아들었지만 번번이 파괴되었다. 눈동자 폭풍이 생겨났다가 사라지는 것도 보았다. 어떤 역학이 작용한 것인지 추론해 보기도 했다. 결국 그 모든 현상이 의미하는 바는 수호자들이 여전히 수리 시설을 가동하고 있다는 것이었지. 뭔가, 루위? 또 질문이 있나?"

"아, 우울 상태라고 해서. 방해할 생각은 없었는데 미안……."

"네가 얘기하고 싶어 하는데 내가 어찌 모른 척할 수 있겠나? 말해 봐라."

"그, 우울 상태에 빠졌을 때 말인데…… 그동안에는 눈앞에서 벌어지는 일도 놓치게 되는 건가? 난 링 벽의 자세제어 엔진들에 대해 궁금해하고 있었다. 신의 주먹에 대해서도."

"그건 어디에 있지?"

"먼 대양 근처에. 거대한 운석이 아래쪽에서부터 부딪친 충격

으로 생겨났지. 땅이 위로 솟구쳤기 때문에 많은 것이 누출되지
는 않았다."

"내가 뭔가를 하지는 않았을 거다. 그건 수리 시설에 상주하는
수호자의 일이니까."

"누가 수리 시설을 장악할 것인지를 두고 싸움이 있었지."

록새니와 프로서피나가 루이스를 빤히 쳐다보았다. 이윽고 프
로서피나가 신음하듯 말했다.

"난 무기력 상태에 빠져 있었다."

루이스는 다시 물었다.

"간수 노릇을 한 수호자들이 당신에게 생명의 나무를 줬나?"

"그래, 하지만 중요한 성분을 제거한 채였다. 유전자를 변형시
켜 양육자를 수호자로 만드는 바이러스 말이다. 그 바이러스는
생명의 나무 뿌리 속에만 살지. 난 그걸 제거한 생명의 나무를 여
전히 먹을 수 있다. 아니, 어떤 수호자든 먹을 수 있지만 그걸로
양육자를 변화시키지는 못한다. 루위, 왜 그런 걸 물었지?"

"그냥 생각난 게 있어서."

루이스가 아는 한, 생명의 나무는 오직 수리 시설에서만 자랐
다. 이제 보니 그 외의 장소에서는 다 죽어 없어졌던 것이다.

"수호자를 만드는 바이러스는 쉽게 제거할 수 있나?"

"그렇다."

"하지만 당신은 그걸 더 확보했지?"

"그걸 어떻게 알았지? 맞다. 링월드가 건설되고 사십만 팔란
이 지나는 동안 생명의 나무는 빽빽하게 자라나 멀리까지 퍼졌

다. 난 공기 중에서 그 바이러스를 걸러 냈고 그걸 배양해서 내 영토의 식물들에 주입했다. 그걸로 나중에 하인들을 만들어 낼 수 있었지. 물론 다른 수호자들의 주목을 받을 만큼은 아니었다. 난 하인들을 부려서 필요한 일들을 처리하게 했다. 그러나 그들은 반란을 일으켰고, 난 그들을 죽여야 했다. 다시 하인들을 만들어 보려 했지만 더 이상은 효과가 없었지. 내 식물들에서도 바이러스가 사라져 버린 거다. 어떻게 그런 일이 일어났는지는 알 수 없었다. 공기 중에도 더 이상 바이러스는 존재하지 않았다. 사실, 너희 모두 오늘 밤 생명의 나무를 먹었지.”

록새니가 숨을 헉 들이켰다. 루이스는 꿀꺽 침을 삼켰다.

“얌 같은 맛이 났는데……. 록새니, 난 정말 얌일 거라고 생각했다. 프로서피나, 그 일은 언제 일어난 거지?”

“링월드가 건설되고 백만 팔란 이상이 지난 후였다. 넌 무슨 일이 일어난 건지 알고 있구나, 그렇지? 얘기해 봐라.”

루이스는 고개를 저었다.

“수호자들이 사라졌다는 게 내가 아는 전부다.”

“나도 이제는 이해한다. 종의 분화는 지난 이백만 팔란 동안 극단으로 치달았지. 록새니, 난 너희 종족이 지능과 무모無毛와 수영 능력과 직립 주행을 우성으로 하는 진화의 압력하에 얼마나 큰 방향 전환을 겪었는지 알아볼 수 있다. 망원경으로 흘러나온 산을 계속해서 관찰하던 나는 내가 이 땅의 마지막 수호자라는 사실을 확신하게 된 후에, 용기를 내서 그곳 사람들을 찾아갔다. 놀랍게도 그들은 거의 동일한 조건하에서 양립할 수 없는 종족들로 분화되어 있었지. 난 또 '야행인'들이 만들어 낸 일광 통신망을 도청해 왔다. 죽은 자들을 먹는 종족 말이다. 그들은 지적인 데다 양육자였다! 당시는 상당히 오랜 기간 반쯤 지적인 종족의 수호자가 수리 시설을 지배하던 상황이었지. 난 대체 얼마나 많은 변종들이 생겨났는지 짐작조차 할 수 없었다."

"수천 종이다."

록새니가 대꾸했다.

"하지만 지구의 지도에서는 돌연변이들이 정착하고 경쟁하며 이질적인 형태로 분화해 나갈 여지가 없다. 내 하인들이 내 양육자들을 지구 지도의 팩 종족 사이에 정착시켰으니까. 내 혈통은 거기서 번성할 것이다. 루위, 뭘 숨기고 있는 거냐?"

"무슨 소리지?"

프로서피나가 그를 향해 천천히 다가섰다. 체구가 작은데도 위협적인 기세가 풍겨나는 모습이었다.

"말해 봐라."

오토닥 안에 꼼짝없이 묶인 루이스는 마지못해 대답했다.

"지구의 지도에 내 친구가 하나 있다. 그를 보호해 주고 싶다."

"음률가는 다른 수호자가 지구의 지도에 접근하는 걸 허용하지 않을 거다. 나라도 수리 시설에 상주하는 수호자에게 도전했다가는 살아남지 못한다. 루위, 사실대로 말해라. 네가 숨기고 있는 건 뭐지?"

루이스는 침묵했지만 록새니가 대신 나섰다.

"지구의 지도에 크진인들이 있다. 루위가 직접 해 준 얘기다.

그의 친구인 종자가 거기 출신이지."

"고대의 크진인들이다. 변방 전쟁에 군대를 보낸 자들과는 다르지. 그들은 거대한 배를 만들어 대양을 항해했고, 지구의 지도에 식민지를 건설했다. 그렇게 오래된 일은 아니다."

루이스가 설명했다.

"내가 우울 상태에 빠져 있는 사이에 일어난 일이겠군. 난 수리 시설의 수호자에게 너무 많은 걸 맡겨 두고 있었구나. 알겠다. 내가 직접 크진인에 대해 조사해 보지. 고대와 현대의 크진인, 둘 다. 아마 우리가 어떻게 해 볼 수 있을 거다. 그러자면 내가 음률가와 직접 만나야 한다. 음률가는 어떤 식으로든 일을 해 나가고 있겠지. 오늘 밤 난 갈 데가 있다. 그리고 며칠 동안 자리를 비울지도 모른다. 록새니, 네가 루위를 돌봐야 한다. 루위, 감각이 돌아오게 해 주는 게 좋겠나?"

"해 봐라."

고통이 돌아왔을 때, 루이스는 프로서피나가 나쁜 소식을 전해 준 데 대한 보복을 하는 건 아닌지 궁금해졌다. 하지만 엉덩이부터 발꿈치까지 내달린 통증은 욱신거리는 정도에 그쳤다.

"그럴 기운이 나거든 몸을 조금씩 움직여 봐라. 하지만 조심해야 한다. 오토닥에 붙어 있는 것들은 아무것도 떼지 말고."

프로서피나는 하누만의 머리를 가볍게 두들기며 물었다.

"꼬마 하누만, 나랑 함께 갈 테냐?"

하누만이 잠시 생각해 본 후, 그녀의 팔 안으로 뛰어올랐다. 프로서피나는 나머지 일행을 돌아보았다.

"한 가지 금지 사항만 얘기해 두지. 너희가 갈 수 있는 곳이라면 어디든 가도 좋지만 반회전 방향의 가장 가까운 대륙에서 회전 방향으로 우현에 있는 커다란 건물만은 예외로 하겠다. 난 그건물이 함정이라고 확신한다. 나조차도 감히 그곳에 들어갈 엄두를 내지 못했지. 그 조그만 대륙은 페널티머트가 팩에게 위험한 종들을 모아 둔 곳이다. 늑대와 호랑이, 모기, 가시 돋친 선인장, 독버섯 따위의 유사체들과 우리가 우리 양육자들 사이에 두고 싶지 않다고 판단한 모든 생명체들 말이다. 그것들 대부분은 은하핵을 떠나던 당시에 이미 멸종했지만, 우린 그중 몇 가지를 남겨 뒀지. 우리 양육자들이 온갖 종류의 생태 환경 속에서 어떻게 진화하게 될지 알려면 그런 것들을 풀어 줘야 할 수도 있었으니까."

거기까지 말한 그녀는 몸을 돌렸다. 그리고 마치 유령이 사라지듯 순식간에 조용히 떠났다.

| 합의 |

프로서피나가 조종을 맡겼다!

하누만은 비행을 준비하고 있었다. 조종석부터 몸에 맞지 않아 형태를 조정해야 했다. 프로서피나는 그저 지켜보기만 했다.

앞서 그들은 숲으로 들어가 열매들을 잔뜩 모았다. 프로서피나는 번개처럼 잽싼 동작으로 덤불 속에서 족제비 비슷한 동물을 잡아채 목을 부러트리고 열매들과 함께 우주선에 던져 넣었다. 물도 길어다 실었다. 하누만을 뒤따라 우주선에 오른 프로서피나는 말굽 모양으로 생긴 좌석에 자리를 잡고 임시로 안전망을 만들어 설치하기도 했다.

하누만은 실제로 우주선을 이륙시킬 용기가 날 때까지 얼마간, 둥그런 고리 모양을 이루고 있는 계기판과 제어장치들을 꼼꼼히 살펴보았다. 그것들은 반쯤 무작위로 배치해 놓은 것처럼 보였다. 그동안 비행하면서 얻은 자료를 토대로 필요할 때마다 새로운 장치를 더해 온 듯했다.

이 우주선에 비행기와 같은 점은 전혀 없었다.

프로서피나는 자리에 파묻히듯 편안하게 앉아 그가 우주선을 조종하는 모습을 말없이 지켜보았다. 일단 공중으로 떠오른 우주선은 한쪽으로 확 쏠리며 빙글 돌고는 숲의 뾰족한 나무들 꼭대기에 부딪칠 듯 가라앉았다가 급속히 위로 솟구친 다음, 바람이 일으키는 진동을 뿌리치며 천천히 속도를 늦추었다. 이윽고 평온함을 찾은 우주선이 약간의 속도를 얻어 진공 속으로 진입했다.

이 자기 부상 우주선은 음률가가 만든 여러 종류의 우주선들만큼이나 굉장한 기체였다. 특히 엄청난 내구력이 놀랄 만했는데, 사실상 이 우주선이 받는 힘은 은박지를 찢듯 선체를 갈라 버릴 수도 있는 것이었다. 우주선의 엔진은 링월드의 바닥 자체였고, 동력원은 몇조 세제곱미터에 달하는 차광판들 위로 떨어지는 항성의 빛이었다. 자기력을 띤 선들을 따라 우주선을 움직이는 것은 비행기 조종이라기보다는 오히려 수중 기체를 조종하는 것과 비슷했다.

눈앞에 있는 제어장치들 모두가 비행에 관련된 것은 아니었다. 하누만은 한동안 평온한 비행을 유지하고 나서야 숨겨진 기능들을 시험해 보기 시작했다. 프로서피나는 여전히 그가 링월드 바닥에 묻힌 자기장을 조작해 가며 비행하는 것을 방해하지 않고 지켜보기만 했다. 지표의 토양이 떠오르기도 하고 형태가 바뀔 정도로 파헤쳐지기도 했다. 그가 일으킨 항적으로 인해 흐름이 바뀐 물줄기도 있었다.

하누만은 음률가가 수리 시설의 통제실에 앉아 그런 힘을 조작하는 것을 본 적이 있었다. 지금 하누만이 조종하고 있는 우주선은 단순한 우주선이 아니었다. 링월드 전체의 방어 시스템이나 마찬가지인 것이다. 자기 부상 우주선의 조작에 따라 링월드 바닥에 깔린 초전도체 격자들이 금속으로 된 것은 무엇이건 ─링월드의 계 안으로 들어오는 유성들이나 외계인의 우주선들, 투사체들, 심지어 우연히 발생하는 태양풍이나 치명적으로 쏟아지는 우주선宇宙線까지도─ 끌어당기거나 밀어내거나 원하는 대로 움직일 수 있었다.

하누만은 어쩌면 그런 식의 방어 작업을 조율해 내기에 충분할 만큼 유능할지도 몰랐다. 음률가가 작업하는 것을 충실하게 지켜봐 왔기 때문이다.

다만, 우주선 아래쪽의 땅이 진공을 덮고 있는 가면이나 다름없다는 사실을 아는 동시에 링월드의 아랫면, 협곡이나 강바닥임을 알려 주는 융기들과 산맥이 그리는 주름들을 직접 눈으로 보는 것은 수호자가 된 지 얼마 되지 않은 하누만의 정신을 파괴할 수도 있는 경험이었다. 그는 아직 이런 일에 익숙할 만큼 성장하지 못했다. 이제야 겨우 자신이 그 모든 것들의 주인이라는 사실을 실감하고 있는 것이다.

나보다 더 위대한 수호자와 함께 있다는 사실을 잊어버린다면 말이지.

프로서피나는 분명 하누만보다 우월했다. 애초에 양육자일 때부터 그녀는 그보다 지적인 존재로서 진화해 왔고, 생명의 나무 바이러스가 효과를 발휘함으로써 더 큰 두뇌를 갖게 되었다. 게다가 경험 또한 훨씬 더 풍부했다.

하지만 음률가는 그녀보다도 더 똑똑해.

프로서피나가 그에게 우주선의 조종을 허용해 준 것은 일종의 뇌물이었다. 하누만은 그 점을 잘 알고 있었다. 자신이 하는 모든 행동이 비밀을 누설한다는 사실 또한 알고 있었다.

내가 우주선 조종에 능숙하다는 것, 하지만 대체 가능한 소모품이라는 것 정도는 알아챘겠지. 내가 어떤 기체를 조종해 봤는지도 알아냈을까? 프로서피나가 본 게 얼마나 되지? 그녀가 이미 알아낸 건?

그녀는 의자에 몸을 묻은 채 그를 지켜보기만 했다.

하누만은 계단처럼 층을 이루는 구름 아래쪽으로 반쯤 드러나고 반쯤 가려져 있는 땅 위를 선회하고 있었다. 구멍은 이미 닫혔지만, 아직 대기가 흘러들지 못해 심지어 이 순간조차도 부분적인 진공 상태가 유지되었다.

그가 말했다.

"이곳을 통해 링월드의 공기가 다 우주 공간으로 빠져나가 버릴 수도 있었어요. 하지만 음률가가 그러지 못하도록 막았죠."

"어떻게?"

"그건 말하면 안 될 거예요."

"음률가에게 그런 방법이 있다는 것만으로 충분하다. 넌 어떻게 여기로 온 거지? 내 감지 장치에 잡힐 만큼 큰 우주선은 보지 못했는데."

"그것도 말하면 안 되겠네요."

"도약 원반을 이용한 거구나. 루이스 우가 ARM을 위해 작성한 보고서에 그것들이 묘사되어 있었지. 이제 ARM 전투정의 잔해가 있는 곳을 보자."

하누만은 음률가의 운석 구멍 마개였지만 지금은 바람 빠진 풍선처럼 보이는 것—물론 프로서피나는 그의 도움이 없었더라도 찾아냈을 것이다—을 스쳐 지나가 ARM 요원들이 세웠던 압력 텐트의 잔해 위쪽에 우주선을 세웠다.

"내려갈까요?"

"그래."

그들은 압력복을 입고 잔해 속으로 걸어 들어갔다. 하누만은 프로서피나의 질문에 대답하지 않을 이유를 찾을 수 없었다. 그녀의 질문은 그녀의 생각과 목적을 조금이라도 알려 줄 것이다.

물론 내가 그녀에 대해 알아내는 것보다 그녀가 나에 대해 알아내는 게 더 많겠지만…….

그들은 ARM의 육중한 취사 겸용 오토닥을 우주선 격자에 연결한 다음 다시 이륙했다.

전투가 벌어졌던 곳은 누군가 다녀간 듯 더 어지럽혀져 있었다. 프로서피나는 천천히 돌아다니면서 꼼꼼하게 관찰한 후에야 질문을 시작했다. 하누만도 그녀가 본 것을 알아보려고 애썼다. 음파는 탄착점이나 탄흔, 그슬린 자국 따위를 남기지 않았다. 클라우스가 죽은 자리는 이제 개미들로 덮인 피 웅덩이가 되어 있었다. 여기저기 찍힌 커다란 손자국과 발자국 들이 보였다. 사체를 먹는 자들은 피 냄새에 끌려 왔다가 아무것도 찾지 못했으리라. ARM의 착륙선이 이미 클라우스의 시체를 싣고 가 버렸을 테니까.

플라이사이클은 짐칸과 좌석 등받이를 아래로 한 채 뒤집혀 있었다. 플라이사이클과 그 주변에 사체 먹는 자들의 흔적이 눈에 띄었다. 굴들이 그것을 조종해 보려고 했던 게 분명했다. 음률가의 잠금장치가 작동해서 그들의 수고를 헛되이 만든 것이다.

하누만이 말했다.

"음률가는 당신보다 더 똑똑해요. 왜 그가 하는 대로 내버려 두지 않는 거죠? 당신은 이미 오랫동안 지켜보기만 했잖아요."

"난 음률가가 그 일에 충분히 적합하다는 걸 확인해야 한다. 그러니 직접 그와 만나 얘기를 나눠 봐야 하는 거다."

플라이사이클은 두 수호자가 완력으로 움직일 수 없을 만큼 무거웠다. 하누만이 그 아래로 기어 들어갔다. 곧 플라이사이클이 떠오르더니 저절로 똑바로 섰다.

하누만은 홀로그램을 작동시켰다. 루이스가 수신기는 껐지만 발신기는 연결된 채로 둔 게 분명했다. 음률가의 위치를 은폐하기 위해서는 프로서피나가 광속 지연을 알아채지 못하게 해야 했다. 하지만 그로서는 방법을 찾을 수가 없었다. 그래서 그냥 터놓고 얘기했다.

"이제 당신이 직접 음률가와 얘기할 수 있을 거예요. 아직 그는 우릴 볼 수 없어요. 그리고 시간 지연이 삼십 분쯤 걸려요."

"그는 아치의 건너편에 있는 건가? 이런 식으로 대화하는 건 고역이겠군. 어쨌든, 내가 시작하지. 음률가!"

이어서 프로서피나는 하누만이 알려 준 그의 진짜 이름을 울부짖는 듯한 소리로 불렀다.

"넌 링월드의 기본적인 설계를 계속해서 건드려 왔다. 내가 존재한다는 사실 또한 틀림없이 짐작하고 있겠지. 나는……."

단연코 귀에 거슬리는 소리가 뒤따랐다.

"……라고 한다. 격리 구역에 살고 있지. 루이스 우와 네 조종사는 둘 다 안전하다. 루이스 우는 부상을 입었지만 낫는 중이고. 우린 록새니 고디어라는 '둥근 곳' 출신의 ARM 수사관을 잡고 있다. 종자라는 크진인은 실종 상태다. 너와 함께 있을 거라고 짐작한다만. 난 너와 비밀을 교환하고 약속을 맺고 싶다. 내가 제시할 수 있는 건 링월드의 건설과 역사에 관한 상당량의 지식에 더해 록새니 고디어로부터 얻어 낼 수 있는 모든 것이다. 우리 모두 루이스 우가 변방 전쟁이라고 부르는 상황에서 링월드를 보호하기를 바라지. 서두를 필요가 있다. 만약 또 다른 반물질 폭발이 일어난다면 네가 그 구멍을 막을 수 있는지 난 확실히 알고 싶다. 저 외계의 침략자들보다 네가 더 빨리 행동할 수 있다는 걸 확신시켜 다오. 하누만은 유능하고 영리한 것 같다. 하지만 그가 조종하는 탈것보다 별로 나을 게 없지. 내 직계 후손들도……."

프로서피나는 잠시 멈추었다가 말을 이었다.

"난 우선 지구의 지도가 어떤 상태인지 조사해 봐야 한다. 네가 할 수 있는 일들을 말해 봐라. 하누만을 통해서 내 얘기를 전달하지."

하누만이 장황하게 떠들어 대기 시작했다. 프로서피나와 록새니, '수염상어'호, ARM의 요원들, '개복치' 우주선, 링 벽에서 비행했던 것, 팩의 지도가 있는 대륙, 아마도 팩에 의해 유입되었을 이 지역의 식물군, 프로서피나가 별로 숨기려 하지 않았던 그녀의 하인들……. 굴의 언어는 간단명료했음에도 불구하고 그는 오랫동안 이야기를 계속했다.

이윽고 하누만이 말을 멈추었지만, 프로서피나가 그를 강제로 멈추게 한 것은 아니었다. 그는 자신이 알고 있는 모든 비밀을 음률가에게 알려 주었지만, 프로서피나는 그의 입을 막기 위해 그를 죽이려 드는 짓 같은 건 하지 않았다.

그녀가 플라이사이클에서 내려오며 물었다.

"이제 우리에게 주어진 시간을 어떻게 보내지?"

"점심을 먹죠."

"좋아."

그들은 풀밭에 열매들을 펼쳐 놓고 족제비 사체도 곁들였다. 프로서피나가 다시 물었다.

"우리 손님들은 지금 뭘 하고 있을 거라고 생각하나?"

하누만은 조그만 사과를 먹었다. 그리고 '화침'호의 자료실에서 발견한 어떤 내용을 인용해서 대답했다.

"호랑이 없는 골에서는 토끼가 왕이라고 하죠. 그들이 있는 곳에 배를 남겨 뒀나요? 아니면 뭐든 비행체라도? 아니라고요? 그럼 그들은 페널티머트의 궁전에 들어가려 하고 있을 거예요.”

“길이 없을 텐데.”

“당신이라도요?”

“논리적인 추론으로 통로의 지도를 만들어 보긴 했지. 하지만 그에 수반될 위험을 감수할 수 없다고 판단했다. 페널티머트의 발명품이 뭐든 나도 만들어 낼 수 있는 것들일 테니 굳이 위험을 감수할 이유도 없고. 하지만 하누만, 그들은 그저 양육자들에 불과하다.”

“그래도 그들은 길을 찾을 거예요.”

“안녕. 지루하지 않아?”

“그렇군.”

“혼자 뭘 하면서 시간을 보내지?”

“잘못한 일들을 헤아리지.”

루이스는 대답을 하고서야 자신이 방금 또 다른 잘못을 저질렀음을 깨달았다. 젊은이는 기억을 더듬어 헤아릴 만큼 많은 잘못을 저지를 수가 없는 것이다.

……그런가?

루이스는 단언할 수 없었다. 젊음이란 그에게 너무 오래전의 일이었기 때문이다.

“우리 아직 친구라고 할 수 있어?”

“물론이지, 왜 아니겠나?”

록새니는 빈정거리는 기색을 찾으려는 듯 몸을 뒤로 젖히고 그를 뜯어보았다.

"루위, 내가 당신을 쐈던 걸 용서해 줬으면 좋겠어."

"그러지."

"젠장, 참 쉽기도 하네. 당신도 내게 클라우스의 죽음에 대해 용서를 구해야 하는 거 아냐?"

"클라우스가 죽은 건 상당 부분 자기 책임이다."

"당신 친구가 그를 죽였잖아."

"드디어 기회가 왔으니까. 왜 안 그러겠나? 도망치는 건 포로의 의무다. 그 망할 클라우스란 자는 대체 무슨 정신으로 크진인에게 총구를 겨눈 건가?"

"그게 전쟁이지."

"누가 선전포고를 했는데? 록새니, 누가 날 포로로 삼기로 결정했지? 당신은 잠시 둘러보러 가자고 구슬릴 수도 있었다. 그런 식으로 했으면 종자까지 데리고 갈 수 있었을 거다."

"당신이 싫다고 했으면 어쩌라고?"

록새니의 대답에 루이스는 진심으로 궁금해져서 물었다.

"당신, 정신분열증을 갖고 있나?"

"뭐라고? ……지금은 아니야."

ARM은 정신분열증과 편집증을 가진 자들에 의해 운영되었다. 누구나 아는 사실이었다. 실제로 어떤 오토닥이든 정신분열증 환자에게 온정신을 유지하게 해 주는 화학물질을 공급할 수 있었다. 하지만 ARM은 적어도 일정 기간 그런 약물 없이 임무를 수행하게 했다.

루이스가 더 이상 아무 말도 하지 않자, 록새니는 그를 노려보다가 말했다.

"이건 꽤나 개인적인 문제야. 그렇잖아? 난 정신분열증이 아니라는 확진을 받았어. 내가 ARM에 가입한 건 정신분열증을 가졌기 때문이 아니야. 모험을 하고 싶었기 때문이지."

"아."

"필요하다면 언제든 향정신성 약물을 투여받을 수 있었으니까 나도 훈련 기간 동안에는 약물을 이용했지. 하지만 더 이상은 투약하지 않아."

그녀는 대단치 않은 일이라는 듯 어깨를 추썩여 보이고는 물었다.

"산책하고 싶지 않아?"

"앞으로도 이틀은 여기 꼼짝없이 누워 있어야 할 거다."

"당신도 좋아하게 될 거야. 이곳은 그야말로 에덴동산이거든. 해로운 것이라고는 전혀 없지. 신이 거니는 곳이잖아. 그 신이 지금은 잠깐 자리를 비운 상태고."

"자리를 비우고 어디로 갔는지 짐작 가는 바라도 있나?"

"아니. 그보다, 프로서피나는 왜 그 조그만 유인원을 데리고 갔을까? 난 그 녀석이 애완동물인 줄 알았는데, 다시 생각해 보니 어쩌면 녀석의 냄새가 그녀에게는 먼 친척쯤 되는 이의 것으로 느껴졌을 수도 있겠더라고. 당신 생각은 어때?"

"친척은 아니지. 당신이나 나 정도로 다를 테니까."

잠시 침묵이 이어졌지만 록새니가 다시 입을 열었다.

"루위, 우린 연인 사이야?"

루이스는 미소 지었다.

"이런 상황에서?"

"프로서피나가 당신에게 연결된 신경 차단제 투약을 중단시키는 걸 봤어. 많이 아프지 않아?"

"많이는 아니다. 그냥 좀 아릿한 정도지."

그는 록새니가 옷을 벗는 것을 가만히 지켜보았다. 그가 입고 있던 옷은 아직도 '수염상어'호에 남아 있을 것이다. 루이스는 갑자기 무기력함을 느꼈다. 그리고 지금 자신이 싫다고 말하면 그녀가 어떻게 나올지 궁금해졌다.

그녀가 두 손으로 그의 발을 만졌다.

"느껴져?"

"그래."

그녀의 손이 천천히 위로 올라왔다. 마사지처럼 느껴지기도 하고 애무처럼 느껴지기도 하는 손길이었다. 그가 통증으로 인상을 찌푸리자 그녀의 손길이 조금 가벼워졌다. 하지만 흥분은 조금도 가라앉지 않았다. 기린처럼 생긴 힌슈들 사이에 있을 때는 너무 당황스럽기도 했고 지나치게 서두르기도 했을 뿐이다.

록새니가 집중 치료실 위로 올라오자 그는 말했다.

"당신이 체중을 다 실으면 난 목이 터져라 비명을 지를 거다."

"안됐지만 아무도 못 들을 거야, 친구. 내가 웸블레스를 뭐든 타고 날아갈 만한 걸 찾아보라고 보내 버렸으니까. 이제 내가 당신의 흥미를 돋울 수 있는지 한번 볼까? 루위, 당신 몇 살이지?"

"이백하고도⋯⋯."

"진지하게 대답해 봐."

그녀가 친밀감 어린 동작으로 그를 꽉 붙잡았다.

"가끔씩 당신은 나이 든 사람처럼 느껴지거든. 당신이 알 리가 없는 것들을 알고 있더라."

그녀가 그의 몸을 타고 올라 천천히 움직이자 그녀의 젖꼭지가 그의 가슴을 부드럽게 쓸었다.

"대양에 고래가 있다는 걸 어떻게 알았지?"

"내 아버지가 얘기해 줬지. 충분히 높은 고지로 올라가면 그렇게 거대한 규모의 수중 생태계는 어느 정도 볼 수 있다."

"아하."

"록새니, 당신은 날 아이 대하듯 해 왔지. 난 그러는 게 좋은지 잘 모르겠다. 사실 그러지 않는 게 좋은지도 모르겠고. 하지만 봐라, 지금만큼은 확실히 당신이 주도권을 쥐고 있지 않나."

"물론 그렇지. 자, 그럼 내가 얼마나 활력이 넘치는지 볼까."

그녀는 확실히 능숙하게 두 사람의 몸을 조율해 갔다.

"루위, 난 쉰 살이 넘었어. 그리고 이 오토닥은 당분간 내 부스터스파이스 공급처가 돼 줄 수 있지."

"어⋯⋯ 너무 심하게 움직이지 마라. 계속 그렇게 움직이다가는 날 짜부라트리고 말 거다."

그녀가 웃음을 터트렸다. 루이스는 그녀의 강인한 복부 근육이 떨리는 걸 몸으로 느낄 수 있었다.

"록새니, 당신은⋯⋯ 부스터스파이스가 생명의 나무로⋯⋯ 만들어졌다는 걸 알고 있나?"

"뭐라고? 아니야! 그런 얘길 어디서 들었지?"

"프로서피나가 말해 줬다. 그게 어떤 의미인지…… 생각해 봐라. 만약 국제연합이…… 오백 년도 전부터 생명의 나무를 가지고 장난질을 친 거라면…… 또 다른 어떤 일을 벌였을까? 어쩌면 ARM을 운영하는 건 수호자일지도 모른다."

그녀의 눈이 커졌다.

"그건 못 믿겠는데. 루위, ARM의 최상층부는 모두 편집증과 정신분열증을 가진 자들이야! 그들은 약물을 투여받을 필요조차 없다고. 어떻게……."

"멈추지 마……. 난 그런 얘기가 그냥 소문인 줄 알았는데."

"뭐, 다들 그렇게 말하지. 어쨌건, 그들이 수호자가 자신들을 지배하도록 내버려 뒀을 리는 없어. 그건 지구를 전복시킬지도 모르는 일이잖아!"

"하지만 만약 그들이 수호자 하나를 풀어 줬다면…… 그자가 ARM을 운영하게 됐을 수도 있지. 그 수호자는 편집증과 정신분열증을 가진 자처럼 생각할 테고…… 그럴듯한 얘기 아닌가? 아, 록새니…… 내가 자꾸 당신의 주의를 분산시키고 있군. 그러지 말아야겠다."

"젠장, 절대로 그러지 말아야지. ARM에 대해 생각하는 건 전혀 재미없는 일이라고. 자, 이렇게…… 느낌이 좋아?"

"……좋다."

"당신은 간지럼을 잘 타지 않나?"

"전에는 탔지만…… 지금은 아니다."

"전혀?"

루이스는 키득거리며 웃었다.

"그래, 전혀."

그가 간지럼 반사를 제어하게 된 것은 오래전의 일이었다.

잘못 생각했군.

홀로그램 속 음률가의 모습은 프로서피나가 상상했던 것과 딱 들어맞았다. 길게 늘어난 턱, 수염이 없는 얼굴, 옹이가 진 듯한 턱관절, 납작한 코, 날카로운 광대뼈, 어디로 보나 굴이 수호자로 변한 모습이었다.

음률가는 굴의 언어로 이야기했다. 프로서피나는 잠시 동안만 혼란스러웠을 뿐이다. 일광 신호는 링월드 전역에서 공통언어라 할 수 있었다. 그녀는 굴의 문자언어와 흘러나온 산 근처에서 통용되는 형태의 음성언어도 이미 알고 있었다. 또한 하누만이 홀로그램을 통해 음률가와 이야기를 주고받는 동안 주의 깊게 귀를 기울였다. 결국 문제는 발음의 차이일 뿐이었다.

— 잡식성 '초원인'인가요? 난 오랫동안 당신에 관해 궁금해했어요. 당신 종족은 지구의 지도에서 살아남았죠. 하지만 이전과 똑같은 자들은 존재하지 않…….

프로서피나가 비탄 어린 음조로 길게 울부짖었다. 하누만은 저도 모르게 근처의 나무를 타고 꼭대기까지 올라가 부푼 듯이 무성한 이파리 속에 몸을 숨겼다. 잠시 마음을 가다듬은 그는 아래쪽을 내려다보았다. 프로서피나는 여전히 홀로그램을 마주하고 있었고, 음률가의 말도 계속되고 있었다.

— 그곳의 원주민 육식자들은 이주된 크진인으로, 인류형 종족 가운데 자기네 입맛에 맞도록 그런 특질을 가진 자들을 선택해 왔어요. 예외가 있다면, 소위 첫 번째 링월드 탐사대라는 무리의 일원이었던 외계인이죠. 크미라는 크진인이에요. 그는 그 지도의 한 영역을 자기 것으로 만들고 그 안에 사는 인류형 종족들을 돌보고 있어요. 그들을 자유롭게 살도록 둘 뿐 아니라 그들의 고기를 먹지도 않고, 자기 하인들이 그들을 해치는 것도 허용하지 않죠. 어쩌면 크미에게 지구의 지도를 내주는 걸로 당신 문제의 대부분을 쉽게 해결할 수 있을지도 모르겠네요. 그를 상대하는 건 그의 아들이나 그의 동료 루이스 우를 통하면 될 테고요.

음률가는 잠시 뭔가를 생각하다가 말을 이었다.

— 변방 전쟁은 더욱 어려운 문제예요. 나도 우리가 만나야 한다고 생각해요. 당신은 수리 시설 전체를 둘러봐야 하고 난 당신을 내가 볼 수 없는 곳에 내버려 둘 수 없으니까요. 당신에 대해 알게 된 바에 근거해서 난 당신이 행동을 취하지 않는 것을 배웠다고 믿게 됐어요. 그런 정도의 자기통제력을 가진 자는 당신 종족에서는 드물죠. 난 당신과 함께 있어도 안전하리라고 믿어요. 당신도 내가 당신의 안전을 보장해 줄 거라고 확신할 수 있어야겠죠? 나에 대해 당신이 아는 바가 그런 보장이 될 수 있을 거예요. 내 종족은 지적인 양육자로 진화했어요. 그중 몇몇 분파는 시체를 먹는 자들로 살아남았고요. 우린 통상적으로 어떤 종족에게든 해가 되는 건 나쁜 것으로 보죠. 다

른 인류형 종족들이 잘 살아가는 곳에서는 우리도 잘 살아갈 수 있어요. 전쟁은 우리에게도 좋지 않아요. 전투라는 공급과잉 상태에는 기근이 뒤따르기 마련이니까요. 가뭄도 좋지 않죠. 그래서 우린 원주민들에게 물길을 알려 주고 수로를 파서 관리하는 법도 가르쳐 줘요. 불모지의 원주민들이 이주하도록 이끌어 주기도 하고요. 우린 홍수를 통제하고 농사짓는 법을 가르치기도 해요. 원주민들의 종교는 존중하지만, 지하드*라든가 인신 공양, 화장 같은 난잡한 종교의식은 하지 못하게 유도하죠. 우린 링 벽 쪽에 사는 사람들이 관리하는 일광 신호를 계속해서 추적해 왔어요. 그리고 자체적으로 우리 종족의 숫자를 조절하고 있어요. 내가 당신에게 해를 가할 이유를 찾을 수 없다면 그런 일은 일어나지 않을 거예요. 당신이 좋은 의도를 갖고 행동해 주기를 바란다면 나 역시 당신에게 이익이 되도록 행동해야겠죠. 나에 대해 당신이 뭘 할 수 있는지 생각해 보고 날 만나러 올지 말지 결정하세요. 하누만의 플라이사이클과 접속하도록 정비 점검반을 보내죠.

음률가의 얼굴이 사라졌다. 하지만 그의 뒤쪽으로 보이던 광경은 아직 남아 있었다. 성간 우주를 배경으로 그 앞쪽에 뼈대처럼 생긴 검은 구조물이 보였다.

"하누만!"

하누만이 나무를 타고 내려왔다.

프로서피나는 플라이사이클 앞좌석의 팔걸이를 붙잡고 악력

---

* jihad. 이슬람교의 신앙을 전파하거나 방어하기 위하여 벌이는 이교도와의 투쟁을 이르는 말. 성년 남자 이슬람교도는 이슬람법에 따라 의무적으로 참가해야 한다.

으로 구부러트렸다. 그녀가 분노 어린 어조로 말했다.

"내 후손들이 덩치 큰 오렌지색 육식동물들에게 잡아먹히고 있다."

"지난밤 이전에 이미 알고 있던 사실 아닌가요?"

"링월드의 대부분이 내 통제를 벗어났고 나에게 금지된 곳이라는 사실은 알고 있었지. 물론 이건 내가 상상했던 최악의 경우보다 훨씬 덜한 상황이다. 하지만 하누만, 머리로 아는 것과 가슴으로 느끼는 건 다르구나. ……그보다, '정비 점검반'이 뭐지?"

"여러 겹의 부상식 받침대 꼭대기에 도약 원반을 부착한 거죠. 내가 도약 원반 연결망을 통해 당신을 음률가에게 데려갈 수 있어요."

"우선 손님들을 돌봐 줘야지. 넌 플라이사이클을 타라. 자기부상 우주선은 내가 조종하지. 집으로 가자. 할 일이 있다."

저녁 무렵이었다.

"이건 리샤스라 같지 않군. 차이가 느껴지지 않던가?"

루이스가 물었다.

"그 부분에 있어서는 당신이 나보다 더 경험이 풍부하겠지, 친구. 당신이 말한 대로라면 말이야. 저녁은 어떻게 할까?"

"당신이 사냥해 올 수 있겠지."

"난 게으름을 피우고 싶은데."

"이 오토닥도 먹을거리를 만들 수 있지 않나?"

록새니가 기계를 살펴보았다.

"수프 정도야."

"먹지."

그녀는 두 사람 몫으로 눈금을 맞추었다.

"루위, 어떻게 하면 그 건물에 들어갈 수 있을까?"

"난 아직 그곳을 보지도 못했다. 요즘 내 공상의 주제는 주로 일어나서 걷는 걸 포함하지. 이상한 건물 여기저기를 들쑤시고 다니는 일 같은 건 아니다. 당신 생각은 뭔가?"

"일단 우리에겐 이동 수단이 필요해. 지구에서조차 생태 건축들은 걸어 다니며 둘러보기 어려울 만큼 규모가 크다고. 다음으로는 우리 안전이 걱정스럽지. 수호자들은 영역 의식이 아주 강하다고 들었거든."

"이거 맛이 괜찮군."

록새니도 자기 몫의 수프를 홀짝였다. 알갱이가 느껴지는 진한 수프였다.

"금방 질리겠는데."

"양육자들에 대해 생각해 봐라."

"뭘?"

"수호자로 변하지 않은 팩 양육자들 말이다. 초원에 사는 유인원들. 그들은 영양을 쫓아 달리다가 뼛조각으로 놈의 머리를 후려쳐서 잡을 수 있다. 그러자면 달리다가 넘어져서는 안 되겠지. 균형을 유지하는 일 같은 게 그들의 두뇌를 더 커지고 복잡해지게 만들었을 거다. 하지만 그들은 여전히 나무를 타고 오를 수도 있지. 만약 젠장맞을 그 거대한 건축물에 함정이 설치돼 있다면 수호자는 자기네 양육자들을 따로 둬야 했을 거다."

"그야, 잘은 모르겠지만…… 이를테면 담장 같은 걸로 양육자들이 접근하지 못하게 막아 놓지 않았을까?"

"그럼 담장을 찾아보면 되겠군. 록새니, 설마 혼자 갈 생각은 아니겠지?"

그때, 바깥쪽에서 불빛이 번쩍였다.

"뭐지?"

"플라이사이클의 전조등이다."

록새니가 무슨 일인지 알아보기 위해 밖으로 나갔다. 그녀는 하누만의 손을 잡고 돌아왔다.

"그 수호자가 플라이사이클을 자동조종 모드로 해서 집으로 보냈어."

"새로 생긴 기능이군. 프로서피나가 플라이사이클을 주물럭거린 게 틀림없다. 그녀는 어디 있지?"

록새니는 어깨를 추썩였다.

"이 짐승 말고는 아무도 타고 있지 않던데."

| 페널티머트의 성채 |

네 번째 날, 록새니는 루이스에게 걷자고 말했다.

"아직 하루는 더 지나야 할 거다."

그가 대꾸했다.

"나도 알아. 하지만 오토닥의 판독치를 보면 거의 치료된 상태라고. 아마도 젊음의 혜택이겠지. 루위, 군인들은 싸워야 할 때가 되면 판독치 따위는 무시하고 오토닥 밖으로 튀어나오기 마련이거든. 그런다고 문제가 되지도 않아."

루이스는 유혹을 느꼈다. 하지만······.

"록새니, 서두를 게 뭐 있지?"

"웸블레스가 그러는데, 안으로 들어갈 방법을 찾았대."

"아."

"플라이사이클은 당신이 아니면 움직이지 않잖아. 프로서피나는 어찌어찌 그걸 움직이게 만든 것 같지만, 난 못한다고. 그녀가 아직 돌아오지 않은 지금이…….”

“하누만은 어디 있나?”

“숲 어딘가에서 열매나 실컷 먹고 있겠지. 왜?”

“우리가 그를 돌봐 줘야지.”

“아니, 그럴 필요 없어. 루위, 난 프로서피나가 뭘 하고 있는지 몰라. 하지만 젠장, 그 여자가 영원히 나가 있진 않을 거라고!”

결국 루이스는 집중 치료실에서 벗어났다. 그리고 록새니의 근육질 어깨를 한 손으로 짚은 채 절뚝거리며 밖으로 나갔다. 웸블레스가 플라이사이클 옆에 서서 기다리고 있었다. 루이스는 왼쪽 다리와 엉덩이와 갈비뼈를 타고 흐르는 조금 날카로운 통증을 느꼈다.

“여기 세 사람이 탈 수 있을까?”

록새니가 플라이사이클을 보며 물었다.

“물론. 웸블레스가 가운데 끼여 몸을 세우고 앉으면 될 거다. 내가 앞자리에 앉지.”

루이스는 일단 좌석에 앉은 다음 조심스럽게 몸을 움직여 고통이 가장 덜 느껴지도록 자세를 잡았다. 록새니는 뒷좌석에 탔다. 마지막으로 웸블레스가 그와 록새니 사이로 기어 올라왔다. 좌석이 비좁게 꽉 차서 링월드 원주민의 거친 털이 루이스의 목덜미와 귀를 쓸었다.

“웸블레스, 당신이 찾아낸 게 뭐지?”

루이스가 묻자, 주름투성이 원주민이 대답했다.

“요새로 들어가는 통로다.”

"그렇군. 가면서 방향을 알려 다오."

루이스는 플라이사이클을 이륙시켰다.

그곳의 전경에는 대칭적인 균형감이 없었다. 아니면 그 자체가 의식적으로 예술성을 가미한 형태인지도 몰랐다. 하나의 산—수천 개의 유리창에서 산란된 빛으로 덮인 데다, 마치 마터호른*처럼 사방의 경사진 평면이 어두운 색조의 바위들로 이루어진—처럼 보이기도 했다. 산의 기저부를 둘러싼 드넓은 초원은 수직 절벽으로 마감되었다. 그 초원은 경사진 평원으로 금빛과 검은빛을 띠고 있었다. 금빛의 들판 위로 검은빛의 풀들이 선과 호를 그리고 있는 것이다.

루이스가 누구에게랄 것도 없이 질문을 던졌다.

"저게 뭐 같나?"

"검은색은 식물이 말라 죽어 뿌리만 남은 거다."

웸블레스가 대꾸했다.

"검은색이 살아 있는 식물에 합당하지 않은 색이라고 단언할 수는 없어. 엽록소는 보통 초록빛을 뿜어내지. 하지만 만약 식물이 엽록소를 다 쓸 수 있다면 어떨까? 알려진 우주에도 그런 종류의 식물이 조금 있어."**

---

* Matterhorn. 스위스와 이탈리아의 국경에 있는 페나인 알프스 산맥의 한 봉우리. 높이 4,478미터로 험하고 오르기가 힘든 것으로 유명하다.
** 엽록소는 대표적인 광합성 색소로 탄소, 수소, 질소, 마그네슘으로 구성된 화합물이다. a, b, c, d 등 여러 종류가 있으며, a는 청록색, b는 황록색, c는 황적색, d는 홍색을 띤다.

록새니가 말했다.

"그렇겠지. 하지만 웸블레스의 말도 맞다. 저건 마치…… 일부가 지워지기도 하고 전체적으로는 침식된 글씨처럼 보이는군. 음, 이렇게 생각해 보면 어떤가? 유전공학의 산물이라고. 페널티머트가 그런 식물들을 장식용으로 심은 거지. 다만 산울타리든 밀이든 뭐든 그런 것들만큼 강인하지 않았던 거다."

높은 고도에서 보니 그 절벽은 정말로 인공적인 지형 같았다. 루이스는 플라이사이클을 절벽 가까이로 조종해 간 다음 가장자리를 따라 스치듯 날았다.

"이거라면 초원에 사는 유인원들의 접근을 막을 수 있겠어. 하지만 플라이사이클은 안 되지."

록새니의 말에, 루이스는 되물었다.

"그래, 운이 좋은 것 같나? 수호자들이란 원래……."

"영역 의식이 강하지, 맞아. 웸블레스, 다 와 가나?"

록새니가 그의 말을 자르며 링월드 원주민에게 물었다.

"좀 더 천천히. 위쪽으로 가라."

루이스는 웸블레스의 말대로 플라이사이클을 몰아갔다.

"여기다."

그들이 절벽의 가장자리를 따라 날고 있을 때 웸블레스가 말했다.

"왼쪽으로 가라. 아, 조금만 우현 쪽으로."

경사진 초원 지대는 그렇게 규모가 크지만 않았다면 잔디밭으로 보일 수도 있었을 것이다. 그 넓은 지대는 끊임없이 형태가 변하고 있었다.

바람 때문인가?

루이스는 록새니에게 망원경을 빌렸다. 망원경을 통해서 보니, 수천은 될 듯한 그 생명체들은 노란색의 양 떼 같았다.

전방에 무너져 내린 바위 장벽이 나타났다. 그 위쪽의 토양도 뒤따라 쏟아진 듯한 광경이었다.

"지진이 일어났던 건가? 웸블레스, 링월드에서 지진을 일으킬 만한 게 뭐가 있지?"

루이스의 질문에 웸블레스는 어깨만 추썩여 보였다.

록새니가 대답처럼 되물었다.

"운석이 떨어졌던 걸까?"

"크레이터가 안 보이는데."

"그럼 이건 어때? 여기 어떤 수호자의 성채가 있어. 만약 다른 수호자들이 안으로 들어가고 싶어 했다면?"

"그렇다고 해도 아주 오래전의 일이겠지."

몇 종의 변종 풀들과 꼭대기가 부푼 모양의 나무숲으로 이루어진 하나의 생태계가 무너져 내린 바위와 흙을 서서히 침범해 온 것이다.

루이스는 말했다.

"하지만 저 흔적은 새로 생긴 거다."

지나치게 자란 나무숲 아래쪽으로 불에 그슬린 듯 보이는 크레이터들이 시작되었다. 전에는 장벽이었지만 지금은 경사로처럼 변한 부분이었다. 불규칙하게 흩어진 점들은 금방 씹어서 뚝

뚝 끊어 놓은 선들처럼 변하고, 탄화된 지면은 잔디처럼 보였던 초원을 가로질러 위쪽으로 솟아오르다가 성채의 곡선을 이루는 장벽 안으로 이어졌다.

"방어에 대해서는 우리가 틀리지 않았군. 뭔가가 저 경사로를 기어올랐고, 그들을 향해 무기류가 탄을 완전히 다 소모할 때가지 발사된 거다. 웸블레스, 여길 어떻게 발견한 거지?"

루이스가 물었다.

"록새니가 여길 둘러보라고 보냈다. 저 경사로는 위험해 보였지. 뭔가가 저 모든 손상을 일으켜 놨으니까. 난 좀 더 좋은 전망을 찾아서 나무 위로 올라갔다. 봐라, 저 흔적을 끝까지 따라가면 벽에 난 구멍들로 이어진다."

웸블레스의 대답에 록새니가 뒤를 이었다.

"저 길을 따라가면 우린 안전할 거야. 함정은 이미 다 발동된 후일 테니까."

"확신하나? 좋아, 그럼 음파 보호막은 안 켜지."

"이 탈것에 뭔가 보호막이 장치되어 있다고? 그럼 당연히 켜야지!"

"냉소적으로 얘기한 거다. 저기 들어가는 건 미친 짓이니까. 록새니, 저곳은 수호자의 성채다. 어떤 수작을 부려 놨을지 누가 알겠나? 그자…… 프로서피나가 뭐라고 불렀지?"

"페널티머트, '끝에서 두 번째'라는 뜻이라고 했어. 이 바다 지역의 수호자였다고. 하지만 루위, 저 안에는 백만 년간의 기적이라 할 만한 뭔가가 있을 거야. 이제 와서 돌아설 순 없어."

싸울 수도 없고 도망칠 수도 없을 때 겁쟁이가 되는 건 쉬운 일이다. 루이스는 뒤를 돌아보았다. 동지를 찾으려는 것이었다. 하지만 웸블레스도 록새니만큼이나 몸이 달아 당장이라도 앞으로 뛰어나가고 싶은 기색이었다.

루이스는 음파 중첩의 스위치를 켰다. 물론 활성화된 상태를 육안으로 확인할 수는 없었다. 이 순간 음속에 가깝게 움직이는 것은 어디에도 없었기 때문이다.

동물의 그림자인 듯 보이는 것들이 풀숲 아래쪽에 숨어 노란색 양 떼를 둘러싸고 선회하고 있었다. 이제 그들은 미친 듯이 으르렁거리며 똑바로 플라이사이클을 향해 줄지어 달려오기 시작했다. 대형 늑대처럼 생긴 동물이었다. 이 지점까지 도달한 호모 하빌리스가 있었다면 확실히 그 짐승들에게 저지당했을 것이다.

루이스는 그들 위를 지나쳐 크레이터가 수놓인 풀숲을 가로지른 다음 계속해서 그 길을 따라갔다.

수호자로서 예측이 가능했던 그 오랜 세월을 보낸 끝에 프로서피나는 놀라움이 이어지는 순간들을 경험하고 있었다. 자신의 본거지로 돌아온 그녀는 자기 부상 우주선을 착륙시켰고 다시 한 번 놀랐다.

플라이사이클이 사라졌다.

손님들도 보이지 않았다.

잠시 후 그녀는 과일 나무들 사이에서 하누만을 찾아냈다. 하누만도 플라이사이클이 사라졌다는 사실은 모르고 있었지만, 그들이 어디로 갔을지에 대해서는 프로서피나와 같은 생각이었다. 그들은 자기 부상 우주선으로 달려가 페널티머트의 성채를 향해 출발했다.

루이스는 파괴의 흔적으로 뒤덮인 길을 따라 플라이사이클을 조종해 갔다. 이윽고 그들은 페널티머트가 설치한 방어 장치가 두꺼운 바위 벽을 깨부수고 유리창들만 남겨 놓은 곳에 이르렀다. 유리창은 성인 남성 크기의 육각형으로, 손상되지 않은 채 원래 자리에 붙어 있거나 바닥을 나뒹굴고 있었다. 암석보다 경도가 높은 모양이었다.

다이아몬드인가?

루이스는 어디선가 기계적인 감지기가 자신들을 지켜보는 것을 느낄 수 있었다. 그 순간, 플라이사이클이 항해 중인 요트가 지나갈 만한 크기로 벌어진 틈을 통과했고 소리가 그들을 덮쳤다. 거의 백만 명의 성난 목소리가 해독할 수 없는 언어로 한꺼번에 고함치는 듯한 소리였다. 음파 중첩 보호막에 가로막혀 뭉개진 상태였음에도 그 정도였다.

눈부신 빛 또한 그들을 향해 번쩍이며 쏟아졌다. 루이스는 벗는 것을 잊고 있었던 망원경 덕분에 조도가 누그러들어 시각적 충격을 덜 받은 편이었다. 하지만 그의 뒷자리에 앉은 웸블레스와 록새니는 둘 다 눈에서 줄줄 눈물을 흘리며 머리를 수그리고 있었다.

루이스는 가장 가까운 엄폐물을 찾았다. 두 번째 벽에 나 있는 구멍으로, 무언가에 녹아내린 형태였다. 보호막을 친 상태로 통과하기에는 구멍이 작아 보였기에 루이스는 음파 중첩을 해제했다. 일시에 끔찍한 소리가 덮쳐왔지만 플라이사이클로 구멍을 통과한 다음, 재빨리 음파 중첩을 도로 켰다.

성난 고함이 서서히 물러가고, 눈부신 빛 또한 사그라져 갔다.

그들은 폭이 이십 미터쯤 되고 천장은 훨씬 높은 회랑에 떠 있었다. 사방에 뒤죽박죽으로 널린 기계들이 보였다. 일부는 어떤 종류의 기계를 만들던 중이었던 듯 긴 뼈대만 연결되어 있었다. 그보다 훨씬 많은 기계들이 절반쯤 완성된 상태였다. 그곳은 음률가나 브람의 작업실과 비슷했다. 다만 훨씬 더 혼잡하고, 비좁게 느껴질 만큼 꽉 차 있었다.

"이곳을 지나갔던 게 뭐든 간에 수호자의 방어 장치들을 다 깨부쉈기를 바랄 뿐이야."

록새니가 아직도 두 눈을 문지르며 말했다. 웸블레스는 괜찮아 보였다. 하지만…….

"이 냄새는 뭐야! 서커스장 같아!"

록새니의 말이 딱 맞았다. 하지만 서커스를 봤을 리가 없는 '루위 타마산'으로서는 맞장구를 칠 수 없기에 루이스는 가만히 있었다.

"아까 그, 먹잇감을 몰아가듯 떼로 우릴 쫓아오던 금빛 털의 육식동물 냄새가 여기까지 나는 건가? 이해가 안 된다."

웸블레스가 말했다.

플라이사이클의 음파 중첩이 일부를 밀어내고 있음에도 불구하고 충분히 끔찍한 냄새가 맡아졌다. 루이스도 그제야 입을 열었다.

"팩 세계에서 가져온 표범 같은 걸지도 모른다. 어쨌거나 놈들이라면 양육자들을 확실히 쫓아 버리겠군. 게다가 그 빛과 소리까지 더해지면. 난 이 냄새가 수호자에게는 어떻게 느껴지는지가 더 궁금하다. 씻지 않은 무리의 악취 같은 이 냄새는 수백만에 이르는, 다른 수호자의 아이들에게서 나는 냄새일 수도 있다. 어쩌면 천 명의 성난 수호자들이 이런 냄새를 뿜어낼지도 모르지. 어쨌든 바로 그거다. 이 냄새도 다른 수호자들에게 보내는 일종의 경고인 거다."

록새니가 동의하듯 말했다.

"우리에게 보내는 경고이기도 하겠군. 이제 그⋯⋯."

그때, 웸블레스가 플라이사이클에서 뛰어내렸다. 그는 일 미터쯤 떨어져 내려 무릎을 구부린 채 착지했다. 그리고 그대로 달려가 기계들과 그 부품들 사이를 요리조리 지났다. 뚝뚝 끊어진 선처럼 녹아 있는 바닥을 따라가던 그가 플라이사이클을 돌아보더니 그들을 향해 행복한 얼굴로 손을 흔들었다.

"⋯⋯만 돌아갈 때라고 말할 생각이었는데."

록새니의 말이 이어졌다.

"웸블레스를 따라가 보지. 루위, 그가 움직인 길을 그대로 따라가. 지름길 같은 건 따로 생각하지 말고. 내 생각엔 그가 옳은 것 같아. 뭔가에 맞아 격추될 만큼 높이 날아서는 안 돼. 너무 바짝 붙어서 따라가지도 말고."

"그러지. 저 불쌍한 친구가 뭔가에 맞아 홀랑 타 버린다 해도 그 자리로 곧장 따라간다면 무슨 소용이겠나."

루이스는 웅얼거리듯 말했다.

웸블레스를 폭발의 상흔들을 따라 곡선으로 이루어진 회랑을 돌아갔지만 그 흔적은 벽을 타고 위쪽으로 이어졌다. 흔적을 계속해서 쫓으려면 더 이상은 걸어갈 수 없었다. 웸블레스는 플라이사이클을 향해 아래로 내려오라는 손짓을 보냈고, 플라이사이클이 내려오자 두 사람 사이의 원래 자리로 기어올랐다. 그가 루이스의 귀 옆으로 손을 내밀어 어딘가를 가리켜 보였다.

"저기다, 저 위쪽."

폭발의 흔적은 웸블레스가 가리킨 지점에서 뭔가를 깨부순 듯한 형태가 되었다. 루이스는 고개를 돌리고 웸블레스를 지나 록새니를 건너다보았다. 그녀는 대꾸 없이 어깨만 추썩였다.

그곳에는 엄폐물 삼을 만한 것이 전혀 없었다. 루이스는 플라이사이클을 곧장 위쪽으로 몰아 그 지점을 지나간 다음, 자유낙하 상태로 돌렸다. 그들이 아래로 향한 직후에 한 줄기 광선—레이저도 아니고 플라스마도 아니었다—이 그들이 지나온 구멍을 향해 발사되었다. 끝까지 따라오는 광선 탓에 루이스는 복잡하게 얽힌 경사로 위로 플라이사이클을 착륙시켰다. 벽이 분노를 내뿜듯 무너졌지만 십 미터 남짓 높은 지점이었던 덕분에 플라이사이클은 아무런 해도 입지 않았다.

그들은 가짜 산의 깊숙한 안쪽에 들어와 있었다. 이 안쪽의 공동은 거인들의 세상에나 있을 법한 대규모 경사로들이 복잡하게 얽혀 깔려 있는 텅 빈 공간이었다. 루이스는 이곳이 전사들을 위한 훈련장으로 조성된 것이 아닐까 짐작했다. 만약 그렇다면, 다른 것들도 마찬가지 용도를 갖고 있을 터였다. 록새니가 추측한 대로, 기적이라 할 만한 놀라운 것들이리라.

한쪽에 자기력이나 중력에 의해 부상하는 조잡한 기계들이 일렬로 공중에 떠 있었다. 다른 쪽에는 빛줄기가 안개 같은 먼지들을 지나쳐 산란되다가 반짝거리며 모여들었다. 덕분에 경사로가 교차하는 지점에 총기류를 비롯해서 뭔지 알 수 없는 장비들이 꾸러미로 묶여 쌓여 있는 것이 보였다. 그것들 모두는 열에 의해 파손된 것 같았다.

루이스는 파괴로 점철된 이 길을 벗어나고 싶은 유혹을 느꼈다. 록새니가 옳았다. 무수한 총기류가 이곳을 조각조각 부숴 놓았다. 하지만…… 그는 여전히 자신을 좇는 듯한 감지기의 시선을 느낄 수 있었다.

그 후에 뭔가가 다녀갔단 뜻일까?

그는 부서진 경사로를 가로질러 어둠이 드리워진 계단참으로 플라이사이클을 조종해 갔다. 죽음의 함정이 또다시 펼쳐지지는 않으리라 생각하는 것은 어리석었지만 록새니의 낙관주의가 그에게도 옮아와 버린 모양이었다.

아니나 다를까, 또 다른 무기류가 발사되어 금속 조각들이 그들을 향해 퍼부어졌다. 하지만 음파 보호막이 그 방향을 바꿔 놓았고, 루이스는 무사히 플라이사이클을 경사로 아래로 몰고 갈 수 있었다. 그는 무너진 벽을 피해 돌아가기 위해 지금껏 따라오던 길을 벗어났다.

순간, 한 줄기 섬광이 번쩍이며 무언가가 폭발했다. 하지만 소리는 거의 들리지 않았다.

웹블레스가 말했다.

"잠깐, 저게 뭐지?"

그 빛은 홀로그램 영화 광고처럼 전쟁 지역을 밝혔다. 마치 촉촉하지만 녹아내릴 만큼은 아닌 팬케이크가 여러 겹으로 쌓인 듯한 형태의 무언가가 그 빛 속에서 폭삭 주저앉았다. 그것은 음률가의 정비 점검반이었다.

그들 위쪽으로 높이 솟은 벽에서 공격용 레이저가 진주처럼 흰빛으로 그것을 적시듯 쏟아졌다. 그들이 다가가는 사이, 레이저의 동력이 소진된 듯 빛이 멈추었다. 하지만 정비 점검반은 흰빛으로 뜨겁게 달아올라 있었다. 단, 꼭대기 부분만은 여전히 검은색이었다. 방금과 같은 공격을 받은 후라면 부상식 받침대들은 더 이상 비행이 불가능한 상태일 터였다. 꼭대기 부분의 도약 원반은······.

그건 나중에 생각해.

"더 이상은 따라갈 흔적이 없군."

루이스는 말했다.

"그래, 난 저게 우리가 지금까지 쫓아온 거라고 생각해. 그리고 짐작하건대, 저건 무장이 돼 있겠지. 저기 아래쪽에······."

록새니가 정비 점검반의 발치 쪽을 가리켜 보였다.

"저게 뭐 같아?"

"녹아 붙은 기계류겠지."

렌즈들이 반짝였다.

"레이저포?"

"무기류와 보호막이 한 덩어리로 묶여 있어. 그리고 저기, 저 탑 위에 뚜껑처럼 그 덩어리가 얹혀 있는데. 저건 공격해 오는 모든 것을 반격해서 파괴해 버리는……."

"모든 것은 아니다, 록새니. 방금 그 마지막 무기에 오히려 파괴당했으니까."

"그리고 그 마지막 무기도 방금, 십 초쯤 전에 완전히 작동을 멈췄잖아! 우릴 해치려 한 모든 것들이 파괴됐다고. 루이스, 웸블레스, 지금 우린 탐색을 계속할 완벽한 기회를 잡은 거야!"

그대로 믿기에는 조금 너무 우연한 행운처럼 보이는데.

"당신은 완전히 작동을 멈췄다고 말했지만, 한바탕 쏟아내고 잠시 정지 상태인 거라면?"

"하고 싶은 말이 뭐야?"

"그만 돌아가자는 거다. 온 길을 그대로 되짚어가는 거지. 물론 돌아가는 길을 꼼꼼히 살펴보면서 모든 걸 사진으로 기록해야 한다. 그렇게 모은 자료들을 연구해 봐야지. 우리 힘으로 풀 수 없는 문제가 있으면 프로서피나에게……."

"루위, 그렇게 해서 우리가 얻을 게 대체 뭐가 있어?"

"안으로 들어갈 다른 길을 찾을 수 있을지도 모르지. 더 나은 생각이라도 있나?"

"내려서 둘러보는 거. 플라이사이클에서 내려 걸어 다니면 우린 양육자들처럼 보일 거야. 아니, 따지고 보면 우린 양육자 맞잖아. 내 생각에, 이곳의 방어 장치들이 걸어 다니는 양육자들을 공격할 거 같진 않아."

"양육자들은 벌거벗고 다니는데. 벌거벗자고?"

"당신은 이미 벌거벗었잖아."

"그래, 당신은 이미 정신분열증을 갖고 있고."

루이스는 플라이사이클을 돌려 오던 길을 향해 출발했다. 마지막 플라스마 광선이 발사되어 벽에 커다란 구멍을 뚫어 놓았다. 하지만 바닥 쪽에서 일어난 일이었기 때문에 그들은 들어올 때보다 안전하게 떠날 수 있었다.

갑자기 웸블레스가 그의 어깨를 잡았다.

"봐라, 식물이다."

그들의 위쪽으로 한참 높은 지점에서 경사로의 가장자리를 넘어 푸른 이파리가 떨어져 내렸다. 정원이 자리한 곳이라고 보기엔 이상한 위치였다.

루이스는 고집스럽게 대꾸했다.

"나가는 길은 이미 안다. 길은 하나뿐이지."

록새니가 그의 팔을 잡으며 달래듯 부드럽게 말했다.

"왜 그래, 루위? 봐, 이 경사로는 자동차 경주를 해도 될 만큼 넓잖아. 그냥 똑바로 올라가자고. 만약 뭔가가 공격해 오면 여기로 다시 내려오면 돼. 그리고 안전한 길로 돌아가는 거야. 그럼 되겠지? 자, 위로 쭉 올라가 봐."

경사로에는 난간 같은 안전장치가 달려 있지 않았다. 하지만 루이스는 그런 얘기를 꺼낼 수 없었다. 록새니가 그를 겁쟁이로 볼 테고, 어째서인지 그건 참을 수 없을 것 같았기 때문이다. 그는 플라이사이클을 곧장 위쪽으로 몰아갔다.

그들을 공격하는 건 아무것도 없었다.

이윽고 초록빛 식물군이 위쪽의 경사로 양쪽으로 쏟아질 듯 드러났다.

"총기류도 작물을 향해 발사되지는 않겠지. 이곳은 페널티머트의 식량 공급처인 거야."

록새니가 말했다.

"무슨 근거로 그렇게 단언하는 거지? 당신이 그걸 어떻게 아나! 확실치 않은 것에 당신은 세 사람의 목숨을 걸고 있는 거다!"

"그게 ARM의 수사관들이 하는 일이니까. 루위, 이건 우리가 프로서피나도 모르는 뭔가를 알아낼 수 있는 마지막 기회야. 그리고 프로서피나는 내 상관이 아니지! 저기로 가, 루위!"

"저 나무숲으로 가자고?"

"그래."

루이스는 플라이사이클의 방향을 돌리기 시작했다.

그때, 무언가가 그들을 포착했다. 음파 중첩이 거대한 종을 때린 듯 울리고 또 울렸다. 루이스는 그 소리를 거슬러 고함을 내지르며 플라이사이클의 상승 엔진을 껐다.

록새니, 당신 생각이 맞아야 할 거야!

플라이사이클이 추락하기 시작했다. 루이스는 공중에서 정신을 잃었다.

성채가 시야에 들어온 순간부터 자기 부상 우주선은 감시당하고 있었다. 프로서피나는 우주선이 반사하는 파장들을 뿜어내도록 조정해서 보호막처럼 전체를 감쌌다. 이윽고 성채 가까이로 다가가자, 무언가가 그들을 훑고 지나갔다. 발사된 탄환 같은 것들이 자기 부상 우주선을 향해 쏟아졌다가 보호막에 의해 죄다 비껴간 것이었다. 다음으로 빛이 폭발하듯 그들을 덮쳤지만 역시 비껴 지나갔다.

하누만은 우주선의 비행을 통제하고 있었다. 프로서피나가 전투를 이어 가는 동안, 그가 할 수 있는 일은 그게 전부였다. 그가 나아갈 길은 의심할 바 없이 분명했다. 하누만은 록새니가 파괴의 흔적이 이어진 길을 따라갔기를 바랐다. 심지어 그렇게 했다 해도 여기서는 다양한 방식으로 죽임을 당할 수 있었다. 그녀와 함께 간 일행 역시 마찬가지였다.

"그들이 살아 있을까요?"

하누만의 물음에, 프로서피나는 대답하지 않았다. 그녀는 역장을 정교하게 조정해 벽의 일부를 날려 버렸다. 그리고 내벽이 나타나자, 같은 방식으로 벽의 일부를 날려 길을 뚫었다. 빛이 번쩍였다가 사라졌다. 하누만은 벌집처럼 생긴 무언가를 보고 있었다. 그를 대신해 프로서피나가 우주선을 안으로 몰아갔다.

강인한 두 팔이 그를 감싸더니 평평한 바닥에 내려놓았다. 루이스는 온몸에서 통증을 느꼈다. 아프지 않은 곳이 없었다.

그는 이런 종류의 통증에 익숙해져 있었다. 하지만 그동안 치유되고 있던 상처들에서 다시 시작된 통증에 더해 턱을 한 방 맞은 듯 얼얼한 감각과 양쪽 귀에서 윙윙 울리는 소리가 느껴졌다. 그는 천천히 눈을 떴다. 록새니가 웸블레스를 들어 플라이사이클의 앞자리로 옮겨 놓으려는 참이었다. 웸블레스의 코와 양쪽 귀에서는 피가 흘러내리고 있었다.

그녀가 소리쳤다.

"루위, 정신이 들어?"

하지만 루이스에게 그녀의 목소리는 희미하게만 들렸다.

"여기, 이것 좀 도와줘."

그녀는 웸블레스를 앞자리에 제대로 내려놓았다. 플라이사이클의 의료 장비에 연결시키려는 모양이었다.

"우린 좌석에 충격 완화 장치가 있었지만 웸블레스는 아니었어. 등이나 목이 부러졌을지도 몰라. 봐, 피를 흘리고 있잖아."

"당신도 마찬가지다."

루이스도 소리쳐 대답했다.

록새니가 그를 돌아보더니 말했다.

"당신도. 조금 전 그 충격은 음파 공격이었나 보군. 젠장, 이 친구 죽었을까?"

루이스는 그녀가 웸블레스를 붙잡아 주는 동안, 의료 장치에 그를 연결시키는 작업을 끝냈다. 판독치들이 깜빡거렸다.

"살아 있다. 하지만 젠장, 온몸에 외상을 입었군. 이 친구 깨어나면 나 같은 느낌일 거다."

"이 장치는 부스터스파이스도 주입하는 거지?"

그녀의 시선이 향한 곳에는 그 오래된 트레이드마크가 찍혀 있었다.

"그래. 웸블레스는 부스터스파이스를 맞아 본 적이 없겠지. 그는 나이가 많은 것 같은데…… 록새니, 여기 들어 있는 부스터스파이스를 그가 다 써 버릴지도 모른다."

"젠장, 그건 내 몫으로 쓸 생각이었는데. 알겠어, 할 수 없지. 루위, 제어판에 손을 올려놔."

"이 상태로는 비행할 수 없다. 먼저 우리가 자리에 앉아야지."

"나도 알아."

록새니는 그의 손을 잡아 조종간과 키패드 위에 올려놓았다. 그대로 이륙 장치를 켠 그녀가 그의 가슴을 거세게 밀쳤다.

루이스는 뒤로 확 떠밀려 날아갔다. 거의 이 미터쯤 허공을 날아 뒤쪽에 있던 바위로 떨어졌다. 통증이 파도처럼 그를 덮쳐왔다. 숨을 쉴 수가 없었다. 그는 플라이사이클이 공중으로 떠올라 멈추는 것을 보았다.

록새니가 뒷좌석에서 몸을 기울이고 그를 내려다보며 말했다.

"당신은 루이스 우지. 당신은 이백오십 년이나 살았어. 처음엔 피어슨의 퍼페티어 밑에서 하인 노릇을 하다가 나중에 주인을 바꿨고, 지금은…… 지금 당신이 누구를 위해 일하고 있는지는 내 입으로 얘기하고 싶지도 않아."

루이스는 고통으로 신음하면서도 몸을 굴려 무릎을 꿇은 다음, 간신히 일어섰다. 하지만 그가 몸을 펴자 플라이사이클은 그의 손이 미치지 않는 곳으로 물러났다. 플라이사이클의 제어판은 그가 아닌 다른 사람의 손에 반응하지 않았어야 했다. 아마도 프로서피나가 안전장치를 해킹해서 자기 마음대로 쓸 수 있도록 수작을 부려 놓았으리라.

하지만 록새니는 어떻게……?

"이게 뭐 하자는 거지?"

"내가 프로서피나에게 사실을 털어놓게 만들었어. 하지만 그 전부터 짐작은 하고 있었지. 루이스 우, 당신이 행동하는 방식에는 말이 안 되는 게 너무 많았으니까. 당신은 날 가지고 놀면서 바보로 만들……."

"아니야, 록새니. 그런 게 아니라…… 난 어린 녀석으로 취급당하는 게 좋았다. 다시 젊어지는 것 같았으니까, 아무것도 책임질 필요가 없었으니까! 록새니, 난……."

루이스 우는 ARM을 피해 도망쳤다. 사실상 지금도 도망자 신세인 것이다. 하지만 그런 얘기를 록새니에게 할 수는 없었다. 그녀가 알 수 없고 알아서도 안 되는 다른 일들도 있었다. 그래서 루이스는 그저 이렇게만 말했다.

"난 당신을 사랑해."

그의 말에 반응하는 대신, 그녀는 여전히 붉은빛으로 뜨겁게 달아올라 있는 기계 덩어리를 가리키며 물었다.

"저게 뭐지?"

"정비 점검반이라고 한다. 부상식 받침대들을 묶어 놓은 거지.

링월드의…… 다른 곳에서 온 거다."

"저기 달린 무기들은 어떻게 된 건데?"

"나도 몰라."

하지만 루이스는 짐작할 수 있었다. 음률가가 이 성채를 탐색하기 위해 정비 점검반들을 보냈던 것이다. 처음에 보낸 것들이 파괴되자 다음번에는 무장을 해서 보냈고, 그것이 여기까지 이르렀으리라.

"그럼 꼭대기에 붙은 은빛 뚜껑은 뭐지?"

록새니의 질문이 이어졌지만 이번에는 대답할 수 없었다.

"저게 퍼페티어의 도약 원반이란 거군, 그렇지? 저건 빛이며 탄환이며, 그 위로 떨어지는 건 뭐든 어딘가 다른 공간으로 보내버리고 있어. 그러니까 여전히 작동하고 있다는 뜻이지. 그리고 여전히 작동하는 이유는……."

"위험해! 록새니, 저게 어디로 연결되는지는 알 수 없다!"

"당신이 늘어놓은 그 온갖 거짓말을 생각하면 내가 당신을 믿을 거 같아! 난 어린애가 아니야."

록새니가 탐색하듯 그를 뜯어보았다.

"난 프로서피나의 말을 믿지 않았어. 힌슈들을 만나고 우리가 몸을 섞었을 때 당신은 나이 든 사람 같지 않았으니까. 그래서 다시 시험해 봤고, 그녀의 말을 확실히 믿게 됐지."

"어떻게 그럴 수가……."

"눈앞에 속임수 선생이 있었잖아."

"록새니……."

"여기서 우린 표적이 되고 있어. 그러니까 내 생각엔 그냥 시험해 보는 게 좋겠군."

플라이사이클이 상승했다가 옆으로 미끄러지듯 움직여 갔다.

정비 점검반의 잔해에서 부상식 받침대들이 흐릿한 붉은빛으로 빛나고 있었다. 꼭대기 부분의 은빛도 마찬가지로 흐릿했다. 록새니는 플라이사이클을 그 위로 몰고 갔고, 그대로 사라졌다.

록새니는 거꾸로 뒤집힌 채 추락하고 있었다. 그녀의 호흡이 길고 소리 없는 비명이 되어 뿜어져 나왔다. 황토색 모래밭을 향해 표면이 매끄럽고 붉은빛의 바위를 따라 수직으로 긴 추락이 이어졌다. 그녀는 발치를 지나는 짙은 푸른색 하늘에 분홍빛이 어리는 것을 보았다.

다음 순간, 플라이사이클이 저절로 바로 세워져 다시 상승하기 시작했다. 하지만 그녀의 비명은 계속되었다. 플라이사이클은 음파 중첩이 꺼진 채 화성의 상공에 떠 있었다. 진공 상태에서는 비명을 질러야 한다. 그러지 않았다가는 폐가 터져 버린다.

화성이군. 말도 안 돼. 내가 제정신이 아닌 거야.

그러나 록새니는 이 장소를 알고 있었다. 그녀가 훈련을 받은 곳이 바로 화성이었기 때문이다. 그녀의 회전 감각은 플라이사이클 위로 솟아오른 듯이 위치한 링월드의 아치를 찾아냈다.

그러니까 내가 완전히 미친 건 아니군.

그곳은 그녀가 원래 있던 지점으로부터 링월드를 반 바퀴 돌아야 도달하는 대양 위에 자리한 화성의 지도였다. 하지만 그렇다면 그녀와 웸블레스는 몇 분 안에 죽을 수도 있었다. 공기가 너무 희박해서 문제가 된다는 점을 차치하고라도 화성의 대기는 유독할 것이기 때문이다.

그녀의 코에서 아직도 흘러나오고 있던 피가 거품을 일으키기 시작했다. 웸블레스의 입은 비명을 내지르던 상태로 열려 있었다. 그가 플라이사이클의 조종간을 부서져라 꽉 틀어쥐었다. 플라이사이클이 은빛 금속판 위로 서서히 떠올랐다. 그 금속판은 그들이 방금 통과해 온 것과 똑같은 도약 원반이었다. 다만 이쪽은 거꾸로 뒤집힌 상태였다.

웸블레스는 손을 뻗어 자신을 플라이사이클의 오토닥에 연결해 주고 있는 탯줄 같은 관을 뽑아냈다. 그리고 주먹으로 도약 원반의 가장자리를 내리쳤다. 도약 원반의 테두리에서 키패드가 튀어나왔다. 그는 계속해서 마구잡이로 키패드의 버튼들을 두들기고 플라이사이클의 조종간을 비틀었다.

플라이사이클이 아래로 뚝 떨어지다가 몸을 뒤채다가 다시 솟구치면서 도약 원반의 아래쪽 표면을 건드렸다. 다음 순간, 그들은 짙은 푸른빛 하늘 아래 공기가 풍부한 어딘가에 나타났다.

록새니는 헐떡이며 공기를 빨아들이고 또 빨아들였다.

"……좋았어."

목이 잠겨 속삭이는 소리로밖에 들리지 않았지만 그녀는 웸블레스를 끌어안으며 말했다.

"잘했어, 웸블레스. 당신이 우릴 구한 거야. 하지만 그 작자들은 우릴 쫓아오겠지. 프로서피나와 루위…… 아니, 루이스 우."

록새니는 웸블레스를 놓아주고 그대로 조용히 앉아 있었다. 한참 만에 그녀가 고개를 들며 말했다.

"당신은 무작정 도약 원반 제어장치를 두들겼어, 그렇지? 여기가 어딘지 궁금하군."

그렇게 앉은 채로도 그녀는 모든 것을 볼 수 있었다. 그들이 있는 곳이 파도조차 일지 않는 잔잔한 바다 한가운데 자리한 조그만 섬이었던 것이다. 낮은 관목 말고 다른 식물은 전혀 자라지 않는 곳이었다. 확실히 도약 원반과 그것을 올려놓은 부상식 받침대들을 배치해 두기에 안전한 장소 같았다.

록새니는 도약 원반의 덮개를 열고 키패드를 두들겼다.

"자, 이제 그들이 우릴 찾아오는지 볼까."

루이스는 비틀거리며 정비 점검반을 향해 다가갔다. 지팡이나 목발 삼을 만한 게 있으면 좋을 것 같았다. 어쨌든 열기가 너무 심하게 전해지는 지점에 이르자 걸음을 멈출 수밖에 없었다. 록새니를 따라가야 했지만 더 이상 가까이 갈 수 없었다. 그는 그대로 주저앉아 생각에 잠겼다.

더 높은 경사로로 올라가 도약 원반으로 뛰어내려? ……퍽도 잘되겠다. 저게 영원히 뜨겁게 달궈진 채로 있지는 않을 거야. ……하지만 접근할 수 있을 만큼 식으려면 상당한 시간이 필요할지도 모르지. 하루? 이틀? ……기다리려면 그동안 뭘 좀 먹을 필요가 있겠어. 조금만 쉬다가 저 공중 정원으로 올라가…….

깜빡거리며 쏟아진 빛에 루이스는 정신이 들었다. 저도 모르게 졸았거나 기절이라도 했던 모양이다. 그는 프로서피나의 우주선이 하강하는 것을 별로 놀라지도 않은 채 바라보았다.

열 군데도 넘는 방향에서 레이저가 그녀의 우주선을 노리고 쏟아졌다. 하지만 '개복치' 우주선이 한차례 번쩍이자 모든 레이저가 폭발해 불덩이가 되어 사라졌다.

이윽고 거대한 '개복치' 우주선이 그의 위쪽으로 내려와 멈추었다. 압력복을 완벽하게 갖춰 입은 하누만이 열린 해치 안쪽에서 나타났다.

루이스는 소리쳤다.

"그들은 저길 통해 가 버렸어. 난 그들을 잡으러 가야 해. 하지만 지금은 너무 뜨거워서…… 잠깐!"

하누만이 우주선에서 뛰어내렸다. 그는 도약 원반 위로 내려 앉았고 그대로 사라졌다.

뭐야, 뭐가 도약 원반을 활성화시킨 거지? 플라스마 열인가? 좀 전의 레이저 중 하나를 맞기라도 했나?

뭐든 그 비슷한 일이 일어난 게 분명했다. 음률가가 작동하는 도약 원반이 달린 정비 점검반을 여기 보낸 데에는 이유가 있었을 것이다.

루이스는 프로서피나가 역시 압력복을 갖춰 입은 채 '개복치' 우주선의 해치에 나타난 것을 보았다. 이번에도 그는 목소리를 높여 외쳤다.

"조심해, 도약 원반이 아직 작동 중이야!"

그녀는 아무 대꾸 없이 도약 원반 위로 뛰어내렸고, 역시 그대로 사라졌다.

'개복치' 우주선은 무작정 주변을 둘러보듯이 천천히 선체를 돌렸다. 하지만 이내 벽에 난 구멍을 향해 상승하더니 구멍을 통과해 사라져 버렸다.

루이스는 자신이 처한 난국이 얼마나 심각한 건지 궁금해졌다. 모두가 그만 남겨 두고 떠나 버렸다. 그는 이처럼 혼자라는 느낌을 절실히 느껴 본 적이…… 너무나 오랜만이라 기억도 나지 않았다.

록새니가 날 버렸어.

루이스는 그녀에게 자신에 대해 설명할 방법을 어떻게 해도 찾을 수가 없었다. 아니, 어쩌면 록새니가 그를 너무 잘 알게 돼버린 것일지도 몰랐다. 다만 루이스는 그녀를 운명이 정해 준 자신의 여자로 생각하고 있었다. 삼백만 개나 되는 방대한 세계들에서 유일한 호모사피엔스 여자가 아니던가.

플라이사이클은 록새니가 가져가 버렸다. '개복치' 우주선은 혼자 집으로 돌아가도록 프로서피나가 비행 모드를 설정해 둔 모양이었다. 따라서 루이스는 걸어가야 했다.

지금 상황에서 걸어가야 한다는 건 불행이기도 하고 다행이기도 했다. 음식을 먹으려면 지랄 맞게 먼 길을 가야 한다는 점에서은 불행이었다. 그 길이 줄곧 내리막이고 배고픔으로 죽지는 않는다 해도. 록새니의 분석을 믿는다면 페널티머트의 방어 장치들이 그를 죽이지 않을 거라는 점에서는 다행이었다. 걷고 있는 그는 호모하빌리스가 돌아다니는 것으로 보일 것이기 때문이다. 게다가 그는 이미 거의 벌거벗은 거나 마찬가지가 아닌가.

하지만 무엇보다 먼저, 물을 찾아야 했다.

저 광대한 초록빛 초원 지대를 감안하면 어딘가에 수원이 있을 게 분명했다. 아니, 그보다 더 가까운 곳에도 물은 있을 터였다. 그의 머리 위쪽으로 그리 멀지 않은 곳에.

루이스는 경사로를 따라 위로 올라가면 나오는 공중 정원을 바라보았다. 그리고 걷기 시작했다. 그를 공격하는 것은 아무것도 없었다. 어쩌면 프로서피나가 페널티머트의 남아 있던 방어 장치들을 완전히 파괴해 버린 것일지도 몰랐다. 걷다가 힘들면 멈춰서 잠시 쉬었다. 하지만 시간이 지날수록 걸음을 멈추는 빈도가 늘어났다. 이제 그는 거의 기다시피 하고 있었다.

지팡이가 있으면 정말 진짜로 좋겠는데……. 공중 정원에 가면 지팡이로 쓸 만한 나뭇가지 따위도 찾을 수 있을 거야. 그럼 프로서피나의 본거지가 있는 곳까지 걸어서 돌아갈 수도 있을 테고. 가자마자 오토닥으로 기어 들어가서 치료를 끝내야지. 다음으로 뭘 할지를 궁리하면서…….

그때, 냄새가 확 끼쳐 왔다.

루이스는 그 냄새를 알고 있었다. 페널티머트의 생명의 나무 공급처를 발견한 것이다!

어질어질한 감각을 느끼는 와중에도 그는 플라이사이클을 이 정원에 착륙시키지 않은 것이 기가 막히게 잘한 일이었다는 생각을 했다. 만약 그랬다면 록새니는 생명의 나무를 먹었을 것이다.

그녀는…… 나이가 너무 많을지도 몰라. 아니지, 수십 년간 부스터스파이스를 맞았다면 그렇지 않을 수도 있어. 어쨌든, 수호자가 됐거나 죽었겠지.

웸블레스도 생명의 나무를 먹었을 것이다. 그 원주민의 흰빛과 검은빛이 섞인 우아한 머리칼은 노화의 증거일 수 있었다.

샘처럼 솟구친 물이 경사로에서 웅덩이를 이루다가 식물들 쪽으로 흘러내리고 있었다. 루이스는 두 손과 두 무릎으로 물길을 헤치며 웅덩이로 들어갔다. 물이 배 어름까지 올라왔다. 그는 중간에 딱 한 번 멈추었는데, 물속에서 밝은 색조의 옷가지가 무릎을 휘감은 것을 알아챘을 때였다.

그것은 홀로그램이 전체적으로 둘러진 여성용 치마로, 야생마들이 와이오밍주의 외딴 언덕 아래를 계속해서 빙글빙글 돌고 있었다. 그 치마가 이곳의 물웅덩이 바닥에 얼마나 오랫동안 그렇게 가라앉아 있었는지를 알려 줄 만한 단서는 어디에도 없었다. 질 좋은 옷은 썩지 않기 마련이었다. 루이스는 틸라가 그런 치마를 가지고 있었던 것을 기억해 냈다. 피닉스의 어떤 상점에서 구입했던 것도 기억났다.

그는 다시 움직이기 시작했다. 정원까지 기다시피 나아간 루이스는 물을 뚝뚝 흘리며 거치적거리는 치마를 치워 버렸다. 나무들이 거기 있었다. 그는 간신히 몸을 가누고 섰다. 그곳에는 생명의 나무만 있는 것이 아니었다. 과실수를 비롯해서 껍질째 먹는 콩류, 주먹 크기의 옥수수…….

그는 무릎을 꿇듯 주저앉아 땅을 파기 시작했다.

이윽고 노란색의 뿌리를 캐낸 루이스는 흙을 대충 털고 한입 깨물었다. 나무를 씹은 듯한 느낌이었다.

이건 두 배로 미친 짓이야.

그는 너무 어렸다. 카를로스 우의 나노 기술이 집약된 오토닥이 그를 너무 어리게 만들어 놓았다. 그가 생명의 나무에 유혹당할 이유는 전혀 없었다. 아니, 생명의 나무를 먹었다가는 죽을 수도 있었다.

루이스는 먹기 시작했다.

| 링월드의 바닥 면 |

　하누만은 도약 원반의 가장자리를 한 손과 한 발로 붙잡았다. 녹빛의 뾰족뾰족한 바위들이 먼 아래쪽에서 그가 떨어져 내리기를 기다리고 있었다. 하지만 수백만 팔란 동안 그의 종족은 추락이라는 상황에 어떻게 대처해야 하는지를 알고 있었다.

　그때, 프로서피나가 도약 원반을 통과해 나타났다. 하누만은 그녀의 허리띠를 붙잡았지만, 사실 그럴 필요도 없었다. 그녀도 이미 도약 원반의 가장자리를 붙잡고 있었던 것이다.

　"함정이군."

　그녀가 말했다. 그러고는 황토색 바위 위로 몸을 끌어 올렸다.

　"조잡한 함정이야. 외계인들의 짓인가?"

　"음률가는 조심성이 많아요. 페널티머트의 본거지에서 뭐가 건너올지 모른다고 염려했겠죠. 프로서피나, 음률가가 우리에게 기다리라고 했잖아요. 정비 점검반을 보내 주겠다고."

"따라와라."

프로서피나는 대답 대신 그렇게 말하고 도약 원반의 가장자리로 몸을 날렸다가 쿵 소리를 내며 그 위로 떨어져 내렸다. 하지만 아무 일도 일어나지 않았다.

"록새니가 연결을 바꿔 버렸구나."

"내가 프로토콜을 알아요."

하누만은 도약 원반의 제어판을 열고 자유로운 손으로 빠르게 키패드를 두들겼다.

"록새니의 연결이 삭제됐네요. 프로서피나, 그 ARM과 원주민이 어디로 갔는지 알고 싶나요?"

"어차피 그녀는 또다시 설정을 바꿀 거다. 도약 원반 연결망에서 사라진 거라고 봐야겠지. 그냥 가자."

하누만은 몸을 날려 도약 원반 위로 올랐고, 그대로 사라졌다.

반구형으로 생긴 인공 하늘 아래 납작하게 생긴 태양이 낮게 걸려 붉게 빛났다. 하누만은 사방으로 뻗어 가는 초원 지대에 둘러싸여 있었다. 멀리 호수와 키 작은 나무숲이 보였다.

프로서피나가 그의 뒤쪽에 나타났다. 그녀는 놀란 듯이 멍한 얼굴로 낮게 걸린 태양을 바라보다가 물었다.

"과거에 행성 출신 수호자가 존재했나?"

"그래요. 자세히는 모르지만요."

"갑자기 몹시 배가 고파지는군."

프로서피나는 나무숲을 향해 천천히 달리기 시작했다.

"수호자들은 자신이 보호할 대상이 너무 적어지면 식욕을 잃게 되는 줄 알았는데요. 당신은 아주 오랫동안 하는 일 없이 보내지 않았던가요?"

하누만이 그녀를 따라 달리며 물었다. 그들은 노란빛 곡물들 사이로 달리고 있었다. 어느 순간부터 하누만이 조금씩 뒤로 처졌다. 그는 전방의 숲을 알아보았다.

양육자 시절에 대한 하누만의 기억은 흐릿했다. 그는 나이를 먹고 내리막길에 접어들어 관절이 쑤시기 시작하는 상태였다. 그의 무리는 침입자를 맞아 싸웠다. 동족 가운데 가장 사나운 남성이었던 하누만은 적에게 너무 가까이 다가가는 바람에 허기를 폭발시키는 그 냄새를 확실히 들이켜고 말았다. 그는 뭔가를 정신없이 먹고 또 먹었고, 그러다가 잠에 빠졌다.

다시 깨어났을 때, 하누만은 지금과 같은 상태였다. 그리고 숲속의 낯선 곳, 투명한 천장 아래 자기만의 궤도를 도는 태양이 걸린 깊은 지하 공간에 있었다. 여전히 자신이 살아온 숲에 있다는 사실은 그로 하여금 제정신을 유지할 수 있게 해 주는 동시에 새롭게 확장된 두뇌를 훈련시키는 수수께끼가 돼 주었다.

숲의 나무들은 과실수였다. 숲 가장자리에는 키 작은 식물들도 자라고 있었다. 링월드의 생명체들은 팩 세계의 생명체들이나 마찬가지였다. 따라서 그것들 모두는 먹을 수 있었다.

이제 프로서피나가 두 손을 어두운색 흙 속에 집어넣고 깊이 묻혀 있던 노란빛 뿌리를 캐냈다. 그것을 자신도 먹고 하누만에게도 건네주었다.

잠시 후 그녀가 물었다.

"음률가는 어디 있지?"

프로서피나가 하누만에게 내준 압력복은 임시변통으로 만든 것이었다. 그에게 잘 맞지도 않을뿐더러 음률가와 통신할 수 있는 장치도 달려 있지 않았다.

하누만이 말했다.

"지금은 나도 그에게 연락할 수 없어요. 하지만 그가 우릴 찾아낼 거예요."

"난 백만 팔란 이상을 한 곳의 지도에 갇혀 살았다. 나의 팩 형제들이 더 이상 링월드를 감독하지 않게 되었을 때도 계속해서 수리 시설의 수호자들을 시험해 왔지. 하지만 수리 시설이 제대로 돌아가고 있는 한 수동적인 자세를 견지했다. 난 최후의 방어선이었으니까. 언젠가 내가 필요한 때가 올 거라고는 생각했다. 어쩌면 지금조차도 그때가 온 것은 아닐지도 모르지만, 우린 진상을 알아야 한다. 아니, 내가 직접 조사해 봐야 한다. 넌 날 어디로 데려갈 수 있나?"

"당신은 우리 항성 가까이로 접근한 외계 우주선들의 규모를 확인하고 싶겠군요, 그렇죠?"

"맞다."

하누만은 도약 원반의 설정을 바꾸었다.

그들은 거대하고 어두운 타원형의 공간에 나타났다.

막힘없이 탁 트인 사방의 벽들과 바닥과 천장에서 광량이 증폭된 별들이 빛나고 있었다. 우주선을 식별하기는 어려웠다. 음률가가 자신이 발견한 우주선들을 모두 똑같이 깜빡거리는 원으로 표시해 놓은 때문이었다. 수천 척의 우주선이 몰려들었다는 사실을 감안하면 그가 놓친 우주선들도 적지 않을 터였다. 수만 개는 될 듯한 깜빡거리는 점들은 탐사기들이었다.

프로서피나는 이리저리 고개를 돌리며 사방을 둘러보았다.

무릎에 올려놓고 사용하는 키패드가 달린 의자들이 세 개의 기다란 회전 기둥 끝에 자리 잡고 있었다. 세 개의 의자 모두 지금은 빈 상태였다.

하누만이 먼저 입을 열었다.

"당신이 원한다면……."

"쉿."

하지만 프로서피나가 그의 말을 막았다. 그녀는 시야에 들어오는 모든 것을 파악하는 중이었다. 도약 원반은 하나밖에 보이지 않았다. 그녀와 하누만이 금방 통과해 온, 그들이 밟고 서 있는 것 하나뿐이었다. 무기류와 카메라 역시 보이지 않았다. 사방에 투사되어 있는 별들에 가려져 그 무엇도 볼 수 없었다.

만약 음률가가 공격을 개시한다면 저 기둥 위쪽에서 나타날 것이고, 하누만도 공격에 합세할 터였다. 프로서피나는 그에 대응할 준비가 돼 있었다. 하지만 그런 추론은 수호자의 본능에 따른 것이었을 뿐이다. 실질적으로 말해, 음률가가 그녀의 목숨을 빼앗고자 한다면 그녀의 목숨은 그의 것이나 다름없었다.

"저 우주선들에 대해 알고 있나?"

그녀가 물었다.

"조금은요."

하누만은 자신이 식별할 수 있는 우주선들을 가리켜 보였다. 퍼페티어, 트리녹, 아웃사이더, 크진, ARM, '발톱 싸개' 행성의 우주선들이었다.

"일부는 그저 정찰만 하는군. 일부는 전쟁을 수행하기 위해 포진해 있고. 하지만 형편없는 포진이다. ARM이 저곳과…… 저곳을 친다면 이기는 싸움이 되겠군."

프로서피나가 투사된 화면을 가리켜 가며 지향 없는 이야기를 이어 갔다.

"이 우주선이나 이 우주선이 파괴된다면 그 잔해가 링월드에 충돌할지도 모른다. 저 꼬리 쪽 설계를 보면 반물질 연료를 싣고 있다는 걸 알 수 있지. 음률가는 저 함대들 모두를 파괴할 생각을 해 본 적이 있나?"

"음률가는 모든 것을 생각하죠."

"그가 대체 어떤 수단을 갖고 있는지 모르겠다. 그는 뭔가를 준비하고 있는 게 분명해! 단순한 운석 방어 장치 이외의 뭔가가 있겠지. 하지만 난 싸우게 될 대상을 정확하게 알지 못하면 아무것도 할 수 없다. 아니면 내가 누구와 함께할 것인지라도 알아야 한다."

"함께한다고요?"

하누만이 되물었다.

"내 생각은 이렇다."

프로서피나는 곡선을 이룬 채 빛나고 있는 벽을 지나 천천히 걸음을 옮겼다. 한 줄기 빛 아래 오래된 수호자의 유골이 그가 사용했던 연장인 듯한 물건들과 함께 누워 있었다. 유골의 관절들은 옹이처럼 부풀었고, 등 쪽의 척추는 녹아 붙은 것처럼 보였다.

"그들은 이미 돌연변이를 일으키기 시작했지. 우리가 돌연변이들을 죽인다는 사실을 알고 있나? 너희도 여전히 그렇게 하고 있나?"

"물론이죠, 잘못된 냄새가 나거나 잘못된 행동을 하는 것들은 죽여요."

"이자는 자기가 한 일에 아주 유능했다. 이자의 뼈 상태를 봐라. 나이에 따른 손상뿐이지. 이자는 수만 팔란을 살아남았던 게 분명하다. 하누만, 우리가 포식자들을 풀어놓아야 하나?"

"아니요."

"하지만 우리 모습을 한 이들이 이제는 우리가 채우지 못했던 생태적 지위까지 점유한 채 살아가고 있다."

프로서피나는 하누만을 뚫어지게 바라보았다. 그녀는 그에게서 나는 돌연변이의 냄새를 그럭저럭 무시할 수 있었다.

"네 말이 무슨 뜻인지 알겠다. 이자와 같은 시체 먹는 자들만이 아니라 너와 같은 긴팔원숭이도 있다는 거로구나. 그래, 당장 중단시킬 수만 있다면 돌연변이와 진화는 유익한 것이지. 다만 반드시 '당장'이어야 한다. 그래야 네 종족은 변하지 않아도 될 테니까."

하누만은 아무 대꾸도 하지 않았다. 그녀가 너무나 명백한 사실을 말하고 있었기 때문이다.

하지만 음률가는 할 말이 있는 모양이었다.

"당신 종족은, 당신네 원래의 팩 종족은 살아남지 못했어요. 대신에 당신의 모습과 거의 비슷한 이들이 몇십조로 불어났죠. 돌연변이와 진화란 그런 거예요, 프로서피나. 당신은 우리 중 일부가 맘에 안 들겠죠? 하지만 언제 당신 이웃들 모두가 마음에 들었던 적이 있기는 한가요?"

그는 프로서피나의 바로 위쪽, 세 개의 기둥들 중 하나의 꼭대기에 서 있었다. 음률가는 지금이라도 그녀를 죽일 수 있었다. 그는 너무나 영리하고 너무나 민첩한 수호자였다.

프로서피나는 대답했다.

"네 말이 틀림없이 맞을 거다. 여기 상황을 내가 제대로 읽어낸 거라면, 가능성만 따져 봐도 우린 십구 팔란 내에 죽을 테니까. 넌 그들을 나보다 오래 연구해 왔지. 네가 음률가로구나."

음률가가 아래로 뛰어내렸다.

"당신은 경외받아 마땅한 우리의 선조, 프로서피나고요. 당신의 손님들은 안전하가요?"

"난 그들의 목숨보다 이 일이 더 급하다고 판단했다. 네가 우리의 기본적인 설계를 제멋대로 주물럭거리고 있었으니까!"

"그랬죠. 하지만 충분히 빠르진 못했어요. 이제 얻을 수 있는 도움은 뭐든 받아야 해요."

"우리 설계에서 네가 바꿔 놓은 부분이 정확히 뭐지? 바꾸려고 생각해 봤던 부분은 또 뭐가 있나?"

음률가는 대답 대신 질문을 돌려주었다.

"변방 전쟁에 당신은 어떻게 대처할 생각인가요?"

"난 일단……. 저 화면을 조작하는 방법을 알려 줄 수 있나?"

프로서피나의 요청에 음률가는 기둥 위 원래의 자리로 돌아가 의자를 타원형의 벽 가까이로 돌렸다. 별들의 전경이 사라지고 벽 전체가 짙은 푸른빛이 되었다. 음률가가 벽에 대고 손을 흔들자 하얀 선들이 나타났다.

프로서피나는 또 다른 의자로 뛰어올라 자리 잡고 앉았다. 그녀 역시 손을 흔들어 몇 개의 형체를 만들어 냈다. 항성과 차광판들과 링월드처럼 보이는 형체였다. 처음에는 흰색의 직선과 곡선으로 이루어졌던 형체들이 차츰 사진으로 찍어 놓은 듯이 실제의 모습으로 변해 갔다.

프로서피나의 두 팔이 연주회 지휘자의 것처럼 움직였다. 항성의 세부적인 모습이 살아나 내부에 묻힌 자기장을 볼 수 있게 되었다. 역장은 짜부라드는 형태로 변화했다. 항성의 남쪽 자기극이 굳어지고 비틀리다가 빛을 뿜어냈다.

"내가 이렇게 했어야 했는지도 모르겠다."

프로서피나가 설명했다.

"링월드를 건설할 때, 우린 토대가 되는 구조물 속에 초전도체 망을 깔기로 했지. 그렇게 하면 자기장을 조종할 수 있으니까."

항성의 남극에서 엑스선 같은 색깔의 화염이 뿜어져 나왔다. 그리고 항성이 링월드를 뒤로 남긴 채 천천히 북쪽으로 움직여 갔다. 중력이 당기는 힘으로 인해 푸른빛의 벽에 희미한 선들이 그어지며 링월드가 항성을 따라 움직이기 시작했다.

"항성을 추진기로 이용하면, 공용어 단위로 환산해서 제곱초 당 몇 미터의 속도까지 낼 수 있었다. 그 외에는……."

유선형의 흐름이 생겨나더니, 항성은 사라지고 링월드만 홀로 움직이게 되었다.

"링월드를 통과하는 성간물질의 유동은 축에서 핵융합이 일어 나도록 조종하는 역할을 할 수 있지. 항성으로부터 분출되는 물 질은 더 많은 연료가 돼 줄 테고, 자기장에 갇힌 핵융합 배기물은 나중에 가서 항성을 대신해 링월드에 빛을 공급해 줄 뿐 아니라 램제트로도 사용될 수 있다. 링월드는 살아남는 거다. 우린 계속 해서 가속할 수 있을 테고."

"단점은 없나요?"

"감속이 불가능하지는 않더라도 어려웠을 거다. 분사가 전방 을 향해 일어나도록 역장을 조정할 수 있어야 하니까. 조수가 바 뀌겠지."

음률가는 그녀의 말이 이어지기를 기다렸다.

"우리가 멈췄을 때 항성은 더 이상 존재하지 않게 됐을 거다."

프로서피나가 어깨를 추썩이자 화면 속의 형체가 일그러졌다.

"어쨌든 상관없다. 결국 그런 일은 시작조차 하지 않았으니까. 가속을 시도하면 항성이 지나치게 뜨거워져 버린다. 그걸 막기 위해 차광판들의 고리를 항성에 거의 붙을 만큼 가깝게 당길 수 는 있지만, 이동하는 중에 혹시라도 그 고리가 뒤로 밀려나거나 앞으로 당겨져 원래의 위치를 벗어나면 링월드 표면이 초토화되어 버리겠지. 최악의 단점은 속도가 느리다는 것이다. 항성 중력의 끌어당기는 힘이 충분치 못했다. 항성의 자기장을 조종해서 링월드를 당기는 힘을 더 강하게 만들 수는 있었지만, 여전히 부족했다. 외계인 침략자들이 쫓아온다면 잡힐 가능성이 높았지. 난 그들을 떨쳐 버릴 방법을 끝내 찾지 못했다."

"원리가 잘못됐던 거예요. 당신들로서는 알 수 없었겠죠. 정보가 부족했을 테니까요. 루이스 우가 카를로스 우의 오토닥에 대해 얘기해 주던가요? 우리가 크진인들에게서 훔쳐 낸 우주선에 대해 알고 있나요?"

"모른다."

"필요하다고 판단되면 그때 가서 내가 자세히 얘기해 주죠. 그보다, 수리 시설을 장악했던 그 악랄한 수호자들이 언제나 부지런히 필요한 일을 해냈던 건 아니에요. 그들은 운석이 충돌하는 것도, 눈동자 폭풍이 생겨나는 것도, 침식이 일어나고 때로는 바다의 바닥 면이 노출되는 것까지도 내버려 뒀어요. 그 어리석은 흡혈귀들은 링월드의 토대가 되는 구조물에 구멍 뚫린 곳이 수천 군데나 되도록 보고만 있었죠. 당신과 당신의 동맹자들, 당신의 하인들 모두가 그렇게 구멍이 뚫린 곳을 찾고 그곳에 가루를 뿌리는 일을 도와주세요. 내가 지금 내 종족들과 하고 있는 일이죠. 링월드 전역에 걸쳐 공동체를 이루고 있는 굴 종족 모두가 돕고 있지만 아직 내가 원하는 정도에는 도달하지 못했어요. 일의 진척 속도가 너무 느리군요."

"가루를 뿌린다고? 그게 뭐지? 그게 무슨 일을 하나?"

"당신이 알아야 할 건⋯⋯."

"내 스스로 판단해야 한다!"

"프로서피나, 난 동등한 파트너를 원하지 않아요. 그 가루는 저절로 스크리스를 관통해서 퍼져 나갈 거예요. 하지만 일단 스크리스에 직접 접촉해야 하죠. 어떻게 하면 더 많은 가루를 링월드 바닥 면과 접촉하게 할 수 있을까요?"

"흘러나온 산에 내 하인들이 있다. 평지에서는 쓸모없는 자들이지. 질식당해 죽고 말 테니까. 하지만 네가 그들에게 그 가루란 걸 전달해 줄 수 있다면 그들이 링 벽에 있는 흘러나온 산을 따라 가루를 뿌려 줄 거다. 그들은 기구를 타고 봉우리에서 봉우리로 이동해 다니니까."

"좋아요. 내가 관리하는 흘러나온 산 사람 수호자들도 그렇게 하고 있죠. 더 이상은 없나요?"

"수중인들도 있다. 그들도 이용할 수 있을 거다. 우리 일을 완수하려면 해저를 순환하는 쇄관 설비에도 접촉해야 할 테지. 바닷속 침전물⋯⋯."

"플럽 말이군요."

"그래, 플럽. 우리도 그 말을 사용한다. 플럽은 해저에 축적되지. 우리가 관리해 주지 않으면 그것들은 거기 머물러 있게 된다. 몇천 년이 지나면 링월드 전역의 표층토가 바다 밑으로 사라져 버리는 거다. 그래서 우린 쇄관들로 연결된 순환 시스템을 설계해서 스크리스 바닥 속에 묻었지. 그 쇄관들은 링 벽을 따라 위로 솟아오르고, 그곳을 통과한 플럽이 가장자리를 넘어가 쌓임으로써 흘러나온 산이 된다. 궁극적으로 쇄관 설비들은 토양을 다시 채워 주는 역할을 하는 거다. 네 그 가루를 해저의 쇄관 설비 속으로 집어넣을 수 있다면 거기서부터 스크리스 전체로 퍼져 갈 수 있지 않겠나?"

"가능해요."

"시간은 얼마나 걸리지?"

"지금 당장 시작한다면 이 팔란도 걸리지 않을 거예요."

| 각성 |

루이스는 먹고 또 먹었다. 그리고 숨었다.

그는 식물들 사이로 기어 들어갔고, 무성한 식물군을 뚫고 길을 내며 점점 더 깊숙한 안쪽으로 들어갔다. 그렇게 숨어 바닥에 배를 붙이고 엎드린 채 지내면서, 노란 뿌리를 캐내기 위해서만 그늘 밖으로 손을 뻗곤 했다.

공중 정원은 지나치게 노출되어 있었다. 그 점에 대해서는 루이스도 어쩔 수 없었다. 어쨌건 그는 음식의 공급처를 떠날 수 없었다. 지구에서든 링월드에서든, 모든 인류형 종족은 적어도 이 한 가지 특질만큼은 반드시 고수해야 했다. 수호자로 변화 중인 양육자는 다른 수호자들에게 발각되지 않도록 숨어야 한다는 것을 본능적으로 알고 있었다.

그림자가 졌다 사라지고 빛이 쏟아졌다 물러갔다.

하루 또 하루가 깜빡이듯 스쳐 지나갔다.

하지만 아무것도, 어느 누구도 그를 찾고 있는 것 같지 않았다. 루이스는 어떻게 이럴 수 있는지 궁금했다.

멋대로 돌아다니는 수호자는 주의를 기울여야 할 문제가 되기 마련이었다. 그렇다면 그가 이렇게 방치되고 있는 건 지금 링월드의 수호자들에게 다른 중요한 문제가 있다는 의미가 된다. 수호자들 모두가 평상시의 치명적인 주도권 다툼도 무시하고 변방 전쟁에 사로잡혀 있는 것이다. 상황이 나쁜 것이 분명했다. 그도 도와야 할 터였다.

신체가 변화하는 동안 정신도 쉴 틈은 없었다.

난 스물몇 살밖에 되지 않았을 텐데, 생명의 나무가 영향을 미치기에 충분한 나이가 아닐 텐데, 왜 이걸 계속 먹고 있는 거지?

그에 대한 대답은 명백했지만, 그 대답의 의미는 심각했다.

오토닥은 그의 신체에서 젊음의 징후들이 나타나게 했지만, 실제로는 청년으로 만들지 않았다는 것이다.

대체 왜?

음률가는 카를로스 우의 나노 기술 집약체인 오토닥을 열고 환자를 해부하듯 펼쳐 놓은 채 그 속에 담긴 수수께끼를 풀기 위해 연구를 거듭했다. 그런 다음, 루이스를 오토닥에 집어넣고 그의 치료에 필요한 기간보다 훨씬 더 오래 시간을 보냈다. 자신의 연구 결과를 시험해 보기 위해 혹은 루이스로서는 짐작도 할 수 없는 또 다른 이유 때문이었을 것이다.

결국 오토닥의 나노 기술은 루이스의 유전자 정보를 다시 써 놓았다. 아마도 음률가가 몇 번이고 새로운 방식으로 써 보면서 언제든 자신이 원하는 순간에 그를 수호자로 변화시킬 수 있도록 준비된 상태로 만들어 놓은 것이리라.

음률가가 그렇게까지 세부적으로 나노 기술을 연구해 왔다면 지금쯤은 알려진 우주에 존재하는 어떤 이보다도 더 잘 알게 되었을 것이다.

그런 지식으로 뭘 하려는 거지?

그가 '롱샷'호를 훔쳐 냈다는 사실을 감안하면, 그에 대한 대답 역시 명백했다. 루이스의 정신은 영감으로 부글부글 끓어오르고 또 다른 수수께끼를 찾아 정처 없이 흘러가고 있었다.

최후자는 어디 있지? '화침'호에 타고 있나?

유리병 같은 모양으로 건조된 그 우주선에는 그가 모르는 숨겨진 통제실들이 얼마든지 존재할 수 있었다.

그럼 '화침'호는 어디 있는 거야?

하지만 그 점은 문제가 되지 않았다. 루이스는 도약 원반을 연결해서 그 우주선에 승선할 수 있었기 때문이다.

그게 가장 중요한 문제지. 그런데…… 아직도 비행이 가능한 상태일까?

루이스가 알아내야 할 부분이었다.

프로서피나의 코는 거의 평평해 보일 만큼 낮은데, 음률가의 코는 왜 그렇게 크지? 변방 전쟁에 몰려든 우주선들 중에 내 아이나 내 직계 후손이 탄 것도 있을까? '롱샷'호는 대체 어디 있는 거야?

음률가가 올림푸스 몬스의 지도 아래 자리한 동굴에서 '화침'

호와 오토닥을 펼쳐 놓고 작업했던 것처럼 '롱샷'호도 연구하고 있을지 몰랐다. 공간의 여유는 충분했다. 그곳을 가장 먼저 찾아가 봐야 할 것이다.

내가 이…… 동면 같은 무기력 상태에서 벗어날 수나 있다면 말이지.

생각이 너무 빠르게 스쳐 지나가고 있었다. 하지만 마음은 사방에서 번개가 번쩍이는 가운데 만 마리쯤 되는 나비들이 한꺼번에 날아오른 듯 어디로도 가지 못하고 어지럽기만 했다. 그리고 몸은…… 그로서도 알 수 없었다.

루이스는 몸을 숨겼다. 그리고 또 먹었다.

록새니는 웸블레스를 어디로 데려갔을까?

그녀는 '루이스 우'와 그의 동맹인 수호자를 피해 도망쳤다. 물론 다리를 건넌 후에는 퇴로를 끊어 버렸으리라. 도약 원반의 설정을 바꾸는 데서 그쳤을 수도 있고 어쩌면 몸을 숨기기 전에 마지막으로 지나온 도약 원반을 아예 불태워 버렸을지도 몰랐다.

그들을 어떻게 찾지? 찾을 수나 있을까?

백오십 일하고도 하루가 순식간에 지나갔다.

그리고 마치 깜빡 졸다가 깨어난 듯 각성이 찾아왔다.

루이스는 흙과 식물의 줄기들 속에 반쯤 몸을 묻은 채 깨어난 그대로 잠시 머물러 있었다. 이윽고 손을 움직여 얼굴과 몸을 만져 본 그는 새롭고 낯선 감각을 느껴야 했다.

관절들이 부풀어 올랐고, 고환은 사라졌으며, 생식기는 없는 듯 안으로 움츠러들었다. 두개골은 부드러워졌다가 팽창했고, 꼭대기가 봉긋하게 솟으며 굳어졌다. 입술이 잇몸에 녹아 붙은 채로 굳어지고 코가 커지면서 얼굴은 딱딱한 가면처럼 변했다. 마치 광대 같은 모습이었다.

그리고 후각은 거의 불가사의할 정도였다.

하! 이거였군.

루이스는 코가 커진 이유를 그제야 알 수 있었다.

인간의 코는 일종의 덮개처럼 생겼다. 그래서 헤엄칠 때 공기 방울을 잡아 주는 역할을 한다. 반면에 유인원은 수영을 하지 않기 때문에 콧구멍이 덮개 모양으로 생기지 않은 것이다. 인간은 수중 생활을 포함해서 모든 측면으로 부분적인 진화를 거듭해 왔다. 인간의 피부가 대부분 돌고래의 매끄러운 가죽처럼 털이 나지 않는 것도 그 방증의 하나라 할 수 있었다.

그러니까 인류는 운명적으로 수영을 하도록 만들어져 있다는 거로군.

양육자들이 후각의 대부분을 상실한 상태가 된 것은 민감한 후각이 그들을 미칠 지경으로 몰아갈 수도 있기 때문이었다. 양육자는 자신의 자식에게 접근하는 낯선 이는 누가 됐건, 심지어 의사나 선생이라 할지라도 죽일 수 있었다. 세상 모든 것들로부터 자기 자식을 보호하려는 충동은 그들을 미치게 만들 터였다.

루이스의 코는 페널티머트의 생태 건축물 규모인 은신처에 어떠한 적도 존재하지 않는다는 사실을 알려 주었다. 현재 이곳에 있는 생명체는 굴속에 사는 동물들과 곤충류 정도뿐이었다. 그리고 오래된 냄새 하나가 그의 후뇌를 곧장 자극했다.

루이스는 손등에 문신처럼 박혀 있는 시계를 들여다보았다. 부풀어 오른 관절들과 손목뼈로 인해 디지털 화면이 일그러져 보였다. 시계는 캐니언 행성의 시간에 맞춰져 있었다.

그는 계산을 해 보고 자신이 이 팔란을 헛되이 보냈다는 사실을 알게 되었다. 너무 긴 시간이었다. 그동안 헤아린 날짜가 하루 서른 시간, 백오십일 일이었으니 계산은 분명히 맞았다. ARM의 기록에 따르면 잭 브레넌이 수호자로 변하는 데에는 시간이 그보다 훨씬 짧게 걸렸다. 뭔가가 루이스의 변형 과정을 길어지게 만든 것이다.

루이스는 자리에서 일어나려 해 보았다. 하지만 어떤 일이 일어날지는 이미 짐작하고 있었고, 짐작대로 똑바로 설 수 없었다. 생명의 나무 뿌리를 먹기 시작했을 때 그는 몸이 완전히 낫지 않은 상태였다. 당시의 상처들이 변형 과정에 그대로 녹아들어 버린 것이다.

결국 그는 수호자가 되었지만, 불구인 수호자였다. 그의 왼쪽 무릎과 다리와 엉덩이와 갈비뼈는 제 위치를 벗어나 비틀려 있었다. 그의 몸에는 지방이 거의 남아 있지 않았다. 지나치게 오래 걸린 동면 기간 동안 지방이란 지방은 말끔히 연소되어 버린 모양이었다.

루이스는 절룩거리며 공중 정원을 나가는 사이, 몸을 움직이는 방법을 완전히 새로 배우고 있었다.

싸울 수 없는 수호자라니…….

그는 오소리처럼 생긴 짐승을 보고 손을 뻗어 놈의 뒷다리를 잡아챘다. 하지만 그의 동작이 민첩해서가 아니라 그 짐승이 너무나 느린 덕분이었다. 그는 서둘러 짐승을 먹었고, 그것으로 충분하다고 판단했다.

몇 개의 경사로 아래쪽에 불에 그슬리고 반쯤 녹아 붙은 정비 점검반이 있었다. 루이스는 절뚝거리며 아래로 내려가 그것을 꼼꼼히 살펴보았다. 물론 지금은 차갑게 식어 있었다. 하지만 제어판을 열려 하자 금속 부분이 녹아 붙어 꼼짝도 하지 않았다.

루이스는 고통을 참아 가며 도약 원반 위로 올라섰다. 아무 일도 일어나지 않았다. 주먹으로 원반의 가장자리를 힘껏 내리쳐 보았다.

화성이군!

그는 추락하기 전에 간신히 몸을 비틀며 두 손을 위로 뻗어, 뒤집힌 도약 원반을 건드릴 수 있었다. 그리고 고지의 풀밭 한가운데 물구나무를 선 자세로 나타났다. 그는 재빨리 몸을 굴려 일어섰다.

음률가는 어디 있지?

그곳은 푸른빛 반구 아래 생명의 나무들이 자라고 있는 정원이었다. 루이스가 수호자로 변한 틸라 브라운을 죽였던 바로 그 장소였다.

음률가는 어디 있는 거야?

어디에도 보이지 않았다.

루이스는 도약 원반의 제어판을 열고 새로운 연결을 설정했다. 먼저 할 일이 있었기 때문이다.

대양 위 어느 곳엔가 천육백 미터 길이의 우주선이 있다. '숨은 족장'호는 몇 세기 전에 지구의 지도를 정복하러 가는 크진인들을 실어 날랐고, 그 우주선에는 도약 원반이 하나 있었다. 루이스는 그 암호를 기억하지 못했지만 결국은 찾아냈다.

'숨은 족장'호에 나타났을 때, 루이스는 싸우거나 죽임 당할 것을 예상하고 팽팽하게 긴장한 상태였다. 하지만 아무런 공격도 닥쳐오지 않았다.

그는 녹슨 쇠 벽에 붙은 프랙털 무늬의 청동빛 거미줄이 자신을 향해 있는 것을 보았다. 최후자의 거미줄눈들 중 하나였다. 그것을 제외하면 이 우주선을 지키는 것은 아무것도 없는 듯했다.

루이스가 '숨은 족장'호를 떠났을 때, 이 우주선은 링월드의 우현 쪽 링 벽의 바로 아래쪽에 있었다. 그런 위치에서 조망하면 인간은 양성자 정도의 크기로만 보일 뿐이었다. 에베레스트처럼 거대한 산도 풍성한 식물군으로 인해 초록빛을 띤 거의 평평한 선처럼 보였다. 흘러나온 산들 또한 해저의 오물이 쌓인 퇴비 더미에 불과했다.

도시 건설자 사서들은 우주선을 다른 데로 옮기지 않고 그대로 두었다. 최후자가 그들은 집으로 돌아갔다고 말해 줬던 것이 생각났다. 그렇다면 '숨은 족장'호는 비어 있을 가능성이 높았다.

루이스는 도약 원반의 제어판을 열고 이곳의 위치를 도약 원반 연결망에서 삭제했다. 이제 그는 누구도 잡으러 올 수 없는 상태가 되었다.

그로부터 한동안 루이스는 깊은 생각에 빠져 있었다. 그의 기억은 뒤죽박죽인 데다 흐리멍덩했다. 오랜 세월을 살아온 양육자의 기억 부분이었다. 하지만 수호자가 된 지난 몇 시간의 기억은 다이아몬드처럼 명료했다.

오래전 ─지금으로써는 그렇게만 느껴졌다─ 그는 최후자의 도약 원반 연결망을 탐색하듯 살펴본 적이 있었다. 이제 그 기억을 거슬러 올라가 다양한 장소의 위치와 그 연결 암호를 찾고 있었다. 그것들 대부분이 기억에서 사라졌지만 그에게 필요한 것은 가장 최근에 사용된 도약 원반의 위치뿐이었다.

생각과 기억의 미로 속에서 이윽고 그는 최후자가 설정해 둔 도약 원반의 암호를 찾아냈다. 문제는 또 있었다. 음률가가 그 설정을 건드리지 않고 그대로 뒀을까 하는 점이었다. 루이스로서는 직접 몇 군데를 확인해 보는 수밖에 없었다.

압력복부터 갖춰 입어야겠군.

루이스는 '화침'호에 나타나자마자 고함부터 질렀다.

"최후자, 보이스, 나 루이스야!"

수호자가 되면서 성대의 구조 또한 변했음에도 불구하고 루이스 우의 목소리를 비슷하게는 낼 수 있었다.

─ 움직이지 마십시오. 당신은 루이스 우가 아닙니다.

최후자의 목소리를 닮았지만 기계적인 어조가 들려왔다.

루이스는 움직이지 않았다. 그곳은 선원 거주 공간이었다. 그는 잠깐, 익숙한 음식을 먹고 샤워를 하고 깨끗한 옷으로 갈아입을 생각을 해 보았다. 하지만 그런 것은 아무래도 상관없는 일처럼 느껴졌다.

"최후자에게 루이스 우가 수호자가 됐다고 전해 줘. 내가 그와 얘기할 게 있다고."

— ……루이스? 내가 경고했잖습니까!

좀 전과 똑같지만 감정이 담긴 목소리가 들려왔다.

"그래, 알아. 네가 어디 있는지는 말하지 마. 난 그냥 압력복이 필요해서 들른 것뿐이니까. 변방 전쟁을 지켜보고 있었지? 별일 없었나?"

— 반물질 미사일이 링 벽의 램제트 엔진 하나를 파괴해 버렸습니다. 링월드 날짜로 이십칠 일 전에 일어난 일입니다. 그 폭발은 반물질만이 아니라 융합 중이던 몇 킬로톤의 플라스마까지 포함하는 엄청난 규모였지요. 흘러나온 산들이 녹아내릴 정도였습니다. 나는 어떤 자들이 그런 일을 벌였는지 알아내지 못했습니다. 완전한 혼란 상황이 뒤따르리라 생각했을 뿐이지요. 난 떠날 준비를 끝냈습니다. 하지만 아무 일도 일어나지 않은 겁니다!

"링 벽의 자세제어 엔진들은 언제나 링월드의 취약한 부분이었어. 음률가가 뭔가 조치를 취했겠지."

루이스의 생각은 그의 말을 훨씬 앞질러 나아가고 있었다.

"링월드의 건설자들은 애초부터 링 벽의 램제트 엔진을 안전장치를 갖춘 임시변통의 대책 정도로만 생각했을 뿐이야. 그들은 초전도체 격자를 설치해서 링월드 전체를 항성을 밀어내는 자기적인 힘으로 움직이게 만들었지. 음률가가 그걸 제어하고 있어."

— 당신의 추측일 뿐이잖습니까.

"제대로 된 추측이지. 난 수호자라고, 최후자. 이제 날 풀어
줘. 그럼 네 소유지에서 떠나 줄 테니까."

— 그건…… 어떤 상태입니까?

최후자가 물었다.

"갇힌 기분이지."

루이스는 담담한 어조로 대답했다.

"난 불구가 됐어, 최후자. 싸울 수도 없고 도망칠 수도 없지.
난 지금껏 한 번도 그래 본 적 없을 정도로 빠르게 생각할 수 있
고 더 많은 해답을 찾아낼 수도 있어. 하지만 이것 역시 어떤 의
미로는 갇힌 거지. 매번 옳은 답을 알 수 있다면 선택의 여지가
전혀 없는 거나 마찬가지니까. 음률가에게는 계획이 있어. 난 그
가 내 직계 후손들을 위협하지 않는 한 그를 방해하지 않을 작정
이야. 하지만 그와 얘기를 나눠 봐야겠지. 어쨌든, 먼저 꼭 해야
할 일이 있어. 넌 어때? 너도 계획이 있나?"

— 기회가 되는 대로 도망가는 거지요.

"잘 생각했군. 최후자, 음률가가 '화침'호를 펼쳐 놓고 연구했
던 곳 기억하지? 거기에도 네 거미줄눈 카메라를 설치해 뒀나?"

— 올림푸스 몬스 아래 설치해 뒀습니다.

"'롱샷'호도 거기 있나? 비행이 가능한 상태야?"

— 음률가가 그 우주선을 분해했다가 다시 조립해 놨습니다. 하지
만 그 후로 시험 비행도 하지 않았습니다.

"카를로스 우의 오토닥은 어때?"

— 그건 건드리지 않았습니다.

"그럼 여전히 속이 다 끄집어내진 채란 말이야?"

— 그렇지요.

"내가 소란을 일으켜 주의를 끌 테니까, 잘 보고 있다가 그사이 오토닥을 작동 가능한 상태로 만들어서 '롱샷'호에 실어 줘. 할 수 있겠나?"

최후자가 미치광이들로 구성된 관현악단이 낼 법한 소리로 비명을 질렀다.

— 대체 왜 내가 수호자의 영역에서 절도 같은 범죄를 저지른다는 생각이라도 해 봐야 하는 겁니까!

"그럼 네 편에도 수호자가 한 명 생기게 될 테니까. 최후자, 우리 모두는 지금 마감 시한을 두고 움직이고 있는 거야. 음률가는 네 편의를 봐주지 않을 거라고. 게다가 그로서는 변방 전쟁이 언제 지옥으로 변할지 예측할 수 없을 테니 가능한 한 서둘러 움직이려고 하겠지. 그러니까 조만간 링월드를 떠나지 못하면 넌 영원히 고향으로 돌아갈 수 없을 거야. 나도 마찬가지고. 더 나쁜 지경에 빠질 수도 있지."

최후자가 아무 대꾸도 하지 않자, 루이스는 그냥 계속했다.

"너 지금 날 음률가에게 넘겨줄 때까지 포로로 잡아 둘 수 있을까 생각하고 있지? 그 대가로 음률가에게 뭔가를 요구하려고 말이야. 네가 그럴 수 없는 이유를 말해 줄까? 운석 방어 제어실에 있던 기둥들 기억하나, 위에 의자가 붙어 있는 기둥 세 개?"

— 기억납니다.

"음률가 몫는 하나면 되지."

최후자는 즉시 알아들었다. 그는 어떤 면에서 수호자들만큼이나 영리했다.

— 삼두제triumvirate군요.

"그는 내게 일부러 그곳을 보여 준 거야. 일종의 메시지이기도 하고 약속이기도 했지. 음률가, 프로서피나 그리고 나. 그는 살아남은 팩 수호자가 한 명은 있을 거라고 추정했고, 나에게 생명의 나무를 먹일 수 있었어. 다만 내가 자기 손을 벗어나게 될 거라고는 예측 못 했지. 내가 불구가 되었다는 걸 알아도 그는 아마 개의치 않을 거야. 날 그저 고대 그리스인들이 노예 보듯 생각하고 있을 테니까. 음률가에게는 내가 알려 주는 정보가 필요할 뿐이야. 그로서는 변방 전쟁이 어떻게 흘러갈지 나만큼 예측할 수 없는 거지. 그래, 넌 날 음률가에게 팔아먹을 수 있어. 하지만 그랬다가는 나중에 다시 날 상대해야 할 거야."

— 이 우주선에서는 당신 맘대로 움직여도 됩니다.

루이스는 어느새 익숙해진 비틀린 육체에 자연스러운 자세로 편하게 섰다.

"최후자, 내게 도약 원반 주 제어프로그램에 접근할 권한을 줘. 몇 가지 명령을 다시 쓸 필요가 있거든."

— 당신을 찾기 어렵게 만들려는 겁니까? 그건 내가 도와줄 수 있습니다.

"나랑, 두 명이 더 있어. 도움은 필요 없고."

루이스는 도약 원반 연결망의 프로그램을 수정한 다음, '화침'

호의 화물칸으로 이동했다. 거기서 일단 압력복을 입었다. 압력복은 그의 비틀린 몸에 잘 맞지 않았지만 그럭저럭 제 역할은 해 줄 것 같았다. 몇 가지 장비도 챙겼다. 밧줄, 망원경, 레이저 플래시 따위였다.

그는 다시 도약 원반의 제어판을 두들겼고, 그대로 사라졌다.

루이스는 궤도상에 있었다. 물론 그럴지도 모른다고 예측한 상태였다. 그가 원한 것은 가장 최근에 사용된 연결들이었고, 그중 일부는 궤도상의 정비 점검반에 해당되었던 것이다.

그는 한동안 링월드의 전경을 내려다보았다. 그곳은 두 개의 대양 사이 중간쯤 되는 지점으로, 그로서는 한 번도 자세히 살펴본 적 없는 영역이기도 했다. 황토색 불모지들과 점점이 이어진 조그만 크레이터들 그리고 눈동자 폭풍임이 분명한 세 군데의 뭉쳐 있는 구름 덩어리가 시야에 들어왔다.

음률가는 반드시 필요하다고 판단되는 경우가 아니면 수리 작업을 진행하지 않았다. 그가 하고 있던 일을 생각해 보면, 스크리스가 드러날 정도로 훼손된 장소를 발견했다는 사실을 반가워할지도 몰랐다.

항공기와 우주선은 아무 데도 보이지 않았다. 그 부분은 루이스가 예측했던 것보다 나은 상황이었다. 그는 지금쯤이면 변방 전쟁이 링월드 본토까지 번졌을지도 모른다고 생각했던 것이다. 그렇다면 아직 시간 여유가 있었다.

하지만 지금의 이 짧은 여행은 변방 전쟁과 상관없었다. 수호자에게는 때때로 선택의 여지가 없는 법이었다.

루이스는 다시 도약 원반의 제어판을 열었다.

이번에도 궤도상이었다. 물론 위치는 달랐다. 이 미터쯤 떨어진 곳에서 모기만 한 크기의 ARM 카메라가 그를 보고 있었다.

이런 젠장!

이제 저들은 링월드에 수호자가 존재한다는 사실에 대한 확증을 갖게 되었다. 다만 어쩌면 압력복과 그의 비틀린 육체로 인해 한동안—바라건대 그에게 필요한 시간만큼이라도—은 사실이 감춰질 수도 있었다.

루이스는 재빨리 도약 원반을 활성화시켜 사라졌다.

링월드에서는 밤이라 해도 특별히 캄캄해지지 않았다. 이번의 장소에는 모래와 키 작은 나무들과 음률가의 정비 점검반 그리고 고요하고 끝없는 바다 외에는 아무것도 없었다. 루이스는 잠시 이리저리 돌아다니며 살펴보았지만 모래 위에 발자국 하나도 남아 있지 않았다.

그러나 수호자에게는 분명하게 잡히는 냄새 흔적이 있었다. 그들은 여기 있었지만 오래 머무르지는 않았다. 그리고 플라이사이클과 함께 움직였다.

루이스는 섬을 돌아다니면서 망원경을 써서 먼 쪽 해변을 바라보았다. 플라이사이클이 여기 있다면 틀림없이 눈에 띌 터였다. 하지만 어디에도 보이지 않았다.

루이스는 또다시 도약 원반을…….

대체 여기가 어디야?

루이스는 나뭇가지와 가시덩굴 속에 갇혀 있었다. 뭔가 행동을 취하기 전에 그는 주변을 둘러보고 몸 여기저기를 더듬어 보았다. 가시덩굴 정도는 그의 가죽 같은 피부에 그다지 손상을 입히지 못했다. 어느 순간, 루이스는 가면처럼 딱딱한 얼굴 뒤에서 마음으로 미소를 지었다.

음률가가 내 플라이사이클을 찾으려고 정비 점검반을 보냈던 거군.

반년쯤 전에 록새니가 몇 번이고 그의 플라이사이클을 조종해 보려다가 포기한 일이 있었다. 음률가가 설정해 놓은 잠금장치가 허용해 주지 않았기 때문이다. 정비 점검반이 그걸 따라 여기까지 온 모양이었다.

어쨌든 록새니가 아는 한 플라이사이클은 각종 감지기와 카메라가 달렸을지도 모르는 물건일 뿐이었다. 그래서 그녀는 결국 울창한 나무숲에 플라이사이클과 정비 점검반을 처박아 버리고 가시덩굴이 자라나 둘 다를 덮어 버리도록 내버려 둔 것이 틀림없었다.

루이스는 레이저 플래시로 조심스럽게 가지 몇 개를 끊어 냈다. 하지만 그 바람에 주변의 잡목에 불이 붙고 말았다. 좋은 상황은 아니었다. 그는 바로 가시덩굴을 뚫고 도약 원반의 가장자리를 돌아 기어가기 시작했다. 여기저기 생채기가 났지만 계속해서 가지들을 끊어 가며 나아갔다. 이윽고 제어판에 손이 닿자 그는 도약 원반의 연결을 끊고, 불길이 구워 버리기 전에 가까스로 부상식 받침대를 공중으로 띄웠다.

숲은 꽤나 멀리까지 이어졌고, 숲이 끝나는 지점에는 강이 하나 흐르고 있었다. 루이스는 강을 따라 계속해서 날아갔다. 강 중간쯤에 이르자 아래쪽의 전망이 깨끗하게 눈에 들어왔다.

이동 수단을 버린 한 쌍의 이방인이라면 어디로 향했을까? 어쨌든 멀리는 못 갔겠지.

웸블레스는 록새니를 가장 가까운 문명 지역으로 이끌었을 것이다. 이방인이 어디서나 환영받는다는 사실을 그는 잘 알고 있었다. 강을 따라 내려가다 보면 그들이 찾아낸 곳에 이르게 될 터였다.

루이스가 찾아낸 것은 강이 두 개로 갈라지는 지점에 자리한 조그만 마을이었다. 그는 원뿔처럼 생긴 집들이 모인 곳을 향해 천천히 날아갔다. 어딘가에서 고함치는 소리가 들려왔다.

"바스니시트!"

이런!

루이스는 속으로 혀를 찼다.

그가 낸 불이 숲 속으로 번져 가고 있었다. 록새니와 웸블레스가 플라이사이클을 버렸던 지점 바로 위쪽으로 뭉게뭉게 피어오른 연기 기둥이 저들의 주의를 끈 모양이었다. 불을 향해 달려오던 마을 사람들이 그 연기를 배경으로 그린 듯이 날아오는 부상식 받침대 위에 선 그를 본 것이다.

이제 어쩌지? 저들은 도망갈까, 숨을까?

숨었다. 그들로서는 부상식 받침대보다 빠르게 달릴 수가 없었기 때문이다.

루이스는 숨을 깊이 들이쉬었다. 천 명에서 천오백 명쯤 되는 사람들이 모여 사는 곳이었다. 육식인의 냄새가 났다. 노인은 많지 않았다. 기생충은 아주 많지만 질병은 별로 없었다. 그리고…….

저기군.

그는 부상식 받침대를 마을 광장에 착륙시켰다. 원주민들이 모여들었다. 키가 작고 건장한 체격에 늑대처럼 생긴 남자와 여자 들이었다. 눈구멍이 깊은 두 눈이 정면을 향해 있고, 작고 날카로운 턱은 살짝 튀어나와 있었다.

마을의 장로쯤으로 보이는 자가 뭔가를 얘기했다. 루이스가 이해할 수 없는 언어였다. 별수 없이 말 대신에 몸짓언어로 남자를 진정시키려 애썼지만 그것이 통하지 않자 루이스는 남자의 코를 잡고 주먹으로 때려눕혔다. 잠시 엎치락뒤치락한 후에야 남자가 엎드려 굴복했다.

이쯤 했으면 됐겠지.

루이스는 남자를 놔주고 일어선 다음, 냄새를 따라갔다. 그런데 냄새의 근원지였던 집이 달라져 있었다. 만약 그들이 열린 공간으로 몸을 피했다면 냄새는 훨씬 강했을 것이다.

마을 지하에 터널이 있는 건가?

젊은 남자 하나가 어느 집 문간에서 튀어나왔다. 그는 손에 록

412

새니의 음파 무기를 들고 있었다.

루이스가 쏜 레이저 광선이 음파 무기의 손잡이에 닿기도 전에 윙윙거리는 소리가 귓가를 스쳤다.

조심해야지!

남자는 음파 무기를 떨어뜨리고 도로 집 안으로 달려 들어가 버렸다. 그는 여기 '늑대족'의 일원이 아니었다. 루이스보다 키가 몇 센티미터쯤 작고 고불고불한 갈색 털이 얼굴과 머리를 덮었을 뿐, 피부의 다른 부분에는 털이 없었다. 그는 확실히 인간이었다. 그리고 루이스의 코는 그를 알고 있었다.

"웸블레스!"

루이스는 절뚝거리며 그를 따라갔다.

"난 그냥 얘기를 나누려는 것뿐이다."

그들이 자신보다 빠르면 어쩌나 걱정하며 집 안으로 들어간 루이스는 절름거리는 수호자도 양육자보다는 빠르게 움직일 수 있다는 것을 알게 되었다. 그는 자신의 머리를 향해 휘둘러진 금속을 붙잡았고, 다시 몸을 돌려 금속 막대기를 쥔 손목을 잡았다.

"록새니."

그녀에게서 투지가 빠져나갔다. 록새니가 가늠할 수 없는 공포를 담은 눈으로 그를 바라보았다.

"너…… 뭐야?"

"바슈니슈트를 믿지 않나?"

그녀는 아무런 반응도 보이지 않았다.

재미없었나?

"루이스 우다. 당신이 쏜 총이 날 불구로 만들었지. 하지만 그 점을 감안해도 난 수호자다. 당신들은 운이 좋았지. 당신이 가 보자고 했던 공중 정원에 우리 모두 갔더라면 당신들도 생명의 나무를 먹었을 테니까."

"루이스……."

그는 다시 한 번 냄새를 맡았다. 록새니는 그의 혈통을 이은 아이를 배고 있었다. 지금이라면 그가 그녀에게 뭔가 해를 가하기 전에 그녀가 그를 죽일 수도 있었다.

루이스는 물었다.

"당신 알고 있나, 아이를……?"

"아이를 가졌어, 맞아. 일어날 수 있는 일이잖아."

록새니는 그의 눈을 똑바로 바라보며 말을 이었다.

"당신은 아이를 가질 수 있는 몸이라고 했지."

"그건 웸블레스의 아이다. 냄새로 알 수 있다."

"……그렇군. 그런데 당신이 어떻게 아이를 가질 수 있는 몸이었던 거지? 남자들은 대부분 출산권을 다 써 버리잖아. 루이스 우는 그러지 않았나?"

"록새니, 모든 생명은 불가능해 보이는 확률을 이겨 낸 결과물인 법이다."

그녀의 미소가 아주 잠깐, 깜박임처럼 스쳐 갔다.

"그럼 난 왜 아이를 가질 수 있는 몸이 된 건데? 당신이 그것까지 안배했을 리는 없잖아."

"누군가 당신의 의료 처지에 개입한 거다. '수염상어'호에서 당

414

신들 모두는 같은 오토닥을 사용했지? 당신이 임신하기를 바란 누군가가 불임 약물의 주입을 막았나 보군."

루이스의 대답은 가장 합리적인 추론이었다.

록새니도 동의하는 모양이었다.

"지나 헨더스데터 짓이군. 1급 검시관이지. 그 여자는 내가 자기한테서 올리버를 뺏어 갔다고 생각했어."

그녀는 이내 침착함을 되찾으며 말했다.

"그러니까 수호자도 실수를 하는 거네?"

"수호자에 대한 자료는 충분했던 적이 없다. 어쩌면 수호자들이 서로에 대해 끊임없이 예측하려 하는 것도 그래서인지 모르지. 록새니, 난 그저 얘기를 하고 싶을 뿐이다. 얘기가 끝나면 떠날 거고. 웸블레스?"

"그녀를 해치지 마라."

웸블레스의 머리와 팔이 지하로 이어지는 바닥에 난 구멍에서 튀어나왔다. 루이스는 그가 거기 숨어 있다는 사실을 이미 알아챈 상태였다.

웸블레스의 수염은 갈색으로 약간 고불거렸으며 끝부분만 조금 흰빛이었다. 부스터스파이스가 그를 젊어지게 만든 모양이었다. 지금 그의 모습은 어딘가 틸라 브라운을 닮기도 했지만 상당 부분 젊은 시절의 루이스 우처럼 보였다. 그는 쇠뇌 같은 것을 들고 있었다.

"더 가까이 올 필요는 없다, 웸블레스."

루이스는 말했다. 그리고 뒤로 물러나려는 록새니를 순순히 놓아주었다. 하지만 그러면서도 과연 웸블레스가 쇠뇌를 쏠지 궁금했다. 쏜다면, 날아오는 화살을 자신이 잡을 수 있을지도 궁금했다.

"공용어로 말하는 법을 연습했나 보군."

"그래. 록새니가 ARM 함대로 돌아가고 싶어 하니까."

어떻게?

루이스는 궁금했지만, 물어보지 않았다. 그럴 방법을 알았다면 분명 막으려 들었을 것이다. 대신에 그는 물었다.

"록새니, '시어'의 자료 기록 장치를 어디다 뒀지?"

"난 그걸 '수염상어'호로 가져갔어."

그녀가 일단 대답한 다음, 물었다.

"왜?"

"내 아이들과 그들의 아이들, 내 직계 후손들 중 한두 명은 ARM 함대에 있을지도 모르니까. 난 ARM의 인명부를 봐야 한다. ARM 함대의 모든 우주선에는 인명부가 든 자료가 실려 있겠지."

록새니가 웃음을 터트렸다.

"ARM 함대에는 수만 명의 남녀가 있다고! 그들에 관한 자료 전부를 찾아보겠다는 거야?"

"그래."

그녀는 어깨를 추썩였다.

"어쩌면 프로서피나가 '수염상어'호에서 자기 본거지로 가져갔을지도 모르겠군."

"당신은 여기 남아 있어야 할 거다."

루이스가 말했다.

"내가 정비 점검반을 가져왔다. 더 이상 플라이사이클을 추적할 수 없도록 프로그램을 수정해 놨지. 당신이 위치를 발각당하지 않는 건 아주 중요한 일이다. 난 그저 도약 원반의 연결망을 따라오는 것만으로 당신을 추적할 수 있었다. 숲에서부터는 웸블레스의 냄새를 따라왔지만."

"그런 코를 가졌으니 놀랄 일도 아니겠지."

웸블레스가 거칠게 말했다.

루이스는 새롭게 커진 자신의 코를 만지작거리다가 물었다.

"네가 내 아들이란 걸 알고 있나?"

웸블레스가 믿을 수 없다는 듯 콧방귀를 뀌었다.

"당신이 내 아버지일지도 모른다는 생각 정도는 해 볼 수 있겠지. 하지만 당신은 보기보다 훨씬 더 나이가 많잖나."

"너도 보기보다 어리지. 난 현대 의학의 기술들을 전혀 이용하지 않은 인간을 한 번도 본 적 없었다. 제모기를 쓴 적도 없고 타닌*제를 먹은 적도 없는 데다 치과 치료조차 받아 본 적 없는 인간이라니! 난 네가 다른 종족인 줄 알았다. 하지만 틸라 브라운은 네 어머니였……."

루이스의 말에 록새니가 고개를 저었다.

"그녀는 오 년짜리 불임 주사를 맞은 상태였어."

---

* tannin, 해독, 살균, 지혈, 소염 작용을 하며, 특히 강력한 항산화 물질로 세포 노화를 촉진하는 활성산소의 제거를 돕고 중성지방이나 콜레스테롤을 배출한다.

"그녀는 내 아이를 갖고 싶다고 생각했던 게 틀림없다. 그래서 우리가 지구를 떠나기 전에 불임 상태를 되돌리는 조치를 취한 거지. 그러느라 그녀가 갖고 있던 출산권 두 개를 다 써 버렸을 테고. 그녀는 나에게 말해 주지 않았지만……."

"잠깐."

웸블레스가 끼어들었다.

"진심으로 하는 말인가? 당신이 내 아버지라고?"

그는 충격을 받은 듯했다.

"그래……."

"왜 우릴 버리고 떠났지?"

"틸라가 날 떠난 거다. 그때만 해도 난 그녀가 탐색자 때문에 떠난 거라고 생각……."

"당신이 뭔가 그럴 만한 짓을 했으니까 떠났겠지?"

"난 그녀를 보호해 주지 못했다."

내가 그럴 수나 있었을까? 그녀의 그 무시무시한 행운을 거슬러 가며?

"그녀는 눈동자 폭풍 속으로 들어갔고, 우린 그녀를 찾을 수 없었다. 우리가 그녀를 다시 찾았을 때는 그녀가 탐색자와 함께였지. 하지만 대양 근처에서 우리가 헤어졌을 때, 그녀는 이미 널 갖고 있었던 거다. 그 이후에 어떻게 됐는지는…… 그저 내 추측일 뿐이고."

"당신은 바슈니슈트다. 제대로 된 추측을 하는 자란 말이지. 난 이해할 수 없었다. 어머니는 왜 우릴 버린 건가?"

루이스는 당장이라도 떠나야 한다는 것을 알고 있었다. 일분 일초가 귀한 상황이었다. 옛날 옛적에 프로서피나의 종족은 링월드의 계에 존재하는 모든 위협적인 것들을 일소해 버렸다. 그런데 지금 온갖 외계의 우주선들이…….

하지만 자신의 아들과 태중의 손자와 함께하는 이 순간, 루이스는 더 머무르고 싶다는 욕구를 떨쳐 버릴 수가 없었다. 게다가 웸블레스를 안심시켜 줄 필요도 있었다.

그는 이야기를 시작했다.

"난 대양 근처에서 틸라와 헤어졌다. 당시만 해도 링월드에는 도약 원반이 존재하지 않았지. 틸라와 함께 떠난 탐색자는 링 벽을 따라 달리는 이동 수단을 어떻게 이용하는지 알고 있었던 게 틀림없다. 그건 자기 부상력을 이용한 탈것이었다, 록새니. 그들은 뭔가를 구해서 거기까지 갔겠지. 도시 건설자들의 기술로 만들어진 물건들이 사방에 널려 있었으니 적당한 뭔가를 찾는 것도 어려운 일은 아니었을 거다. 어쨌건, 틸라와 탐색자는 자기 부상 시스템을 통해 링월드를 반 바퀴 돌아 또 다른 대양으로 갔다."

루이스로서는 짐작으로밖에 설명할 수 없는 부분이었다.

"그들이 뭔가 무시무시한 것을 피해 도망가고 있었던 게 아니라면 그런 여행은 정신 나간 짓이었겠지. 짐작일 뿐이지만, 날 피해 도망간 건 아니었다. 다만 그녀는 내가 무언가를 불러들일 거라고 생각했던 건지도 모르겠다. 변방 전쟁 말이다. 틸라는 퍼페티어들을 두려워하고 있었을 거다. 네서스가 그녀의 삶을 주물럭거려서 상당히 엉망으로 망쳐 놨으니까. 그런 일이 다시 일어나는 건 원하지 않았겠지. 그녀는 우리 중 누구든 그녀를 찾으려 한다면 우리가 마지막으로 헤어졌던 곳부터 시작하리라고 생각한거다. 그래서 가장 먼 곳, 아치를 반 바퀴 돌아 정반대 지점으로 갔겠지. 그녀는 그곳에서 자리를 잡고 탐색자와 너와 함께 새로운 삶을 꾸려 갔다. 난 틸라가 거기서 행복했기를 바랄 뿐이다."

"어머니는 행복했다."

웸블레스가 말했다.

"하지만 어딘가 불안정한 데가 있기도 했다. 어머니는 더 이상 아이를 갖지 않……."

"그야 당연하지. 탐색자는 그녀와 종족이 달랐으니까."

"어머니와 '내 아버지' 탐색자는……."

순간, 루이스는 웸블레스의 노려보는 눈초리를 느꼈다.

"……번갈아 가며 모험을 떠났다. 난 그들이 뭘 찾고 있는지 알지 못했지. 어쨌건 둘 중 한 사람은 나와 함께 머물러 있어야 했다. 내가 나이를 먹자 그들은 더 자주, 더 오래 떠나 있었다. 어머니가 사라졌을 때, 난 거의 팔십 팔란에 가까운 나이였지."

"그리고 다시는 돌아오지 않았나?"

"다시는."

"그녀는 생명의 나무를 발견했던 거다."

틸라 브라운의 운이란 거지. 가엾은 틸라. 운이란 게 있다 해도, 그건 틸라의 운이 아니라 그녀의 유전자의 운이라고 해야 할 거야.

루이스는 말을 이었다.

"나도 그 일이 어떻게 일어났는지는 정확히 모른다. 하지만 생명의 나무는 이쪽 팩 세계의 지도 어디에나 자랐고, 대부분의 지도가 한때는 수호자 죄수들이 살던 곳이었지. 그들 중 몇몇은 어떤 식으로든 생명의 나무 바이러스를 감염시켰던 게 분명하다. 프로서피나가 했던 것처럼 말이다. 내 생각에, 틸라는 페널티머트의 정원을 발견했던 것 같다. 그녀 혼자서 탐험을 떠났던 게 아니라면 탐색자와 함께였겠지. 하지만 수호자가 된 건 그녀뿐이었다. 웸블레스, 그녀는 뭔가 더 큰 위험으로부터 널 보호하기 위해서가 아니었다면 절대로 떠나지 않았을 거다."

웸블레스가 말없이 인상을 찌푸렸다.

"아니, 난 진실을 말하고 있는 거다. 그녀도 우리 모두가 본 것을 봤겠지. 그리고 화성의 지도 아래 뭐가 있는지 추측했던 게 분명하다. 록새니, 그곳은 방대한 공간이다. 지구의 땅덩어리들을 다 합친 것과 맞먹는 넓이에 육십 킬로미터가 넘는 높이의 공간이니 보고도 놓칠 수는 없지. 그곳이 바로 링월드 전체를 조율하는 수리 시설이다. 틸라는 링 벽의 렘제트 엔진들이 대부분 사라졌다는 사실을 알았다. 누군가 링월드를 안정화시키려면 수리 시설 안으로 들어가야 했지. 링월드가 계의 항성과 충돌하기 전에 말이다."

그녀는 통제력을 원했어. 젠장, 수호자였으니 당연한 거잖아.

생각과 상관없이 루이스는 담담하게 말을 이었다.

"그녀는 링 벽의 자기 부상 시스템을 이용했고, 나중에는 대양에 있는 화성의 지도로 갈 수 있는 수단은 뭐든 가리지 않았다."

또다시 생각이 말을 앞서가고 있었다.

"어쩌면 그녀는 먼저 지구의 지도로 갔을지도 모르겠군. 고대의 팩들이 어떻게 해 나가고 있는지 보려고 말이다. 거기서 '숨은 족장'호를 가져간 거지. 그 우주선이 화성의 지도에……."

"뭐라고?"

록새니가 불쑥 물었다.

"그런 건 상관없다. 그다음에 틸라가 브람을 죽이려 했다는 게 문제지."

"브람이라고?"

록새니가 다시 물었다.

"죽이려 해? 내 어머니가?"

거의 동시에 웸블레스도 물었다.

"수리 시설에는 이미 수호자가 있었다. 틸라는 브람에 대해 알지 못했지만, 누구든 수리 시설에 존재한다면 자기 할 일을 하지 않는다는 건 알았지. 그자는 링 벽의 자세제어 엔진이 사라지는 걸 방치하고 있었으니까. 그자는 교체되어야 했다."

루이스는 웸블레스를 돌아보며 말을 이었다.

"웸블레스, 난 브람과 얘기를 해 봤다. 당시에 일어난 일에 대해 그의 입장에서 하는 이야기를 들은 거지. 브람은 아주 영리한 수호자는 아니었다. 이다음 부분에 대해 그는 전혀 파악하지 못했다. 어쨌거나, 본질적으로 틸라는 수호자였다. 그녀는 자기가 해야 할 일을 했다. 우선 다른 지도들 중 한 곳에서 노인 한 명을 데려왔고, 아마…… 자신도 변장 같은 걸 했겠지. 그리고 그 노인과 함께 한 쌍의 양육자인 척하면서 화성의 지도로 갔다. 그들은 수리 시설을 탐험해 나갔다. 그들이 생명의 나무 정원을 발견했을 즈음, 틸라는 필요한 건 충분히 봤거나 아니면 브람의 냄새를 맡았을 거다. 그렇게 거기 어딘가에 수호자가 한 명 있다는 걸 알아챘겠지. 그녀는 노인에게 생명의 나무를 먹게 하고 자신도 먹었다."

그다음부터는 틸라를 통해 들은 이야기이기도 했다.

"노인은 죽었다. 틸라는 혼수상태에 빠진 척했고. 그녀는 꼼짝하지 않고 누워서 몇 날을 보냈지. 브람이 와서 그녀가 어떻게 됐는지 확인하고 수호자로 각성해서 깨어나기 전에 그녀를 죽이려 할 거라고 예상한 거다. 그녀는 그 상태로 기다렸다가 그를 기습해서 죽일 생각이었다."

"어떻게? 대체 어떻게?"

웸블레스가 대답을 재촉했다. 손에는 여전히 쇠뇌를 들고 있었다.

틸라는 루이스와 그의 동료들을 공격했고 싸움에 지도록 상황을 끌어갔다. 결국 루이스는 그녀를 죽여야 했다.

"브람이 우릴 수중에 넣었지. 우린 틸라가 살아 있는 한 그의 포로였다. 브람에게 있어서 그녀는 하인이 돼야 하는 존재였으니까. 하지만 그는 무능했지. 그녀는 링월드를 구하기 위해 죽어야 했다. ……결국 죽었고."

"하지만……."

루이스는 웸블레스의 말을 무시하고 계속했다.

"지금 중요한 건 내가 널 위해 할 수 있는 일은 뭐든 다 할 거라는 사실이다. 실제로 당장 내가 해야 하는 일은 널 다시 잃는 거지만……. 지금 주도권을 쥐고 있는 수호자들, 그러니까 음률가와 프로서피나가 널 찾아낼 수 없게 하는 건 말로 다 할 수 없을 만큼 중요한 일이다."

"그들이 우릴 어쩔 건데? 죽이나? 심문하나?"

"그들은 널 보호하려 들 거다."

웸블레스는 쇠뇌를 내려놓았다. 그의 손이 떨리고 있었다.

"바슈니슈트! 그렇군, 바슈니슈트 노릇을 하겠지. 난 여기 사람들을 좋아하지만 다른 데로 갈 수도 있다. 우리가 어디로 가는지 당신이 알아야 하나?"

"알지 말아야 한다."

루이스는 단호하게 말하고 밖으로 나갔다.

늑대족 젊은이들이 그가 타고 온 부상식 받침대에 기어오르고 있었다. 루이스는 말이 통하지 않는 그들을 쉬이, 하며 쫓아 버리고 도약 원반 제어판의 프로그램을 또다시 수정했다. 부상식 받침대의 제어장치도 손봤다.

웸블레스와 록새니가 그를 따라 밖으로 나왔다.

"난 이 도약 원반을 통해 떠날 거다."

루이스는 그들에게 설명해 주었다.

"내가 가고 나면 여기 이 설정을 변경해라. 그러고 나면 그물 모양 버튼, 여기 이걸 치고 일단 다른 데로 가라. 거기서부터는 어디든 가고 싶은 데로 가도 좋다."

"우리가 추적당할 수도 있나?"

"그 부분은 내가 해결하지. 록새니, 도약 원반으로 이동하기 전에 이 그물 모양 버튼을 치기만 하면 추적이 불가능해진다. 그렇다고 해도 음률가는 당신들을 찾아낼 방법을 언젠가는, 아마도 꽤나 빨리 알아내고 말겠지. 그러니까…… 한나절 이상으로 여기저기 이동할 건 없다. 그 정도만 내게 시간을 주면…… 그만 돌아다니고 정비 점검반에서 멀어져라."

루이스는 그렇게 말하고 그곳을 떠났다.

| 시간 싸움 |

운석 방어 제어실이었다.

루이스는 그곳에 잠시만 머무를 생각이었다. 음률가의 작업장
과 '롱샷'호와 카를로스 우의 나노 기술 집약체인 오토닥을 살펴
보기 위해 온 것이었기 때문이다.

그가 방금 통과해 온 도약 원반 주위에 카를로스 우의 오토닥
이 음률가의 손에 해체된 상태 그대로 펼쳐져 있었다. 음률가가
사용했던 것인 듯한 연장들도 여기저기 보였다. 루이스는 그것들
대부분의 용도를 짐작할 수 있었다. 케이블들과 무지갯빛 실처
럼 보이는 레이저 불빛이 스무 개 남짓 되는 기계 뭉치들로 이어
졌다. 미로처럼 복잡하게 얽힌 그 뭉치들을 따로따로 풀어내려면
몇 분은 걸릴 것 같았다.

……최후자라면 적어도 한 시간 이상 걸리겠지.

직경 천육백 미터의 비눗방울처럼 생긴 '롱샷'호도 흐릿하게

모습을 드러냈다.

첫눈으로 보기에는 부분적으로 분해된 상태였다. 전시장 크기의 해치가 곡선을 그리며 바닥 가까운 쪽에 입을 딱 벌리고 있었다. 역시 각종 설비들이 무더기로 쌓여 있고 무게가 가벼워 보이는 꾸러미들이 사방에 널려 있었다.

하지만 다시 보자 처음과는 달랐다.

일단 그 가벼워 보이는 꾸러미들은 하이퍼드라이브 장치의 본질적인 요소일 가능성이 전혀 없었다. 다음으로, GP 2번 선체는 그 자체로 일종의 구명정이었다. 그다음으로는 연료 탱크들이 있었다. 그리고 각각 지상과 궤도상에서 부풀려 사용할 수 있는 거주 공간들, 바닷물을 빨아올려 중수소를 정제해 내는 장치도 있었다.

또 다른 일부는 오직 눈속임을 위한 것들이었다. 선체를 채우고 있는 부품들이 왜곡되어 보이는 것은 홀로그램 투사기가 여전히 작동하고 있기 때문이었다.

음률가는 작업에 들어가기 위해 우선 짐이나 마찬가지인 부가 장비들과 포장에 해당하는 불필요한 장치들을 깨끗이 들어내고, 자신에게 필요한 조사를 끝낸 다음, 우주선을 다시 조립해 놓은 것이다.

그러니까 이대로 해치를 닫기만 하면…….

루이스는 그 즉시, 어떻게 하면 이 지하 공동에서 '롱샷'호를 몰고 나갈 수 있을까 생각하지 않을 수 없었다.

음, 이게 무슨 소리……?

그때, 선형가속기가 세상의 종말이 닥친 듯한 소리로 울부짖었다. 번갯불이 바닥에 난 구멍으로부터 치솟아 올림푸스 몬스를 관통하며 빠져나갔다. 그 뒤로 이어진 침묵 속에서 프로서피나가 외치는 소리가 들려왔다.

"저들의 주목을 끌 거다!"

굴의 언어였다.

프로서피나와 음률가와 몸집이 작은 두 명의 수호자들—둘 중 하나는 하누만일 것이다—이 구멍 옆에 서서 선형가속기를 따라 아래쪽을 내려다보고 있었다.

음률가 역시 고함쳐 대답했다.

"저들은 이미 내가 여기 있다는 걸 알아요! 내가 행동을 취하고 있다는 것도 짐작할 거예요. 두뇌가 있는 자라면 지금쯤은 화성의 지도 아래 뭐가 있는지 추론해 냈을 게 틀림없어요. 심지어 일부는 그래서 더욱 안심하게 되었을지도 모르죠. 내가 링월드 바닥에 난 구멍을 메우는 작업을 해 주고 있으니까요."

"……위험 요소는?"

"변방 전쟁에 몰려든 분파들 대부분이 사용하고 있는 미사일들이죠. 반물질 폭탄 하나로 수리 시설에 그다지 큰 피해를 주지는 못해요. 그 때문에 내가 상처를 입고 화가 나리란 것도 알 수 없겠죠. 난 그런 짓을 한 자를 찾아낼 수도 있을 거예요. 위험 요소가 있다는 점은 인정해요. 내가 시간을 끌고 있다는 것도요. 하지만 난 ARM과 다른 모든 외계인들이 화성의 지도에 있는 수호자가 무슨 꿍꿍이를 가지고 있는지 궁금해하게 되는 건 원하지 않아요. 그래서 구멍 메우는 작업을 계속하는 거예요. 난 이 일에 매달려 있다, 하고 보여 주는 거죠. 뭔가를 잘못하지 않도록 애쓰면서요."

그들은 그의 냄새를 맡지 못하는 것 같았다. 루이스가 압력복을 입고 있기 때문일 것이다. 하지만 루이스 역시 아무 냄새도 맡을 수 없었고, 그래서 끊임없이 주변을 살펴야 했다.

그는 몇 명의 매달린 사람 수호자들을 보았다. 가까운 곳에 있지는 않았다. 오토닥의 집중 치료실에 뿌려진 거미줄눈 카메라도 보았다. 루이스는 카메라를 향해 손을 흔들었다.

안녕, 최후자!

그러면서도 한편으로는 음률가의 제어실이 거미줄눈의 카메라와 연결되어 있는 건 아닐까 염려스러웠다.

"……구멍을 뚫어 놓을 필요가 있다고?"

"그들과는 더 이상 볼일이 없어요. 우린 거의……."

청력이 회복되었는지 그들은 이제 고함을 지르고 있지 않았다. 목소리도 낮아졌다.

이 상태로는 정보를 얻어 낼 수 없겠어.

루이스가 그렇게 생각하는 참에, 그들이 양손으로 귀를 덮는 모습이 보였다. 그도 주저 없이 그들을 따라 했다.

아니나 다를까, 다시 번갯불이 으르렁거리며 선형가속기를 타고 솟구쳐 올랐다. 그 순간, 루이스는 손에 잡히는 대로 연장 하나를 집어 들고 육십 미터쯤 떨어져 있는 프로서피나의 머리를 노려 던졌다.

그러나 프로서피나는 그 연장을 잡아 냈을 뿐 아니라 그를 향해 잽싸게 도로 던졌다. 오히려 루이스가 돌아온 그것에 하마터면 맞을 뻔했다. 연장은 그의 뒤쪽에 서 있던 작업대에 부딪치며 은빛 파편을 쏟아 냈다. 루이스는 쏟아지는 파편을 피해 춤추듯 겅중거리며 작업대 옆을 돌아가 튕겨 나온 연장을 붙잡았고, 이번에는 바닥을 향해 비스듬히 던졌다. 바닥에 튕겨 프로서피나를 맞히려는 것이었다.

하지만 그녀는 다시 한 번 연장을 잡아 냈고 다시 한 번 도로 던졌다. 갑자기 온갖 것들이 허공을 날아오기 시작했다. 연장들이며 어디서 떼어 낸 것인지 모를 콘크리트 덩어리, 그의 체구와 맞먹는 크기의 오래전에 죽은 동물까지 날아들었다.

루이스는 동물의 사체를 손으로 잡아 터트리고 나머지도 차례로 붙잡아 그들에게 되던졌다. 그리고 한쪽에 있는 포장제가 든 탱크로 달려가 밸브를 연 다음, 곧바로 앞서의 작업대 뒤로 돌아가 위로 튀어 오르며 맨 처음 잡았던 연장과 눈에 보이는 용암 덩어리를 마구잡이로 집어 던졌다.

이윽고 탱크에서 깃털처럼 가벼운 거품형 플라스틱 포장제가 뿜어져 나오기 시작하자 루이스는 그 뒤로 몸을 숨긴 채 뭉글뭉글 솟아오르는 포장제를 차올리고, 수호자들이 포장제 거품 속에서 자신을 찾는 사이 다시 탱크 뒤쪽으로 몸을 피했다. 그가 던졌던 연장이 또다시 날아와 플라스틱 거품을 터트리고 파편을 튀기며……

하지만 이제 너무나 많은 것들이 움직이고 있었다. 게다가 루이스는 몸통과 엉덩이에서 뼈마디가 해체되려 애쓰는 듯한 감각을 느꼈다. 결국 그는 곡예를 부리듯 잡아 낼 수 있는 것들을 잡아 내 바닥에 내려놓았다. 그리고 수호자들을 향해 절뚝거리며 나아갔다.

프로서피나가 먼저 입을 열었다.

"이상한 인간이구⋯⋯."

"뭘 믿고 당신이 안전하다고 생각한 거죠?"

음률가가 그녀의 말을 자르고 나섰다.

"당신이 날 위한 의자를 마련해 뒀잖아. 내 신진대사에 장난질을 치기도 했고."

루이스는 감정 없는 어조로 대답했다.

"루이스, 모든 일이 내가 계획했던 순서와 다르게 일어나 버린 것뿐이에요. 당신은 생명의 나무를 너무 일찍 먹었죠. 수호자로 각성하는 건 너무 늦었고요. ARM의 우주선 역시 너무 일찍 폭발해 버렸어요. 하지만 그 덕분에 우린 변방 전쟁에 몰려든 모든 분파들의 행동에 대해 추론을 펼쳐 볼 시간을 충분히 가질 수 있었어요. 자, 이제 당신의 의견을 들어 보죠. 저들이 앞으로 어떻게 나올까요?"

"정신 상태 점검부터 하지."

"누구의 정신 상태 말이죠?"

"롱샷호가 어떻게 작동하는지 알아냈나?"

"그래요."

"그 원리를 적용해서 백 경兆 단위에 달하는 나노 장치들을 만

들어 냈고? 카를로스 우의 실험적인 오토닥을 훨씬 더 과격하게
변경했던 것처럼?"

"그 수치는······."

"그렇게 만들어 낸 나노봇들을 링월드 바닥에 묻힌 초전도체
망에 집어넣었지. 나노봇들이 그 구조를 변경도록 말이야."

"맞아요. 프로서피나와 우리 하인들의 도움을 받기도 했죠."

"프로서피나, 당신도 이 일에 함께하나?"

"그렇다, 루이스. 하지만 링월드에 난 구멍이 충분치 못했다.
그래서 우리는 몇 군데에 구멍을 더 뚫······."

"제대로 돼 가나?"

"내 생각에는요."

음률가가 대답했다.

"그렇군. 나도 제정신이고 당신들도 제정신이야. 아니면······
우리 모두 미친 거겠지. 링월드는 갈 준비가 됐나?"

"내가 만든 동력 저장기가 버텨 주기만 한다면 그럴 거예요.
하지만 차광판들과 항성 모두를 포함시킬 수는 없어요. 기껏해야
이틀 남짓 정도 갈 수 있을 뿐이고요. 그보다 루이스, 난 그 나노
시스템이 초전도체 격자 전체를 감염시키는 작업을 완전히 끝냈
는지 확신 못 하겠어요. 그러니까 우리에게 시간 여유가 얼마나
있는지 알아야 해요. 그래서 묻는 거고요. 변방 전쟁이 어떻게 진
행될 것 같은가요?"

루이스의 머릿속은 돌파구를 찾아 바삐 돌아가고 있었다.

"음률가, 당신은 새로운 밤낮 시스템을 만들 수 있어. 그런데

왜 그냥 진짜 다이슨 구를 만들지 않는 거지? 중심에 항성이 있는 직경 천육백만 킬로미터짜리 다이슨 구를 만들고 링월드로 그걸 감싸는 거야. 태양 돛*처럼 얇게 만들어서 가벼운 압력만으로도 부풀게 하고 말이지. 창문 같은 것들을 내면 한낮의 빛이 링월드까지 이르게 될 거야. 나머지 물질은 광전자 변환기 역할을 하겠지. 그럼 태양에너지 대부분을 모아서 쓸 수 있을 테고."

프로서피나가 그의 말에 대꾸했다.

"루이스, 넌 신선하군."

굴의 언어로 풀자면, 먹을 준비가 되지 않은 고기라는 뜻이었다. 용납할 수 없는 미숙함이라는 의미도 되었다.

"수호자들은 정신이 산만할 수 있지. 하지만 문제는 한 번에 하나씩 풀어 가야 한다. 우린 아직 변방 전쟁에 몰려든 함대들을 상대하고 있다. 저들이 언제 본격적인 공격을 개시할 거라고 생각하나?"

"또 다른 문제가 있……."

"그만!"

음률가가 그의 말을 자르며 고함을 내질렀다.

"이미 저들 중 어떤 분파가 자세제어 엔진 하나를 파괴했어요, 루이스. 그게 누구일까요? 무슨 이유로 공격한 걸까요? 신중한 도발 같은 거였을까요?"

---

* solar sail, 바람을 받아 항해하는 범선처럼 우주선도 태양광을 받아 추진력을 얻을 수 있다. 이처럼 태양에너지를 반사해 추진력을 얻게 해 주는 장치를 말한다. 미국, 유럽, 일본 등 우주 선진국들이 이미 차세대 경량 신소재를 이용하여 솔라 세일의 구상을 현실로 옮기고 있다.

"그 일이 어떻게 일어났는지 일단 보여 줘. 운석 방어 제어실로 가지."

그들은 즉시 도약 원반으로 향했다.

루이스로서는 최후자에게 신호를 보낼 여유가 없었다. 최후자가 지금쯤 움직이고 있기를 그저 바랄 뿐이었다.

운석 방어 제어실에 도착하자마자 프로서피나와 음률가는 단번에 각자의 자리로 뛰어올랐다.

하지만 반신이 비틀린 루이스는 세 번째 자리에 앉기 위해 기둥을 기어 올라가야 했다. 그러면서도 그는 도약 원반들이 있을 만한 지점을 눈으로 찾고 있었다. 현재로써 확실한 것은 그 자신이 통과해 온 도약 원반 하나뿐이었다.

매달린 사람 수호자인 하누만이 눈에 보이지 않던 도약 원반을 통해 나타났다. 그는 그대로 선 채 명령을 기다렸다.

그럼 두 군데. 나머지는…… 저기와 저기 숨겨져 있겠군. 장담하건대 서너 개, 그 이상은 아니야. 의자가 부착된 기둥들이 이렇게 거대하고 육중한 데에는 이유가 있겠지.

벽을 둘러싼 디스플레이장치는 항성에서 바라본 링월드의 계를 보여 주고 있었다. 링월드 자체는 우주 공간을 배경으로 한 줄기 하얀 윤곽선으로만 보였다.

"포인터를 쓸 수 있으면 좋겠는데."

루이스는 의자에 달린 키패드에서 필요한 장치를 찾아냈다.

"이거군. 보자……. 이것들은 아웃사이더 우주선이야, 그렇지?

두 척인데…… 더는 없나?"

"없어요."

음률가가 대답했다.

"사실, 저렇게 이질적인 종족에 대해서는 관심 가질 필요가 없어. 하지만 이것들은……."

루이스는 렌즈 모양과 구 모양의 전함들을 가리켜 보였다.

"크진 소속이야. 이것들은……."

이번에는 소형 함정들이 뛰어나온 듯 붙어 있는 긴 쇠지레 모양의 우주선들이었다.

"ARM 함선들이고. 음…… 그 '발톱 싸개' 행성 우주선이 보이지 않는데?"

"그건 가 버렸어요."

"아마도 철수 명령을 받았을 거야. 아니면 크진 함대를 피해 도망간 건지도 모르지. 크진인들은 텔레파시 능력자를 노예로 써먹거든. 당신들이 궁금해하는 건 뭐지?"

"저들의 상호작용이다."

프로서피나가 나섰다.

루이스는 상당한 시간을 끌 만한 방법을 찾아야 했다. 그러고 나서도 뭔가 주의를 분산시킬 거리를 만들어서 프로서피나를 쫓아 버려야 했다. 그는 화면 속에서 다양한 소속의 우주선들을 잇는 선들을 그려 일종의 연결망을 만든 다음, 벡터 화살표를 추가했다.

"보이나? 거리와 속도와 중력, 이 모든 것을 고려에 넣어야 해. 그러니까 아주 복잡한⋯⋯."

"복잡하지 않다!"

프로서피나가 버럭 고함을 질렀다.

"그저 다를 뿐이지. 우린 은하핵에서부터 지금 링월드가 위치한 곳까지 오는 내내 그런 작업을 해 왔단 말이다! 저들은 일종의 교착상태를 유지하고 있다. 하지만 불안정한 지점들이 여기와 여기 그리고⋯⋯."

"그래, 균형은 오래가지 못할 거야. 만약⋯⋯ 만약 누군가 이 상황에 불만을 품은 자가, 이를테면 단일민족주의자 대표단이 자기네 우주선이나⋯⋯."

음률가가 다시 말을 잘랐다.

"난 이 교착상태가 어떻게 이리도 오래 지속될 수 있었는지 모르겠어요. 앞으로 얼마나 더 오래 지속될 수 있을지도 모르겠고요. 하지만 당신은 저들 모두에 대해 잘 알죠."

"오래가지 않아. 당신들은 아웃사이더의 영향력을 보지 못한 거야. 그들은 이곳에 모여든 다른 모든 분파들보다 강력하고, 모두가 그런 사실을 알고 있지. 아웃사이더가 여기 존재한다는 것만으로 상황을 보다 안정적으로 만들 수가 있다는 뜻이야. 적어도 지금까지는 그랬어. 하지만 한편으로 모두들 아웃사이더가 어떻게 나올지 궁금해하고 있었지. 아웃사이더가 어떻게 나올지는 분명해. 아무것도 안 하는 거야. 그 사실을 이제 변방 전쟁에 몰려든 모든 분파가 알아차리게 됐지."

루이스의 눈에도 이제는 그런 전황이, 균형이 와해되어 가는 패턴이 보였다.

이쪽에서 전력이 강화되고 있고…… 이쪽은 허세로군.

막대기 모양의 ARM 함선 두 척이 거대한 렌즈 모양의 크진 전함을 파괴하기 위해 위치를 잡는 중이었다.

무엇보다 서른한 척의 우주선들이 한 척의 아웃사이더 우주선 주위로 조금씩 다가들고 있었다. 일종의 보호막이 돼 주리라는 기대에서 비롯된 움직임이겠지만, 그런 것은 달 표면의 새벽이슬 처럼 덧없이 사라지게 될 터였다.

젠장, 균형 같은 건 깨진 지 오래야.

"음률가, 이 불안정한 상태는 카드로 만든 집처럼 지금 당장이 라도 무너져 내릴 수 있어. 기다리지 마. 당신은 얼마나 빨리 링 월드를 여기서 벗어나게 할 수 있지?"

"한나절, 운이 따라 준다면요."

루이스는 깜짝 놀라 그를 향해 몸을 확 돌리며 물었다.

"그렇게 오래 걸린다고?"

"차광판 시스템에 있는 동력을 죄다 끌어모아서 초전도체 격 자로 돌려야 해요. 하지만 너무 일찍 그 일을 시작했다가는 동력 누수가 일어나서……."

"링 벽에 있는 렘제트 엔진들을 일종의 자기유체발전기*처럼 이용할 수 있지 않나?"

"거참, 좋은 생각이네요. 그러자면 상당량의 재설계가 필요하

---

* magnetohydrodynamic power, 기체를 고온의 전리된 상태로 만들어 자기장을 통과하게 하여 전도성 기체의 운동과 자기장과의 상호작용으로 생기는 기전력을 이용하는 발전 방법.

고, 그걸 실행에 옮기는 데 아마도…… 이삼십 일의 시간과 천 명쯤 되는 흘러나온 산 수호자들이 필요할 테니까요."

음률가는 비꼬는 기색도 없이 그렇게 말하고 루이스를 바라보았다.

"루이스, 내겐 한나절이 필요해요. 그러고 나면 갈 거예요. 변방 전쟁도 안녕이죠."

"당장 시작해."

재촉하는 듯한 루이스의 말에도, 음률가는 참을성 있게 대꾸했다.

"당신은 이제 막 여기 왔을 뿐이에요. 이십팔 일 전에 우릴 공격한 자가 누군지 우리조차 모르니, 대체 누가 알 수 있겠어요? 그러니까 당신 생각을 말해 봐요. 위험은 어디서부터 올까요? 위험한 자들이 다가오면 그냥 파괴해 버려도 될까요? 초전도체망이 저절로 재구성되기 시작한 지는 겨우 이 팔란이 지났을 뿐이에요. 새 구성이 고착화되는 중이기도 하죠. 하지만 그 변화가 끝난다 해도, 난 그걸 시험해 봐야 해요."

가끔은 그냥 판돈을 걸어야 하는 법이야.

하지만 그건 루이스의 바람일 뿐, 음률가는 더 많은 압력이 가해지기 전에는 그가 원하는 만큼 빨리 움직여 주지 않을 터였다.

"그 일이 어떻게 일어났는지 보여 줘."

루이스는 요구했다.

천장의 화면이 바뀌었다. 우주선들이 움직이고 별들은 움직이지 않았다. 링월드는 가는 선이 아니라 고체 구조물이 되었다. 화면이 어느 지점을 향해 확대되어 가다가 자세제어 엔진들 중 하나를 잡았다.

자기력으로 고정되어 투명하게 빛나는 그물 속으로 한 줄기 백열이 축을 따라 내달리며 쌍곡면의 회전을 일으켰다. 갑자기 그 빛이 확 밝아지고 더 밝아지더니 서서히 사그라졌다. 엔진이 사라지고 링 벽에는 뭔가에 물어뜯긴 자국 같은 것만 남았다. 그 아래쪽을 따라 흘러나온 산들이 불타고 있었다.

"당신들이 갖고 있는 자료는 이게 전분가?"

"다양한 주파수로 촬영한 장면이 있죠."

새로운 화면이 돌아가기 시작했다. 수소 알파선*을 보여 주는 화면이었다.

루이스는 손을 내저어 화면을 지워 버렸다.

"퍼페티어 짓이라고 보기엔 너무 눈에 띄는군. 크진인 짓이라고 보기엔 너무 무절제하고. 어쩌면 크진인 반체제 세력일지도 모르지. 반체제 세력이라면 ARM에도 있어. 이건 록새니에게 물어보면 되겠군. 아니면 그 두 세력이 축소되기를 바라는 다른 세력일 수도 있고. 트리녹에 대해서는 나 역시 확실히 말할 수 없어. 그렇게 따지면 퍼페티어도 마찬가지지만⋯⋯."

"어쨌든 별로 도움이 되지는 않겠죠."

음률가가 동의했다.

---

* hydrogen alpha light. 방사성 물질의 알파붕괴 때 나오는 알파입자의 흐름인 알파선은 전리 작용이 강하고 투과력이 적다. 수소 알파선은 파장이 656nm 근처의 붉은색 광선으로, 천체에서는 주로 발광성운에서 나온다.

"틸라 브라운에 대해 당신들이 아는 걸 얘기해 봐."

루이스의 물음에, 프로서피나가 되물었다.

"누구?"

"미치광이 퍼페티어가 꾸민 계획이 있었어요."

루이스가 대답하기도 전에 음률가가 말했다.

"틸라 브라운은 그 계획의 희생자였죠. 피어슨의 퍼페티어들은 제너럴 프로덕트 사를 설립해 인간의 우주에서 무역 부문을 담당하게 하고 지구에 출산권 추점이란 걸 도입하도록 공작을 꾸몄어요. 운 좋은 인간을 교배해 내려는 시도였어요. 하지만 실제로 그들이 얻어 낸 결과는 소수의 통계적 요행이었을 뿐이죠. 틸라 브라운이 그런 경우였고요. 그녀는……."

음률가가 말을 멈추고 루이스를 노려보았다.

"루이스, 당신과 틸라 브라운 사이에 아이가 있었나요?"

루이스는 대답하지 않았다.

"당신 아이는 어디 있죠?"

루이스는 여전히 입을 다물고 있었다. 수호자들 사이에서 포커페이스를 유지하는 건 쉬운 일이었다. 하지만 몸짓언어는 어려웠다. 그는 긴장한 채 뭔가 움직임이 시작되기를 기다렸다.

프로서피나가 먼저 긴 도약 한 번으로 자리를 떠났다. 음률가는 다른 방향으로 몸을 날렸다. 멀리 있던 하누만은 어떻게 반응해야 할지 확신할 수 없는 것 같았다. 눈에 보이는 도약 원반에 그대로 남아 있었다.

루이스는 두 수호자가 행동을 개시하자마자 음률가의 자리로 건너뛰었다. 세 개의 의자들 중 하나에 도약 원반이 있으리라고 생각했기 때문이다. 중요한 것을 숨겨 두기에 자연스러운 장소가 아닌가. 나머지 둘까지 도약 원반을 설치해 두는 건 불필요한 낭비였다.

세 개의 의자 모두 똑같이 지나치게 두껍고 넓은 공간을 차지하고 있다는 점이 문제였지만, 루이스는 음률가가 도약 원반이 설치된 자리를 자기 것으로 했으리라 확신했다. 또한 이 공간에 도약 원반이 더 있다면 하누만의 경우처럼 누군가에게 지키게 했을 거라고 생각했다.

결국 루이스가 옳았다. 하누만이 즉시 몸을 날려 그가 노린 자리로 뛰어오른 것이 그 증거였다. 먼저 도착한 것은 하누만이었다. 루이스는 의자가 한쪽 옆으로 움직이기 시작한 후에야 그곳에 닿았다.

그는 하누만의 강력한 발길질을 얻어맞았지만 중량에 있어서는 그가 훨씬 우세했다. 루이스는 하누만을 깔아뭉개듯 도약 원반 위로 찍어 누른 다음, 거의 정신을 잃은 그를 피해 도약 원반의 테두리로 손을 뻗었다. 그리고 제어판이 튀어나오자 도약 원반을 활성화시켰다.

그들은 그대로 사라졌다.

루이스는 손끝으로 하누만의 머리를 쳤다. 그리고 정신을 못 차린 채 흐느적거리는 그를 거세게 밀어 날려 버렸다. 하지만 그 순간 엉덩이에서 뼈가 갈리는 듯한 통증이 느껴졌다. 하누만의 발차기가 어딘가를 부러뜨린 모양이었다.

그들은 지하에 있었다. 화성의 지도 아래 어딘가였다. 루이스는 도약 원반의 제어판을 열고 키패드를 두들겼다.

서둘러야 해.

루이스는 새로운 장소에 나타나자마자 다시 제어판을 열고 키패드를 두들겼다.

음률가가 여기 이 모래투성이의 황량한 섬까지 추적해 온다 해도 ─혹은 하누만이 지금으로부터 일이 분 후에 음률가에게 신호를 보낸다고 해도─ 그가 발견할 것은 몇 시간이나 지난 루이스의 발자국뿐일 것이다.

어쩌면 그 수호자는 웸블레스와 록새니의 냄새 흔적까지 찾아낼지도 모른다. 하지만 틸라의 유전자가 운이 좋다면 웸블레스와 록새니와 그들의 아이는 지금쯤 음률가의 손이 미칠 수 없는 곳으로 확실히 몸을 피한 상태이리라.

하지만 살아남은 유전자란 모두가 원래 말도 안 되게 운이 좋은 거잖아. 그리고 틸라의 운이란 것도 젠장맞을 음률가에게는 문제가 되지 않았지. 어쨌거나, 지금 가장 중요한 건……

루이스가 자신의 혈통을 보호하기 위해 그들의 존재를 숨기려고 애쓰는 동안은, 음률가의 질문에 감정과 무관하게 냉철하고 믿음직한 대답을 할 수가 없었다.

이제 한 가지 일만 남았군.

루이스는 도약 원반 키패드에서 그물 모양의 버튼을 쳤다. 그리고 사라졌다.

'화침'호의 선원 거주 공간이었다.

루이스는 재빨리 물질 재생기를 조정해서 블루치즈와 버섯 오믈렛과 샐러드를 만들었다. 그리고 압력복과 그 아래 입은 옷을 전부 벗은 다음, 다시 재생기를 조정해 낙하복 한 벌을 만들었다. 맨몸에 낙하복을 입은 그는 그대로 샤워실로 들어가 헐렁한 부분이 푹 젖어 몸에 달라붙을 때까지 물줄기를 맞았다.

그러는 동안 최후자나 보이스의 목소리가 들려오기를 반쯤 기대하고 있었지만, 그런 일은 일어나지 않았다.

루이스는 도약 원반을 활성화시켜 화물칸으로 이동했다. 플라이사이클은 지금의 그로서는 다루기에 너무 크고 무거울 것 같았다. 그는 물질 재생기에 자기 부상력을 이용할 수 있는 비행 벨트의 사양을 입력했다. 그리고 기다리면서 들고 온 샐러드와 오믈렛을 거의 다 먹었다.

사 분에 조금 못 미치는 시간이 지난 후, 비행 벨트가 완성되었다. 루이스는 그것을 낙하복 위에 걸치고 다시 선원 거주 공간으로 돌아왔다.

자, 퍼페티어가 숨겨 둔 도약 원반을 찾아볼까?

탈출용 도약 원반이 여기 어딘가에 있을 게 틀림없었다. 최후자가 인간과 크진인에 의해 선원 거주 공간에 갇히는 경우에 대비를 해 두었을 것이기 때문이다.

변기일까? 너무 작겠군. 그럼 샤워 부스?

샤워 부스 천장이 딱 맞는 크기였다. 문제는 암호가 퍼페티어의 음악 같은 언어일 거라는 점이었다. 루이스는 흉내조차 낼 수 없는 언어였다.

해킹을 해 봐야 하나?

하지만 일단은…….

그는 두 손을 샤워 부스 천장에 붙인 채 말했다.

"최후자, 날 통과시켜 줘."

다음 순간, 루이스는 통제실에 있었다. 그는 거기서 다시 도약 원반을 이용했다.

음률가와 프로서피나가 도약 원반을 통해 첫 번째로 이동한 곳에는 하누만도 루이스도 없었다. 두 번째로 이동한 곳은 황량한 섬이었다. 그들은 혼미한 상태로 일어나 앉으려 애쓰고 있는 하누만을 발견했다.

프로서피나가 그를 살펴보았다. 심각한 부상을 입은 것 같지는 않았다.

"괜찮나요?"

음률가가 물었다.

"다치긴 했지만 심하지 않아요. 루이스는 내 목숨 줄을 쥐고 있었는데 그냥 놔줬죠."

하누만이 대답했다.

"루이스가 자기통제를 잘하고 있다는 의미군요. 프로서피나, 우리 도망친 손님들의 흔적을 찾을 수 있는지 둘러봐 주세요. 하누만, 좀 쉬고 있어요."

음률가는 지시하듯 말한 다음, 도약 원반의 제어판을 열고 뭔가 작업을 시작했다.

"그들의 냄새를 찾았다, 몇 팔란은 지난 흔적이지만."

프로서피나가 소리쳤다.

"이걸로 상황이 완전히 달라지는군요. 난 내 종족에게 경고를 해 줘야 해요."

하누만이 말했다.

"네 종족은 나무 위에 사는 자들이다! 앞으로 닥쳐올 일로부터 그들이 대체 어떻게 숨을 수 있다는 거지?"

"그래요. 하지만 난 뭘 해야 하는지 알죠."

"우리가 떠나고 나면 당신이 할 일을 하세요. 나중에 운석 방어 제어실에서 다시 만나죠."

음률가는 그렇게 말하고 프로서피나와 함께 도약 원반을 활성화시켰다.

루이스는 올림푸스 몬스 아래 거대한 공동에 나타났다.

체구가 작은 매달린 사람 수호자들 모두가 바닥에 엎어져 있는 모습이 먼저 보였다. 최후자는 레이저 투사기로 뭔가 작업을 하고 있었다.

"잘돼 가나?"

루이스가 물었다.

"아직도 기계들의 접속을 해제하는 중입니다. 안전한 부분이 어딘지 판별하기 어렵군요."

루이스도 레이저와 케이블 부속들을 떼어 내기 시작했다. 필요한 경우에는 음률가의 도구들을 쓰기도 했다. 그는 자신이 좀 더 빨리 움직일 수 있기를 바랐다. 하지만 날카롭고 뾰족한 뭔가가 엉덩이 쪽에서 제자리를 벗어난 게 느껴졌다. 그 부분의 피부도 심하게 부풀어 있었다.

"링월드에서 넌 안전하지 않아, 최후자."

루이스는 말을 꺼냈다.

"오토닥의 부품들을 어떻게 옮길 생각이지?"

"아직 결정하지 못했습니다."

"네가 뭔가 방법을 생각해 냈기를 바랐는데. 이다음 단계는 위험하거든. 하지만 어쩔 수 없지."

루이스는 감지기들의 연결을 모두 끊었다. 하지만 오토닥 자체의 부품들은 여전히 서로 연결되어 있었다. 루이스는 그것들을 그대로 두었다.

"난 어딜 다녀와야 해. 적어도 한 시간은 걸릴 거야. 최후자, 이것들을 자기장으로 들어 올릴 수 있게 준비해 줘. 천장은 열어 두고."

"잠깐만. 무슨 짓을 하려는 겁니까?"

"시간이 없어."

"우리가 훔치려는 물건의 주인인 수호자들은 어디 있는 거지요? 루이스, 당장이라도 죽음이 날 찾아낼지도 모르는 상황에서 대체 내가 뭘 할 수 있단 말입니까? 당신이 무슨 짓을 저질렀는지 말해 보십시오!"

최후자가 알고 있는 편이 나을 것 같았다. 게다가 루이스는 이미 자신만을 위해 적어도 한 시간은 써 버리지 않았던가.

퍼페티어에게 여유를 좀 주자고.

"난 음률가에게 변방 전쟁이 폭발하기 직전이라고 얘기하려 했어."

"이익!"

경악의 의미를 담은 귀에 거슬리는 음조가 이어졌다.

"지금 너에게 하려는 얘기도 같은 거야. 네가 머리를 몸 아래 집어넣고 웅크린다면 그 자세로 죽음을 맞이하게 될 거란 말이지. 최후자, 날 믿나?"

"……예."

"난 음률가에게 내 아이가 링월드에 존재한다는 사실을 추측하게 했어. 그래, 틸라의 유전자를 이은 사내아이가 있었지. 그들이 살아남았다니 축하할 일이잖아. 네 인간 교배 프로그램이 여전히 유효하……."

"나중의 동계교배는 어쩌고요?"

"오, 최후자! 링월드에 충돌해서 좌초된 우주선들이 분명 더 있을 거야. 웹블레스의 아이들은 짝을 찾게 될 거라고."

"그렇군요."

"난 도약 원반으로 몇 군데를 거쳐 왔어. 마지막으로 들른 곳은 음률가가 웹블레스의 흔적을 발견할 수 있는 장소지. 거기서 도약 원반의 추적을 막는 프로그램을 활성화시키고 '화침'호로 갔어. 하지만 음률가가 그 프로그램을 우회하는 데는 오래 걸리지 않을 거야. 결국 그는 내가 '화침'호로 갔다는 걸 알아내겠지."

그다음부터는 가정이 필요한 이야기였다.

"음률가는 내가 거기서 기분 좋은 시간을 보내고 있을 거라 짐작할 거야. '화침'호를 떠났으리라고는 생각도 못 하겠지. 난 '화침'호에 타고 있어야 해. 웸블레스를 데리러 가야 하니까. 그렇잖아? 그리고 우린 링월드를 떠나려 하는 거야. 하지만 변방 전쟁의 균형이 당장이라도 산산조각 날 판국이지. 변방 전쟁에 몰려든 함선들에 의해 격추당할 수도 있고 음률가가 '화침'호를 저지할 수 있는 것만큼이나 쉽게 저지당할 수 있는 상황이라고. 그 어떤 수호자도 그런 식으로 자기 아이의 목숨을 위험하게 만들지 않는 법이야. 만약 음률가와 프로서피나가 이런 논리를 따른다면, 그들이 다음으로 할 일은 변방 전쟁을 끝장낼 준비에 들어가는 거겠지. 여기 있는 우리는 방해하지 않을 거야. 적어도 네가 저 매달린 사람 수호자들을 계속 잠재우고 여기 설치된 카메라들을 차단해 두는 동안에는 말이지. 할 수 있겠나?"

"믿어도 됩니다."

루이스는 최후자의 대답에 대해 잠시 생각해 보았다.

퍼페티어를 믿어?

최후자는 올림푸스 몬스의 천장을 여는 방법을 알고 있었다. 하지만 '롱샷'호는 선형가속기를 이용해 쏘아 올리기에 너무나 덩치가 컸다. 따라서 핵융합 엔진을 이용해 천천히 이륙해야 하고, 그러자면 지나치게 좋은 표적이 될 터였다.

최후자가 감히 그럴 수 있을 리 없지. 어쨌거나 퍼페티어에게는 너무나 위험한 일이야. 최후자가 나 없이 '롱샷'호를 발진시키는 일은 일어나지 않겠군.

그것으로 결정되었다. 루이스는 최후자를 믿을 수 있었다. 그래서 도약 원반을 활성화시켰다.

음률가와 프로서피나는 운석 방어 제어실에 있었다.

"우린 그 우주선의 위치를 절대로 알아내지 못할 거예요. 당신은 그가 이륙하는 걸 막을 수 있나요?"

음률가가 물었다.

"그래. 그리고 혹시 그를 맞으러 오는 ARM 우주선이 있는지 가까운 우주 공간을 수색할 수도 있다. 그자가 감히 날 피해 도망갈 수는 없지. 미친 게 틀림없다. 완전한 수호자로 각성하지 못하면 양육자의 두뇌가 망가질 수 있다고 하더니……."

"갑작스럽게 너무나 많은 걸 이해하게 되는 것도 그런 결과를 낳을 수 있죠. 공포로 미친 걸까요?"

"하지만 그가 두려워하는 게 변방 전쟁인지, 우리가 하려는 일인지는 모르겠다."

프로서피나의 눈이 반쯤 감겼다. 그러고 있으니 조금 하누만과 닮아 보였다.

그녀가 다시 입을 열었다.

"그자는 우릴 오래 지연시킬 수 있으리라고는 기대하지 않았을 거다. 그저 자기가 도망치기에 충분한 시간을 벌고 싶었겠지.

만약 우리가 루이스 우와 그의 아이를 무시하고 지금 당장 일을 시작한다면 그자가 바라는 대로 될 테고."

음률가는 우주선들로 꽉 찬 천장을 올려다보았다. 그리고 명령을 내렸다.

"시작하죠."

하누만은 스크리스가 드러난 어느 산등성이에 있었다. 그는 끝없이 이어지는 숲들을 내려다보며 자신이 할 수 있는 일, 해야 할 일들을 다시금 검토해 보았다.

루이스 우는 원래 링월드에 자기 아이들이 없는 수호자였다.

그건 틸라 브라운과의 사이에서 아이를 갖지 않았을 때의 얘기지.

수호자인 루이스는 틸라에게 아무런 관심도 없을 수 있었다.

그것도 그녀가 그의 아이를 갖지 않았을 때의 얘기고. 하지만 어쨌든 그녀는 이미 죽었으니까 문제 될 것 없어. 그녀가 남긴 아이가 루이스 우의 후손이라는 게 문제지.

그런 논리의 흐름은 너무나 직선적이어서 심지어 매달린 사람 수호자도 따라갈 수 있었다.

음률가는 순식간에 진상을 알아냈을 것이다. 하지만 그때는 이미 루이스 우가 자신의 아이를 구출해 안전한 곳으로 데려가기 위해 떠나 버린 상황이었다.

링월드가 멸망을 맞을 가능성이 높아지고, 그것도 임박한 상황이었다. 음률가는 행동을 개시할 것이 틀림없었다.

이제 어쩌지?

하누만의 종족은 나무 위에 사는 자들이었다! 그들은 인간처럼 사고할 수 없었다. 심지어 하누만이 뭔가 도움이 될 만한 지침을 가르쳐 준다 해도 그걸 제대로 따르지 못할 터였다.

대체 무슨 수로 그들 모두를 숨게 만들지? 폭풍우가 몰아치기를 기원할까?

아! 틸라 브라운의 피를 이은 행운의 아이를 찾는 거야! 찾아서 그 아이를 여기로 데려오는 거지. 그런 다음엔…… 폭풍우가 몰아치기를 기원하나?

하누만은 결정을 내렸다.

그는 기능을 다한 정비 점검반에서 부상식 받침대 하나를 분리해 냈다. 그리고 우거진 나무들 아래에서 수천이 넘는 자신의 종족들이 뿜어내는 냄새를 즐기며 숲의 상공에 잠시 머물러 있었다. 형제들과 자매들과 그들의 아이들과 그 아이들의 아이들과 그 아이들의 아이들의…….

그들을 직접 보기 위해 아래로 내려가지는 않았다. 그럴 시간이 없었다. 음률가는 재빨리 행동에 들어갔으리라. 이미 하누만은 나무 꼭대기가 항성을 가린 지점에서 차광판을 향해 반짝이는 무언가를 볼 수 있었다. 아래쪽을 향해 동력이 옮겨지고 있는 것이다.

그는 평정을 잃은 땅 위로 부상식 받침대를 착륙시켰다. 헐거인 몇 명이 모습을 드러냈다.

하누만은 그들에게 말했다.

"지금부터 이틀 동안은 집에서 나오지 마세요. 당신들에게는 쉬운 일일 거예요. 하늘을 올려다보지도 마세요. 그리고 지금 내가 해 준 말을 가능한 한 멀리까지 퍼트리세요. 하지만 그림자가 태양을 숨겨 버리기 전에 반드시 지하로 들어가 있어야 해요."

그는 조급한 마음을 가라앉히려 애쓰며 말을 이었다.

"지금껏 당신들이 경험해 본 바를 훨씬 뛰어넘는 강렬한 빛이 계속될 거예요. 빛이 사라지기 전에는 하늘을 보면 안 돼요. 그 후로는 하늘이 아주 어두워질 거예요. 그러면 회전 방향 좌현 쪽으로 가서 매달린 사람들을 찾으세요. 가서 그들을 도와주세요. 그들은 내 종족이에요. 그리고 당신들이 그들을 만날 때는 다들 미친 듯한 상태일 거예요."

| 비행 |

루이스는 페널티머트의 성채에 있었다.

그는 도약 원반을 통과하자마자 뜨겁게 달아오른 부상식 받침 대를 벗어나 몸을 굴렸지만 쏟아지는 공격 같은 것은 없었다.

비행 벨트를 이용해 밖으로 나간 그는 고도를 낮추었다. 노란 풀들이 깔린 초원 지대를 스치듯 지나다 보니 그 검은색 선들이 무엇일지 궁금해졌다. 한 가지 형태는 페널티머트의 이름이거나 그의 모습인 게 분명했다.

저기 저거…… 아주 단순화한 모습이야. 카툰 같기도 하고.

그림으로 보자면 묘하게 윌리엄 로츨러*를 연상시키는 스타일 이었다.

---

* Charles William Rotsler, 미국 예술가. 영화, 그림, 조각, 사진 등 다방면에서 포르노그래피 작품을 내놓았고, 네 차례나 휴고 상을 받은 SF 작가이며 여러 종의 SF 잡지에 표지와 카툰 을 선보여 카툰 작가로도 인정받았다.

또 다른 형태는 문자 같았다. 루이스는 로제타석*을 찾기 위한 추측을 이어 갔다.

프로서피나라면 침입자에게 뭐라고 할까?

그것은 그림문자를 이용한 말장난일 수도 있었다. '들어오라' 라든가 '멸종하라'라든가 '환영한다'라든가, 아니면 묘비명 같은 걸로 읽을 수 있는 단어일 것이다. 그것만으로 한 종류의 언어를 추론해 낼 수 있을까?

그럴 리가.

루이스는 나무들 사이로 수를 놓듯 비행하는 걸 즐기며 낮게 날고 있었다. 만약 프로서피나가 그를 찾아 자기 영역으로 돌아와 있다면 그런 움직임이 발각당할 위험을 줄여 줄지도 몰랐다.

그럴 리가. 그녀는 내 냄새를 알고 있는데, 뭘.

실상은 높은 중력 속에 급선회를 거듭하면서, 머리를 써야 하는 온갖 문제들로부터 짧은 자유를 즐기고 있는 것뿐이었다.

프로서피나의 '개복치' 우주선은 그녀의 근거지에서 가까운 숲 속, 나무들 사이에 파묻혀 있었다. 정확히 말하면 작은 나무들이 격자 부분 사이로 자라나 우주선이 감춰진 것이었다.

루이스는 맞춤한 두꺼운 나무둥치를 찾아 비행 벨트를 내려놓고, 강하복도 벗어 그 옆에 남겨 두었다. 거기서부터는 걸어서 이동할 작정이었다.

---

* Rosetta Stone, BC 196년에 고대 이집트의 왕 프톨레마이오스 5세를 위하여 세운 송덕비의 일부로 검은 현무암에 이집트어를 적은 신성문자와 속용문자, 그리스어를 적은 그리스문자가 새겨져 있어 이집트 문자 해독의 열쇠가 되었다.

보라고, 벌거벗은 데다 절뚝거리기까지 하는 양육자야.

'수염상어'호에서 떼어 낸 ARM의 오토닥이 시야에 들어왔다. 루이스는 자신을 거기 연결하면 어떤 진단 기록이 나올지 궁금해졌다.

돌연변이가 일어남? 인간이 아님? 죽어 가는 중?

하지만 멈추지는 않고 계속 걸었다.

그럴 시간 없어!

루이스는 '시어'의 자료 기록 장치를 발견하고서야 걸음을 멈췄다. 시간은 없지만, 수호자에게 언제나 선택의 여지가 있는 것은 아니었다.

그는 클라우스와 록새니가 이 장치를 작동시키는 걸 지켜본 적이 있었다. 변방 전쟁에 몰려든 함대의 인명부를 불러내는 건 어려운 일도 아니었다.

기록상으로, ARM에는 '우Wu'라는 성을 가진 자가 많았고, 하모니—루이스의 큰딸과 결혼한 남자의 성이었다—라는 성을 가진 자는 여섯 명이 있었다. 하지만 인식 번호 배열이 그의 후손을 알려 주었다. 그의 손자 한 명과 그 손자의 딸이 몇십 년 전 해군에 입대한 기록이 있었다. 웨슬리 우는 '코알라'호라는 정찰선의 함장이었고, 타냐 우는 같은 우주선의 사무 장교였다. 기록을 다시 한 번 재빨리 훑어봤지만 또 다른 혈족은 찾지 못했다. 그리고 시간은 점점 더 촉박해지고 있었다.

루이스는 '개복치' 우주선으로 다가갔다.

팩처럼 생각해.

수호자는 잘못된 냄새를 풍기는 양육자는 누구든 죽인다. 자신의 양육자들에게 더 많은 공간을 주기 위해서다.

하지만 프로서피나라면 어떨까? 순응이야말로 백만 년 동안 그녀를 살아남게 해 준 수단이었지. 그녀라면 양육자 한 명도 해를 입히고 싶지 않을 거야. 누군가 다른 강력한 수호자의 후손일 수도 있으니까!

선실에는 위로 올라가는 계단이 없었다. 루이스는 매달린 사람이 나무를 타듯 올라가야 했다. 우주선 안쪽은 공간이 넉넉했고 사방에 손잡이들이 달려 있었다. 발잡이(?)라고 부를 만한 것들도 여기저기 보였다.

프로서피나는 발가락도 손가락만큼 자유롭게 쓸 수 있다는 얘긴가?

또한 각종 감지기와 터치패드와 스위치와 레버가 무작위적으로 자리 잡고 있었다. 조종석 하나와 말굽 모양의 좌석이 하나 더 보였다. 조종석은 루이스에게 맞지 않을 것 같았다. 그가 직접 몸에 맞게 조정해야 할 듯싶었다. 하지만 무엇보다 먼저 우주선이 그를 프로서피나로 인식하게 만들 방법부터 찾아야 했다.

루이스는 최후자에게 실망하고 있었다.

최후자는 인류의 것에 비할 수 없는 도구와 학습 능력을 가진 한 종족의 운명을 조종해 왔다. 그런 그가 몇 킬로톤밖에 안 되는 의료 장비 하나를 왜 옮기지 못한단 말인가? 최후자가 그 일을 해내 준다면 루이스로서는 상당한 수고를 덜고 두세 시간의 여유를 확보할 수 있을 터였다.

어쩌면 세계 선단의 실험당은 뉴올리언스의 전통적인 어릿광대 왕* 같은 것일지도 모른다. 그들을 대표로 앞세우고 나머지는 그들이 하는 일을 지켜보는 것이다. 만약 뭔가 과도하게 대가를 치러야 하거나 위험한 일을 할 경우 잘라 버리면 된다. 때때로 그들은 뭔가 가치 있는 일을 할……

루이스는 자꾸만 정신이 분산되는 걸 자각했다.

내 앞에 프로서피나를 있게 하지 말지니라.**

그녀는 다른 수호자가 이 우주선을 조작하는 것을 막기 위해 방어 장치를 해 놓았을 것이다. 하지만 프로서피나가 정말로 음률가 같은 누군가, 자신보다 더 영리하고 더 위험하다는 걸 알고 있는 자를 상대로 과연 죽음의 함정을 팠을까? 보복이 그야말로 치명적인 것일 수 있는데도!

수호자의 노예들은 어떻게 했을까? 조종석에는 매달린 사람에게 맞도록 변형되었던 듯한 흔적이 있었다. 나중에 다시 프로서피나에게 맞춰 조정된 것 같았다.

그녀가 하누만에게 조종을 맡겼던 게 틀림없어!

젠장! 이 우주선에 방어 장치 따위는 존재하지 않는 거야. 프로서피나 자신이 방어 장치나 마찬가지니까. 대체 누가 감히 수호자의 우주선을 훔치려 들겠어?

---

* 뉴올리언스에서 매년 열리는 마르디 그라 축제는 왕의 퍼레이드로 유명한데, 이 기간 동안만 퍼레이드를 주관하는 왕을 뽑아 세운다.

** 원문은 'Thou shalt have no Proserpinas before me.'로 십계명의 첫 번째, 'Thou shalt have no other gods before me.'를 변용한 문장이다.

무엇보다, 아무 행동도 하지 않는 것이 가장 위험한 법이다. 중요한 건 그 점이었다.

루이스는 조종석을 자신에게 맞도록 조정하고 앉아 안전벨트를 맨 다음 우주선을 이륙시켰다. 선체의 금속 격자 부분을 덮으며 자라나 있던 나무들이 이륙과 동시에 뜯겨 나갔다.

루이스는 잠시 그곳의 공중을 선회하다가 링 벽을 향해 선체를 돌렸다.

뭐야, 항성이 동요하기 시작한 건가?

눈이 불타는 듯 뜨거워져 하늘을 똑바로 보기 어려웠다.

유리창을 어둡게 만드는 방법이 있을 텐데…….

음률가는 운석 방어 장치를 여전히 작동시키고 있을 것이다. 루이스는 우주선을 조금씩 좌우로 움직이면서 제어장치를 꼼꼼히 살펴보았다.

이건가?

루이스가 찾아낸 장치는 단순히 창을 어둡게 만드는 데서 그치지 않았다. 광량을 조절하는 기능도 있었다. 그는 창을 아주 어둡게 만들고 하늘을 올려다보았다.

항성의 홍염이 점점 밖을 향해 뻗어 나오고 있었다.

루이스는 우주선을 높은 중력에 맞추며 속도를 높였다. 갑자기 바로 아래쪽에서 번쩍임이 일었다. 그는 그 광선이 자신을 노리고 있다는 것을 알아채고 회피 기동을 시작했다. 심지어 흘러나온 산 사람들이 모여 사는 곳을 타격하는 일이 없도록 광선을 유도하기도 했다.

이윽고 링월드를 완전히 벗어난 그는 뚝 떨어지듯 내려가 뒤로 물러난 다음, 링월드 바닥 아랫면으로 향했다. 아치를 절반이나 돌아 오억 킬로미터가량을 나아가야 했다. 이제 외계인들의 함대 또한 중대한 위험이 될 수 있었다. 그는 초전도체 격자를 따라 급하게 방향을 전환하면서 가속을 더해 갔다.

어느 순간부터 톡, 톡, 하는 소리가 들려왔다. 다중 분자 크기의 카메라들이 우주선의 외피에 부딪치고 있었던 것이다. 변방 전쟁이 이제 곧 그를 따라잡을 터였다.

뭔가가 링월드 아랫면에서 번쩍이는 빛을 발했다. 루이스는 그 불꽃을 피해 거의 정반대 방향으로 급격하게 선체를 틀다가 또 다른 불꽃 속으로 뛰어들 뻔했다.

이거 어쩌면 내가 전쟁을 개시한 건가?

음률가의 운석 구멍 복구 장치는 신의 주먹을 닮아 놓았다. 루이스는 하는 수 없이 링 벽의 가장자리를 돌아 위로 올라갔다. 화성의 지도가 팔백만 킬로미터 조금 넘는 거리에 있었다. 항성이 다시 동요하기 시작했다.

그때, 번쩍이는 불빛이 곧장 위로 치고 올라왔다. 올림푸스 몬스의 발사실에서 나온 불빛이었다. 루이스는 '개복치' 우주선을 잠시 운석 마개 꾸러미의 통로 아래로 미끄러뜨리듯 조종해 갔다. 음률가가 그곳에서 운석 방어 장치를 가동하지는 않을 것이라는 생각이 들었던 것이다!

그는 속도를 늦추고 화구를 통해 하강하다가 우주선을 정지시켰다. 그리고 선실 밖으로 반쯤 기어 나가 아래를 향해 소리쳤다.

"최후자, 천장을 닫아!"

화구의 덮개가 서서히 닫혔다.

루이스는 '개복치' 우주선의 제어장치로 자기 부양력을 조정하기 시작했다. 오토닥의 집중 치료실이 솟아 올라와 공중에서 잠깐 맴돌다가 조금씩 움찔거리며 '롱샷호 속으로 들어갔다. 다음은 헐거워진 케이블이 주렁주렁 매달린 작업대였고, 그다음은 더 작은 부품들이었다. 다시 그다음은 구명정이었다. 그 뒤를 이은 탱크는 루이스가 앞서 용도를 알아낸 물건이었다.

아래쪽에서 최후자가 무언가 소리치고 있었다.

"……묶어 둬야 합니까?"

루이스는 그 탱크를 오토닥의 나머지 부분들과 함께 두고 '개복치' 우주선을 더 하강시킨 다음, 밖으로 나갔다.

최후자가 빠른 걸음으로 다가와 물었다.

"이륙하면 엄청난 충격이 가해질 텐데, 부품들을 어떻게 묶어둘 겁니까?"

"음률가는 이 탱크에 들어 있는 거품형 플라스틱을 사용했어. 우리도 써 보자고. 우주선을 밀봉하고 나서 싣고 가지."

루이스가 밸브를 열자 탱크에서 거품형 플라스틱이 뿜어져 나왔다. 그는 필요한 만큼 포장제를 뽑아낸 후, '롱샷'호의 조종석을 차지하고 앉았다.

뭐, 이건 애초에 인간에게 맞게 만들어진 우주선이잖아.

"크레이터를 다시 열면 안 되는 거 아닙니까?"

최후자가 물었다.

"다른 걸 좀 해 보지."

루이스는 하이퍼드라이브를 활성화시켰다.

거대한 공동이 사라졌다. 양자Ⅱ 하이퍼드라이브 우주선은 들끓는 색깔들 속으로 곧장 발진했다.

종자는 지구의 지도에 있었다. 밤이 내린 직후에 그는 크미와의 접견을 청했다.

하지만 경비들 중 하나가 히죽 웃음 지으며 말했다.

"딴 데 가서 놀아라, 꼬마야. 네 아버지는 바쁘시다."

"난 음률가의 메시지를 전하러 왔다."

"이상한 이름이군."

"아버지도 아실 거다. 음률가는 화성의 지도 아래 사는 자다."

경비는 지루하던 참이라 종자를 데리고 잠시 더 장난을 쳤다. 그러고 나서야 막사 안으로 들어갔다.

이윽고 돌아온 그가 물었다.

"그 메시지란 걸 어떻게 받았지?"

"우현 쪽 산맥에서 불빛 신호가 있었다."

결국 종자는 접견을 허락받았다. 그는 아버지 앞으로 나아가 엎드렸다.

아버지가 물었다.

"음률가가 나에게 지구의 지도를 주고 싶어 한다는 거냐? 앞서 네가 그의 메시지를 전해 준 이후로는 아무 소식도 듣지 못했는데."

"그는 나중에 다른 무리들이 미쳐 날뛰게 되면 아버지가 힘으로 지구의 지도를 차지해도 좋다고 말했습니다."

침묵이 한참을 이어졌다. 하지만 크미의 부하들은 주의를 집중하고 있었다.

크미가 마침내 입을 열었다.

"미쳐 날뛴다고?"

그는 아들을 탐색하듯 뜯어보았다. 아들의 복종심 아래, 뭔가에 채찍질당하는 듯한 열의가 느껴졌다.

"자세히 설명해 봐라."

"음률가는 이틀을 꽉 채운 시간 동안 하늘을 피해 숨으라는 지침을 줬습니다. 지붕이나 막사 안에 있어야 합니다. 우리 모두, 심지어 여자들과 아이들까지 모두 말입니다. 잘 수 있으면 자야 한다고 했습니다. 어쨌건, 그림자가 태양을 드러내기 전까지는 몸을 숨기거나 눈을 가려야 합니다."

"이렇게 촉박하게? 무슨 수로 그런 일을 해낸단 말이냐?"

종자는 과감하게 미소를 지었다.

"루이스 우라면 뭐라고 하겠습니까?"

"'내가 큰돈을 받는 데는 이유가 있어.'라고 하겠지. 하늘에서 무슨 일이 일어나는 거냐?"

"그건 말해 주지 않았습니다. 우주선들이 하늘을 가로지른 빛의 흔적들을 따라 떠나가는 걸 보셨을 겁니다. 변방 전쟁에 관한 얘기도 들으셨겠지요. 저는 음률가의 운석 방어 제어실에서 직접 지켜보았습니다. 음률가가 전쟁을 끝내려 할 거라는 얘기도 들었습니다."

크미는 고개를 끄덕인 다음, 부하들을 향해 말했다.

"다들 달릴 준비가 됐겠지? 이건 좋은 일이다."

그의 목소리가 고함치듯 높아졌다.

"너희 각각은 내 특사가 되어 여기서 들은 이야기 전부를 내 영토의 가장 먼 곳까지 전달해야 할 것이다! 내 식당의 음식을 나 눠 먹어라. 충분히 배를 채운 다음, 내가 일러 주는 곳으로 떠나라. 눈을 가릴 것을 준비해 가야 한다. 그것을 언제 사용할지는 때가 되면 알게 될 터. 어리석은 자나 눈이 멀거나 미치게 될 것이다. 너희 모두 너희가 만나서 얘기를 전할 자들보다 위험에 처할 가능성이 크다. 차광판이 사라지기 전에 반드시 몸을 숨겨야 한다는 점을 잊어서는 안 된다. 이틀간은 숨어 있어라. 그러지 않았다가는 차후 내 앞에서 그에 대한 해명을 해야 할 것이다. 우리는 지구의 지도를 정복하게 되리라!"

어린 소년 카잡은 입을 딱 벌린 채 하늘을 올려다보고 있었다. 그림자가 태양을 가렸지만, 어떻게 된 것인지 차광판은 그가 결코 본 적 없을 정도로 밝게 빛나고 있었다. 그는 악기를 집어 들고 연주를 시작했다.

어느 순간 카잡은 자신의 연주 소리 너머로 은밀하게 자세를 바꾸는 소리를 들었다. 그 어떤 이방인이라도 이렇게 가까이 접근할 수는 없기에 그는 입을 열었다.

"거기 있는 걸 알고 있어요."

"돌아보지 마라. 난 바슈니슈트가 되었단다."

아버지는 몇 팔란도 전에 사라졌다. 그런데 이제…… 환상 속에 뛰쳐나온 괴물, 무시무시하고 끔찍한 존재가 되었다고 한다. 카잡은 돌아보지 않았다.

"당신이 내 아버지라고요? 어머니도 아세요?"

"네가 어머니에게 얘기해야 한다. 조심스럽게 얘기해 다오. 그러고 나면 이틀 동안은 하늘을 피해 숨어 있어야 한다고 전해라. 물론 너도 함께 숨어야 한다. 그러지 않으면 미쳐 버리게 된단다. 그리고 다른 사람들에게도 말을 퍼트려라. 지붕 아래보다 굴속으로 들어가 숨는 게 나을 거야. 모든 일이 끝난 후에는 정신이 나가 버려서 돌봐 줘야 할 사람들이 세상에 가득할 거다. 우리 종족은 결코 바란 적 없을 만큼 배불리 먹게 될 테고……."

"우리와 함께 머무르실 건가요?"

"지금은 아니다. 가능해지면 만나러 오마."

'롱샷'호의 선실은 구형 선체의 바닥 쪽, 네 개의 핵융합 엔진 구멍들 사이에 있었다. 하이퍼드라이브를 활성화시킨 상태의 '롱샷'호는 미지의 영역으로 아무렇게나 날아 들어가는 거나 다름없었다.

루이스는 곧장 아래쪽으로 방향을 잡고 하이퍼드라이브를 활성화시켰다. 그리고 링월드 바닥을 통과해 ─초고밀도의 스크리스가 선체를 잡아끄는 듯한 느낌이 살짝 있었다─ 우주 공간으로 나왔다.

'롱샷'호는 항성으로부터 멀어지면서 변방 전쟁의 함선들이 가장 빽빽하게 모인 곳을 향해 곧바로 나아가고 있었다. 물론 지금으로써는 그렇게 중요한 문제도 아니었다. 그 함선들은 모두 아인슈타인 우주에 있었기 때문이다. 이 거대한 우주선이 이렇게나 가까이 있지만 그들로서는 알 수 없는 것이다.

하이퍼스페이스에서는 눈이 먼 채로 비행하는 거나 마찬가지였다. 루이스로서는 다만 이 빠른 우주선이 우주 공간의 포식자들을 능가하기를 바랄 뿐이었다.

최후자는 이미 단단한 옹이처럼 몸을 말고 있었다. 어차피 별 도움은 되지 않을 터였다.

'롱샷'호는 저 거대한 질량체 가까이에서 얼마나 빨리 움직일 수 있을까?

루이스는 이 우주선이 광속조차 초과할 수 있을지 궁금했다. 음률가가 양자Ⅱ 하이퍼드라이브의 가동 방식에 뭔가 조작을 가한 게 분명했다. 루이스에게는 그걸 이해할 만한 단서가 충분치 못했다. 하지만 이제 곧 알게 될 것이다.

수정처럼 투명한 구체인 질량 표시기가 작동을 시작하고 그들은 특이점을 벗어났다.

열한 시간 후, 루이스는 심지어 수호자라도 지칠 수 있다는 사실을 알게 되었다. 다만 그것을 무시할 수는 있었다. 배고픔과 목마름도, 배와 관절과 머리와 콧속의 통증도, 오직 늙은 야만인에게나 있어야 마땅할 것들을 참을 수 있었다. 그 어느 것도 문제가 되지 않았다. 마침내 링월드를 벗어났기 때문이다.

삼십조에 달하는 링월드의 인류형 종족들 가운데 상당 부분이 살아남을 것이다. 웸블레스와 록새니와 그들의 아이도 소음 속으로 사라져 버렸다. 음률가가 진실로 자신의 본분을 다한다면 그들을 찾을 생각도 하지 않으리라. 운이 좋다면, 그는 루이스가 웸블레스를 자기네 별로 데려가 버렸다고 생각할지도 몰랐다.

승부에서 이기는 건 엄청난 고통에 대한 보상이 될 수 있지.

바닥에 나 있는 창은 어둡게 만들 수도 있고 광량을 증폭시킬 수도 있으며, 녹화도 할 수 있고 녹화된 영상을 재생할 수도 있었다. 확대해서 보여 줄 수도 있었다. 루이스는 다양한 색깔의 빛이 흘러가는 것을 지켜보았다.

어느 순간, 검은 쉼표 같은 형체가 쌩하고 지나갔다. 루이스는 전망이 달라진 걸 알아챘다. 창이 사라지고 없었다. 그의 시선이 저도 모르게 미끄러진 것이었다.

그는 질량 표시기를 들여다보았다. 거기에는 그를 향해 기어오는 듯한 빛의 선들이 표시되어야 했다. 하지만 아무것도 보이지 않았다. 그저 흐릿한 수정 구슬일 뿐이었다.

루이스는 차단 장치의 버튼을 쳤다.

그리고 쏟아지는 별들을 보았다. 광대하고 아름다운 우주가 발아래 펼쳐져 있었다. 그들은 아인슈타인 우주로 돌아와 있었던 것이다.

알려진 우주로 돌아가서 아무 용병단이나 붙잡고 '롱샷'호를 팔아치워 버리면 좋겠군. 아니면 내가 직접 용병단을 꾸리든가! ……지금으로써는 별로 가능성 없는 얘기 같지만.

루이스는 창을 확대 화면으로 만든 다음, 조금 어둡게 해서 황도대*가 뿜어내는 빛을 바라보았다. 링월드가 항성을 가려 조그만 은빛만 남아 있었다.

링월드의 궤로부터 육 광년 떨어진 지점—루이스의 계산에 따르면—이고 보면 항성의 빛이 '롱샷'호에 미치는 양은 대단치 않을 테지만, 우주선을 링월드의 그림자 속으로 몰아갔다가는 우주 공간처럼 캄캄한 상태에 빠지게 될 것이다.

루이스는 지금껏 핵융합 엔진을 사용하지 않았다. 중성미자의 흐름 속을 지나고 싶은 자가 어디 있겠는가? 게다가 변방 전쟁에 몰려든 함선들이 혹시라도 그를 찾고 있다면 전자기 스펙트럼의 나머지 부분이 그의 위치를 노출시키고 말 터였다. 루이스는 저들이 너무 바빠서 그럴 여유가 없기를 바랐다. 저들은 프로서피나의 우주선을 사냥하고 있을 것이다. 뭔가 더 구미가 당기는 일이 일어나기 전에는…….

그런 일이 이제 곧 일어날 거란 말이지.

'롱샷'호의 휴게실은 선체 위쪽에 위치하고 그 아래쪽의 선실만큼이나 조그만 크기였다. 하지만 그곳에는 게임을 실행시킬 수 있는 벽면의 디스플레이장치도 있고, 음식 재생기와 샤워 부스도 있었다.

루이스는 천장에 달린 해치를 바라보았다. 전에는 없던 부분이었다. 그것은 인간이 들어갈 수 있는 크기의 튜브형 통로로 벽

---

* zodiac, 황도의 남북으로 각각 약 8도의 폭을 가지고 있는 천구의 영역.

이 투명하게 비쳐 보이고 미로처럼 얽혀 있었다. 잘 만든 퍼즐처럼 통로를 따라가기는 어려웠지만, 가다 보니 그가 구명정과 오토닥을 넣어 둔 창고가 나왔다.

잘됐군.

루이스는 우선 시간을 들여 몸을 씻었다. 뭔가 사건이 터지는 걸 놓치게 된다고 해도 '롱샷'호가 멀리까지 광파를 따라잡을 수 있을 것이다.

하지만 그가 몸을 말리고 선실로 돌아왔을 때까지도 변한 건 없었다. 루이스는 최후자의 갈기 속으로 손가락을 집어넣고, 그의 뒷발질을 간신히 피해 내며 말했다.

"그만 자고 일어나."

"……내가 당신을 다치게 했습니까?"

"상관없어."

"우리가 왜 쉬고 있는 겁니까?"

"내가 뭔가를 지켜보고 싶으니까. 게다가 난 질량 표시기를 쓸 수 없어."

"이익!"

최후자가 휘파람 비슷한 소리를 냈다.

"그건 초능력을 필요로 하는 장치잖아. 네가 직접 이 우주선을 조종해야 할 거야. 하지만 이봐, 우린 풀려났어. 내가 사랑하는 이들은 모두 안전하고, 변방 전쟁에 몰려든 함선들도 우릴 찾지 않아. 남은 건 캐니언으로 가는 활짝 열린 길뿐이지."

"캐니언으로?"

"뭐, 세계 선단으로 가도 상관없어. 네가 그러고 싶다면 말이야. 난 그저 네가 세계 선단을 떠났을 때 네 짝과 아이들을 데리고 나왔을 거라고 짐작한 거지."

"물론입니다."

"우리가 세부 사항을 조율할 수 있다면, 내게 필요한 게 좀 있는데."

"허세를 부리고 있군요, 루이스. 전에도 그랬던 것처럼 말입니다. 당신은 죽어 가고 있지요, 그렇지 않습니까?"

"그래. 생명의 나무가 날 변화시키기 시작했을 때, 난 꽤나 심각한 상처를 입은 상태였거든. 그래서 이렇게 됐지. 젠장, 죽어 가고 있는 거 맞아. 하지만 허세를 부린 건 아니지. 모든 게 잘 풀렸으니까. 내가 지금 바라는 건 그저 카를로스 우의 오토닥을 다시 작동하게 만드는 거야."

"그건 꽤나…… 음……."

"꽤나 수고로운 일이 되겠지. 고된 육체노동도 해야 하고. 그 대가로 내가 너에게 뭘 해 주면 되겠나?"

"롱샷호는 너무 빨리 움직입니다. 이런 속도로 가다가는 아무 별이나 들이받기 십상이지요. 난 홈Home까지 이 우주선을 조종해 갈 엄두도 나지 않습니다."

"캐니언이 아니라 홈으로 가자고?"

"그렇습니다, 홈. 우리가 캐니언에 숨을 수 있을 거라고는 생각되지 않습니다. 너무 작으니까요. 하지만 홈이라면 괜찮을 겁니다. 홈은 지구와 아주 비슷한 곳이지요. 놀라운 역사를 가진 곳이기도 합니다."

"그래, 홈으로 가지."

루이스도 기분 좋게 동의했다.

"저기 봐."

거대해진 항성이 눈부시게 빛나며 '롱샷'호의 선실에 날카롭게 각진 그림자들을 아로새겼다. 최후자는 머리 하나만 돌려 뒤를 보았지만, 이내 다른 쪽 머리도 돌렸다. 눈동자의 홍채를 거의 닫히게 만드는 강렬한 빛이었다.

다음 순간, 최후자가 딱딱한 목소리로 물었다.

"링월드가 어디로 간 겁니까?"

그는 흥분해 있었다.

"그렇게 됐군."

"그렇게 됐군?"

"그래, 그렇게 됐어. 음률가가 나노 기술을 이용해서 링월드 전체에 깔린 초전도체 격자의 구성을 바꿔 버렸지. '롱샷'호에서 찾아낸 기술도 함께 썼을 거야. 그는 마술사의 모자 속으로 사라져 버리는 토끼처럼 양자 II 하이퍼드라이브를 이용해 사라진 거라고. 물론 링월드도 함께 말이지."

"얼마나 멀리 간 겁니까?"

"뭐?"

그러고 보니 그들이 타고 있는 '롱샷'호야말로 음률가와 링월드를 따라잡을 수 있는 유일한 우주선이었다.

일 광년을 일 분 십오 초로 단축시킬 수 있는 양자 II 하이퍼드라이브로 이틀이면, 링월드의 하루는 서른 시간이니까⋯⋯.

"링월드의 동력이 떨어지기 전까지 삼천 광년은 멀어지겠네. 인간의 우주로부터는 진짜 엄청나게 멀어지는 거지. 망원경으로 봐도 백 세대가 지나도록 아무것도 보이지 않을걸. 그 덩치 큰 질량체가 이동하면서 퍼져 나온 중력파를 탐지하는 장치를 갖고 있다면 따라잡을 수도 있을지 모르겠군. 최후자, 뭘 어쩌려는 건데? 링월드를 추적이라도 하겠다는 거야?"

최후자가 비통한 어조로 대꾸했다.

"가치를 헤아릴 수조차 없는 자원이 사라져 버렸습니다. 이걸로 난 링월드라는 지식의 보물 창고를 쫓다가 최후자의 지위마저 잃게 됐군요. 루이스, 좀 전에 당신이 말한⋯⋯ 사랑하는 이들이란 건, 그들이 안전하다는 건 무슨 뜻입니까?"

"난 절대로 알 수 없겠지. 최후자, 중요한 건 바로 그거야. 자, 이제 오토닥을 고치러 가 보자고. 뭔가 감정적인 폭발 같은 게 내 안에서 터지기 전에 말이야."

"내 생각에, 조수의 영향은 무시해도 될 것 같아요. 그렇지 않나요?"

음률가가 물었다.

프로서피나의 손가락이 춤을 추자, 벽면의 디스플레이장치— 현재로서는 아무것도 표시되지 않아 사방이 잿빛으로 굳어진 것 같았다—가 검은색으로 변했다. 그리고 흰색으로 표기된 상형문자가 화면 위를 가로지르며 수백만 팔란만큼이나 오래된 팩의 수

학 체계를 펼쳐 냈다.

"링월드의 계에 항성이 있었을 때는 항성의 중력이 링월드를 잡아당기되, 아주 좁은 각도를 따라 조금 안쪽으로 힘이 작용했지. 이제 항성이 사라졌으니……."

프로서피나가 잠시 생각하다가 말을 이었다.

"모든 바다가 링 벽을 향해 흐름을 이루게 될 거다. 우린 이틀 동안 비행하는 중이지? 그래, 조수의 영향은 무시해도 되겠다. 그보다, 내가 염려하는 건……."

상형문자의 춤이 다시 시작되었다.

"접근 방법이다."

이틀 동안 꼬박 하늘이 미쳐 돌아갔다.

록새니와 웸블레스는 몸을 비틀어 가며 간신히 텐트를 빠져나왔다. 록새니는 동작이 조금 꿈뜨게 된 상태였지만 그럭저럭 그를 따라 나왔다. 그리고 그들은 상이라도 몇 개 주고 싶을 만한 빛의 쇼를 구경하게 되었다.

"무슨 일이 일어나고 있는 걸까?"

웸블레스가 물었다.

"진짜로 감도 못 잡겠어. 뭔가 초특급 비밀 병기라도 터진 걸지도 모르지. 젠장, 크진 무기가 아니었으면 좋겠군. 그보다, 우주선이라곤 한 척도 보이지 않는데…… 저게 뭐지?"

조그만 검은색 쉼표 같은 것이 하늘을 가로질러 우현에서 좌현 쪽으로 꿈틀거리며 떨어져 내렸다. 망원경을 통해 보니, 그것은 링 벽 꼭대기 근처에 움푹 팬 자국을 새겨 놓았다.

"나도 모르겠어."

웸블레스가 고개를 저었다.

"'롱샷'호보다 더 큰 우주선인가? 내가 아는 종족 가운데 저런 우주선을 만드는 자들은 없는데."

"뭔가가 또 변하고 있어, 록새니."

잠시 동안 색깔들이 사라졌다. 다음으로 하늘이 사라졌다. 이 윽고 완전한 어둠이 찾아와 그들 역시 마치 눈이 먼 듯 아무것도 보이지 않게 되었다. 바로 조금 전까지 눈에 보이는 세상이 존재 했다는 사실 자체가 믿기 어려울 지경이었다.

"이건 맹점이야."

록새니가 중얼거리듯 말했다. 이미 이런 상황에 대해 훈련받 은 적이 있었던 것이다. 그녀는 발치를 내려다보았다.

그래, 제대로 바닥을 디디고 있어.

"젠장, 믿을 수가 없군. 우린 저 빌어먹을 하이퍼드라이브로 비행하고 있는 거야! 웸블레스, 고개를 숙여. 아래만 봐……."

웸블레스는 앞이 보이지 않아 이리저리 더듬거리며 걸어가려 했다. 록새니는 그를 따라가면서도 여전히 위를 올려다보지 않았 고, 그와 몸이 부딪치자 손을 내밀어 그도 고개를 숙이게 했다.

"텐트 안으로 들어가자."

그녀가 말했다.

그들은 지난 이틀 동안 압력 텐트 안에 머물렀다. 그리고 이제 야 겨우 하늘이 제빛을 찾는가 했더니, 별들이 검은빛으로 어두워진 것이다.

"일이 이렇게 돌아가서야 정신이 나가 버리는 사람들이 무수히 나올 거야. 링월드는 이렇게 어두워져 본 적 없지? 플라이사이클의 전조등이 굉장한 보물이 되겠네."

록새니가 말했다.

"난 별들이 그렇게 밝은 것도 본 적 없어. 록새니, 이건 완전히 새로운 시대가 시작된 거야. 당신은 대부분의 별들 주위에 '둥근 곳'들이 있다고 말했었지? 그런 게 우리 아이들이 물려받을 유산이 될 수도 있어."

웸블레스가 말했다.

밝은 별 하나가 좌현 쪽 링 벽 위에서 다른 별들보다 더 밝게 빛나고 있었다.

운석 방어 제어실 벽면의 디스플레이장치에도 하늘이 돌아와 있었다.

프로서피나가 말했다.

"우리에겐 항성이 하나 필요하다, 그렇지? 링월드 전체를 측면으로 이동하는 것부터 시작해 보자. 자기장은 뭔가 밀어낼 것이 없다면 무용지물이니 일단은 자세제어 엔진만으로 해 봐야겠지. 적당한 항성을 찾아 링월드를 나란히 세우고 항성 쪽으로 움직여 가다가 역장을 이용해서 멈추는 거다. 하지만 그렇게 하면 바다들의 위치가 변하게 된다."

"맞아요. 그래서 난 우리 속도와 비슷하게 움직이는 백황색 별

하나를 찾아냈어요. 저기요, 저 밝은 별. 보이세요?"

"그래. 확대해 봐라."

별이 확대되면서 어두워졌다.

"이 영역에서 엑스선 방출량이 증가되는 걸 감안하면 차광판 시스템을 만들어 낼 수 있을 때까지는 오존층을 보충해 줘야 할 거다."

프로서피나가 말했다.

"그렇죠."

"난 조수가 더 염려스럽다."

"맞아요, 작은 바다들과 대양들에는 여전히 압력이 가해질 테니까요."

"그것들을 얼어붙게 내버려 둘까도 생각해 봤다. 하지만 그럴 수는 없지. 우린……."

"물론 그건 안 되죠. 하지만 자기 효과를 항성 자체에 이용할 수는 있어요. 보세요, 난 그 항성이 링월드 축의 똑바로 아래쪽에 오도록 우리 항로를 비스듬하게 바꾸는 방법을 찾아냈어요. 그렇게 해서 링월드로 그 항성을 둘러싸게 만드는 거죠. 아마 안정적으로 자리 잡을 최적의 위치를 찾기 위해서는 몇 차례 조금씩 링월드를 움직이기도 해야 할 거예요. 그 부분은 좀 문제가 돼요. 그렇게 움직이다 보면 바다들도 크게 흔들릴 테니까요. 게다가 그저 한 방향으로만 쏠리는 것도 아니겠죠. 어쨌든 그런 움직임은 대재앙을 일으키게 될 거예요."

다시 상형문자들이 검은 우주 공간을 흰빛으로 가로지르며 춤추기 시작했다.

"하지만 해 볼 만한 일이다. 물론 우린 인구의 상당수를 잃겠지. 심지어 일부는 종족 자체가 사라지기도 할 거다."

"그렇죠."

"내가 의견을 하나 더하지. 실현 가능할지 생각해 봐라."

"얘기해 주세요."

"그 항성을 링월드 축에 맞춰 함께 움직이게 하는 거다. 그럼 조수를 얻게 되겠지. 날씨가 변할 테니 계절도 생겨날 거고."

음률가가 웃음을 터트렸다.

"그러니까 '둥근 곳'처럼 말인가요? 당신의 세계처럼 말이죠, 팩의 세계처럼. 양육자들은 어떻게 될까요? 지금보다 더욱 혼란스러워하지 않을까요?"

"지난 이틀간을 제정신으로 무사히 겪어 낸 자라면 누구든 그 어떤 일에도 익숙해질 수 있을 거다."

프로서피나의 대답이었다.

| 양육자 |

루이스는 새 생명의 불꽃에 휩싸여 깨어났다. 자유낙하가 다음 수순으로 이어질지 몰랐기에 조심하면서, 그는 관 뚜껑 같은 오토닥의 덮개가 다 열릴 때까지 기다렸다. 최후자의 홀로그램이 그를 내려다보고 있었다.

루이스는 몸을 비틀어 오토닥을 빠져나왔다.

"아픈 데는 없네."

그가 무덤덤하게 얘기했다.

— 잘됐군요.

"저 물건에는 익숙해진 줄 알았는데…… 젠장, 머릿속이 이상해졌어!"

— 루이스, 그 기계가 당신을 양육자로 재건하리라는 사실을 몰랐습니까?

"그야 알고 있었지. 알고는 있었지만…… 머리가 멍해. 안에

솜이 가득 들어찬 것 같군. 수호자처럼 생각할 수 있었을 때는 머리가 시원시원하게 잘 돌아갔는데."

— 오토닥을 다시 설정할 수도…….

"아니, 아니야."

루이스는 오토닥 뚜껑을 주먹으로 쳤다.

"그 정도는 분명하게 기억해. 나는 양육자라야 해. 아니면 죽거나. 내가 수호자라면 웸블레스와 록새니를 추적하겠다고 나서겠지. 그럼 음률가와 프로서피나는 날 따라올 거야."

— 하지만 그들은 당신의 혈통을 확실하게 보호해 줄 겁니다.

"물론 그러겠지. 하지만 만약 웸블레스가 링월드를 자유롭게 돌아다니게 된다면, 그의 운을 감안하건대…… 더 말하지 않아도 알겠지."

— 루이스, 당신은 틸라 브라운의 운을 안 믿는 거 아니었습니까?

"안 믿어. 하지만 내가 수호자였을 때 생각한 건데…… 그러니까 그건 별로 견실한 과학은 아니야, 그렇잖아? 반증이 가능하지 않으니까. 하지만 양상을 보라고. 젠장, 웸블레스는 내 여자를 가로챘잖아? 록새니는 그에게 그야말로 저절로 굴러 들어온 복이었지. 손이 미치는 곳에 존재하는 유일한 여자가 웸블레스를 다시 젊게 만들어 준 데다 그의 아이까지 가진 거야. 그는 거주민 전체가 질식사당한 마을에서 유일한 생존자이기도 했어. 마침 성간 우주에서 떨어져 내린 우주선에 실려 있던 구조용 캡슐이 아니었다면 죽은 목숨이었을 거라고!"

— 루이스, 틸라는 운이 좋지 않았습니다!

"그렇다고 해 두지. 뭐, 달리 생각해 보면 웸블레스 역시 친구들은 다 죽었고 쫓기는 도망자 신세니까 말이야. 그런데 이렇게 생각해 보면 어떨까, 운이 좋은 건 유전자를 지닌 개체가 아니라 유전자 자체라면? 틸라의 유전자가 번식되기를 원하는 거야. 어느 쪽으로든 주장이야 펼쳐 볼 수 있지. 하지만 또, 그 모든 게 다 그냥 달빛 같은 환상일 수도 있어. 그래, 예측이 불가능하고 반증이 불가능한 건 과학이 아니야. 어쩌면 우리가 그녀를 찾아냈을 때까지 틸라는 그저 통계적 요행이었을지도 몰라. 하지만 그 후로는…… 그녀에게 일어난 일이 뭐든 간에 다른 일이 일어날 수도 있었다면서, 그보다는 운이 좋았던 거라고 설명해 버릴 수 있지. 《캉디드》*를 읽어 봐."

— 찾아보지요.

"요는 반증 불가능성이야. 뭔가가 틀렸다면 그걸 입증할 수는 없지. 내가 수호자였을 때는 '못 믿지' 않았어. 어쩌면 틸라의 아이들은 링월드의 행운일지도 몰라. 그들의 위치가 불확실하다면 그들이 링월드 전체를 보호해 주는 셈이 되지. 기본적인 양자역학이라고. 그리고 이제 그들에게는 그런 논리가 필요해질 거야! 그들 모두가 일 광년을 일 분 십오 초로 단축시키는 엔진을 달고서 우주 저편으로……."

— 루이스.

"왜?"

---

* 《Candide》, 18세기 프랑스의 계몽사상가 볼테르를 대표하는 작품. 익살스럽고 풍자적인 프랑스 콩트의 정수로 인정받는다.

— 당신이 오토닥으로 들어간 후로 우린 움직이지 않았습니다. 지구 시간으로 두 달 전부터군요. 우리 우주선은 우주 공간에서 열을 발산하고 있습니다. 머지않아 변방 전쟁에 몰려든 자들이 우리의 존재를 알아챌 겁니다. 이 종족 저 종족 뒤섞인 저 폭도들이 우리를 추적해서 우주선을 빼앗는 일에 흥미를 느끼지 않겠습니까?

"그렇겠지."

루이스는 뒤쪽의 미로 같은 접근 통로를 타고 올라가 최후자가 목소리로 유도해 주는 방향을 따라 나아갔다.

중간에 한 번 길을 잃기도 했지만, 결국 조종석을 찾아 내려앉은 그는 하이퍼드라이브를 작동시켰다. 질량 표시기에서 별들을 가리키는 방사상 선들이 조금씩 움직이기 시작했다.

루이스는 홈을 향해 '롱샷'호를 돌렸다.

《링월드의 아이들》 끝